鲁迅研究新视野

翻 译 家 鲁 迅

王友贵 著

南开大学出版社
天 津

图书在版编目(CIP)数据

翻译家鲁迅 / 王友贵著. —天津：南开大学出版社，2016.11

(鲁迅研究新视野)

ISBN 978-7-310-05250-9

Ⅰ. ①翻… Ⅱ. ①王… Ⅲ. ①鲁迅(1881－1936)－翻译－作品－文学研究 Ⅳ. ①I210.97

中国版本图书馆 CIP 数据核字(2016)第 249276 号

南开大学出版社出版发行

出版人：刘立松

地址：天津市南开区卫津路 94 号　　邮政编码：300071

营销部电话：(022)23508339　23500755

营销部传真：(022)23508542　　邮购部电话：(022)23502200

*

天津泰宇印务有限公司印刷

全国各地新华书店经销

*

2016 年 11 月第 1 版　　2016 年 11 月第 1 次印刷

230×155 毫米　16 开本　20.375 印张　2 插页　288 千字

定价：59.00 元

如遇图书印装质量问题，请与本社营销部联系调换，电话：(022)23507125

For Professor Zhifang Jia

谨以此书献给贾植芳先生

目　录

内容提要

鲁迅一生翻译，创下了好些个“第一”。譬如，最早提倡用现代意义上的严格直译，最先将波兰文学介绍到中国，最先同周作人、茅盾一道将芬兰、荷兰、罗马尼亚等国文学译介到中国，最早关注翻译欧洲“弱小民族”短篇小说，最早编选域外多国别作家短篇小说合集，中国第一个策划出版“翻译文学丛书”的译家，最早将文学翻译高度意识形态化的翻译家之一，等等。

众所周知，鲁迅是思想家，杂文大家，一流的小说家，小说史家，但本书希望从翻译家的鲁迅入手，讨论他的翻译活动、翻译作品、翻译思想、翻译路线、翻译实绩，以及他一生翻译活动在中国翻译文学史、中外文化关系史、中外关系史上的独特地位。

鲁迅通日文，能够使用德文，除此之外，他学过的其他外国语，基本派不上用场。然而，他却以这样一种外语构成，翻译了大量俄苏文学作品，经他之手翻译的俄苏文学在中国文学史上发生过重要影响。同时，他倾注了惊人热情翻译的东欧“弱小民族”文学，也成为20世纪中国翻译文学史上的一大模式，一道独特的风景。

此外，本书尝试从特定的角度看鲁迅，描述通常国内的鲁迅研究不大提起的这位文化人之若干侧面，如“浪漫的鲁迅”“‘白心’的鲁迅”“人类主义者的鲁迅”“‘呆子’鲁迅”，等等。这些尝试性的描述，或许可以算是对鲁迅研究的一个补充，同时也在已经十分丰富的鲁迅画廊里，增添几个有趣的、或许不那么沉重的鲁迅画像。

序

翻阅《鲁迅年谱》[①]，发现这部忠实记录鲁迅一生著译的年谱，差不多近一半篇幅记录着鲁迅的翻译活动和译作发表情况，且谱主年龄愈增，翻译的比重愈大。相信每一位阅者，读后一定对此印象殊深。鲁迅的日记一般不录作文、译事，不过我们想象一下，倘若他细录自己一生著译，他的日记，尤其是寓居上海时期，恐怕也免不了隔日便有译事：或是翻译某篇小说，或是某篇译作发表，或是为他人校阅译稿，或是校阅之后撰写一则短短的后记。即便日日有译事，在鲁迅生活里，亦属家常便饭。许广平说鲁迅毕生从事著述，刚好 30 载[②]，可倘若从他最初的翻译算起，则应该是 33 个寒暑。即从 1903 年到 1936 年，鲁迅手里那支译笔，除了 1909 年归国后约十年埋首抄古碑帖外，上面的墨汁很少干过[③]。

以蔡元培先生为总主编的中国第一套《鲁迅全集》，真实地反映了鲁迅著译各半的文学家和翻译家生涯。蔡元培先生在《全集序》里说："先生阅世既深，有种种不忍见不忍闻的事实，而自己又有一种理想的世界，蕴积既久，非一吐不快。但彼既博览而又虚衷，对于世界文学家之作品，有所见略同者，尽量的移译。"[④]蔡元培说鲁迅一生的工作，为后世开了无数法门，而我们可以补充说，其中一个重要方面，便是为中

---

① 《鲁迅年谱》增订本，鲁迅博物馆、鲁迅研究室编，北京：人民文学出版社，2000。

② 许广平：《鲁迅眼中的苏联》，见《许广平忆鲁迅》，马蹄疾辑录，广州：广东人民出版社，1979，第 299 页。

③ 即便这十年间，亦有少量译作。

④ 蔡元培：《鲁迅先生全集序》，见《鲁迅全集》，第 1 卷卷首。

国20世纪翻译开了好些法门。

众所周知，鲁迅是思想家，杂文大家，一流的小说家，小说史家，但本书希望从翻译家鲁迅入手，从他的翻译活动、翻译作品、翻译思想、翻译路线、翻译实绩在中国翻译史上之地位诸层面来讨论鲁迅。所用的材料，除了通常的鲁迅研究常用的鲁迅著作、书信、日记之外，主要的是他全部的翻译作品，特别是围绕这些译品所写的序跋，专论翻译的文章，有关翻译的书信，以及中外人士从不同侧面，不同时期观察、走进翻译家鲁迅之生活和工作的文章或回忆。

鲁迅通日文，能够使用德文，除此之外的外国语，虽然学过一点英文和俄文，也曾起心要弄点世界语，却基本派不上用场。然而，一个引人注目的翻译事实，是他一生对俄苏文学和文艺理论的翻译，大约有142万字的数量，在他全部译作中领有近59.5%的最大份额，而日本近现代文学和文艺理论的翻译位居第二，占了大约28.3%。他直接从德文翻译的德国作品，主要是尼采的《察拉图斯忒拉》（又译《苏鲁支语录》），汉译数量不过7400言左右，这在鲁迅大约239万字的译作总量里，可谓区区小数，占的比例很小。此外，他同样倾注了很大翻译热情的东欧等当时所谓“弱小民族”文学，也领有约8.5%的份额[①]。而我们知道，作为译家，他根本不识波兰语，不通荷兰语，亦不通他的翻译所涉及的所有欧洲诸小国语言。他的翻译方式，大面积地依靠转译（当时称“重译”），这样一种翻译事实，用传统的翻译研究方法，所能探究的空间，可能比较仄狭；若一部一部译著深究下去，甚至可能失去意义。因为，本书希望考察鲁迅全部的译作，可转译在鲁迅的翻译生涯里是“主流”，而面对这样大量依靠转译的翻译现象，一部一部考察的传统方式，很可能最终流于机械、单调的对比。

鲁迅一生从事翻译，创下了好些个“第一”。譬如，在现代意义上最早提倡用严格的直译；最先将波兰文学介绍到中国；同周作人、茅盾一道最早将芬兰、荷兰、罗马尼亚等国文学译介到中国；最先将很多域外

① 关于鲁迅全部译作总量、各有关国家文学翻译数量及其比例，请参看本书第十二章第三节，《鲁迅翻译全图：“谦而勤”的翻译家》。

作家介绍到中国；最早注意翻译域外短篇小说；最早编选域外多国别作家短篇小说合集；最早策划出版翻译丛书；最早将文学翻译高度意识形态化的译家之一，也是早期将文学救国的思想付诸翻译实践的先驱之一，等等。鲁迅的不少首创，倘若仅仅用传统的、偏于技术性的研究方式来考察，则研究的视野、空间皆比较有限。换言之，倘若要从传统翻译研究范式来作翻译家鲁迅，恐怕只能限于考察、分析某一部或某几部译作，在原本、中译本、转译本之间反复对比与分析，试图寻找出在一次又一次翻译过程中原本所发生的改变，推测改变的原因，以及改变所造成的后果，等等。然而，本书的目的，是期望考察鲁迅的全部翻译，考察翻译家鲁迅的一生。因此，传统的翻译研究范式，显然已无法适用于本书。

因此，本书沿用在《翻译家周作人》一书里所采用的"以译文为本"(translation-oriented)的研究范式，尝试尽可能全面地梳理鲁迅约二百三十九万字的翻译作品。通过阅读鲁迅的全部译作、创作，尤其是鲁迅在翻译作品前后写下的大量"译者前记""后记"或"小引"，以及鲁迅数量不算少的翻译专论，试图采用描述性语言(Descriptive Approach)，避免使用或者少用规定性语言(Prescriptive Approach)，来考察中国现代翻译史上一位极为独特的译家，考察其译作和翻译活动在中国翻译文学史、中外文学关系史、中外关系史、国民教育史上，产生过哪些重要影响，对于上述各领域本身的建设、发展产生过哪些作用。

譬如，《域外小说集》这部差点成为"绝响"的翻译文学丛书的"头生子"，原本可能寄托着鲁迅假此发动一场"翻译革命"的希望，以及假翻译域外文学而引发中国的"文学革命""社会变革"的梦想。它虽然没能像鲁迅计划那样最终形成一整套翻译文学丛书，而是夭折了，但译者最初赋予它的那些崭新的翻译理念、翻译目的、翻译模式、翻译政治等内涵，以及这些内容背后所蕴涵的颠覆性质，以及建设功能，在当时的中国语境下也就具备了"翻译革命"的潜质。人们看到，它在沉寂了十年之后，并不像鲁迅在新版《域外小说集·序》中所喟叹的那样"在中国也就完全消灭了"，事实上，它还是慢慢地荡起阵阵涟漪，引发了一些震荡，且最终还是开了花、结了果。

同样，倘若将翻译家鲁迅置于20世纪中外关系的大背景下，他的全部翻译，连带他围绕翻译撰写的文字，再透过他数量惊人的译者“前记”“后记”所直接或间接传达的思想碎片，我们期望可以看到，他以翻译家身份在中外关系上所起到的独特作用。这种特殊作用，纯粹的文学家往往未必能够如此充分地发挥，尤其是从民间中外文化交流的层面，发展了中国与某些原本没有文学关系的民族或国家的关系。这种关系，说小了是文字关系、翻译关系，说大了就是中外关系。譬如中俄关系，他从1907年的《摩罗诗力说》到1909年翻译出版《域外小说集》，他对俄国的“发现”，他那种试图超越语言障碍、持续不断地把俄国文学介绍进来的韧性，那种浪漫的俄罗斯想象，对于20世纪中俄、中苏关系后来达到高潮，是起到奠基作用的。而这种奠基作用的翻译关系的建立，反过来又推动前苏联的翻译家和汉学家关注中国现代文学、译介中国现代文学。可以说，在众多修筑20世纪中俄、中苏亲密大厦的功臣中间，鲁迅是最早伸出手，坚定而热情地播撒中俄友谊的一个。

因此，从翻译关系的特定角度看，不仅可以说鲁迅“发现”了俄国，他还“发现”了波兰、罗马尼亚、芬兰、匈牙利、捷克斯洛伐克等欧洲国家。将这个思路推开去，我们会清楚地看到，20世纪的中捷关系、中波关系、中芬关系、中荷关系、中罗（马尼亚）关系、中亚（美尼亚）关系、中菲（律宾）关系，以及中国与其他东欧、中欧、南欧和北欧民族的关系，皆程度不同地因了鲁迅的翻译，以及一批追随鲁迅的译者的翻译活动，而有了实质性的改变：有的是从无到有，有的是大大推进。而中国在20世纪之前，与上述不少国家或民族之间的民间的文学交往，几乎就是零记录。

今天，人们常常说起多元文化关系，多元的中外交往格局。不过，在一定程度上，我们似乎可以说，现代意义上的多元中外文字关系，早先那个极为独特的中国多元对外关系，多多少少始于翻译家鲁迅，虽然他本身也有“厚此薄彼”之嫌。因为他从20世纪初、民元之前就开始了民间的文字外交。最初，他的用力方向与当时的主潮逆反，可又具有强烈的互补性，即他不在翻译英法德美等强国文学上用力，而是将目光与译笔投向东欧等“弱小民族”文学。他的翻译工作是要开拓中国与“弱小民族”间的关系。他的这种翻译路线，往小里说是走“冷门”，避免“撞车”，往大处讲就是“发现”了东欧等“弱小民族”。有趣的是，我们知道，虽然国家间的外交关系必然影响到民间的交往，但其（指民间对外关系）生命力在于，倘若国家间没有正式关系，或者已有的国家关系一度中断，这种民间的对外交往，是可以像一条河那样，默默地继续不停地向前流淌的。

当然，从翻译史的角度，描述鲁迅译作的出版情形、鲁迅翻译某作家某作品在译介史上的意义和地位、译者实际翻译情况、所据源语本或原文本、主要译作的内容概要等，也是本书的写作的目的。有兴趣的读者，可以比较清楚地看到哪些作家、哪些作品乃鲁迅首次介绍到中国。尤其是后一层，本书花费一些篇幅来概述鲁迅主要译作的内容，希望藉此对那些对鲁迅有兴趣、对鲁迅翻译有兴趣的读者，起到抛砖引玉的作用。若一时找不齐这些译作，若一时找不到丰足的时间，不妨参看本书。然而要想真正领略鲁迅翻译的独有风貌，完整地了解其译作里的内容，最佳的办法，自然还是直接读鲁迅的译文。这也是鲁迅对他译作的读者一贯的劝告，当然，他是劝告他的读者，最好的办法是读原作。

本书还从 20 世纪中国翻译史的角度出发，尝试描述鲁迅的翻译言论，以及其翻译选择、翻译实践所开创的一个新的翻译传统。这个传统无意中演进成为一种翻译模式。因此，本书还尝试对翻译家鲁迅在 20 世纪中国翻译史上的地位、他对于 20 世纪中国翻译文学史的贡献诸问题，尝试作一个宏观的描述。

此外，从本书特定的角度看鲁迅，似乎还希望描述通常的鲁迅研究不大提起的这位文化人之若干侧面，如浪漫的鲁迅，“白心”的鲁迅，人类主义者的鲁迅，“呆子”鲁迅，等等。这些尝试性的描述，或许可以算是对鲁迅研究的一点补充，同时也在现有的已经十分丰富的鲁迅画廊里，增添几个有趣的、或许不那么沉重的鲁迅画像吧？

站在鲁迅与周作人之间，来谈说翻译家鲁迅，自己觉得有一种滑稽之感。这固然是因为自己太矮小，但另一方面，头脑里又不时浮现出文学界对于这两人的许许多多的评说，特别想到的是早期那些截然相反的评说。在我看来，翻译家的鲁迅和周作人，相同之处甚多，尤其是他俩骨子里的那种“非圣无法”的精神，使得我看他们，往往更多地看到他俩的同，而不是异。作为第一代现代白话文文学大家的周氏伯仲，他俩对翻译的重视，那种独有的“译经意识”，那种屈指可数的罕见的译者主体意识，不惟在20世纪中国翻译史上开了好些先河，而且对于那个空前的“翻译的世纪”，对于20世纪中国翻译文学史，也都作出了极富个性的、不可或缺的贡献。

以鲁迅的博大精深，鲁迅研究本身的长期积累与研究成果的深入同厚重，使得这样一本小书格外单薄，格外幼稚。它自身存在的问题一定不少。不过，专门讨论翻译家鲁迅的著作，除了斯德哥尔摩大学中国学系的伦德伯格博士(Lennart Lundberg)撰写过一篇博士论文[①]，中国国内迄未得见，虽然相关的文章或论文，陆续发表过一些。这是本书作者决定做这个题目的缘起。

本书作者尝试用一种平常心，用一种平常的态度，尝试用一种尽可能客观的描述语言，从一个自以为虽然幼稚、却也不乏新鲜的角度，借助于翻译家本人异常丰富的翻译活动与著译，来描述翻译家的一生。作者相信，这是一个开始，而远远不是结束。

作者

2004年5月

① 香港中文大学博士白利平替我借来这部英文本研究著作，对于利平的厚意，我要表示感谢。

第一章　世界意识与梦者鲁迅

第一节　科学之梦——上天入地造人术:《月界旅行》《地底旅行》)(1903)和《造人术》(1905)

1902 年 3 月 24 日,鲁迅乘日轮“大贞丸”离开南京往日本,4 月 4 日抵横滨,7 日到达东京,开始了他长达七年的留学生活。

鲁迅的翻译生涯,始于弘文学院。他于是年 4 月 20 日入弘文学院。当时的学友沈瓞民回忆说,一群来自浙江、江苏的同学,如许寿裳、韩永康、他和鲁迅等,年方 20,丰姿英发,终日聚在一间简陋的自修室里,有时推敲文字,勤奋学习;有时借一杯浊酒,高谈阔论,议论天下事[①]。这所谓的自修室,居然可以喝酒,乃是它并非设在书馆或教室里,而是在学生寝室内。因为弘文学院当时一般是八个学生合居一室,寝室在楼上,楼下是自修室,上下皆不算宽大。鲁迅此时将很大精力放在习日语上面,一边刻苦习日文,一边翻译。弘文给鲁迅带来的真正收获,是日文。而他最早发表译作的园地,就是浙籍留东学生创办的鼓吹光复、革命的刊物《浙江潮》。

1903 年,鲁迅的政治历史小说《斯巴达之魂》揭载于 6 月 15 日的

---

① 参看沈瓞民《回忆鲁迅早年在弘文学院的片断》,见《回望鲁迅:高山仰止——社会名流忆鲁迅》,柳亚子等著,石家庄:河北教育出版社,2000,第 48 页。

《浙江潮》第5期[①]。该刊同期还发表了鲁迅译法国嚣俄(通译雨果)的短篇小说《哀尘》[②],署名“庚辰”。后来有些研究者把《哀尘》视为鲁迅翻译外国文学的第一篇小说,大概是因为《斯巴达之魂》似译非译、似作非作的暧昧。但这种作译界限不明,乃是当时习见之现象,并不等于这篇文字是鲁迅的真创作。同时根据鲁迅事后称这篇东西的内容大概是“偷来的”的回忆,应该说它还是一篇译述作品,尽管它不是今天意义上的严格翻译。可它也绝非严格意义上的创作。因此,由于鲁迅这两篇作品皆同时发表于《浙江潮》第5期,现有材料又无法分清哪篇先译,所以,这两篇作品,可以视为鲁迅最早发表的译作,也是鲁迅文字生涯中最早变成铅字的东西。

另一篇科学文章《说鈤》,于是年10月首刊《浙江潮》第8期。《斯巴达之魂》连同这一篇,一度被误作鲁迅创作,主要原因前边已经说过,在于其似译非译,似作非作,作译界线不甚分明的暧昧。多年后,杨霁云将这两篇“少作”从遗忘中拾起,拂去尘埃,收入鲁迅《集外集》之际,鲁迅从自己1903年专门知识程度、自身知识结构出发,否定其为创作:“一篇为‘雷锭’的最初的绍介,一篇是斯巴达的尚武精神的描写,但我记得自己那时的化学和历史的程度并没有这样高,所以大概总是从什么地方偷来的”[③]。这所谓“偷来”的玩笑语背后,其实就是指当时颇流行的译述,或者有些接近今日所谓编译。鲁迅这个结论显然符合事实。

《说鈤》乃中国第一篇介绍镭(Radium)的专文。从居里夫妇(皮埃尔·居里和玛丽·居里)1898年宣布发现镭和钋,到鲁迅译介镭的专文发表,前后不过五载。1903年亦正是居里夫妇因其在物理学上对放射性元素的出色研究同贝克勒耳共享诺贝尔物理学奖的一年。鲁迅的译介速度不可谓不快,尽管当时真正读到此文的人很有限。从中亦可看出当时鲁迅的科学热情。

---

① 1903年11月《浙江潮》第9期续刊此文。

② 施蛰存主编的《中国近代文学大系·翻译文学集》收入鲁迅译《哀尘》,见《中国近代文学大系·翻译文学集》(一),上海:上海书店出版,1990,第719~722页。

③ 鲁迅:《集外集·序言》,见《鲁迅著作全编》,林非主编,第3卷,北京:中国社会科学出版社,1999,第805页。

《斯巴达之魂》截取古希腊抗击波斯的一段史实，敷衍成一篇斯巴达人在公元前 480 年配合同盟军，以少搏多，誓死保卫祖国，英勇抗击波斯侵略军的故事。小说颂扬了斯巴达男人和女人为国牺牲的爱国主义精神。这个篇幅不长的编译产品，成为 1919 年之后鲁迅翻译模式的一次最初尝试，即译者不通原作国家的语文，而是通过转译来选择翻译高度意识形态化的文学作品。

《哀尘》译文前边附有译者作的"解题"，后来的本子又把它写作《译者附记》[①]。这篇译文甚短，述惠克德尔·嚣俄两日前被推举为法兰西学院院士，这一日他前往席拉覃夫人府邸晚餐，与将军球歌特同席，二人谈到法国对外关系时意见相左。他辞别席拉覃夫人走到街上，适值隆冬，天空飘大雪，见一少年用雪球投掷一贫贱女子，女子惊叫，奔恶少而击之，二人扭斗，巡查至，只捉女子，不问少年绅士。女子抵抗，再三分辩绅士先动手，自己无罪，然巡查将她强行扭送至警署，遭冤枉的女子啼哭喊冤。嚣俄初始犹豫，是否应当出面解救，继而上前为之作证。可是，开始他的证明并不生效，惟有他在报出自家身份之后，惟有他答应亲笔在证言上签字后，女子似乎才有了得救希望。小说终篇时，女子惊讶之余，不住地说："此绅士如何之善人乎？"[②]雨果这篇作品，意在揭露因贫富差异而导致的社会不公。

《斯巴达之魂》《哀尘》与《说鈤》这三篇早期译文，恰好代表鲁迅初期翻译作文的两大路向：人文启蒙同科学启蒙。前者从文学和世界史角度，后者从现代科学角度；前者为文史启蒙，后者为科学启蒙。此时的鲁迅，跟当时很多留学生一样，怀抱一个科学救国的美梦。因此，初期的周树人著译，在科学作品翻译方面用力甚勤，其间亦不排除赚钱购书、贴补生活的动机。

鲁迅接触科学技术，大抵始于 1898 年，入江南水师学堂之后。1899 年 1 月，他转入南京的陆师矿路学堂。虽然学堂的训练专门化程

---

① "解题"者，请参看《中国近代文学大系·翻译文学集》(一)，施蛰存编，第 718 页；《译者附记》见林非主编的《鲁迅著作全编》第 3 卷，第 24 页。

② [法]嚣俄著：《哀尘》，庚辰译，初刊《浙江潮》第 5 期，1903 年 6 月。见施蛰存主编《中国近代文学大系·翻译文学集》(一)，第 722 页。

度不高，却也算是科学知识的入门教育；虽然鲁迅多年后每每以自嘲加不屑的口气回顾早年的工科训练，但鲁迅后来在仙台医专一年半的医科训练，二弟作人出绍兴后也在南京水师学堂念书，皆证明鲁迅成名后回首往事的语气添加了较多后来的心情，已不能完全反映早先的全部实情。郭沫若虽然好歹完成了医科大学学业，可他对于离开医科专业的解释较少顾忌（缺乏专业兴趣加上耳疾），而鲁迅在《朝花夕拾》里，却有些诗化的笔墨[①]，似乎不能完全真实地反映早年那个喜欢做梦的鲁迅。

在一般人看来，早年的鲁迅，是一个“很严肃，平时是不大露笑容的”人[②]。但了解他的人都很清楚，鲁迅其实也是个酷爱做梦的人。南京陆师学堂和留东初期，鲁迅做的是科学之梦。正是当初的科学之梦，推动他移译《月界旅行》[③]、《地底旅行》[④]、《造人术》等科学幻想小说，构成他求学时代的重要一章。今天，中国的杨利伟成功地在太空旅行（2003.10.15），举国欢腾，不知人们可曾想到，刚好在一百年前，鲁迅翻译的科学梦想，正是上天入地造人术？

从他翻译的科幻小说里，我们多少看到一个梦者鲁迅，尽管当时翻译在他还有自身获取新知的需要，以及普及科学知识的因素。除了科学启蒙的翻译动机，我们还可以说，1903 年至 1906 年上半年，鲁迅的科学热情，实在比他自己后来在回忆文字里描述的那个鲁迅要高。1908 年译过《域外小说集》之后的鲁迅，1918 年发表过《狂人日记》之后

① 参看周作人《与曹聚仁谈鲁迅》，见《周作人文类编·八十心情》，钟叔河编，长沙：湖南文艺出版社，1998，第 239 页。

② 《鲁迅年谱》（增订本），鲁迅博物馆、鲁迅研究室编，北京：人民文学出版社，2000，第 1 卷，第 217 页。

③ 鲁迅译《月界旅行》版次如下：1903 年 10 月，日本东京进化社出版；1938 年 6 月，鲁迅全集出版社初版《鲁迅全集》第 11 卷；1958 年 12 月，人民文学出版社《鲁迅译文集》第 1 卷；香港今代图书公司出版（无出版年月）。资料来源：周国伟编著《鲁迅著译版本研究编目》，上海：上海文艺出版社，1996。

④ 鲁迅译《地底旅行》单行本版次如下：1906 年 3 月，上海普及书局、南京启新书局发行；1938 年 6 月，鲁迅全集出版社初版《鲁迅全集》第 11 卷；1958 年 12 月，人民文学出版社《鲁迅译文集》第 1 卷；香港今代图书公司出版（无出版年月）。资料来源：周国伟编著《鲁迅著译版本研究编目》。

的鲁迅，乃至在此后整个新文学运动中，鲁迅都以其思想深刻、作风果断冷峻、文风清俊、译风简约著称。这种风格鲁迅后来一直坚守不渝，且深有发展，因此多年后的追忆文字，笔调偏于冷静，自嘲成分多，同时也多少遮蔽了当年那个喜欢暗自做梦的鲁迅。

我读鲁迅，私意以为，鲁迅骨子里是个浪漫之人。他的浪漫，并不一定表现在爱情上，也从不表现在描写爱情的小说上，而往往是表现在他那压不住的强烈的理想主义之上。他的浪漫，绝不似后来者郭沫若、徐志摩那样内外一致，刻意张扬，而是恰恰相反，竭力加以掩饰。正由于他拼命掩饰，我们就只能从他的偶尔爆发里，从他的创作和翻译里，瞥见他欲深藏不显的浪漫本相。

每个作家、思想家皆有不愿示人之一面甚至多面，正如哈代不愿让世人知道他不少小说的素材，源自他手抄的多塞特(Dorset)地区的各种报纸[①]，并为此感到尴尬一样，鲁迅后来也很吝啬提及当年自己所做的一个又一个的梦。而他最早暴露于世的，就是科学之梦。

31个寒暑之后，鲁迅自称重读《斯巴达之魂》感到“耳朵发热”[②]，但实际上，《说鈤》译得更加古怪，问题更突出一些。如译文中大量专名直接音译(该文从日文译)，却不加解释，例如“启罗格兰”“勃克雷线”等，差不多隔三差五便冒出一个音译。这里可没有鲁迅后来十分推崇的严复之“一名之立，旬月踟蹰”的翻译作风。鲁迅后来对初期翻译学他人，受晚清译界意译劲风影响，颇生懊悔之意，“年青时自作聪明，不肯直译，回想起来真是悔之已晚”[③]。倘若我们了解到鲁迅稍后译凡尔纳的《月界旅行》和《地底旅行》那种自由无度的译述，那么对于他此时的懊悔，可能就不难明白。

《说鈤》用文言文介绍了古篱夫人(即居里夫人)发现镭元素的经过，其罕有的特性，及其将来的用途与价值。这篇早期科学译文，若给今天的专业人士看，可能会嫌其文字过于古奥。但若连猜带推理，大致

---

① 伊川：《哈代——抄报纸的小说家》，刊2003年10月22日《中华读书报》第10版“国际文化”栏。

② 鲁迅：《集外集·序言》，见《鲁迅著作全编》，林非主编，第3卷，第806页。

③ 鲁迅：1934年5月15日致杨霁云信，见《鲁迅著作全编》，林非主编，第4卷，第638页。

还是可以读懂;可若是作为科普文章,则可以算作失败之译。因为译文里专名太多,涉及的新的科学知识太复杂,又缺少必要的解释。因此,说它是译者最初的几次囫囵吞枣,恐怕是不错的。

囫囵吞枣并非限于这一篇。强烈的译介愿望,匆忙的译笔,使他成为"五四"之前中国最早绍介科学小说的译者之一。不过与此同时,鲁迅却将法国儒勒·凡尔纳(Jules Verne,1828—1905)的《月界旅行》(今译《从地球到月球》,1865)当作美国培伦的作品移译,把凡尔纳的《地底旅行》(今译《地心游记》,1864)误作英国威男的作品,绍介给中国读者。"培伦者,名查理士,美国硕儒也。"①但中译者在《辨言》说明,"《月界旅行》原书,为日本井上勤氏译本"②,这表明原作者误作"美国硕儒",实为日译者误植。《地底旅行》前二回初刊《浙江潮》第10期,署名"之江索士译演"③。鲁迅自称"虽说译,其实乃是改作"⑤。这只是说明,小说改写的成分大,译者添加删减成分大,但仍不出翻译之一种,是编译性质的翻译。

比鲁迅更早译凡尔纳者,有卢籍东译《海底旅行》(1882年译,今译《海底两万里》)④。鲁迅译凡尔纳的两部科幻小说,在中国皆为首译。《月界旅行》从日译本转译,日译者为井上勤,日译本凡28章,鲁迅译本裁减为14回。鲁迅谓之"截长补短",可见此时鲁迅翻译远非《域外小说集》时期的严谨,实质上还是林纾老先生的译法,连原作者的张冠李戴,亦颇有林纾之风,基本蹈袭了"林纾模式"那一路。

有趣的是,鲁迅其时虽以科学技术为自己今后的学业(此时尚未入仙台医学专科学校),自己亦做着科学之梦,但立足点却并非从科学出

① 鲁迅:《月界旅行辨言》,初刊1903年10月东京进化社出版的《月界旅行》,署中国教育社译印,见《鲁迅全集》,第11卷,北京:人民文学出版社,1973年10月出版。以下《鲁迅全集》,除非另有说明,一律指北京人民文学出版社1973年精装版,该版本收入鲁迅主要译作。

② 鲁迅:《月界旅行辨言》,见《鲁迅著作全编》,林非主编,第3卷,第49页。

③⑤许广平:1938年版《鲁迅全集·地底旅行·案》,许广平引鲁迅致杨霁云信:"《地底旅行》,也为我所译,虽说译,其实乃是改作,笔名是索子,或索士,但也许没有完。"见《鲁迅全集》,第11卷,第181页。

④ 参看施蛰存《中国近代文学大系·翻译文学集·导言》,见《中国近代文学大系》,第26卷,《翻译文学集》(一),第8页。

发，并非从理科学生或工科医科之专门立场来看待翻译《月界旅行》，而更多是从文学家的立场来阐释移译此书的目的："盖胪陈科学，常人厌之，阅不终卷，辄欲睡去，强人所难，势必然矣。惟假小说之能力，被优孟之衣钵，虽析理谭玄，亦能浸淫脑筋，不生厌倦。……故掇取学理，去庄而谐，使读者触目会心，不劳思索，补助文明，势力之伟，有如此者！我国说部，若言情谈故刺时志怪者，架栋汗牛，而独于科学小说，乃如麟角，智识荒隘，此实一端。故苟欲弥今日译界之缺点，导中国人群以进行，必自科学小说始。"[①]

值得一提者，《月界旅行》在翻译前，鲁迅最初曾考虑用"俗语"译，因为这样可减轻阅读难度，吸引读者。这个考虑说明，在世纪之交，通俗的语言，也就是后来说的"白话"，其实已经发生不小的影响（因为鲁迅的文字观此时偏古），而且"俗语"在文学创作和文学翻译里的使用，对鲁迅也有一定影响。可惜鲁迅后来放弃了这个深有意义的想法，因他又觉得，完全用"俗语"，会予人"冗繁"之感，结果用了比较通俗的文言，以便节约篇幅[②]。

说到底，鲁迅当时还是重文言，轻白话。他那用"俗语"的想法，只能说明白话在南方，尤其在江南安徽、江苏一带，已有一定势力，并不能说明鲁迅在语言上有任何的前瞻性或超前意识。虽然他已经注意到白话对于文学作品的好处，却没有充分认识到这个"新"工具的强大威力，从而使他失去 1903 年用白话移译科学小说的翻译成绩。后来的《域外小说集》，不仅没有走向更加通俗浅易，反而因了太炎先生的影响，以及鲁迅自己的文字观，文字向古，用词极为古奥，结果导致《域外小说集》初版本的销售失败。

《月界旅行》，无论是从书名到内容，到措辞和细节描写，鲁迅译本皆有删易[③]。因此，从翻译角度说，译者的原作意识、版权意识、现代小说意识、小说技术上虚和实的关系等层面，译者皆不能从现代理念上来理解，因而是缺乏上述意识的。譬如小说虚实描写的关系，从林纾到当

---

① 鲁迅：《〈月界旅行〉辨言》，《鲁迅全集》，第 11 卷，第 10～11 页。

② 鲁迅：《〈月界旅游〉辨言》，《鲁迅全集》，第 11 卷，第 11 页。

③ 鲁迅：《〈月界旅行〉辨言》，《鲁迅全集》，第 11 卷，第 11 页。

时几乎所有译家，一直到后来的译作数量很大、品种很杂的傅东华，不时认为原作某些细节描写无关紧要、芜杂，而加以删削。由此可知，他们在译介域外新的小说样式、新的写法的同时，又固执地从中国旧小说的理念出发，来看待小说里虚与实的关系。我们看到，1903 年的鲁迅，在小说理念和翻译模式方面，并未跳出这个框框。

不仅是初涉译坛的留学生鲁迅，就是当时中国最重要的现代文化出版机构商务印书馆，皆严重缺乏上述意识。在当时的商务看来，原作者并不存在，顶多不过是其后来存放在涵芳楼上的一本书，一些字母符号而已，没有实体，没有生命，也不会发出抗议。

鲁迅译的《月界旅行》，述麦烈兰国首府拔尔祛摩（即美国马里兰州首府巴尔的摩）有个美国枪炮会社，一日，社长巴比堪忽发奇想，邀集众会员会议，宣布欲铸巨炮，将炮弹射至月球，他的奇想令举国欢喜赞成。当他们紧锣密鼓地计算、咨询、研究如何制造大炮之时，有美国人臬科尔跳出来，质疑巴比堪，甚至后来欲同他决斗。别一方面，另有法国勇士亚电从巴黎来电，称已乘汽船来美，欲驾炮弹飞探月球。在争吵与举国热狂之中，巨炮终于铸成，同时请侃勃烈其天象台（今译剑桥，Cambridge）研制巨型望远镜一架。万事皆备，预备发射之际，但见山下平原，车水马龙，观客入云，将原本荒凉的所在变成一大都市。此时决定不是一人藏身弹丸内，而是三人偕同登月，这三人除亚电外，尚有巴比堪和最顽固的反对者臬科尔。只听“三十五秒……四十秒”之后的一声“放射”（不是今天的倒计时），鲁迅的译笔写道：“轰的一声，天柱折，地维缺，无数的旁观者，如飓风摧稻穗一般，东倒西歪，七颠八倒，有目不能见，有耳不能闻，那里还有如许闲工夫，来看弹丸的进路。咄！”[①]数日后，侃勃烈其天象台报告，炮弹因发射稍迟，与月球相左，所幸距离不太远，必能受引力作用而落于月球。

于是，发射成功！有趣的是，那载了三人的弹丸，因了与月球相左，在落降月球之前，还要环游月界一周。而三勇士落降月球之后，如何生存，是否返回地球，凡尔纳没有交代，鲁迅也没有展开想象加以“改写”。

---

① 鲁迅译：《月界旅行》，[法]凡尔纳原著，《鲁迅全集》，第 11 卷，第 112 页。

值得注意者，本篇小说的文字，非常浅易。这在今天读惯鲁迅文字的人看来，尤为令人惊讶。鲁迅此时译书的语言通俗易懂，甚至比新文学运动兴起之后他的白话文写作和翻译还要浅易一点。不惟如此，本篇小说译笔夸饰，不避俗滥的习语和成语。看得出，译家格外注意译作的趣味性和可读性，将其置于翻译的首要追求。譬如第七回，巨炮铸成，社长巴比堪请工人将炮膛清洁磨光，又加添工资，奖励工人，鲁迅译文写道："俗谚说：'有钱使得鬼推磨'"，这种俗滥语言，跟鲁迅后来挺讨厌的"三言两拍"的小说语言并无两样。紧接着，鲁迅的译笔来得分外绘声绘色："麦思敦更是忻喜若狂，忽跃忽踊，仰视苍苍的昊天，俯瞰杳杳的地窟，一失脚，跌入炮孔中去了。——这炮孔深九百尺，跌下去时，不消说是血肉横飞，都成齑粉。麦思敦未立奇功，先成冤鬼，你道可悲不可悲呢！然幸而白伦彼理正立身傍，连忙揪住衣襟，提起来掷于地上。麦思敦本是口不绝声，专好戏弄人的，至此也只喊一声'阿呀'，默然睡倒了。"①

这样一波三折、惟恐不吸引人的小说语言，实在与鲁迅后来的写作文字差异悬殊，也与他《域外小说集》里的翻译文笔大异。同时，我们也藉此窥见，鲁迅并非不会作通俗与好玩的文字，尽管他后来的语言像缩水布似的，不似这样水汪汪的。

《月界旅行》出现大量人名、地名等专名，鲁迅一律用音译（Transliteration）。这在晚清的翻译实践中是一个值得注意的变化，其中体现出来的尊重原语国家文化，尊重域外异质文化意识、世界意识以及呼唤新的翻译规范的建立方面，深具意义。这一层留待第三章详加讨论。第六回讲到美国各地、世界各国捐款络绎汇来，世界主要国家钱币多有罗列，译者亦逐一音译，效果不错，多数译名今天都能看出或猜出是哪国货币，有时还冒出一个无意中的小幽默。如俄罗斯卢布译为"罗卜"，美元译为"弗"②。严格说来，后一种译法已不算译音，而是译符号，用雅各布逊的分类，属于符际翻译（inter-semiotic translation）的范畴。

---

① 鲁迅译《月界旅行》，《鲁迅全集》，第11卷，第60页。

② 鲁迅译《月界旅行》，《鲁迅全集》，第11卷，第50～51页。

本篇小说受林纾译法和中国通俗小说影响比较明显。后者如译家大挥译笔，将每回名目“改作”成对仗的七言对句，如第五回“闻决议两州争地，逞反对一士悬金”。前者如为着增加可读性，译家自作主张地添加删削，如第一回“悲太平会员怀旧，破寥寂社长贻书”，说到和平时期会社里昔日的大将少将无用武之地，恨不得重返沙场，把那新大炮对敌军一试威力。此时译文生生冒出一句“晋人陶渊明先生有诗道”，当时的人见此或许不足怪，今人读之却不禁莞尔。鲁迅译作的陶诗是这几句：

精卫衔微木，将以填苍海；
刑天舞干戚，猛志固常在。①

译家鲁迅，是想用陶诗渲染书里那些美国老兵雄心不减的气势。但究竟是青年鲁迅的改作，并非凡尔纳老先生的诗句。鲁迅译《地底旅行》，凡 12 回，各回亦有大致对仗的回目，或八言或七言不等。《地底旅行》的今译名《地心游记》，更为切当。因书中两位探险家的目的，是要到达地心，而且“地底”弗如“地心”的探险意味浓重，而以幻想方式写科学探险，正是凡尔纳的初衷。

鲁迅译《地底旅行》，述德意志博物学者列曼，偕其侄亚蘼士，往衣兰岬岛的斯奈勿黎山，从其最高峰斯恺忒列山巅的火山爆发后留下的洞穴进入，往地心探险。二人皆对矿山地质深有研究，在向导梗斯的帮助下，三人从火山口入，在地洞里摸索前行。后遇汪洋大海，遂乘木筏漂流海上，一路惊见盲鱼古兽，怪火奇景，险象丛生。后坠入滚烫如油的漩涡，抵达地心，在历尽艰险之后，终于回返故乡。

除去丰富的想象力，这两部凡尔纳的科幻小说还涉及不少专门知识。如《月界旅行》有大量复杂的计算，整页的数字罗列，气象专门知识等；《地底旅行》也谈及不少地学知识。涉及这类内容，鲁迅尽可能照译，尽管译者知道它可能影响趣味性，译起来亦比较麻烦。因此，这些内容没有被删削。这亦表明，除去卖译稿，习练译笔之外，绍介新知、新

① 鲁迅译《月界旅行》，《鲁迅全集》，第 11 卷，第 15 页。

科学技术，乃是鲁迅早期译书的一个初衷。

就在这一年，鲁迅还译过《北极探险记》，原作者不详。历史方面的译作，还有《世界史》，原作者亦不详[①]。可惜两部译稿皆佚。现有资料不能确定《北极探险记》的作品门类，估计是鲁迅译的第三部科幻小说。因为作品里有对话，而纪实性的北极探险，当时尚未成为现实。是年9月，他翻译过却又佚失的其他译稿，还有《物理新诠》里的《世界进化论》与《元素周期表》两章[②]。

值得注意的是，《北极探险记》的对话，用的是白话。译者的用心，与译《月界旅行》同，显然希望作品生动有趣，浅显易懂。出版商方面拒绝译稿的理由，并非作品不合适，而是说"译法荒谬"。不知鲁迅当时究竟如何译法？从《月界旅行》与《地底旅行》，我们大致对鲁迅此时译法有了了解，文字即便用文言，却尽量浅显，已经是比较靠近白话的浅近文言。因此推测不出怎么个"荒谬"法。1934年5月15日，鲁迅在致书杨霁云中回忆道："那时又译过一部《北极探险记》，叙事用文言，对话用白话，托蒋观云先生绍介于商务印书馆，不料不但不收，编辑者还将我大骂一通，说是译法荒谬。后来寄来寄去，终于没有人要，而且稿子也不见了，这一部书，好象至今没有人检去出版过。"[③]

1905年春，鲁迅又用文言译了带有科幻性质的短篇小说《造人术》。译稿寄给周作人，由他转交《女子世界》的编辑丁初我，发表在该刊第四、第五期合刊。发表时原作者为"米国路易斯托仑著"，署名"索子译"。有人认为，这篇小说乃鲁迅创作，假托翻译来发表[④]。不过，细读此篇，从其涉及的科学知识，人名、地名等地理文化知识来看，可以断定是译述[⑤]。全篇小说汉译约八百言，述美国波士顿理化大学化学教授伊尼他，六年前辞去教职，闭门不出，在家里设实验室，一心要"造人

① 安徽人民出版社1979年版《鲁迅年谱》(二卷本)上册，第55页。该版本以下简作《年谱》。《鲁迅年谱》(四卷本)指人民文学出版社2000年增订版。

② 《年谱》，第60页。

③ 《年谱》(二卷本)上册，第60页。

④ 参看熊融《关于哀尘、造人术的说明》，见《文学评论》，1963年第3期，第90～91页。

⑤ 鲁迅译文参看《文学评论》，1963年第3期，第88～90页。

芽”(即培育胚胎),希望以此发现震惊全世界。他花费六年光阴,耗费一半的资产,经历了数百次实验失败,却不气馁,信心如金石。一日,他长时间地在显微镜下观察,忽然发现一“玄珠”,渐渐地,怪珠动起来,好似人之瞳子,伊尼他欢喜雀跃,绕室疾走,认为自己“造人芽”有了大进展。小说完篇时,有一番科学救国的豪言壮语,这恐怕有鲁迅的添加与创造在其中:

> 假世界有第一造物主,则吾非其亚耶?生命,吾能创作;世界,吾能创作。天上天下,造化之主,舍我其谁。吾人之人之人也,吾王之王之王也。人生而为造物主,快哉![1]

有趣的是,这篇小说将科学家视作“新造物主”[2],这要么是误译,要么是译者“改写”。因为西文的“creator”的本意可以是普通的“创造者、制造者”,亦可以是大写的“造物主”,鲁迅是从日译文转译的,这从“米国”的称呼里可以得到佐证。更有趣的是,鲁迅是将实施造人术的科学家视为“新造物主”,而一百年后的21世纪初,世界真正有人在“克隆”人,而多数人把这些实施造人术的人称为“科学怪人”,同“恶魔”几乎是同义语。由这个巨大差异,再看鲁迅1928年翻译荷兰望·蔼覃的《小约翰》,里边对科学主义的嘲讽与批判,可以比较清楚地看到此时的鲁迅喜欢做梦,尤喜做科学万能之梦,呈现一种“惟新是尊”的心态。

除了宣传科学新知外,鲁迅移译的这些小说,还有趣味性方面的考虑,它们在翻译文学史和中国文学史上亦归入通俗小说一类。我们知道,通俗小说之翻译在当时成为时尚。据陈平原统计,1896至1916年间,中国出版的翻译小说,柯南道尔数量位居第一,为32种;哈葛德次之,为25种;凡尔纳和大仲马第三,同为17种;日本的押川春浪第五,为10种[3]。上述译作在当时通通归入通俗小说。

伴随着上述译作,鲁迅还撰写过科学论文《中国地质略论》(1903.

---

① 鲁迅译文,参看《文学评论》,1963年第3期,第89页。

② 《文学评论》,1963年第3期,第90页。

③ 陈平原:《二十世纪中国小说史》(第一卷)(1897～1916),北京:北京大学出版社,1989,第52页。

10)，与顾琅合作编写过《中国矿产志》(1903)。后者凡22章(导言4章，正文18章)，介绍中国各省矿产资源，作《中国矿产志例言》(1906.4)等。直到1906年夏，他决定提交“退学申请书”，终止仙台医专的学业，放弃从医的道路。退学后的鲁迅，从此不再作为学生在专门学校或大学学习或生活，这一点，对于鲁迅今后的思维方式、行为习惯、作文和翻译习惯的形成，皆有不小影响。不过他自己从未意识到。

离开仙台的鲁迅，不仅人迁住东京本乡区二丁目伏见馆，整个著译也发生明显改变。在他1909年返国之前，他虽然发表过关于人类起源问题的《人间的历史》(1907.12)，1907年还作《科学史教篇》，强调科学与实业不能偏废[①]，但更多的用心，还是渐渐移至文学艺术与文化一面。如重要的文章《文化偏至论》(1907)、《摩罗诗力说》(1907)等，后者在中国文学界的影响，起初并不明显，可后来愈来愈大。

第二节　奇怪的留学：鲁迅的外语构成

绍兴的“三味书屋”(1892～1898)里，自然是听不到诵读外国语的声音的。鲁迅最初接触外国文学、外国书籍的时候，外语没有阅读能力，顶多是正在念英文的“Is this a cat? ”(这是一只猫么)吧？1898年初夏，鲁迅入南京的江南水师学堂，开始接触新学。此时的鲁迅年已十八，所学功课有英文和汉文等。尽管一周四天用来念英文，大约占去全部上课时间的三分之二，可水师学堂的程度，不过是拿着“这是猫”“那是老鼠么”(“It's a cat. Is it a rat?”)这样的简单句，打摆子似地念诵一气[②]，没有激起鲁迅多大兴趣，不似几年后(1907)胡适在中国公学念书时那样较多读原作，翻译英诗什么的。水师学堂半年的闷读，看来没有给鲁迅留下什么有用的“英语遗产”。1899年1月改入矿务铁路学堂。那里的功课与水师学堂不同，开设有德文、国文、格致、地学、金石学等新学课程，诵读的句子从“It is a cat”易为“Der Mann, Die Weib, Das

① 鲁迅：《科学史教篇》，初刊于1908年6月《河南》月刊第5号，署名令飞，收入《坟》。

② 鲁迅：《朝花夕拾·琐记》，《鲁迅全集》，第2卷，第402页。

Kind”。所谓“地学、金石学”，据鲁迅解释，就是现代的地质学和矿物学[①]。三年的学习，更由于在日本留学是大量的“德意志学”（主要是德文课），再加上鲁迅此后不断的阅读和翻译，令他的德文后来派上大用场。德文在后来的翻译家鲁迅那里，成为仅次于日文的外国语，尽管他的德文程度一直不算很高[②]。

后来的科学专著《中国矿产志》，同样成为这段求学生涯所结的一个“果实”，亦成为中国矿学领域的一部开创性著作[③]。

弘文学院乃是日本嘉纳治五郎专为中国留学生开办的，学习内容主要是补习日文同普通科学知识，以便为他们进各种专门学校作预备。鲁迅在那里呆了两年多，日文打下了基础。周作人说鲁迅在弘文学院真正学到的，只是日文[④]。1904 年 9 月入仙台医专，除医科专门知识外，德文和日文皆在继续学习中，因为日本的医科学校一般都要求必修德文。郭沫若后来成为德语文学一代翻译家，其实他在成名前从未去过德国，最初就是在福冈的帝国医大学的德文。一份小小的课程表，可以证明日本医科学校如何重视德文：在仙台医校的课程表上，小高先生的德文课天天都有，有时甚至一天两节[⑤]。

从仙台医专退学后，1907 年夏秋间，鲁迅偕同好友许寿裳、弟弟周作人等从俄国人玛利亚·孔特习俄文，不过此举未满半年即告永久下课，原因是俄文教师索取的课酬为每月六元，这对这些穷学生而言委实偏高[⑥]。周作人后来这样回忆鲁迅学习外国语的情形：“豫才在医学校的时候学的是德文，所以后来就专学德文，在东京的独逸语学协会的学校听讲。丁未（一九〇七）年曾和几个友人共学俄文，有许季茀，陈子英（名浚，因徐锡麟案避难来东京），陶望潮（名铸，后改以字行曰冶公），汪公权（刘申叔的亲属，后以侦探嫌疑被同盟会人暗杀于上海），共六人，

① 鲁迅：《朝花夕拾·琐记》，《鲁迅全集》，第 2 卷，第 405 页。

② 鲁迅：《华盖集续编·马上支日记》，《鲁迅全集》，第 3 卷，第 322 页。

③ 《鲁迅年谱》（增订本），北京：人民文学出版社，2000，第 1 卷，第 177～178 页。

④ 周作人：《鲁迅的青年时代》，转引自《鲁迅生平史料汇编》第二辑，薛绥之主编，天津：天津人民出版社，1982，第 39 页。

⑤ 《鲁迅年谱》，第 1 卷，第 135 页。

⑥ 周启明《鲁迅的青年时代·43》；周遐寿《鲁迅的故家》，第 181 页。

教师名玛利亚孔特，居于神田，盖以革命逃亡日本者。未几子英先退，独自从师学，望潮因将往长崎从俄人学造炸药亦去，四人无力支持，遂解散。”[①]周作人这里说的“独逸语学协会”，其实就是“德语协会”之意，因日语将德意志写作“独逸”。

然而，谁也没有料到，20 世纪 30 年代在上海，晚年的鲁迅在与留学苏联的朋友闲谈时，因为谈到俄语，他居然兴致勃勃地用俄语讲了一串俄语单词：

> 面包、文学、狗……
>
> 我吃惊起来：字音读得那么准确、熟练。我问道：
>
> “我始终以为您不懂俄语，这在哪学的？多咱学的？”
>
> 他笑着说：
>
> “在日本学的。早学的。学了一点就丢开了。”
>
> 他一面说着，一面顺手从书架上取下一张苏联《文学报》，读了报头，接着说：
>
> “读还可以读，有时字意不懂。”[②]

鲁迅精通日文，听说读写皆可应付，其中读的能力最强；说的方面，内山完造说他讲的日语好极了，也有日本朋友说他讲日语带有口音。此外，他能够阅读德文，却不能听与说，也基本不能用德文写作。他的德语状况似乎在 30 年代妨碍了他直接从原文阅读马克思主义理论。鲁迅晚年寓居上海虹口公园附近，许广平说他还“自己就每夜自修德文至少有一年，大买一通有关研究德文的字典、辞典和德文书籍，如是经常每夜定出一定时间学习。见史沫特莱女士时，有时亦能用德语对话”[③]。他此时重修德文，大概不仅有阅读马克思理论著作的考虑，而

---

① 知堂：《关于鲁迅》，原刊 1936 年 12 月 1 日《宇宙风》第 30 期，见中国社科院文学研究所鲁迅研究室编《鲁迅研究学术论著资料汇编》，第 2 卷，北京：中国文联出版公司，1985，第 93 页。

② 曹靖华：《叹往昔，独木桥头徘徊无终期！》，见《回望鲁迅：高山仰止——社会名流忆鲁迅》，柳亚子等著，石家庄：河北教育出版社，2000，第 294 页。

③ 《许广平忆鲁迅》，马蹄疾辑录，广州：广东人民出版社，1979，第 620 页。

且还有一个不十分明确的访德计划。

他大概在1930年给时在德国的徐梵澄写信，说希望到德国游历。梵澄（又名徐诗荃）复信，告诉他，因为考虑到鲁迅已经是中国重要文化名人，因此以蔡元培游历德国的规格为蓝本，估计鲁迅在德国每月费用大概六百马克也就够了[①]。此后，鲁迅再未提及此事。鲁迅一生不喜游历，他生性不喜欢旅行。周作人也从来不出门旅游，心情最好的时候，也是他梦想最多的时候，是他假赴日探亲之机去日本的日向参观访问新村。至于鲁迅，除四次东渡日本外，他本人未曾到过其他国家。而除日本外，他或许最应该去游历一番俄国和德国，因为这种游历，一定会对他的思想产生某些影响。他其实亦颇有机会，可惜他未成行。私意以为，这对于翻译家和思想家的鲁迅，还是很有影响的。

鲁迅成名后，荆有麟曾经安排他会见北平世界语专门学校聘请的一位俄国教授，此人从哈尔滨来，世界语娴熟，除俄语和世界语外，他说他能讲德国话，自称日文也能对付。于是，在北平东安市场的饭馆里，就出现了这样一幕：

> 鲁迅与谢利谢夫开始谈话了。谢利谢夫开口的是德语，他以为鲁迅能懂德国话。鲁迅讲出的，却是日语，他以为谢利谢夫能懂日本话，两人都选取了自己的熟悉语言而应用。无法顾到对方对另一种语言（的感觉），听觉的能力，这会谈，是干干脆脆失败了，谢利谢夫撅着嘴，摸起他的长胡子。鲁迅先生皱起眉头，拼命在抽烟。本来说不好世界语的我，不能不用世界语再（原文如此——引者）维持场面。[②]

荆有麟的这段有趣的描述，从一个侧面告诉我们，除日语外，鲁迅实际使用外语的部分情况。

虽然鲁迅在弘文主要习日文，他应该还想过把英文改进一些，程度

---

① 参看徐梵澄《星花旧影——对鲁迅先生的一些回忆》，见《回望鲁迅：高山仰止——社会名流忆鲁迅》，石家庄：河北教育出版社，2000，第359页。

② 参看荆有麟著《鲁迅回忆片断·有趣的会谈》，见《鲁迅研究学术论著资料汇编》，第3卷，第1386页。

提高一点。据当年弘文的同窗沈瓞民回忆,他翻检到鲁迅 1904 年给他写的一封信,信里提到《英文典》,沈瓞民由此推断说,“由此可证他当时还习英语的”[①]。然而,鲁迅早年在南京习英文,或许还包括在弘文的温习英文,未曾开花结果,反而不知何故,导致他对英文没有好感。这个状况对他后来的读书,他的思考,他的知识结构,他的文学趣味,我相信,皆发生了一定程度的影响。周作人 1951 年回顾鲁迅与英文的渊源时曾经说过,“因为他是反对英文的。在光绪戊戌(一八九八)年他最初考进水师学堂,也曾学过英文,‘块司凶’(即英文的“问题”“question”——引者)这字他当然是认识的,不久改进陆师附属的矿路学堂,便不学了,到了往日本进了仙台医校之后改学德文,这才一直学习,利用了来译出好些的书。他深恶高尔基说过的黄粪的美国,对于英文也没有好感”[②]。

鲁迅学外国语,因为发蒙时间偏晚,除日语外,基本上是阅读型的外国语,即闷闷地阅读,勤查辞典,阅读能力偏强,却很少开口。他属于用口不如用笔,快速反应不如慢慢借鉴经验那一类。周作人的日文水平自然不用说,在中国人中属于屈指可数的日本通,可英文是他早年第一外国语。早年有人请他去教授英文,就是英文发音问题,让人夺走了他一生中第一只饭碗。

鲁迅在仙台医专的学习,第一学年下来,最高分不是专业课,亦非德文,而是伦理课,为 83 分;最低分则刚好是恩师藤野严九郎先生的解剖,为 59.3 分,差 0.7 分及格。此外,其他几门课成绩看似一般,平均分为 65.5[③],但这个成绩,在仙台医专恐怕算好的。据鲁迅自己讲,在一百余名同学里,他的成绩排位在中间[④]。收入《朝花夕拾》里边叙说仙台医专的回忆,惟有《藤野先生》一篇。文中说及鲁迅修的课程,计有

---

① 沈瓞民:《回忆鲁迅早年在弘文学院的片断》,见《回望鲁迅:高山仰止——社会名流忆鲁迅》,柳亚子等著,石家庄:河北教育出版社,2000,第 46~49 页。

② 周作人:《鲁迅与英文》,署名鹤生,见钟叔河编《周作人文类编·八十心情》,长沙:湖南文艺出版社,1998,第 178 页。

③ 参看李欧梵《一个作家的诞生——关于鲁迅求学经历的笔记》,乐黛云编,《国外鲁迅研究论集(1960~1981)》,北京:北京大学出版社,1981,第 117 页。

④ 鲁迅:《朝花夕拾·藤野先生》,《鲁迅全集》,第 2 卷,第 413 页。

骨学、血管学、神经学、解剖学、解剖实习、局部解剖、细菌学等。但鲁迅对于其他课程、其他教授，如“德意志学”（德文课）等，便一概省略了。这至少表示，鲁迅对自己的德文课不太满意。多年之后，林语堂曾说，鲁迅的外语学得不好。

1909 年，鲁迅曾经起心要往德国留学。可惜因为母亲要他回国，要他负起长子的重担，没能实现这个愿望。以我私意推测，这个在当时留学生中常见的插曲，若鲁迅坚持己见，有可能改变翻译家、文学家、思想家鲁迅的人生。而这个插曲从未引起鲁迅研究者的注意。倘若鲁迅像同乡蔡元培那样留学德国，随着知识结构的改变、对德语的精通，鲁迅兴许会跟人们今天所熟悉的鲁迅有很大不同。事实上，作为鲁迅第二外国语的德文，鲁迅曾在一些场合坦言，自己的程度不很高，也没有像他对日文那样的自信力。他译自己喜爱的部分德语文学作品，包括别国文学的德译本，如《小约翰》（荷兰 F. 望・蔼覃原作，德译本译者保罗・赉赫），常常会遇到一些疑难句子。他说，20 年前在东京读过，当时便想动手移译，可又觉得自己德文水平不够，便搁下，20 年后乘暑假忍不住拿出来，翻译一遍，然而留下不少疑难之处。为慎重计，翌年夏，即 1926 年 7 月，他约请好友、曾经留德的齐宗颐（寿山）合译这个长篇童话，“翻检一过，疑难之处很不少，还是没有这力。问寿山可肯同译，他答应了，于是开手；并且约定，必须在这暑期中译完”。[①] 其实鲁迅说的“开手”，已经不是字面上所谓开始翻译的意思，而是第二遍复译的开始，当然重点还是讨论那些“疑难之处”。这种翻译态度，其严谨处自然远过于 1903 年译两部《旅行》时的态度。

离开仙台后，鲁迅回返东京，住本乡区汤岛丁目伏见馆下宿。其间遵母命返绍兴与朱安女士完婚，再次东渡返日京后，他将学籍挂在独逸语学会开办的独逸语学校（即德语学校），却也并不到校上课，仅在居住的伏见馆内饱读各类杂书：哲学的、科学的、史地的、文艺的都有，独独没有医学的。哲学和文艺类书籍尤多。当时怀抱的希望，乃是准备开始从事文艺运动。具体的设想，便是筹办一种新文艺的杂志。此后一

---

① 鲁迅：《华盖集续编・马上支日记》，《鲁迅全集》，第 3 卷，第 322 页。

直到1909年归国，他的身份基本上是一个“非学生”或“退学学生”[①]。可这段时间的他，一刻也没有闲着，反而是格外用功读书与翻译。

从南京矿路学堂而弘文学院而仙台医校，他真正在现代学堂里上课的时间，总计不足七年。留日七年间，他一半时间蜗居在寓所里大量阅读，翻译，为杂志撰稿，自编翻译作品集，还替他人校对书稿。这样做的最大益处，是可以将时间专用于自己真正感兴趣之事；其弊端却是失去接受现代教育系统训练的机会。因为，鲁迅早期的小说创作、撰文、翻译，之所以跟晚清作家和众多译者有根本不同，其中一个原因，多少跟他早年在新学堂接受新学，在仙台医专接受现代医科专门训练，大量通过日文阅读西书、汲取新知有关。如《狂人日记》与他受过的医学训练、早年翻译与他所接受的科学训练有关。鲁迅对系统训练的不够重视，一则大概是因为当时学校训练本身不够系统、不够成熟完善，一则也是他自身缺乏这个意识。由此而导致鲁迅的知识结构，包括外语结构，认知方式，思维方式，这些在将来必将对他的文学活动、翻译活动产生影响。而迄今为止的全部鲁迅研究，皆没有从这个方面来考察鲁迅。仅就本书关注的翻译家鲁迅而言，这一点，令他后来吃了不少苦头。

不仅他自己如此，连1906年秋跟随他来到日本留学的二弟作人，除了每周三四次学日语和后来学希腊语(1908.10)外，也不特别积极地到学堂端端正正地上课，连鲁迅早先在仙台医专经历过的几年正规学堂训练也免了，而是跟他一样，在桌椅皆无的四席半的塌塌米上，将大量时间花在读书、译书上。周作人这样大胆，不去学堂正经念书，显然有哥哥的意见在背后。二周留东，背的都是学习现代实用科学技术的名，鲁迅学医科，周作人按理说是学海军或船舰的。可所读之书，非但不是轮机、锅炉、人体解剖之类，反而是数量惊人的域外文艺和其他各类书籍。这样一种“不务正业”的留学方式和专业发展，周作人后来自嘲为“马背上的水手”。但他们可比一般的攻读法、政、理、工、医的“名副其实”的留学生还要用功，至少跟他们中间那些为数不多的真正用功

---

① 李欧梵：《一个作家的诞生——关于鲁迅求学经历的笔记》，见乐黛云编《国外鲁迅研究论集(1960～1981)》，第111页。

者一样勤奋。不过,别一方面,这也使得鲁迅所受的教育中,似乎缺乏一种严格的、系统完整的训练,因而在未来的文学和翻译活动中,比较缺乏现代系统意识。这种状况,在本质上跟梁启超有些相似,跟胡适却完全不同。

勤奋做事的鲁迅,有一回因觉得二弟不够勤奋,连连催他译书,甚至还对他饱以老拳[①]。当时手头很紧的鲁迅,不时托书店,主要是东京最繁华地带的丸善书店(原名为"丸善株式会社"),代订欧美新书刊,其中就有不少德文书刊:"大约二十年前,我在日本东京的旧书店头买到几十本旧的德文文学杂志,内中有着这书(指《小约翰》——引者)的绍介和作者的评传,因为那时刚译成德文。觉得有趣,便托丸善书店去买来了;想译,没有这力。"[②]

鲁迅和二弟的留学生活大约是本土化的。尤其是周作人,平常往往穿和服着木屐,一日二餐,吃的是下宿的饭菜[③],非常简单。然而每天若是没有新书或翻译当"饭菜",则简直不可思议,那兄弟俩可能会感到"饥饿难耐"吧?对于他们而言,翻译是学习外国语的最好方式,更是汲取新知的重要途径,亦是一种比较深入的细读与消化。鲁迅常通过丸善书店订购西书,譬如美国该莱尔(Gayley)编的《英国文学里的古典神话》等,这些书为周作人后来在神话研究方面作出的开拓性成绩打下了基础。

二周的外语结构不尽相同。最初鲁迅的日语自然最好,因此对外交涉皆由大哥一力总揽。除日文外,鲁迅和作人分别阅读德文和英文。鲁迅英文不佳,刚好作人的英文可以对付,英文一直是周作人的主要外国语之一,刚到日本头几年尤其如此。他获取新知的途径,主要是靠阅读英文著作[④]。鲁迅后来在国内曾经希望学习世界语,但因为忙,没有

① 见周作人《知堂回想录·83·邬波尼沙陀》,第223页:"他老催促我译书,我却只是沉默的消极对付,有一天他忽然愤激起来,挥起他的老拳,在我头上打上几下,便由许季茀赶来劝开了。"

② 鲁迅:《华盖集续编·马上支日记》,《鲁迅全集》,第3卷,第322页。

③ 周作人:《留学生活的回忆》,初刊留日同学会季刊1943年第3号,见张菊香、张铁荣编《周作人年谱》,天津:天津人民出版社,2000,第67页。

④ 周作人:《知堂回想录·我的杂学·十八》,香港:三育图书有限公司,1980,第709页。

实现这个愿望。他一生用得最多的外国语，自然是日语；其次是德文，不过德文水平始终没有达到运用自如的程度。从一定意义上说，鲁迅的日语精通，德文水平有限，俄文与英文不能对付。这种外语习得状况，对于鲁迅今后的发展，形成不小的影响，这个影响体现在他的思维方式、文化身份方面，也必然体现在他的翻译方面。

第三节 开一代译风：《域外小说集》(1909)

1899年，林纾译述《巴黎茶花女遗事》木刻本出版，引动一场举国阅读热，读书人几至人手一册。热潮之下，却也在中国译界掀起一场缺乏规则的意译热，逐渐演成以他为代表的自由无度的意译模式。我姑且把它称为"林纾模式"(Lin Shu Approach)。

在世界各国翻译传统里，"林纾模式"算得上是最随心所欲地增删改写原作的那一类①。"林纾模式"自然受晚清翻译规范的制约②。但作为近代文学翻译第一人、影响最大的文学翻译家，林纾的文学翻译，在翻译目的、翻译选择、翻译态度、翻译方法诸层面，又对后来的文学翻译产生了重大影响，而且对1899～1917年间中国翻译规范的演变及新规范的确立，起到举足轻重的作用③。

相对于世界各国翻译传统而言，相对于林纾之后的近现代中国第二代翻译家，即"五四"新文化运动所确立的新翻译传统而言，"林纾模式"可以说是一种缺乏边界意识的翻译方式。其众所周知的翻译特征，即"归化"程度极高，但凡遇见跟译入语文学规范、语言规范、文化规范、社会规范、伦理规范等不一致的地方，一般皆毫无顾忌地大力改写、改编，使之尽可能"中国化"，这些便是构成"林纾模式"的主要特征。

---

① Baker, Mona. Ed. *Routledge Encyclopaedia of Translation Studies*, London & New York: Routledge, 1998，参看该书第二部分：Part II: History and Traditions, p. p. 295—582.

② Hermans, Theo. *Translation in Systems*, Manchester: St. Jerome Publishing, 1999, p. p. 73—74.

③ 关于"林纾模式"以及现代翻译文学史上其他几种翻译模式，请参看本书第六章、第七章。

“林纾模式”的一个悖论，便是一方面可以说林纾是近代用文学的形式将世界介绍给国人的第一人。因此可以说，他的数量惊人的文学翻译，事实上向国人绘出了崭新的“世界图景”，一幅幅其他民族生活的图景，一个比哲学、社会科学以及洋枪洋炮更加生动、有趣、更加富于普遍人情味的各民族的世界，从而唤起、涵养了中国人的世界意识。可另一方面，他那种过度中国化的翻译模式，那种无意中要抹掉各民族特征(包括语言文化特征)的翻译策略，恰恰又表明翻译家、中国读者、出版商各方世界意识的淡漠。这个悖论清楚地证明，“林纾模式”乃是近现代文学翻译发动期的过渡性产物。它既是中国翻译传统的继续，亦是长期封闭之后、刚刚打开大门的中国在这个过渡期的必然产物。

这种翻译模式，译者基本没有原作意识，缺乏对原作者起码的尊重，译家和出版商只关心一件事：译出一个情节曲折动人、文笔优美的故事，因此可以说是一种过度的“以译者为中心”“以读者为本”的译作生产模式。尽管林纾译述的书案边，总会坐一位通源语本文字，甚至熟稔原语文化、原语文学的译述人，可从林纾从事翻译的方式与产品来看，林纾模式多少体现出一些“盲人摸世界”的特征。撇开之前的译作运作方式不算，这个模式统治中国译书界至少二十年。一个佐证，就是当时最著名的现代文化机关商务印书馆，也很少表现出真正的原作意识、原作者意识，长时间地任随译家、其实是鼓励译家像作家一样工作，制作翻译产品。

1903 年，鲁迅初始的翻译亦蹈袭这一模式，其典型的表现，为随意删易、增补、改写原作，给译作穿上“华服”。因此，初登译场的鲁迅，其翻译同样按中国传统欣赏习惯编制译作，完全依照当时的文化规范、伦理规范、文学规范从事翻译。具体表现为用章回体译述外国小说，章首加添对仗回目，章末贴上“欲知后事如何，且听下回分解”一类的俗滥套语[①]。这是一种“中华乃世界中心”的意识形态。在这种意识形态的操控下，本土意识过度膨胀，世界意识淡薄，译家往往毫无顾忌地使原作

① 如鲁迅译《月界旅行》，第 1 回结束前译者写道，“究竟为着甚事，且听下回分解。”第 10 回的对仗回目为“空山觅友游子断魂，森林无人两雄决斗”。

过度归化。译家和出版商的原作意识，稀薄到宛若喜马拉雅的空气。

可是，身在域外的鲁迅，并不囿于只读林琴南或严复译本。他开始直接读日文书籍或西书的日译本，他在弘文时便开始读翻译得比较准确、完整的日译本了[①]。稍后又直接读一些德文书刊。语言结构的变化，知识结构的变化，知识来源的变化，使得他的眼界逐渐开阔，同时亦逐渐对林琴南的译述方式发生疑问，发生不满。好友许寿裳回忆留日生活时这样说，林琴南的译书"出版之后，鲁迅每本必读，而对于他的多译哈葛德和科南道尔的作品，却表示不满。他常常对我说：'林琴南又译一部哈葛德！'又因其不谙原文，每遇叙难状之景，任意删去，自然也不以为然。"[②]鲁迅的不满，表面上看，集中在翻译选目和翻译方法上。可有一点，一般研究者似乎未曾注意到，即这种不满的背后，也包含对林琴南所代表的一大批中国文人那种"坐观世界""盲人摸象"的翻译模式，那种"中华乃世界中心"的意识形态的怀疑。

晚清民初译家中，鲁迅读林（纾）严（复）最多，可对于后者，他除了推崇，在翻译方面并无质疑。尽管严复的翻译质量，远过于林纾，然而真正细读，严译并非没有质量问题，译法上亦并非没有自作主张的操刀弄斧，将翻译作坊变成裁缝铺。可鲁迅已成著名作家和翻译家之后，依然对严倍加称许。或许是因了严复的留学经历、精通英文的背景，令鲁迅不生怀疑。由此我们意识到，鲁迅逐渐地不满林纾译法，是否表明他本人世界意识的逐渐强烈？因而他的不满，不能像以往的论述那样，仅仅解读为翻译层面的，还应该是文化层面和意识形态层面的，即中外文化关系中的本土意识与世界意识，以及二者之间的关系问题。

我们知道，鲁迅初始的翻译，目的大抵有三：介绍新知、习文练笔和换钱买书[③]。由此，他的初期译法亦因袭林纾路数，看重原作的趣味性和知识性，甚至有一段时间连笔调亦受"社会上顶流行的《新民丛报》的

---

① 参看马力《鲁迅在弘文学院》，见《鲁迅生平史料汇编》第2辑，薛绥之主编，天津：天津人民出版社，1982，第21页。

② 许寿裳：《亡友鲁迅印象记》，见《挚友的怀念——许寿裳忆鲁迅》，马会芹编，石家庄：河北教育出版社，2000，第7页。

③ 参看王友贵《翻译家周作人》，成都：四川人民出版社，2001，第二章。

影响"[①]。然而，自1906年始，从仙台医专退学来到东京的他，决定刊行一种杂志，开始一场文学运动。这场文学运动是同他对中国人国民性的思考连在一起的，是他批判"旧"的国民性、涵养新的国民性的一次努力。

1902年9月，他与刚来弘文学院学习的同乡许寿裳相识，此后见面，常常谈论中国民族性的缺点。据学者刘禾的分析[②]，她又根据张梦阳的推测，鲁迅是在留日期间，读到美国传教士明恩溥(Arthur Smith)所著的《中国人之气质》(*Chinese Characteristics*)的日译本[③]，这个日译本是涩江保1896年出版的，日译本又是据1894年出版的英文本翻译的。鲁迅最初从梁启超等人的著述里引发对国民性问题的注意，在日本接触到涩江保的日译本后，推动他异乎寻常地关注这个问题，且促使他关于民族性的思考一步步深入，逐渐成为一种思维方式和表达方式。

在当时的鲁迅看来，他终于捉住了一直在苦苦寻索的中国问题的根源，一个比梁启超的《新民说》《中国积弱溯源论》《国民十大元气论》等系列论述更具体、更明确、更成系统的体系已经找到。

我们很快将看到，这个关于国民性的认识大体决定了鲁迅留学期间、尤其是后期的翻译和写作活动，亦是鲁迅文化决定论之深层的思想根源。后期的筹备"新生"杂志、为《河南》杂志撰稿与《域外小说集》的选目和翻译，皆能够促进他对国民性问题的思考与挖掘。不仅如此，这个观点决定了鲁迅一生，决定了他始终偏好从文化入手来批判中国、唤醒国民、改造中国，而很少问津跟改造中国同样息息相关、甚至更为直接有效的其他层面，如经济层面、制度建设层面等。此后他一生的著译活动，皆没有脱离这个文化决定论的认识。

鲁迅七年留学生涯著译活动发生变化的转折点，或者说他一生从事著译的真正起点，应该是1906年。即他萌生创办《新生》杂志的那一

---

① 见周作人《玉虫缘·译者回忆本书译述情况》，见《中国近代文学大系·翻译文学》(二)，第668页。

② Liu, Lydia H. *Translingual Practice*, Stanford: Stanford University Press, 1995. 47.

③ 据刘禾考证，鲁迅读到的是日本涩江保译的日文本，东京博文馆1896年出版。参见上书。

年。1907 年到 1909 年期间，他在日本的著译活动，这个转变开始明显地表现出来。从翻译一面来说，这个转变的集中体现，就在他归国前出版的《域外小说集》里，以及周作人此前翻译、出版的主要译作里。

《域外小说集》，1909 年 3 月同 7 月在日本出版第一集、第二集[①]。两集收译作凡 15 篇，其中 3 篇为鲁迅译。初版本为东京神田印刷所承印，上有“会稽周氏兄弟纂译”，初版本那一篇志向高远、气象阔大的序，出自鲁迅之手。

东京版的《域外小说集》，封面为青灰色，书名“域外小说集”五个字为古色古香的篆体，据说这篆体乃陈师曾手书[②]，其图案感极强，书的上端有一横的长方形，绘有希腊艺术女神图案，下端标示第一册或第二册。整个封面设计，典雅大方，予人一种中西合璧的感觉。

我曾经把《域外小说集》（以下简作《域外集》）称作中国现代文学翻译的“尝试集”[③]。这是基于《域外集》在翻译文学史上好几个方面的里程碑意义。

《域外集》之前，中国的文学翻译多集中在长篇小说或中篇小说方面，因为中国传统说部，多为中、长篇；中国文化的有始有终，中国传统说部的有始有终，令读者习惯于中、长篇，短篇小说的翻译偏少，尽管从 1907 年开始有所增加。如吴梼译的契诃夫的《黑衣教士》（1907）、包天笑译契诃夫的《六号室》（1910）等。但以多国多位作家短篇小说合集的形式译介，《域外集》还是开天辟地头一部。在它之后推出的数量有限的短篇小说翻译集，主要是托尔斯泰和契诃夫个人短篇小说集。如托尔斯泰的短篇小说集《罗刹因果录》（1915）和《社会声影录》（1917）

---

① 笔者不曾见到初版本，手头仅有 1921 年上海群益书社改版重印本。周作人、鲁迅译《域外小说集》版次如下：1909 年 3 月，日本东京神田印刷所印，（第一册）初版；1909 年 7 月，东京神田印刷所印，（第二册）初版；1921 年 3 月，上海群益书社改版本初版；1924 年，上海群益书社改版本再版；1929 年，上海群益书社改版本第 3 版；1936 年，中华书局重印初版；1938 年 6 月，鲁迅全集出版社初版《鲁迅全集》第 11 卷；1958 年 12 月，人民文学出版社《鲁迅译文集》第 1 卷。资料来源：周国伟编著《鲁迅著译版本研究编目》。

② 《鲁迅全集》（16 卷本），北京：人民文学出版社，1981，第 13 卷，第 682 页。

③ 参阅拙作《翻译家周作人》，第二章第一节。

等[①]。直到1917年周瘦鹃编译的三卷本《欧美名家短篇小说丛刻》问世，才对《域外集》首创的多国多人合集方式作出一次实质性回应，而胡适1919年出版的《短篇小说第一集》，则是第三部类似的短篇小说合集。

《域外集》不仅在翻译文学史上，而且在中国现代文学史上，堪称一次里程碑式的翻译事件。鲁迅为此所作的序，虽寥寥数语，却吐露出翻译史上从未有过的气吞山河之气势："异域文术新宗，自此始入华土。使有士卓特，不为常俗所囿，必将犁然有当于心。按邦国时期，籀读其心声，以相度神思所在。则此虽大海之微沤欤，而性解思惟，实寓於此。中国译界，亦由是无迟暮之感矣。"[②]在翻译文学史上，《域外集》的开创意义表现在六个方面：

首先是对短篇小说这种近现代文学样式的推介与提倡。周作人在《域外小说集序》里说："《域外小说集》初出的时候，见过的人，往往摇头说，'以为他才开头，却已完了！'那时的短篇小说还很少，读书人看惯了一二百回的章回体，所以短篇小说便等于无物。"[③]我们知道，新文学运动兴起后，在长达十年的时间里，除了一些质量差异极大的新诗而外，主要的成绩基本在短篇小说。这种状况的产生，原因自然多样，但短篇小说愈来愈多的翻译，翻译短篇小说市场的活跃，显然对短篇小说创作的勃兴功不可没；而短篇小说翻译对于读者阅读兴趣的培养，短篇小说市场的培育，显然同样功不可没。而短篇小说翻译这一股汩汩活水的一大源头，应该说正是《域外集》。

其次是文学本位意识的苏醒。无论是晚清的文学翻译，还是鲁迅本人留学之初的文学翻译，在一力追求绍介新知与趣味性的同时，文学意识比较淡薄，后来常说的"纯文学"的意识与追求，此时相对而言乃是缺失的。一个事实，便是晚清的文学翻译，域外一流文学家的作品虽有

---

① 参看郭延礼《中国近代文学翻译概论》，武汉：湖北教育出版社，1998，第45～46页。

② 《域外小说集初版序》，署名周作人，但实为鲁迅手笔。见鲁迅、周作人译《域外小说集》，上海群益书社，1921，第7页。

③ 《域外小说集初版序》，见鲁迅、周作人译《域外小说集》，上海：群益书社，1921，第5页；见周作人《知堂回想录》，第231～232页。

介绍，可二三流的作家作品译得很不少，相反不少一流作家却是空白。前者如对于日本二三流作家押川春浪、黑岩泪香、菊池幽芳等译介不少，仅押川春浪一人便译出七种；后者如著名作家夏目漱石、二叶亭四迷等，在相当一段时间里几乎没有翻译[①]。而《域外集》是根据译家细读和欧洲文学史经典论著的导引，如周氏兄弟曾参考过丹麦著名文学史家勃兰兑斯（又译布兰代斯，1842—1927）的皇皇巨著《十九世纪文学主潮》[②]，所选多为名家制作，至少也是译者细读后格外喜欢的作品。后一类如鲁迅对安特莱夫的译介，前一类如周作人对莫泊桑等人的短篇的翻译等。一种"纯文学"意识的提倡和涵养，可以在《域外集》里寻出。

这种"纯文学"的提倡，可以说是《域外集》的一大功绩。不过，它在以"纯文学"的标准选译作品的同时，无意中又矫枉过正，将小说的娱乐性排除在文学之外。这两点，即对于"纯文学"的提倡、文学作品中娱乐性的缺席，十年后逐渐演成新文学的突出特征。

三是直译的提出。众所周知，晚清的文学翻译，甚至不少非虚构类著作的翻译，几乎皆是意译一统天下。初版《域外集》鲁迅序言一句"移译亦弗失文情"，以及两册小说集翻译过程中当时罕见的严格直译，包括人名、地名、专名用音译之法，部分文化历史内涵丰富的名词翻译，小说篇章结构、小说形式样态、人物对话、翻译单位、小说虚实情节的照译等，在当时举国意译的大潮中，乃是一个破天荒的创举，一个大胆的反拨，尽管直译在中国真正的源头，还在于三国时的维祇难等译经大师那里。因为鲁迅和周作人显然受到佛籍翻译传统的启发。

虽然 1909 年鲁迅已发出"弗失文情"的吆喝，但《域外集》里直译的译品，在此后十年里，在国内并没有引动预期的反响，连吆喝者自己也觉得寂寞难耐，白吆喝一场，只好在孤寂的院里抄抄古碑帖打发日子。幸运的是，鲁迅的这一声吆喝，并未真如他后来所叹息的那样，成为绝响。十年之后，中国的直译开始抬头，从《域外集》发源的一股潺潺流

---

① 参看郭延礼《中国近代文学翻译概论》，第 32 页。

② 《鲁迅评传》，[俄]波兹德涅耶娃著，吴兴勇、颜雄译，长沙：湖南教育出版社，2000，第 77 页。

水,经过十年的沉寂之后,如今真正开始汩汩流淌起来,且渐渐汇合成一条河。直译逐渐地在20世纪20～30年代占了上风。直译风气的兴起,其最直接的源头,不能不归于《域外集》,不能不归于鲁迅当初的卓见与胆识。连胡适到了翻译其《短篇小说第二集》(1933)的20世纪30年代,尽管此时鲁迅在其文字里对他多有嘲讽,他还是坦言:"这六篇小说的翻译,已稍稍受了时代的影响,比第一集的小说(1919年——引者注)谨严多了,有些地方竟是严格的直译。"①

鲁迅与胡适都是在语言方面极敏感之人。但二人在语言"革命"和翻译"革命"上各领风骚。鲁迅20世纪初年译《月界旅行》与《地底旅行》,已经起心要用通俗语言翻译,可惜没有将其大张旗鼓地实行开来,临了还是一个妥协了事。1917年胡适大张旗鼓地宣扬文字革命,从此义无反顾,没有丝毫的犹豫、后悔,直到死后在海峡对岸的自己的墓碑上,刻的依然是浅直的白话文。另一方面,《域外集》反而在语言上倒退,偏向古奥一路,却在翻译方法、翻译观上有惊人超前之举。或许在翻译家本人那里,鲁迅当时的直译,同他一时间文字向古趋势乃是一致的,但直译的提倡,在当时的语境下的确是革命性的,因为随之而来的,不光是翻译方法的改变,更重要的是世界意识与本土意识相互地位的调整,以及世界意识的觉醒。"中华乃世界中心"的意识形态受到质疑。代之而起的,是中华乃世界之一部分。再往后,甚至发生了中国可能在世界上无立足之地的大恐惧。

对于《域外集》连同它尝试直译的最初失败,鲁迅本人并没有掩饰自己的失望。因为我以为,他暗地里是抱有翻译"革命"的希望的。但他十年后重新尝试直译,倘若不是《新青年》《新潮》一班人因其知识结构、人员结构(留学生居多)的先进性而支持他和周作人,而是将他的稿子拿到商务书馆再遭拒绝,鲁迅是否还义无反顾地坚持直译,则无从知道。但看了鲁迅在重印《域外集》(1920)序言里的那番话,应该知道"义无反顾"或许并不成立。由此,我们看到,转型期的中国飞快地变化,时代的需要,成就了鲁迅和胡适在"翻译革命"和"语言革命"中各领风骚,

① 胡适:《译者自序》,见胡适译《短篇小说集》,合肥:安徽教育出版社,1999,第96页。

虽然二人外在的刚和内在的韧，明显不同。

四是选目的文学眼光和注重原作的文学价值。两册薄薄的《域外集》，虽然鲁迅仅移译三篇小说，还有一点显克微支小说《灯台守》里的诗歌，但周作人移译的 12 篇[①]，可以说多数掺有鲁迅的意见和心思。第一集中，鲁迅译有俄国安特莱夫的《谩》和《默》，第二集里，他译有俄国迦尔洵的《四日》[②]。事实上，其余的周作人的译文，不少经过鲁迅的修改誊清[③]。《域外集》一个突出之处，在于它表现出译者的文学史意识和文学眼光，虽然他们的背后有大文学史家勃兰兑斯的文学眼光。也就是说，译者在开手翻译前，注意原作、作家在本国文学史上的地位，注意他们在世界文学史上的地位，注意作品本身的文学价值。两集翻译小说，英、法各一人一篇，俄国四人七篇，波思尼亚（今译波斯尼亚）一人两篇，波兰一人三篇，芬兰一人一篇。

其中，世界著名的短篇名手契诃夫、摩波商（通译莫泊桑）、淮尔特（通译王尔德）共有四篇入选，波兰显克微支选译三篇，此外俄国的迦尔洵和安特莱夫各选了两篇。鲁迅在“序”里说，“域外小说集为书，词致朴讷，不足方近世名人译本，特收录至审慎”[④]。这里“审慎”地挑选原作，体现了二周在当时翻译界、文学界不多见的文学眼光和文学史意识。

五是开始了“弱小民族文学”的译介路径。初版《域外集》翻译的 15 篇小说，除英法各 1 篇外，其余 13 篇皆为当时的“弱小民族文学”，即东欧、中欧、南欧、北欧民族作品。此外，在鲁迅眼里，俄国这个衰落的庞大帝国也是“弱的大国”，所以《域外集》移译俄国小说四人七篇。其他的“弱小民族”文学，《域外集》翻译的还有波兰的显克微支，波斯尼

---

① 初版《域外小说集》第一册，周作人译有 5 篇；第二册他译有 7 篇。第一册他译的各篇分别是：《乐人杨珂》《戚施》《塞外》《邂逅》和《安乐王子》；第二册他译的各篇分别是：《先驱》《月夜》《不辰》《摩诃末翁》《天师》《灯台守》和《一文钱》。

② 波兰作家显克微支《灯台守》里的诗，是鲁迅译的。参见安徽人民出版社版《鲁迅年谱》，第 80 页。另见群益书社版《 域外小说集・序》，第 4 页。

③ 周启明：《鲁迅的青年时代》，第 93 页。

④ 鲁迅：《域外小说集・序言》，见鲁迅、周作人译《域外小说集》，上海：群益书社，1921，第 7 页。

亚的穆拉淑微支两篇，芬兰作家哀乐一篇。

除开俄国文学，周氏兄弟以这样大的比例来译介这些“非文学大国”的名家名作，在当时可谓别具只眼。这里边显然有勃兰兑斯的文学眼光，然而也有周氏兄弟自己的翻译选择，因为此后新文学运动兴起后，他俩依然坚持选译“弱小民族”文学作品。更重要的是，由此开始了翻译“弱小民族”文学的新路。必须指出，己酉年的周氏兄弟，未必非常坚定、自觉地将译介“弱小民族文学”作为长远目标。在当时，目标是明确的，而且十分清楚，但是否坚定，不能确定。早先二周翻译，一个目的，是别开新路，走冷门，原因之一是避免跟国内的译介撞车。但新文学运动兴起之后，周氏兄弟重拾这条翻译路线，此时则开始自觉地坚持这条译介路线，特别是鲁迅，此后一生坚持始终。周氏兄弟这一翻译路向，发生巨大影响，结果是引动了一批追随者，造成了现代翻译文学史上独有的“弱小民族文学翻译模式”，我姑且称之为“鲁迅模式”（Lu Xun Approach，详见本书第六章、第七章）。

第六，也是最后一层，《域外集》在开发新的文学资源、思想资源，开辟新的中外文化交通关系方面，皆有不可替代的开创价值。《域外集》翻译和出版时，二周皆在日本，可奇怪的是，他们连一篇居住国的文学作品都未译，却开创性地翻译了东欧、北欧一些不为人注意的弱小国家的作品，连同 1908 年周作人译匈牙利育珂摩耳小说《匈奴奇士录》，为中国读者、中国文学介绍引进了新的文学资源，新的文学世界，新的民族文化图景，亦为 20 世纪中国翻译文学史写下了崭新的一页。

虽然《域外集》是对晚清翻译选择的混乱、泛滥的意译之风的反拨，是对文学翻译中“纯文学”意识的呼唤，然而它也开创了中国现代翻译文学史上别一个传统，即翻译选择过于偏重意识形态因素，挑选翻译作品时，对其文学性（literiness）的考虑，常常让位于对意识形态的考虑。这种翻译选择模式，在近代日本，在现代法国、英国、美国，在阿拉伯的翻译传统里，是看不到的[①]。

---

① Baker, Mona. Ed. *Routledge Encyclopaedia of Translation Studies*, London & New York: Routledge, 1998，参看该书第二部分：Part II: History and Traditions, p. p. 295—582.

《域外集》里边三篇鲁迅译作，《谩》和《默》乃俄国安特莱夫作品。“谩”者，不诚也，欺骗也。《谩》述一男士，尽日忧惧为人所骗，为女友所骗，惶惶然不可终日，直至亲手杀死女友。此篇小说技法，跟美国爱伦·坡的手法极相近，如后者的心理小说《心声》。鲁迅的《狂人日记》那种心态的描写，恐惧气氛的营造，跟此篇很近似。《默》跟《谩》一样，重气氛轻故事，重心理轻情节。小说神秘幽深，森然恐怖，讲牧师伊革那支的爱女不幸亡故，爱女威罗生前沉默寡语，死后伊的妻子遂三缄其口，不发一言，宅内，坟场上，凡伊革那支所到之处，一片“幽默”（深深的沉默之意）。因默而生疑，因疑而惊诧，因诧而生惧，因惧而发狂，因狂而致乱。小说步步进逼，层层渲染，令人喘不过气来。

俄国迦尔洵的《四日》是一篇战争小说，述俄土战争期间，俄国志愿兵伊凡诺夫中弹晕倒，醒来时，发现俄军与土耳其军队远离此地，惟自身独卧棘林，双足剧痛，口渴难捱。“我”发现不远处躺着一身躯庞大的尸体，此乃战死的土耳其士兵，“我”忍痛匍匐靠近他，终得敌兵水壶（鲁迅译作“军持”）狂饮。“我”因为爬行困难，只好被困在尸体近旁，尸体已渐腐烂，令人作呕。日子慢慢爬过，“我”目睹尸体全身上下爬满蠕动的蛆，蠢动满地。一日，忽见一队哥萨克骑兵驶过小桥，“我”力呼“援我来，兄弟”，可马队匆匆而过。末了，到第四日上，忽然吾军伍长雅各来夫领人来掩埋尸体，惊讶地发现“我”还活着，“我”始得救，代价是后来割去一足。

作者迦尔洵曾亲历俄土战争，负伤而返。因此，《四日》从一个伤兵的细微角度，昭显战争的残酷和无意义。迦尔洵以他后来作品中常见的近乎病态的细节描写，近距离地“特写”突厥（即今之土耳其）士兵腐烂的细节及散发的阵阵恶臭。如第三日，作者描写道：“吾之邻人，——今日当如何？汝已怖人甚矣！诚然，彼滋怖人也。毛发渐脱，其肤本黎黑，今则由苍而转黄，面目臃肿，至耳后肤革皆列，蛆蠕蠕行罅隙中，足绒行，胫肉浮起成巨泡，见于两端钩结之处，全体彭亨若山丘。”[①]

又过了一日，至第四日，情状愈发不堪，尸臭弥漫空气中，尸身上的

① 《鲁迅全集》，第11卷，第225页。

肉全尽，有无数的蛆，蠕蠕而坠[①]。显然，迦尔洵如此固执地要读者一次又一次地凝视一具腐尸，是希望激起读者无法遏制的恶心，从而对战争产生强烈的反感。

关于《域外集》出版后的接受情况，研究者往往用那“二十一册”（第一集）和“二十册”（第二集）的结果来描述其发售的彻底失败。鲁迅后来也说：“第一集（印一千册）卖了半年，总算卖掉二十册。印第二集时，数量减少，只印五百本，但最后也只卖掉二十册，就此告终。”[②]不过，阿英多年后在上海旧书摊淘到第一册，并记述了自己这个意外的收获：“一九三五年，余得第一册于邑庙冷摊，惟封面已失，后郑伯奇兄与先生谈起，先生非常惊奇，并谓自己并无藏本。伯奇归而告我，乃寄赠先生。先生当于二月十二日复函云：‘此书原本还要阔大一点，是毛边的，已经旧主人切小。’”[③]再后来，阿英于 1937 年春天又意外地得到一册《域外集》，那是他在苏州得到的，据他说尚完整如新[③]。不过，此时鲁迅已不在人世。可见此书有可能在民间的流传，数量应大于上述的“二十一册”和“二十册”。此外，曾经资助《域外集》出版的蒋抑卮也曾托浙江省立图书馆大批捐赠此书，据说还在卷首上盖一印，“浙江省立图书馆辅导组代绍兴蒋抑卮先生捐赠”，有人从别的图书馆里看到呢[④]。

《域外小说集》在近现代翻译文学史的一个特别贡献，在于它大力提升翻译作品的文学品位和思想纬度，提倡作家关心现实的社会问题。然而矫枉过正，在它关注原作文学性、思想性的同时，却又将文学作品固有的游戏性一脚踢出。这是《域外集》带来的一个严重弊端。在新文学运动兴起之后，这个弊端非但没有得到纠正，反而变本加厉，愈演愈烈，使得主流的文学翻译和文学创作一直排斥游戏性，甚至有的评论家和小说理论将“纯文学”跟文学固有的游戏性对立起来，造成 20 世纪

---

① 《鲁迅全集》，第 11 卷，第 228 页。

② 鲁迅：1932 年 1 月 16 日致增田涉信，见《鲁迅著作全编》，林非主编，第 5 卷，第 217～218 页。

③③阿英：《鲁迅书话》（1937 年作），原载 1937 年 10 月 19 日上海《救亡日报》，见《阿英文集》，北京：三联书店，1981，第 346 页。

④ 晦庵：《域外小说集》，见《鲁迅生平史料汇编》，第二辑，第 237 页。

50～70年代的现代文学研究，也从不考虑文学的游戏性因子，拒绝将游戏性因子浓烈的作品纳入研究视野和文学史。

《域外集》的另一个弊端，是其文字的复古倾向。正如译者自己指出的，这个倾向在一定程度上造成了它初版的失败。不过，需要指出的是，鲁迅此时的向古倾向，近的有太炎先生以及严复的影响，远的则有佛经翻译直译一派的影响。不妨说，二周当初翻译《域外集》，在鲁迅一面，是藏伏着一个发动一场翻译革命、进而引发一场中国文学革命的"雄心"的。正因为这个大抱负，方有直译的复兴和倡导，方有《域外集·序》那样的振臂一呼。无论是《域外集》初版本序言，还是1921年重印本序，里边那种无可奈何的失落感，恰恰泄露了当年译者的远大抱负。而鲁迅写序所用的修辞，恰好是一种刻意的欲扬故抑。

我私意以为，二周翻译《域外集》时，心目中的一个模范，应该是严复。连文字的保守与思想的激进(即发动翻译革命，引发文学革命、文化革命)，跟严复也有几分相似。有趣的是，文字的保守与思想的激进，翻译方法的"激进"，选目的"激进"(表现为翻译选目在当时中国的超前性)，在鲁迅身上是合为一体的。我还想指出，虽然鲁迅后来坚决主张全国通行白话，废除古文，不看或少看古书，然而他的文字在骨子里其实掺有较多的古文因子。在文字上，至少在他本人的文字里，鲁迅从来不想把长衫换成草鞋，尽管他穿的长衫，从来都故意地弄得不太整齐平顺。

第二章　你播种，我锄草：兄弟翻译“作坊”

第一节　鲁迅的读书兴趣与周作人的书包

1903年暑假，鲁迅从日本返回绍兴度假省亲。他买到严复译斯宾塞的《群学肄言》。跟当时很多青年学子和初具改良思想的文人一样，严复译著他最喜欢读，也读得不少。据许寿裳回忆，在弘文学院读书期间，他“课余喜欢看哲学文学书”。打开他的书桌抽屉，除了不少日文书，还有拜伦的诗，尼采的传记，希腊神话，罗马神话等一批书①。每逢他格外喜欢读的书，他就托人带给在水师学堂念书的周作人。

打开周作人在南京水师学堂时期的书包，发现里边的很多重要新书、新刊，皆是鲁迅托人带来，或鲁迅来信推荐或开列的。早在鲁迅出国之前，他把自己刚刚接触的严复和林纾的译本欣喜地介绍给作人。1902年，时在水师学堂念书的周作人，往陆师学堂寻大哥，二人同游南京鼓楼。晚饭后，鲁迅忽然又至水师学堂，给二弟带来严复译《天演论》一部。是年3月，周作人又收到鲁迅从绍兴写来的信，以及捎来的严复译亚当斯密的经济学名著《原富》甲乙丙三本。

鲁迅东渡一年后，给作人寄回散发着油墨香的《浙江潮》创刊号，刊物封面以夸张的线条印着汹涌澎湃的巨浪。这巨浪一面令人联想到钱塘大潮，一面让人领悟到这本杂志的宗旨。此刊乃是1903年

---

① 许寿裳：《亡友鲁迅印象记》，见《鲁迅研究学术论著资料汇编》，第4卷，第506页。

2月17日由浙江同乡会在东京创办的月刊，是中国留日学生宣传反清革命的一份激进刊物。初始由孙江东、蒋百里主编，自第5期由许寿裳接编，是年12月停刊，共出10期[①]。鲁迅译法国嚣俄小说《哀尘》，便揭载于该刊第5期，署名“庚辰”译。

1902年8月11日，鲁迅给作人来信，嘱他留意寻购严复翻译英国穆勒·约翰的《名学部甲》，并强调说此书甚好。周作人遂往南京夫子庙的明达书庄，一下子买了两册[②]。其中一册，应该是预备捎给鲁迅的。此前鲁迅还写信，嘱弟弟留意购阅严复移译的《新译穆勒名学格致》一书。

越年4月3日，周作人接到鲁迅函，说将托谢西园下月带回《清议报》《新小说》等刊物，周作人闻知，简直“喜跃欲狂”[③]。因为这两样刊物，皆是他极盼一睹为快的。五日后，鲁迅函又至，告他已托谢西园从日本带回书箱一只，信里附有书目，计有：“《清议报》八册、《新小说》第三号一册、《雷芙余声》一册、《林和靖集》二册、《真山民集》一册、《朝鲜名家诗集》一册、《天籁阁》四册、《西力东侵史》一册、《世界十女杰》一册、《日本名所》一册（赠给三弟）、《新民丛报》二册、《译书汇编》四册，共二十七册”[④]。当月15日，谢西园送来周作人朝思夜盼的书箱。此后一连数日，周作人不时沉浸在精神大餐的狂喜之中，为之数日侵早起身，如饥似渴地捧读。一箱的新知与新思想从日本运来，如何不令嗜好读书、渴望了解世界的周作人欣喜若狂？一箱杂书中，他最喜翻读者，乃是《清议报》和《新民丛报》。他读过《清议报》后，认为“材料丰富，议论精当奇辟，足以当当头棒喝，为之起舞者数日”[④]。

像这样的精神大餐虽不常有，却也并非仅此一回。1904年5月，周作人又收到鲁迅自日本邮寄的书刊杂志11册，其中有林纾译亚孟查登的《利俾瑟战血余腥录》、鲁迅自译的《月界旅行》，此外还有《新小说》

---

① 安徽人民出版社版《鲁迅年谱》，第48页。

② 见张菊香、张铁荣编《周作人年谱》，第46页。

③④《周作人年谱》，第52页。

④ 见张菊香、张铁荣编《周作人年谱》，第52页。

等[1]。兄弟之间书信往还之频繁,信中提到有趣的新书、新译著如此之多,仿佛鲁迅为弟弟开设了一间第二课堂。这第二课堂直通日本,不,应该说是直通世界。它对二周的吸引之大,影响之巨,完全超过了“第一课堂”。因为第二课堂的学习乃是自发的,饶有兴趣的,因而亦是最为投入的。因为这课堂里装着外边的新世界。那里有新鲜的材料,新鲜的面孔,新鲜的精神,异域的风物人情,奇辟的议论,闻所未闻的哲学,别样的生活方式,别样的天空,叛逆的新思想,迥异的文学,出人意料的趣味。而这第二课堂里,鲁迅是既作先生,亦作学生;既当兄长,又当朋友。

由此,我们看到一幅极有意味的世纪初年兄弟求学图。鲁迅在东瀛,利用维新后迅速走向现代之日本的种种便利,作为了解现代世界(自然亦包括现代日本),汲取世界新知、新思想、新文学的窗口。周作人从绍兴追随鲁迅到南京,鲁迅离宁赴日后,他身在南京,心却仿佛随着哥哥提前东渡。因为以他们当时的条件,日本乃是通向世界的主要窗口。难怪他每遇机会可以留学,他皆竭尽全力争取。人们看到的是,鲁迅像是一只大鹰,展开自己坚韧的双翼,敏锐地、却不无偏颇地搜寻着天下的食物,一边摄取自身需要之营养,一边将他认为“可观”的精神食物“反刍”给留在南京的雏鹰。大鹰雏鹰一同进食,一同咀嚼,一同慢慢地起飞,一同在飞行中成长,一同慢慢地成熟。

早年的鲁迅和周作人,皆身怀大志,志向高远。其明显的证据,便是对生活要求不高,精神食粮却一日不可或缺。在他们的日记、尺牍、成名后的回忆及作文里,可以看见他们对饭食居住条件往往一笔带过,却对购书、读书、评书、著译,记载颇详。他们早期译书、译文、作文,常有卖稿的动机在内,可换来的钱,并没有换来丰美的饭食,多半又送给了书店,换回新的思想和新的阅读。倘若书店一时没有需要的书,他们便托丸善书店代购。

1906年初秋,鲁迅偕周作人同抵东京。到东京后,便收到丸善书店送来的一批书,有美国盖莱尔(Gayley)编的《英国文学里的古典神

---

① 《周作人年谱》,第55页。

话》、法国戴恩（Taine）的《英国文学史》四卷。我们知道，周作人1917年入北京大学任教授，最初担任的课程里，就有“欧洲文学史”；我们还知道，周作人后来在神话学、希腊神话、人类学等方面，均有不俗的建树，著述和翻译皆甚可观。而最初的兴趣，早期的启蒙，皆跟鲁迅抽屉里和邮包里的西书有关。

书包里的书，不仅供他们阅读，也供他们翻译。因为，我推想，鲁迅一直认为，翻译是一种最好的细读。因为，他们每每学习某种新知，同时也就拾起译笔。翻译反过来又加深他们的学习。在翻译的一面，周作人译的一些作品，往往寄给鲁迅校阅。如1905年2月，周作人译美国爱伦·坡的推理小说《山羊图》（发表时易名《玉虫缘》），1904年12月译《天方夜谭》里的《阿里巴巴和四十个强盗》，发表时易名《侠女奴》，两篇译作先后在《女子世界》发表，之后都经过鲁迅校阅，再由上海《小说林》（也由《女子世界》的编辑丁初我负责）出版[①]。另一方面，1905年鲁迅译述的科学小说《造人术》，也通过周作人寄给《女子世界》发表。

可以说，周作人早期的书包，装的书大多跟鲁迅抽屉里的书相近。里边有鲁迅的筛选，鲁迅的读书兴趣，亦有鲁迅早期的思想。如对林纾、严复的翻译，对希腊神话、欧洲新文学的阅读，尤其是对英国文学和美国文学的缺少兴趣（周作人读书用的主要外语，在1909年之前皆为英语），对东欧“被侮辱和被压迫民族”的文学以及俄国文学的惊人兴趣，二周在大的方面皆相当一致。而周作人一生别一个跟鲁迅似乎关系不大的、重要的“杂学”，即关于日本的民间文学和民间文艺，如江户风物与浮世绘，川柳落语与滑稽本，乡土研究与民间艺术，则是后来因为鲁迅回国，再加上后来与信子自西片町迁至麻布区的森元町（1910），使得他得以接触较多的日本本土文艺与习俗，这才慢慢形成他后来的一个成绩不凡、颇有特色的治学领域。此外，鲁迅对于政治的兴趣、哲学的兴趣，周作人也基本不分享。

---

① 安徽人民出版社版《鲁迅年谱》，第64页。

第二节 大哥译诗，二弟译小说

周作人从1901年离开绍兴，来到南京求学，一直到1917年受蔡元培之聘，担任北京大学教授的头几年，他的翻译和作文，只要可能，往往经鲁迅之手，或修改，或校阅誊正。原本早熟的周作人，一路行来，还是得着兄长几乎无微不至的呵护、引领。

反过来，鲁迅的作文，因为鲁迅相当一段时期对日本文学的兴趣有限，格外关注者，乃是欧洲文学，因为有些材料的底本是英文，或英译本，周作人便先用口译的方式给哥哥叙述一遍，给鲁迅的论述提供材料和新的视角。

如鲁迅在1907年作那篇极为重要的《摩罗诗力说》，后来的鲁迅研究学者、中国现代文学史学者皆用重笔分析鲁迅这篇早期文艺长文，同时大家也注意到这样一个有趣的事实：该文第八节专论波兰浪漫诗人，密克威之、斯洛伐之奇和克拉旬斯奇，尤其是“复仇诗人”那部分，所据材料出自丹麦人勃阑兑思（今译勃兰兑斯，又译布兰代斯，Georg Brandes，1842—1927）的《波兰印象记》英文本，因鲁迅英文不佳，故而由周作人口译转述[1]，鲁迅在此基础上糅入自己的立场，自己的思考，发挥成文。

同样，鲁迅自《域外小说集》始，一直到新文学运动勃兴之后，素以最早开手翻译“弱小民族”文学著称于翻译界，在20世纪翻译文学史上成为首倡翻译“被侮辱被损害”民族文学的一代领袖。但我们知道，鲁迅的英文阅读能力有限，用英文读书最多者是周作人，且他初到日本的头几年里连日文都用得有限，主要以英文作为阅读工具。周氏兄弟无论是在合译《域外集》时期，还是在1908年前后合译的那些中篇或长篇小说期间，如俄国的《劲草》，波兰的《炭画》，匈牙利的《黄蔷薇》，所用的源语本并非俄语、波兰语、波斯尼亚语、芬兰语或匈牙利语的原本，而基本上是英译本或日译本。所以，二周的外语结构、他们翻译所据的源语

---

① 周作人：《知堂回想录·78·翻译小说》（下），见《知堂回想录》，第210页。

本清楚表明，“弱小民族”的翻译路线，实在是周氏兄弟共同走出来的路径。这场后来成为中国20世纪30～40年代一大翻译主流的译介运动，其最初的发源，还是周氏兄弟合作翻译的结果。最先那条小船，还得说是二周一同在划着。倘若说掌舵者是鲁迅，那么划桨者自然是作人。

二周的合作翻译，在中国翻译史上，亦是别开生面的一种合作方式。周作人在回忆当年兄弟翻译的经历时，在那些朴素而不加诗化的描述后面，透露出掩饰不住的手足情。如他在《翻译小说》(上)里追述他俩译美国哈葛德和安特路朗合著的《红星佚史》的情景：

> 我译红星佚史……总觉得这里有一部分是安得路朗(即安特路朗——引者注)的东西，便独断的认定这是书里所有诗歌，多少有这可能，却没有的确的证据。这在哈葛德别的作品确是没有这许多的诗，大概总该有十八九首吧。在翻译的时候很花了气力，由我口译，却是鲁迅笔述下来；只有第三篇第七章中勒尸多列庚的战歌，因为原意粗俗，所以是我用了近似白话的古文译成，不去改写成古雅的诗体了。[①]

鲁迅实际上用骚体译出《红星佚史》里边的16首歌。可以想见，这种合译方式，其实也是《域外集》的合作方式。不分彼此，各展其长，取长补短，互通有无。两个脑袋四只手，形同一个头两只手。可使用的外国语，也从日文、德文，扩大到通用语英文。从1906年到1923年，他俩在翻译上的这种合作，一直亲密无间，卓有成效。

且不说这《红星佚史》的译名，今人读之，多半会误读[②]。鲁迅译的这部长篇里的16首歌，用词古奥，真有点佶屈聱牙之感。今人别说是咏诵，即便是通读都难。其中不少的用词，恐怕即便是当时排字者亦必须新铸，而这些词，现代的汉语字典，多半不收。出于排字方面的考虑，

---

① 周作人：《知堂回想录》，第208页。

② 原书名为《世界欲》。所谓《红星佚史》，是指海伦佩戴有滴血的星石，所以译为“红星”。今人所谓“红星”，往往解为“红色的五星”，可能跟革命有关。

姑且引录比较浅易的一篇：

八

孰合欢而共命，旦夕惨其将离兮。伊惆怅而长别，会双宿之有时兮。精魂冥通，长相思兮。神明湛净，胡宛而胡疵兮。古欢抑抑，上灵台兮。芳情有希，未参差兮。

伊惆怅而长别，会双宿之有时兮。彼姝婉其延伫，望韶光之迟迟兮。黄尘晻暖，点芳姿兮。容黯澹其若瘁，百忧悍以来欺兮。形驱妄累，犹是羁縻兮。缅丰神之绰约，嗟已去而胡之兮。

…………①

平心而论，倘若请一位有经验的老先生，拉长嗓门，用那并非普通话的南音，即便是方言也不要紧，将鲁迅译诗唱一遍，其声音效果，应该是不错的。这便是鲁迅译诗的艺术特色。

这第八首歌仅引录其一半，可见此诗颇长。鲁迅的 16 首译诗有的较短，有的颇长。鲁迅一生译诗甚少，这是鲁迅为数不多的译诗成绩里边数量较大的一回。鲁迅与后来的新文学运动的主将之一大不同，就是他骨子里隐约地保留着一种偏好古雅文字的情结。当初译《红星佚史》，第三篇第七章里的粗野的战歌，毋需古雅，则由周作人以浅白的文言译成。其余 16 篇诗章，兄弟二人认为，需要古雅一些，则由大哥操刀，译成上引那样的古雅诗体。这是一个翻译事实，可还不能够真正证明。不过，更有力的证据是在新文学运动兴起之后。我们看到，虽然大家都提倡写浅易白话文，鲁迅也义无反顾地作白话文，但古雅文字的偏好并未从此消逝，所以鲁迅的文字始终有一股独有的“长衫气”，他的用字经常令排字者挠头，即便是今天的电脑打字，很多生僻字也让人束手无策。鲁迅这“长衫气”的背后，就掩盖着他的古雅文字癖，亦体现他一生的文字观。所以，鲁迅的文字，不仅和胡适真正的浅易白话大不同，和稍后的郭沫若的文字、徐志摩的文字、茅盾的文字，皆存有大不同。

① 《鲁迅全集补遗序编·红星佚史译歌十六篇》，见《鲁迅全集》(八卷本，新疆人民出版社出版)，1995，第 8 卷，第 414 页。

其中的一个因子，正是鲁迅文字里不时透露出来的浓郁的“长衫气”。鲁迅自己作文表现出来的文字观，从来不是大众化的文字观，尽管他同时又非常激进地赞成汉字拉丁化[①]。

周氏兄弟合译的另一部长篇小说，是俄国阿·康·托尔斯泰(1882—1945)的代表作、历史小说《可怕的伊凡》。这位俄国沙皇在西方又叫“伊凡雷帝”，是个可怕的暴君，周译更名为《劲草》。周作人的回忆勾勒出一幅兄弟怡怡的合译图：

> 这部小说很长，总有十多万字吧，阴冷的冬天，在中越馆的空洞的大架间里，我专管翻译起草，鲁迅修改誊正，都一点都不感到困乏或是寒冷；只是很有兴趣的说说笑笑，谈论里边的故事，一直等到抄成一厚本，蓝格直行的日本皮纸近三百张，仍旧以主人公为名，改名《劲草》，寄了出去。[②]

可以说，从1906年至1909年鲁迅回国，鲁迅除去中间为《河南》作文以及跟太炎先生学《说文解字》，便是不停地逛书店，一本接一本地读书，一本又一本地跟周作人合作翻译，或者由弟弟自译。表面上看，鲁迅这段时间翻译成绩不多，可鲁迅显然有意识地让周作人多作一些翻译，此外也是因为鲁迅有时不愿署名，让弟弟以他自己的名义发表。所以，后来周作人这段时期的翻译成绩大于鲁迅。有意思的是，自1906年到1909年约四年间，鲁迅其实一直在做着翻译的工作。实际上，几乎多数译作，都有鲁迅的意见、鲁迅的心思、鲁迅的工作在里边。正如周作人自己后来解释的，鲁迅从不在意如何署名。一心想多译书，一心盼望作人早些独立。可能是鲁迅对于自己非常自信，对于二弟，扶持之心分外殷切的关系吧。不少合译的东西，他都叫作人拿去发表，署名时亦不将自己的名字写上。周作人在东京时译的波兰显克微支中篇小说《炭画》(1914年文明书局初版)，原稿同样由鲁迅修改誊正[③]。

---

① 许广平：《鲁迅与汉字改革》，见《许广平忆鲁迅》，第362～369页。

② 周作人：《知堂回想录》，第211页。

③ 《炭画》译好后过了一段时间，寄给上海的《小说月报》，结果接到当时的主编恽铁樵的退稿信。事见《知堂回想录·99·自己的工作(二)》，《知堂回想录》，第276页。

周氏兄弟翻译作坊，1917 年在北京重新开张。这次的开张，自然是随着《新青年》移至北京，以及后来二周应邀加入《新青年》而开始的。不惟是翻译，连作文亦如是。所以后来周作人说，他作的文字，也有混入《热风》的[①]。但恐怕更多的时候是相反。鲁迅 1919 年译日本武者小路实笃的剧本《一个青年的梦》在《新青年》上连载。在他未曾动手开译之前，周作人便在《新青年》4 卷 5 号(1918)发表《读武者君所作〈一个青年的梦〉》，先作一个介绍，为武者多寻得几个“知己”(武者小路实笃语)。开场锣敲过之后，鲁迅的译文陆续地在《新青年》(自 7 卷 2 号起)登载。其间周作人写信给日本的武者，武者欣喜地于 1919 年 12 月 9 日致函中译者，将译者引为他的反战思想的同志和知己。周作人遂替鲁迅将此信译出，以《与支那未知的友人》为题，发表在《新青年》7 卷 3 号上。此时的周氏兄弟已渐有声名，而以这样一种“兄弟作坊”的方式来翻译域外的反对欧战的最新思想，效果自然加倍好，影响当然格外大。

第三节　太炎先生与鲁迅:“直译”背后的译经意识

大约在 1909 年 5 月，鲁迅和周作人忽接一函，信面用篆文所书，信的内容如下：

> 豫哉，启明兄鉴。
>
> 数日未晤。梵师密史逊已来，择于十六日上午十时开课，此间人数无多，二君望临期来社。麟顿首。十四。[②]

这是章太炎邀鲁迅兄弟同往听梵文课的亲笔。开课那天，周作人到了，鲁迅没去。结果来学念这种字形复杂、弯来拐去的符号的学生，仅有太炎先生和周作人二人。太炎先生以朴学大师兼治佛法，中年以

---

① 参看周作人 1958 年 5 月 20 日致曹聚仁信，见《周作人文类编・八十心情》，钟叔河编，第 241 页。

② 周作人：《知堂回想录・83・邬波尼沙陀》，见《知堂回想录》，第 223 页。

后发愿习梵文，目的在于研究佛经原本。鲁迅虽然未去随太炎先生一道习梵文（本年8月他归国），不过因了弟弟的短时参与（作人去了两次便放弃了），同时因了上年听太炎先生讲《说文解字》的深入接触，更因了对太炎先生志向的了解，对太炎先生中年习梵文的苦衷与深意，自然颇有感触。

此前一年，太炎先生还让周作人从德国人德意生（Deussen）的英译本翻译《吠檀多哲学论》。后来周作人提出移译英国学者麦克斯·穆勒博士的英译本“邬波尼沙陀”，太炎先生亦欣然赞同[①]。太炎先生在东京时的这些设想，虽然在周氏兄弟一面都未产生直接结果，但我相信，在对于二周重新理解翻译、认识翻译在建设本土文化的功用一面，尤其对于他们从最初的意译转向自发地首倡直译，是起到潜在的启迪作用的。

古罗马的拉丁文“圣经之父”圣哲罗姆（St. Jerome，347？—420）提出：“应区别对待文学翻译和宗教翻译。文学翻译可以采用易于理解的风格传达原作的意思，但在《圣经》翻译中，则不能一概采用意译，而主要应当采用直译。”[②]换句话说，拉丁文《圣经》翻译的一代宗师圣哲罗姆认为，翻译文学作品，可用意译，翻译《圣经》，则最好用直译。然而，我们仿佛看到，鲁迅和周作人无意中将圣哲罗姆的理论推进一步，提倡将严格翻译经典的直译，用来翻译文学作品。这种当时在商业上明显冒着很大风险的翻译方法，显然跟他们对于翻译有了重新定位、重新认识有关。他们将中国现代翻译，包括虚构类翻译，一下提升至翻译经典的地位。这种提升企图，在中国翻译史上，乃绝无仅有。从中似乎可以窥见，二周初始倡导直译，并在《域外小说集》里实践直译，人名地名径直采用音译，背后隐藏着一个“译经意识”。

什么是“译经意识”？它并非鲁迅和周作人自觉的一个理论言说，而是我从中国佛经翻译传统、西方《圣经》翻译传统里引申出来的。所谓“译经意识”，既指一种翻译态度、文化态度，亦指翻译方法。这翻译

---

① 周作人：《知堂回想录·83·邬波尼沙陀》，见《知堂回想录》，第222页。

② 转引自谭载喜著《西方翻译简史》，北京：商务印书馆，2000，第32页。

方法即包含在翻译态度之中。所谓态度,既指译者在具体翻译过程中的翻译态度,亦指译家的文化态度。它指译家主观上对原作百分之百的尊重,由此而产生的亦步亦趋的翻译方法,以及在此前提下所做的最大限度的翻译努力。译者抱着敬畏,怀着亲近原作者之情感(如西方翻译理论里"翻译上帝首先要亲近上帝"之说),怀抱惟恐不能准确、充分传达原作意义,惟恐亵渎、改变了原作的心态从事翻译。在译者和原作者的关系上,这种意识"以原作者为本",既非"林纾模式"的"译者大于作者"之关系,亦非当下翻译理论里所提出的"译者与原作者平等"的关系。

具体说来,"译经意识"在翻译的意识形态、翻译方法诸层面,是对林纾译法的反动。它在作品的篇章结构、文体风格、叙事的立场、细节内容的繁简虚实、词语的选择、修辞手段、意象和象征意义、专名翻译(如人名地名)、特定文化符号的音响效果诸方面,皆不随意更易原作,更不能自行增删内容,裁减合并段落,如像鲁迅早年译《月界旅行》那样。具体到20世纪中国翻译史,像傅东华那样的译法,显然与这里的"译经意识"无涉;而20世纪后半中国官方组织的马克思、恩格斯、列宁、毛泽东著作的翻译,背后就有一个格外明显的"译经意识"。

当然,在二周的全部著作里,找不到有关圣哲罗姆的文字。他们也未必知道圣哲罗姆其人及其翻译理论。而且,他们自己亦未必意识到这是一种"译经意识"。不过我们知道,眼前的太炎先生,不避艰难、不顾年龄偏大的古典语言习得障碍,起心要学习早已死亡的梵文,其想直接阅读原典的强烈愿望,清楚地表明他不大信任已有的翻译。更紧要者,是其中透出的治学方法上的原典意识。后来者可以清楚地发现,就在太炎先生拒绝翻译的同时,亦恰恰暗示出翻译的重要性,翻译方法、翻译态度的重要性。

我们更知道,鲁迅和周作人熟知汉魏唐宋的佛籍翻译史,深知佛经翻译对中土思想、文化乃至文学的巨大冲击和影响。而且以他们当时的视野和阅读,他们同样深知震撼、改变了欧洲的文艺复兴,实在是靠翻译来发动、来推动、来实现的。他们也大概知道,欧洲各文化大国,如德国、意大利、英国、法国等,用本国俗语翻译《圣经》的过程,皆引人注目地成为推动发展本国语言文字、思想文化、文学的里程碑。他们更清楚，已经成为翻译超级大国的日本，严肃翻译对于日本的近代化起到何等重要的作用。或许正是历史的和现时的启示，包括太炎先生无意中的影响和启发，再加上鲁迅非常人可比的勃勃雄心与远大抱负，合力铸成二周的“译经意识”，尽管他俩未必清楚地意识到这一点。

《域外小说集·序》中那短短数语，不仅道出了鲁迅欲开一代风气的大抱负，而且也显露出“直译”背后的一种翻译态度，一种将翻译置于很高地位的态度：

> 《域外小说集》为书，词致朴讷，不足方近世名人译本，特收录至审慎，移译亦期弗失文情。异域文术新宗，由此始入华土。使有士卓特，不为常俗所囿，必将犁然有当于心，按邦国时期，籀读其心声，以相度神思之所在。则此虽大海之微沤欤，而性解思惟，实寓于此。中国译界，亦由是无迟莫之感矣。
>
> 己酉正月十五日。[①]

好一个“异域文术新宗，由此始入华土”！它不仅如周作人后来所指出的，“气象阔大”，而且在我看来，恰恰说明鲁迅和周作人为何如此看重翻译的深层原因。《域外集》初版的失败，鲁迅的极度失望，也都证明鲁迅的本意是要以翻译异域文学为突破口，发起一场改造中土文化、输入新的思想和新的文学因子、涵养新的国民性的宏大运动。其背后藏伏着一个翻译革命，进而是文学革命、文化革命的大构想。换言之，鲁迅的倡导并实践直译，背后的动机，其实跟胡适后来选择以文字改革为突破口，发动一场思想、文化、文学革命的动机很是近似。只是实干家的鲁迅，太过于实干，没有像胡适那样，一开始便大张旗鼓，旗帜格外鲜明罢了。

在现代意识的输入、现代性的建构方面，鲁迅的直译与胡适的白话文运动，在开始一场文学、文化运动方面，原本具有很相似的功能。不同的一面，是胡适在时机的选择(timing)、地点的选择(中国的文化古

---

① 鲁迅：《域外小说集·序言》，见群益书社1921年版《域外小说集》，第7页。

都、政治中心,以及现代第一学府北京大学)、演出舞台(《新青年》)的选择、语言媒介的选择方面,都优于鲁迅。甚至胡适的运气(天时)方面,亦胜过鲁迅。他发动文字改革的时间和地点,使得他登高一呼,应者云集,而没有像鲁迅的声音那样,差一点成为绝响。

此外,还有几个事实,也可从侧面证明鲁迅和周作人当时的"译经意识"。

其一,《域外集》乃是"新生"杂志计划夭折之后的一次重要译介行动。其二,众所周知,《域外集》原定还有第三册、第四册乃至N册陆续翻译出版的计划,二周当初并未划定终结线,出版完第四册后便收手。相反,他们原本打算收回投资后,将这套《域外小说集》陆续地做下去,也就是说,这是中国第一次印行翻译文学丛书的策划。其三,《域外集》初版失败后,"直译"并没有随着它商业上一时的失败而遭放弃,而是在1918年得到激活,并且果真"死灰复燃",得以复活,此后一直坚持下来,终于演成了20世纪20年代后半期到40年代的翻译主流。其四,上世纪20年代末至30年代,鲁迅与论敌(如梁实秋)在翻译方法上的论战,皆说明他后来所坚持的,并不单单是一种翻译方法,而是一种文化态度,一种对中外文化关系的认识。其中透露出鲁迅独有的对本土文化和世界文化的认识,以及对翻译的定位(positioning)。所有这些事实,或许都多多少少可以从"译经意识"那里得到直接或间接的解答。

在世界翻译史上某些国家的翻译传统里,譬如在英国的翻译传统里,是没有严格直译的地位的。不过在德国,维尔的翻译论述,在法国,巴托的翻译观,皆是主张严格直译的。鲁迅的直译主张,可以肯定地说与他们没有直接关联,不过,中外翻译家的翻译主张背后的动机,却未始没有相似之处,那就是希望读者可以尽可能本真地一睹原作形貌,以及形貌里边包蕴的原作精神。

第三章　现代意识与现代性

第一节　《域外小说集》与现代性

最早敦促鲁迅加入《新青年》的钱玄同，是鲁迅的老友。后来大概因为钱一直跟周作人交往太密的缘故，同时还因为一些小误会，鲁迅与他渐渐疏远了。惟其如此，他在鲁迅身后对鲁迅的翻译评价，格外有价值，不仅因为他深知鲁迅，更深知留日时期的鲁迅，而且因为他是愿意对鲁迅直言批评的人[①]；而且是在批评鲁迅的人中间，将其言论诉诸文字的人。他对于《域外集》的评述，可以说是既知情，又知心："周氏兄弟那时正译《域外小说集》，志在灌输俄罗斯、波兰等国之崇高的人道主义，以药我国人卑劣，阴险，自私等等龌龊心理，他们的思想超卓，文章渊懿，取材谨严，翻译忠实，故造句选辞，十分矜慎，然而犹不自满足，欲从先师了解故训，以期用字妥帖。所以《域外小说集》不仅文笔雅驯，且多古言古字，与林纾所译之小说绝异。"[②]

钱玄同所说的"先师"，就是太炎先生。《域外小说集》的第一个现代性体现，可以说是它开创了对于俄国、对于"被压迫被侮辱"民族的一种中国想象。这种中国想象，恐怕是20世纪中国独有的，它在同样属

---

① 钱玄同：《我对周豫才(即鲁迅)君之追忆与略评》，初刊1936年10月26、27日《世界日报》，见《鲁迅研究学术论著资料汇编》，第2卷，第519～521页。

② 钱玄同：《我对周豫才(即鲁迅)君之追忆与略评》，第519页。

于翻译超级大国的近现代日本，虽然日本翻译俄国作品同样多，早期甚至更多更快，却似乎看不到同样的"俄国想象"。它逐渐地影响到20世纪的中外关系，影响到中国在世界现代格局中自身的主观定位。它的特别之处，在于它的出发点乃是非文学的，既不是从军事或外交角度出发，亦不是从经济角度或通常意义上的国家利益出发，而首要的是从意识形态出发。鲁迅等人开创的"弱小国家"想象，起初是国人单方面从意识形态着眼的认同，无论是塞尔维亚，还是芬兰，起初并没有将中国归入"被压迫被侮辱"之类的类似想象。后一点亦正是称其为"中国想象"的主要依据。这种想象，倘若说在之前梁启超的思想里，也蕴涵着对俄国等类似民族的关注和认同，但梁氏的言说里，没有排他性，而鲁迅的"俄国想象"，却蕴涵着抵抗西方列强的意思。因此，这种"俄国想象"，其发明权归鲁迅，其最初的体现，是在鲁迅撰写的长文《摩罗诗力说》、周氏兄弟合译的《域外小说集》里。

《域外集》中鲁迅译有一篇小说，中译名为《默》，是俄国安特莱夫的作品。鲁迅研究界一致认为，安特莱夫（通译安德列夫）乃是鲁迅最喜欢的域外作家之一，有的学者把安德列夫视作鲁迅在文学上的老师[①]。初版本《域外集》两册，鲁迅单独译的三篇小说里，安特莱夫便占去两篇，另一篇安氏小说是《谩》。

据藤井省三的考证，他又根据安藤美登里的《翻译文学文献总览》，安德列夫作品在日本最初的译介，是1906年的《旅行》（上田敏译），而大量翻译安德列夫则是在三年之后[②]，且日本演出了一场"安德列夫热"。日译本《谩》在1908年12月译出，译者是山本迷羊；《默》于1909年5月译出，日文译者是上田敏[③]。也就是说，鲁迅译的安德列夫的短篇小说，跟日本翻译的时间大致同步。

汪晖在他的《韦伯与中国的现代性问题》里，在阐释哈贝马斯和韦伯对于现代性的论述时指出："实际上，从十九世纪前期直至二十世纪，现代性概念一直是一个分裂的概念，其主要表现是作为资本主义政治、

---

① 参看藤井省三著《鲁迅比较研究》，陈福康编译，上海：上海外语教育出版社，1997，第48～75页。

②③《鲁迅比较研究》，第50页。

经济过程的现代性概念与现代主义前卫艺术的美学的现代性概念的尖锐对立。如果说前者体现为对于进步的时间观念的信仰、对于科学技术的信心、对于理性力量的崇拜、对于主体性自由的承诺，那么，现代主义的美学现代性却具有强烈的反资本主义的世俗化倾向，虽然这种反叛本身也隐含着与资本主义现代性的依赖关系。"[①]我们发现，一方面我们很难用上引的两个相互对立的现代性概念，来解读鲁迅在世纪初的思想和翻译活动；别一方面，上面说到的分裂性，其实也可以解释鲁迅早期的文学活动和翻译活动，以及他 1924 年之后翻译厨川白村的文艺思想、厨川对罗斯金思想的推崇。即鲁迅早期的文学活动和翻译活动，跟他对进化论的信奉、对引文前者的"对于进步的时间观念的信仰"和"主体性自由的承诺"之间，可以找到一致性；而后者的"反资本主义世俗化倾向"，则可以从他翻译芥川龙之介、夏目漱石的小说那种优游闲适的人生态度来挑战上文的粗鄙化倾向，尽管鲁迅本人当初未必意识到后一层。

换个视角，倘若将现代性理解为对传统的与生俱来的怀疑、排斥和反叛，一种刚健不挠、"非圣无法"的叛逆精神，那么，鲁迅一生皆强烈体现出这种叛逆。同时，汪晖还指出，"现代性是对'它性'(otherness)与变化的承诺，它的整个策略由以差异观念为基础的'反传统的传统'所塑造"[②]，这些特质，都能够在鲁迅翻译《域外集》里找到。

在中国，现代性的形成和演变过程，在一定时期，可以从梁启超等一代启蒙者对于国民性的最初批判，到"五四"一代启蒙者对于国民性神话的建构过程中体现出来。刘禾认为，国民性理论纯然是个舶来品，"国民性"这个词本身，中国是从日语翻译得来，日语又是从英语的"national character or nationsal characteristics"翻译得来[③]。鲁迅成为明恩溥之《中国人之气质》最早的中国读者之一，不仅将西方传教士的中

① 汪晖：《韦伯与中国的现代性问题》，见王晓明主编《批评空间的开创：二十世纪中国文学研究》，上海：东方出版中心，1998，第 5 页。

② 汪晖：《韦伯与中国的现代性问题》，第 7 页。

③ 刘禾：《跨语际实践——文学、民族文化与被译介的现代性(中国，1900～1937)》，宋伟杰等译，北京：三联，2002，第 76 页。

国国民性理论“翻译”成自己的文学创作，还由此成为中国现代文学“最重要的设计师”[1]。

在陈平原、夏晓虹编的《二十世纪中国小说理论资料》第一卷(1897～1916)、严家炎编的第二卷(1917～1927)、吴福辉编的第三卷(1928～1937)里，中国近现代40年间新小说理论的主要论述基本被收罗其中。在第一卷里，绝大多数重要的关于小说理论的文字，皆源自当时的翻译活动。因此，它们既是中国翻译史上的重要事件，亦是中国现代文学发展史上的里程碑。如第一卷第一年首篇几道(严复)的《本馆附印说部缘起》(1897)、第二年梁任公的《译印政治小说序》(1898)、第三年冷红生(即林纾)的《〈巴黎茶花女遗事〉小引》(1899)等。这已是现代文学史上众所周知的事实。这里要说的，是鲁迅对这三卷理论资料的贡献。

第一卷收入鲁迅文字凡五篇，分别是他在1903年发表的两篇和1909年作的三篇短文。而这两年，恰好是鲁迅开始翻译活动、其翻译活动发生质的转变的两个标志性年头(不过，鲁迅翻译活动出现根本性的转变，起始应在1906年。因此，“标志性”是指其公开发表著译文字而言，非指鲁迅的翻译思想转变)。因此，五篇文字皆与他最初的译述活动有关：《〈月界旅行〉辨言》《〈斯巴达之魂〉弁言》(以上两篇于1903年发表)、《〈域外小说集〉序言》《〈域外小说集〉略例》以及《〈域外小说集〉杂识》(以上三篇于1909年发表)。第二卷收入鲁迅论小说的文章、书信凡16篇，其中八篇直接与翻译有关。第三卷选了鲁迅六篇文字，其中有两篇同翻译有关[2]。

1903年是鲁迅作文和译文公开发表的初始年。是年鲁迅发表的

---

① 刘禾：《跨语际实践——文学、民族文化与被译介的现代性(中国，1900～1937)》，第88页。

② 第二卷、第三卷收入鲁迅文章与翻译无直接关系的，请参看原书；与翻译活动有关的篇目如下：《周瘦鹃译〈欧美名家短篇小说丛刻〉评语》(署名周树人、周作人作，1918)、《〈幸福〉译后记》(1920)、《〈罗生门〉译者附记》(1921)、《〈三蒲右卫门的最后〉译者附记》(1921)、《〈域外小说集〉新版序》(1921)、《〈黯澹的烟霭里〉译后附记》(1922)、《俄文译本〈阿Q正传〉序及著者自叙传略》(1925)、《〈穷人〉小引》(1926)(以上收入第二卷)；《〈近代世界短篇小说集〉小引》(1929)、《〈中国新文学大系·小说二集〉导言》(1935)(以上收入第三卷)。

《〈月界旅行〉辨言》，含混地道出鲁迅当时的小说观，即将小说看作教化国民、移风易俗、开启民智、宣传进化论、普及现代科学知识的工具。也就是说，将他认为玄奥、“枯燥”的科学知识，通过通俗有趣的小说来阐释，既可消除中国旧小说多借女性魔力来增加阅读性的旧习，又可以革新小说作法，从而达到吸引读者，移风易俗，教化国民、使之接受进化的科学知识的目的：“学术既覃，理想复富。默揣世界将来之进步，独抒奇想，托之说部。经以科学，纬以人情”①。鲁迅此时的小说观，文学本位的意识明显缺乏，其实不过是科学救国、进化论、开启民智、寓教于乐等思想的杂糅。既有新的诗学成分（如提升小说的地位），又有传统诗学（如“文以载道”）的旧痕。

及至1909年发表《〈域外小说集〉略例》，该文不啻为一篇现代翻译法的阐释，“人地名悉如原音，不加省节音”，尤其是所谓“缘音译本以代殊域之言，留其音响；任情删易，即为不诚”②。好一个“留其音响”！不惟是现代意义上的音译（Transliteration），呼唤一种新的翻译规范，而且体现出一种在此之前的文学翻译不曾有过的尊重域外风俗的意识。这个意识的后面，就蕴涵着我前文所说的世界意识。更重要的是，该文主张音译的背后，对于小说细节、小说要素的关注，显然已经为中国小说注入新的理论、新的小说创作法则了。那篇很少人提及的《〈域外小说集〉杂识》，则是一篇篇精短的域外作家传略，这对于纠正早期的不尊重原作者，只注意翻译故事，不啻是一次深具意义的创举和反拨。至于那篇鼎鼎大名的《〈域外小说集〉序言》，则将周氏兄弟假翻译域外小说，企望掀动一场中国“文学革命”的弘愿带了出来③。

倘若我们一篇篇这样梳理鲁迅在上述三卷书里的言说和文学观，我们可以颇为清晰地看到，鲁迅一生的文学翻译活动，以及他围绕这些活动撰写的长文短章，不惟参与了中国现代小说理论的建构，而且也是现代诗学的一个重要部分，同时还是中国现代化进程的一个重要构成。

---

① 《二十世纪中国小说理论资料（第1卷）：1897～1916》，陈平原、夏晓虹编，北京：北京大学出版社，1997，第67页。

② 《二十世纪中国小说理论资料（第1卷）：1897～1916》，陈平原、夏晓虹编，第377页。

③ 参看本书第一章第三节。

从《域外小说集》里，以及鲁迅译尼采的《察拉图斯忒拉的序言》里（留待下节讨论），再到1918年之后鲁迅陆续创作的小说《狂人日记》《阿Q正传》《药》等作品中，人们发现一些中国原有小说、原有文学不太明显或者没有的东西。它们是一些新的因子，一些20世纪之前不曾有过的文学因子和意识。这些因子从不同层面构成了中国文学中的现代性因素，其中也体现出现代意识。现代性和现代意识的讨论涉及面很广，众说纷纭，本章将考察限制在鲁迅（间或亦包括周作人）的翻译作品，兼及鲁迅的创作，尤其是小说创作。

大约在1908年末1909年初，鲁迅翻译了安特莱夫的两篇小说。《默》是安氏发表的第一篇小说，小说发表后安特莱夫"遂有名"。小说述牧师伊革那支爱女威罗，不知何故忽然变得像石头一样沉默，后来她卧轨自杀。她死后，伊妻遂深缄其口，从此不发一语。这沉重的"默"像一种会传染的疾病，不停地蔓延，牧师宅内、坟场，凡伊革那支所到之处，皆一片"幽默"。

安特莱夫的《谩》也是一篇催人欲狂的作品。"谩"者，"不诚"也，欺骗也。小说叙一男士，尽日忧惧不安，恐为人所骗，恐为女友所骗，惶惶然不可终日，直至亲手杀死女友。杀死女友并不能消除欺瞒，结果叙事者（即男士）哀叹，"而诚不在此，诚无所在也。顾谩乃永存，谩实不死"[①]。这两篇小说，一篇是"幽默"无所不在，也就是孤独、寂寞无处不在；一篇是欺骗无所不在，二者夹击，必然造成人物的孤独与疏离感。这一对母题正是现代西方文学所醉心表现的。用小说形式对孤独与疏离感的探索、思考，恐怕是中国传统小说从未真正涉及过的，它正是现代性的一个体现。

两篇小说，皆重气氛轻故事，重心理淡情节。这样的小说作法，已然是20世纪世界小说的现代样态，所表达的亦完完全全是现代人的现代体验。其中涉及的心理学上的精神分析、心理学上的依据，皆系现代文学的重要出发点。

李欧梵在《鲁迅创作中的传统与现代性》里，令人信服地分析了《狂

① 《鲁迅全集》，第11卷，第200页。

人日记》这篇小说的现代性①。不过,李欧梵分析的那些构成现代性的因子,在鲁迅翻译小说《谩》和《默》里也能找到。如叙事者或主人公那种明显的疏离感,那种无可救药的孤独,那种无可名状的恐惧与焦虑,在翻译《域外集》时期,就有醒目的体现。

《谩》里的主人公(即叙事者“我”)深陷于一种“众人皆醉我独醒”的孤独泥淖。他与传统小说的差异,就是他绝非英雄。他疑心重重,尽管女友再三表白“吾爱君”“吾独爱汝”,他却不断低语“汝谩耳”(即“你骗人”),且不时发出病态的狂呼乱叫,而且将自己比作关在笼子里的豹子,来回往复地行走于两隅,蔑视众人。同时,他又悲哀地自觉地意识到被众人观望,众人亦远远地嘲笑他,谓之“狂人”。这种象征的手法,这样一种“众人皆醉我独醒”的孤独心态,极易让人联想到《狂人日记》。叙事者与“大众”之间的敌视,人际之间的隔膜,皆是典型的现代社会之世相。

鲁迅译的《默》与《谩》里所弥漫的癫狂,人物的那种末世情结、末世情绪,乃至他后来创作小说里也常常贯穿着的那种若狂若醒、犹如自我放逐式的生存状态,那种由内向外看的叙事角度,也是传统小说所没有的。

《谩》与周作人后来译爱伦·坡的短篇《心声》极相近,这类小说心理分析的因子已经很重。《谩》的叙事者常无端“呵——呵——呵”地狂笑,笑得读者毛骨悚然,而且这种大笑不受叙事者控制,“吾不知胡以时复大乐,破颜而笑,指则拳曲如鹰爪,中执一小者,毒者,鸣者,——厥状如蛇,——谩也。谩蜿蜒夺手出,进啮吾心,以此啮之毒,而吾首遂眩。嗟夫,一切谩耳!”②叙事者对于欺骗之病态的敏感,古怪而如此具体的描述,把欺骗想象成一只小虫子,又好像是一条小毒蛇,而且到后来他觉得自己的叫声与蛇一样。这种心理描写,与《狂人日记》很近似,而且《谩》的叙事者始终以一种癫狂的眼睛观察人世。在他眼里,“他者”是陷阱,他与众人格格不入,众人的“冷漠”,令他始终处于

① 李欧梵:《鲁迅创作中的传统与现代性》,见乐黛云主编《当代英语世界鲁迅研究》,南昌:江西人民出版社,1993,第84页。

② 《鲁迅全集》,第11卷,第194页。

孤独、忧愤、恐惧之中。我们知道，后来鲁迅创作的很多重要小说里，孤独、忧愤与莫名的恐惧往往缠绕其主人公，如《孔已己》《孤独者》《伤逝》《药》《在酒楼上》等。那种黑色的孤独，显然是不同形态的现代体验。

从叙事手法来看，《谩》与《默》，如前所说，基本没有什么情节，小说的张力，主要源自叙事者或主人公的一种“内心戏剧”[①]。这种“内心戏剧”亦是象征性戏剧。小说的重心由外部的情节故事，移至人物内心。《谩》与《狂人日记》一样，本身就是从人物内心来反观人世，《默》虽然主人公并非叙事者，可叙述的焦点，亦是放在人物内心的焦虑与冲突之上。

《默》与《谩》的另一个现代品格，便是象征这一艺术手法的应用，这一点恰恰是鲁迅自己创作小说的主要特征与艺术特色。帕特里克·韩南在研究鲁迅的小说后指出，“他对安德烈夫感兴趣，而后者曾寄情于象征主义。至于果戈理、显克微支和索申克(Soseki)的兴趣，则是在于他们都利用不同的手法来表达其象征意味，特别是表现在讽刺和冷嘲方面”[②]。

伴随幽深的沉默而来的，是人物无法摆脱的孤独。《谩》和《默》里边的人物仿佛个个都异化了，异化成一个个无法支配自己的人，异化成一个自己也觉得不可理喻的怪物。女儿威罗自杀前数日，不知为何，她既不跟父亲说话，也不跟深爱自己的妈妈吐露心事。她死后母亲遂长卧睡榻，无论伊革那支牧师说什么，怎样劝说，她皆不张口。一家三口，好像三座孤岛。渐渐地，牧师发现家里已然变成一“幽默”深宅，白日深夜，楼上楼下，整个宅子弥漫在一片“幽默”之中，不能解脱。正是这个高度象征的“幽默”，构成小说的张力，使得这个没有什么情节的小说读来居然触目惊心，扣人心弦。小说最后，伊革那支独自往墓地，探访女儿的坟茔，在坟场，他渴望与爱女交流，连呼“威罗吉伽”“威罗吾女”，可威罗回答他的是无边的沉默。

安特莱夫这篇小说里的“幽默”(不是今天的“幽默”之意，而是指

① 李欧梵：《鲁迅创作中的传统与现代性》，见乐黛云主编《当代英语世界鲁迅研究》，第 90 页。

② 帕特里克·韩南：《鲁迅小说的技巧》，转引自李欧梵《鲁迅创作中的传统与现代性》。

“深深的沉默”），似乎象征着现代人的生存困境，也可以说是现代人的存在的一个哲学阐释。人们似乎逃不出“幽默”的包围，连高大魁梧的伊革那支在“幽默”中亦感到恐惧，尽管小说家没有说明恐惧的真正源头，但正是这样无处不在、无孔不入的“幽默”，似乎是现代人不能交流情感之象征。它击垮了伊革那支，原本不知恐惧为何物的他，现在惊恐地寻找归路，许久都找不到，及至归家，他跑到妻子卧榻前，曰：“吾且狂矣！”可妻子眼里一无所示，口中一语不发，像一尊石像。这种高度象征的画面，在西方现代小说里比比皆是，如善用象征手法的爱尔兰作家詹姆斯·乔伊斯（James Joyce，1882—1941）的短篇小说《伊芙琳》终场一幕（见《都柏林人》），如美国比较传统的女作家薇娜·卡萨（Willa Cather）的短篇小说《瓦格纳日场音乐会》的终场，女主人公乔治安娜（Georgiana）发呆的情景。当然造成三个女人“失语”的原因全然不同。《默》最末一句，道出了主人公无限的孤独与寂寞：“寂然寞然耳。……而此荒凉萧瑟之家，则幽默主之矣。”[①]

作品表达出的无边的沉默背后，乃是现代体验中无处不在的绝望，有时甚至是逼人疯狂的绝望。其精神体现，多少有些接近美国20世纪后半小说史上的“黑色幽默”，只不过美国小说里的“幽默”是今天意义上的诙谐，而鲁迅译的“幽默”却是别一个含义。在20世纪初期爱尔兰作家乔伊斯的《都柏林人》里，在波兰裔英国作家约瑟夫·康拉德（Joseph Conrad，1857－1924）的中篇小说《黑暗的中心》里，在20世纪中叶法国荒诞派戏剧的存在主义戏剧里，在20世纪后半美国作家的《第二十二条军规》里，皆不难找到这种如坠深渊般的绝望（black despair）。虽然这些作品背后的哲学支撑、哲学阐释、哲学表达很不一样，但绝望和孤独母题，一直是现代文学的一个突出关注点。它本身也是现代性的一种表征，一种表达。李欧梵在综合西方鲁迅研究者的观点时指出：“鲁迅在本质上更倾向于象征主义或象征现实主义，而不是倾向于现实主义或自然主义，特别是其创作生涯的早期。”[②]我们知道，

---

① 《鲁迅全集》，第11卷，第214页。

② 李欧梵：《鲁迅创作中的传统与现代性》，见乐黛云主编《当代英语世界鲁迅研究》，第87页。

绝望和孤独母题，同样也是鲁迅小说创作所探讨的核心主题。

在《域外集》中由鲁迅翻译的小说里，在鲁迅后来创作的小说里，其主要人物的疏离感，相信给每个读者留有刀刻般的印象。鲁迅译这些并不"好看"的小说，这些没有什么故事的故事，自然是因为它们打动了他。而打动他的几个主要因素中，主要人物的疏离感一定引起他深深的共鸣。事实上，无论是在日本，还是后来在绍兴、北京、厦门、广州，乃至最后在上海，鲁迅本人内心深处必然忍受着难言的、与周围环境格格不入的苦痛，因此对于疏离感这种上升到哲学层面的现代体验，自然比一般人感受更深。或许，这也正是三篇翻译小说，竟然有两篇皆是展现其疏离感的重要原因吧。此外，鲁迅以他惊人的敏感，捉住了后来令20世纪文学家格外关注的话题——异化，尽管鲁迅此时的阅读没有包括"现代主义"这个术语，更没有读到马克思、恩格斯关于这个术语的重要论述。反过来，没有理论准备的鲁迅与异化问题的"不期而遇"，也令人信服地证明，现代主义对于异化问题的关注，完全有其真实的、深厚的生活基础，因为异化是现代体验中的一个无法回避的问题。

不知我们是否可以说，翻译《域外小说集》的过程，也就是鲁迅探索现代性的旅程之一部分？倘若我们将考察扩展到周作人译的12篇小说(初版本)，将初版两册的15篇小说作整体观[①]，就我个人而言，从集子所选译的小说里，我们可以发现颓废、孤独、非理性、末世的恐惧等充满现代体验的文学主题和现代情绪。

第二节　《察拉图斯忒拉的序言》(1920)和《现代日本小说集》(1923)

"五四"新文化运动初起的1919～1920年，鲁迅先后译了两部看似截然相反的作品。第一部是国际政治乌托邦的作品，即1919年8月开手译的武者小路实笃的剧本《一个青年的梦》，至1920年1月18日译

① 1921年上海群益书社出版的《域外小说集》改版本增加了21篇小说，其中有不少寓言，21篇悉皆周作人译。因此，改版本共收入37篇短篇小说及寓言。

成。另一部则是破除一切人之梦想的作品，翻译时间也是在8月，不过是在1920年。这年8月10日，鲁迅译完尼采（Friedrich Nietzsche，1844—1900）的《察拉图斯忒拉的序言》，接着撰写了《译者附记》。译文和作文揭载于《新潮》第2卷第5期，署名“唐俟”。《一个青年的梦》，且留待第四章讨论。本节先说一说《察拉图斯忒拉的序言》。

最早在中国介绍尼采者，是梁启超和王国维。梁启超在1902年的《进化论革命者颉德之学说》一文里介绍过尼采，王国维于1904年在《叔本华与尼采》中，将尼采作为“破坏旧文化创造新文化”的旷世之才倍加礼赞。最初的译介，是茅盾1919年在当年11月15日出版的《解放与改造》1卷6号上节译尼采的《查拉图斯特拉如是说》中的一节《新偶像》，署名“雁冰节译”；接着，在该刊1卷7号（1919.12.1）上发表另一节《市场之蝇》[①]。值得注意的是，茅盾是在“五四”运动爆发的当年着手译介尼采的。傅斯年在地地道道的“五四”刊物《新潮》（1919.1.1创刊，1922.3.1终刊）上，也说要“提着灯笼沿街寻超人”。茅盾选译尼采的译作发表不久，即1920年9月1日，鲁迅译的《察拉图斯忒拉的序言》发表在傅斯年当时以北大学生身份同罗家伦等人编的刊物《新潮》上。因此，大致可以说，鲁迅是中国译介尼采的第二人，而且相对于茅盾的首译而言，他的翻译数量增加了许多，虽然也不完整。第三个同样抱有极大雄心翻译尼采、可也同样有始无终的译家是郭沫若[②]。郭沫若起初的宏愿，一定是要超过鲁迅，将尼采这部书译完。他于1923年5月1日在《创造周报》第1号上开始发表他从德文译的《查拉图司屈拉》（郭译名）。此后他译出并发表了《序言》第一章全部22节，至1924年2月13日在《创造周报》发表第二章第四节《僧侣》，此后停译该书。他也未曾像他在首发《查拉图司屈拉之狮子吼·译者识》一文中所说，

---

① 亦请参看谢天振、查明建主编《中国现代翻译文学史（1898～1949）》，上海：上海外语教育出版社，2004，第490页。

② 参看谢天振、查明建主编《中国现代翻译文学史（1898～1949）》，上海：上海外语教育出版社，2004，第490页。亦请参看王友贵《翻译西方与东方：中国六位翻译家》，第190～192页。

将全书译出[①]。

众所周知,《察拉图斯忒拉》(又译《苏鲁支语录》)这部著作的思想复杂且晦涩。不过,鲁迅并没有移译尼采这本书正文四章,他只译出了该书的序言。虽然序言的汉译不过七千四百言左右,但要解读20世纪初的中国文学、文化中的现代性,了解为什么在上世纪20～30年代如此多的文学作品以及知识分子纷纷以"群众"的引路人姿态发言立说(这与1942年之后知识分子逐渐努力贴近群众、模仿用工农群众的立场和声音说话的趋势恰成对比),不无帮助。尽管这些启蒙者本身存有大差异,言说的方式亦大不同,但那种从云端里闪身而出,企望以一种振聋发聩的方式向"群众"指路的姿态,在本质上并无不同。

即便是鲁迅译的短短的《察拉图斯忒拉的序言》,因其通篇充满了象征,全篇高密度的象征符号,象征背后的复杂含义,以及尼采那种箴言体的言说方式,跳跃度非常大,也令其意义晦涩、艰深。但尼采喜欢用文学的手法、诗意的笔墨来谈哲学问题,这恐怕也是鲁迅喜欢翻译尼采这篇序言的原因。由是,本文尝试以一种比较简单的方式解说《序言》,主要目的,并非解读尼采,而是藉此窥见翻译家此时的思想。尽管后来部分研究者拼命要将鲁迅的思想与尼采"超人哲学"截然分开[②],但人们还是从《序言》里找到太多的鲁迅的身影。

《序言》的一个要点,是察拉图斯忒拉究竟是什么?他究竟代表什么?要说明这个问题,先来看看他的行迹与言论吧。他30岁之后告别家乡,到山里独思冥想了整整十年,下山时老人说他变了,他成了醒者,成了孩子。他下山,初始是想要跟普罗米修斯一样,给人带来赠品,可林中圣者劝他不要将赠品予人,察拉图斯忒拉于是告别了老人和圣者,独自对自己的心说:"神是死了!"[③]这便是那句振聋发聩的、令20世纪所有知识分子感到震撼,同时也是被思想者无数次引述的"上帝死了"。

---

① 参看王友贵《翻译西方与东方:中国六位翻译家》,第190～192页。

② 参看人民文学社版《鲁迅年谱》,第2卷,第27页。但还应指出,这个观点可以代表上世纪80年代中期之前的中国大陆的鲁迅研究,但不能代表80年代中期以后中国大陆的鲁迅研究。

③ 《鲁迅全集》,第7卷,第582页。

他离开山林后，来到第一个集市，他告诉人们："我要教你们超人！"他的意思，是要教会人们超越人，接着他作了一个令人（类）十分反感的比喻，"猴子与人算什么？一场笑话或一件伤心事罢了。人与超人也正如此：一场笑话或一件伤心的耻辱罢了"[①]。他的话不能引起人的共鸣，没有人能够懂得他，这使他非常惊讶，于是他认为，人只是一个过程，不是目的，真正的目的是做超人。此后，一个求索者在表演走索（象征着冒险）的时候，摔下来，人们惊惶逃散，惟有察拉图斯忒拉靠近他，原来察拉图斯忒拉虽然孤独，但他也在寻求伙伴，如今人没有成为他的伙伴，已是死尸的走索者却成了他的伙伴。他始觉"无聊的人的存在而且总还是无意义"，于是他决心要教会人存在的意义；他继续行他暗黑的路，这回是扛着死尸；他遇见了小丑、掘坟者，他走回树林，第二天他醒来，发现自己不需要死尸做伙伴，却渴望寻求活的伙伴，他要寻求创造者、收获者、祝贺者做他的伙伴，而不是嫌忌他的"人"。《序言》收篇时，太阳高挂天空，他突然看到空中飞翔的一只鹰和挂在鹰身上的蛇。"这是我的动物！"[②]他欣喜地说，于是，这就又开始了他的"下去"。按照译者鲁迅解释，他这里的"下去"，正是"上去"的意思[③]。至于"上去"究竟是什么意思，作者同译者却没有解释。

《序言》里，几乎所有的生物，几乎察拉图斯忒拉与任何人的遭遇，他与别人所说的每句话，皆用作寓意不同的象征。例如，掘坟者指鄙陋的历史学家，求索者是指冒险者，但绝非超人。再比如，第10节文末察拉图斯忒拉所喜欢的鹰和蛇，分别象征高傲与聪明，高傲与聪明也代表超人[④]。我们读者跟随察拉图斯忒拉从山里走到人聚集之地，又回到远离人群的树林，在察拉图斯忒拉这一面，这似乎也不乏象征意义。跟随他走过这一程之后，我们可以回到前边那个问题，并且尝试回答：察拉图斯忒拉究竟是什么？

他本身就是一个象征，是认知的圣者；林中的那位圣者，则是信

① 《鲁迅全集》，第7卷，第583页。
② 《鲁迅全集》，第7卷，第601页。
③ 《鲁迅全集》，第7卷，第603页。
④ 参看鲁迅《察拉图斯忒拉的序言·译者附记》，《鲁迅全集》，第7卷，第605页。

仰的圣者。他是彻底的破坏者、犯法者、蔑视一切陈规的反叛者，然而他又是一位创造者，寻求真理、希望传布真理的勇者。他批判教会的教义，拒绝做牧羊人，否认地狱，于是也就否认了天堂，他宣布“上帝死了”，他对“群众”大失望，他否认人的存在的意义，他是一个孤独者，但他并不像很多人想象的那样享受孤独，而是渴望伙伴，开始居然连死的伙伴也扛着走（即求索者的死尸）。他渴望的伙伴是创造者、收获者、祝贺者。他对“群众”非常失望，认为自己和他们相距辽远，但他的言语和行动里，倒是看不到绝望，而是充满希望。

说到底，在鲁迅看来，在《新青年》和《新潮》的同人看来，察拉图斯忒拉其实就是启蒙者，或者说就是启蒙者的启蒙者。在第四节末尾，他将自己比作云端里的闪电，那居高临下的姿态，其实颇像云端里的“神”，这或许就是启蒙者的一个最大吊诡：他们要否定神的存在，但他们的姿态、他们的言说方式、他们对群众的态度，又让人不能不联想到新神的出现：“我爱那一切，沉重的水滴似的，从挂在人上面的黑云，点滴下落者：他宣示说，闪电来哩，并且作为宣示者而到底里去。喂，我是闪电的宣示者，是云里来的沉重的一滴：但这闪电便名超人——”[①]

连《序言》那种喜欢使用象征的话语方式，也跟《圣经》如出一辙。而鲁迅一生著译，尤其是早期，象征则是他大量使用的艺术手段。

一个能够证明鲁迅此时思想的佐证，便是周作人将他一个人在1919年前后翻译的短篇小说结集出版，鲁迅特别为其取名《点滴》[②]。而到了1928年，周作人将该书重新印行出版时，因此时兄弟已经分手，他本人的思想已经发生改变，周作人便将内容完全相同的书，重新取名为《空大鼓》[③]。这书名取自书中首篇小说，即托尔斯泰的小说《工人叶美良和空大鼓》。其中，托翁特有的那种“勿抗恶”式的托尔斯泰主义的鼓吹，与尼采的超人哲学和否定一切的叛逆思想大相径庭。

再一方面，虽然我们不能将尼采的思想当作译家自己的思想，但鲁

---

① 《鲁迅全集》，第7卷，第588～589页。

② 《点滴》，周作人译，北京：北大出版社，1920年8月初版。

③ 《空大鼓》，周作人译，上海：开明书店，1928年11月初版。亦请参看王友贵著《翻译家周作人》，第二章第三节，第63～75页。

迅创作中始终存在的孤独母题，主人公与“他人”的隔膜，却很难让人不联想到《序言》里边察拉图斯忒拉的大孤独。这里边的内在联系，正是现代性的体现。如小说《药》《在酒楼上》《白光》《孤独者》《狂人日记》等；如散文诗《野草》里的不少篇什，里边一些多次出现的主题，如“无物之阵”“无地”等；再如剧本《过客》等，要寻到孤独母题以及《序言》里的其他一些主题，如“人不如禽兽”“群众不过是一些乌合之众”“高傲的鹰”“暗黑的路”等，则并不费力。

此外，又如鲁迅早期的翻译，如《域外集》里的《默》与《谩》，《现代小说译丛》里他译的阿尔志跋绥夫的《幸福》与《医生》，以及芬兰小说《疯姑娘》等，皆不难寻出一个个孤独无助的人物。孤独母题，是20世纪的世纪主题之一，亦是现代人所无法克服的现代焦虑。

前面说过，20世纪的一种独有的现代体验，以及一种颇具现代性的哲学阐释，是人对于周围一切的隔膜与恐惧。其独特性在于，这是一种前所未有的恐惧，是对于一张笼罩自己的巨网的恐惧。此前世界各国的人，也同样笼罩在一张张的传统巨网之中，却不曾体验过如此迫压人的恐惧。而它却成为现代性的一个表征。

这种恐惧在一些格外敏感的思想者那里皆可以找到。如上文提到的乔伊斯在他的杰作《艺术家青年时期的画像》(1914)里，如康拉德的中篇小说《黑暗的中心》里(1902)。当然还有鲁迅，他那种著名的“荷戟独彷徨”的心情，以及他的包括小说集《彷徨》在内的不少作品，其实都透出一种恐惧，对一种无形的迫压人的“大网”的恐惧和反抗。这种将人与传统、现代人与传统文化置于一种——这里姑且不去评说它的利弊——二元对立的思维模式，人试图冲决罗网，而又永远不能成功的意象，所反映的正是现代人特有的生存状态与心态。当然，不同传统、不同文化的国家，网的构成不同；但就网是旧传统的一个象征，网就是无影无形却又无所不在的压迫，网予人的那种无法摆脱的绝望情绪而言，其作用和功能是一样的。

1922年5月，鲁迅和周作人、周建人合译的《现代小说译丛》作为

“世界丛书”之一，由商务印书馆初版[①]。这是周氏三兄弟第一部合作的翻译小说集（这部译著，留待第三节讨论）。此时，三兄弟连同母亲一齐住在北京八道湾11号。周氏兄弟合译的另一部翻译小说集，乃是翌年6月由商务印书馆初版的《现代日本小说集》[②]，也是作为“世界丛书”之一种。这回是鲁迅和周作人合作。鲁迅译介部分，有日本现代作家六人十一篇作品，其中四篇曾在报刊上发表过；另有七篇未见另行发表，后一部分中有夏目漱石的《挂幅》，亦有芥川龙之介的《罗生门》。

这个翻译小说集，是鲁迅和周作人兄弟失和前出版的最后一部译作，亦是鲁迅译日本现代小说的主要成绩。这部翻译小说集在鲁迅翻译作品中，领有一个特别位置，因为《现代日本小说集》中鲁迅译的小说里，很有一些冲淡、闲适、“低徊婉转”的作品。里边的文学趣味、文学主张、文学追求，跟鲁迅倾力翻译的欧洲“弱小国家”、俄国文学作品大不同，跟鲁迅自己的创作亦很不同。其中有些作品，如芥川龙之介、森鸥外、夏目漱石等人的作品，连同周作人自己的译作以及周作人此前发表的若干介绍日本近现代文学的文章，不惟是这些作家、作品在中国的早期介绍，而且更重要者，是这些作品展示出当时中国新文学从未见过的文学品格与文学追求，那是非常个人化的文学趣味。这种个人化，其实亦透出一种现代品格[③]。

在中国早期的日本文学的重要译介者中，我们看到一串译家名字，如谢六逸、沈端先（夏衍）、田汉、崔万秋、夏丏尊、张资平、陶晶孙、章克

---

① 鲁迅、周作人、周建人译《现代小说译丛》版次如下：1922年5月，上海商务印书馆初版；1923年7月，商务印书馆再版；1926年9月，商务印书馆第4版；1938年6月，鲁迅全集出版社初版《鲁迅全集》第11卷（仅收鲁迅译9篇）；1958年12月，人民文学出版社《鲁迅译文集》第1卷（仅收鲁迅译9篇）；1959年9月，香港建文书局出版。资料来源：周国伟编著《鲁迅著译版本研究编目》。

② 鲁迅、周作人译《现代日本小说集》版次如下：1923年6月，上海商务印书馆初版；1923年12月，上海商务印书馆再版；1925年12月，上海商务印书馆第3版；1928年11月，上海商务印书馆第4版；1938年6月，鲁迅全集出版社初版《鲁迅全集》第11卷；1958年12月，人民文学出版社《鲁迅译文集》第1卷（以上两个版本均只收鲁迅译的11篇）；1959年9月，香港建文书局出版。资料来源：周国伟编著《鲁迅著译版本研究编目》。

③ 这类“我用自己的杯子饮水”的文艺美学思想，其现代性可以解作是对大量复制文艺作品的资本主义现代文明的一种抵抗，跟19世纪后半期英国的罗斯金、莫里斯的思想非常接近。

标等，然而，早期最重要的日本文学介绍者与翻译家，当首推周作人和鲁迅，其中周作人的用力和成绩，又比哥哥大很多，影响亦很广。对于日本近现代作家的介绍，兄弟合作的《现代日本小说集》，不仅收入很多近现代日本文学的重要作家，而且有些作家是其作品首次同中国读者见面，如鲁迅译介的日本重要作家芥川龙之介等。

在鲁迅译作中，还有一些作品展示出传统与现代糅合的特质，那是一种以旧翻新的现代品质。它们是传统的，亦是现代的。换句话说，这些作品是通过往传统材料里注入现代体验、现代意识来表达现代性的。这种表达，与“五四”新文化运动汹涌地试图和传统决裂的思潮大不相同(鲁迅本人似乎也是持彻底决裂态度)。当时的中国文学里明显缺少这类作品，只有到了20世纪20～40年代，在徐志摩的诗歌创作与诗歌翻译、鲁迅的《故事新编》、张爱玲的小说、老舍的小说、周作人的散文等里面，这种传统与现代的融合才可以明显地见到。

就鲁迅译的夏目漱石、菊池宽和芥川龙之介的小说而论，其中最优秀的篇什，它们的现代性，不像鲁迅译《察拉图斯忒拉的序言》和其他很多作品那样，在其与传统决裂，在其对传统的批判之中体现出来。相反，它们不避传统，将现代品格、现代体验注入旧材料，注入新的生命；其现代品格、现代性的体现，不在于对资本主义发展过程中的社会持尖锐批判、尖锐对立的姿态，而在于提倡一种完全个人化的文学趣味，对个人主义的自觉坚守，对个性的不急不慢的坚守。这一美学思想，与英国罗斯金、莫里斯的思想颇有相近之处，也同前边引述旺晖的“现代主义的美学现代性却具有强烈的反资本主义的世俗化倾向”颇为相近。它在中国语境里所体现出来的现代性，乃是个人的发现，个人趣味的坚守。从思想渊源来说，它的对个人的重新发现，个人主义的坚持，似乎是西方的；从文学趣味和格调来说，这种文学在很大程度上则是东方的。

《现代日本小说集》(以下简作《日本集》)的文学价值相当高。译介日本现代作家15人,作品凡30篇,其中9人19篇为周作人所译[①]。除盛极一时的自然主义作品外,重要的现代作家皆有作品入选。有趣的是,鲁迅译的夏目漱石和森鸥外,皆主张文学不必那样急煎煎地直接为人生,而鲁迅喜欢俄国文学,正是在于俄国文学是"为人生"的文学。漱石主张"低徊趣味""有余裕的文学",森鸥外却提倡遣兴文学,偏好文学的游戏性。森鸥外的《游戏》里的主人公木村,无论是写作,还是做别的事情,皆用一种小孩子一样的游戏心情。也就是说,无论他做什么事情,包括写作,在他皆是一种游戏[②]。如果说《域外集》《现代小说译丛》《察拉图斯忒拉的序言》所展示的现代体验,是直面人生的孤独无助,人与周围环境和他人的冲突,那么《日本集》的不少篇什,却是通过对自我的张扬和回归,"用自己的杯子喝水"(森鸥外《杯》)那种文学追求,来展示其独有的现代品格,这是对现代资本主义大规模生产、复制艺术品趋势的抵抗。

鲁迅所译夏目漱石的两篇小说《挂幅》和《克莱喀先生》,没有了鲁迅通常的翻译小说和创作小说惯有的那种忧愤、灰暗的色调,代之以优游闲适、恬淡人生的色彩。这种色调,正是周作人后来倍加推崇的闲适恬淡的小品趣味。

读夏目漱石这两篇小说,酷似品茗,然而它不是北京的香片,不是云南的红茶,而是江南的绿茶。水清,茶汤淡,初饮似乎无甚味道,二饮,三饮,则齿颊生香,低徊婉转,绵绵不绝。读《克莱喀先生》,又如观一幅水墨画,这里淡淡地抹上两笔,那里浅浅地点上几下,从头至尾,不用浓墨重彩,然俟画者收笔,方惊觉克莱喀先生已鲜活活地立在纸上。这种小说笔法,非有深厚功力,不能成就。

饶有趣味的一个发现,是鲁迅的译笔,亦伴着夏目漱石之笔冲淡、

① 这19篇日本现代小说是:国木田独步两篇:《少年的悲哀》《巡查》;铃木三重吉三篇:《金鱼》《黄昏》《照相》;武者小路实笃两篇:《第二的母亲》《久米仙人》;长与善郎两篇:《亡姊》《山上的观音》;志贺直哉两篇:《到网走去》《清兵卫与壶卢》;千家元　两篇:《深夜的喇叭》《蔷薇花》;江马修一篇:《小小的一个人》;佐藤春夫四篇:《我的父亲与父亲的鹤的故事》《黄昏的人》《形影问答》《雉鸡的烧烤》;以及加藤武雄一篇:《乡愁》。详见王友贵《翻译家周作人》,第4章。

② 参见《鲁迅全集》,第11卷,第533页。

低徊起来，伴着芥川龙之介之笔生出一种格外含蓄的幽默。看着十分新鲜好玩。原以为鲁迅的文笔，只能像他那丛小胡髭一样坚忍不拔，殊不料先生亦能有婉曲阴柔，不紧不慢的闲适和冲淡。可见鲁迅译文的风格，还是随着原作的风格变化的，尽管鲁迅译文始终都打上译家独有的印记。无论是译漱石，还是译安特莱夫，总体而言，都仍然有鲁迅的文笔风格。虽然如此，鲁迅译夏目漱石和森鸥外的译文风格，从整体上讲，在鲁迅创作中极少见。

此外，鲁迅在《日本集》里还译有森鸥外的《沉默之塔》、有岛武郎的《与幼小者》和《阿末的死》、江口涣的《峡谷的夜》、菊池宽的《三浦右卫门的最后》与《复仇的话》，以及芥川龙之介的《鼻子》和《罗生门》。

读过鲁迅翻译的《日本集》里的作品，发现以鲁迅的笔墨译幽默，恐怕是最相宜的，且生出一种别样的、不可多得的含蓄来。鲁迅的创作，从来不缺少幽默，可很多时候因为思想犀利、与人争论的缘故，似乎烟火气偏重。然而《日本集》里的译品，使鲁迅有机会展示自己文笔的别一面。譬如译芥川龙之介的幽默小说。这是因为，幽默原本贵在含蓄，倘使将文墨铺洒开来，如茅盾那样润滑畅利的文笔，则兴许会将含蓄的韵致冲淡许多。芥川龙之介的《鼻子》，就是在温和收敛的叙述后面，藏着十足的幽默。《鼻子》将和尚内供矛盾的心理，不露声色地抖露无遗。

故事说的是池尾地方的寺里，禅智内供长有一只长鼻，有五六寸长，从上唇的上面直拖到下颏下面，令他不胜烦恼，连吃饭都要请弟子用长木条掀起鼻子来。后来弟子从来自震旦（即古代中国）的医士得着个方子，可以缩短鼻子，方法是以热汤浸鼻，然后使人用双脚踩踏长鼻，使之缩短，试过之后鼻子果然缩短，可几日之后众人见之，因有先前的长鼻子作对照，忍不住要窃笑，内供见此，反而后悔多事。某日清晨，内供忽然发现鼻子又复原，与先前一般长。此时他反而生出神清气爽的心情，“既这样，一定再没有人笑了”。芥川以此篇传达出的人生观，大概是说：美也罢，丑也罢，凡事不必勉强，顺其自然，总要胜过不自然的强求吧。

芥川这篇《鼻子》的特别的魅力，在于其叙事语调的平和淡泊，叙事节奏的不紧不慢以及从温文尔雅的包袱里面抖出令人忍俊不禁的笑料。谐而不俗,讥而不毒,后者尤其难得。而鲁迅的译笔同样非常传神。

芥川写人物外表,更写内供的心理。一般幽默小品,重外不重内,然芥川这里,重内轻外,是从内供的心理出发来叙述这段故事的。因此,人们在心中暗笑之余,也对形貌看似岸然的内供,其矛盾与窘迫的心态有了洞察。想得广远一些的,又可能将思路牵引到自己隐秘的内心,继而顿悟:对自己的缺陷与疤痕,不是也曾萌生过类似的尴尬,不也曾做过类似的欲盖弥彰的举动吗?

鲁迅选译芥川的两篇作品,都是旧材料。鼻子的故事,采自日本的旧传说;罗生门的出典,乃是平安时代的故事集《今昔物语》[①]。鲁迅在介绍芥川龙之介的创作时指出:"因此那些古代的故事经他改作之后,都注进新的生命去,便与现代人生出干系来了。"[②]夏目漱石所谓"触著不触著"的文学,"同有存在的权利",便是直接反映社会现实与不直接反映社会现实的作品,皆能收同等的成功。鲁迅的文笔多峻急犀利的锋芒,但鲁迅既然移译上述小说,说明他很喜爱这些作品。这就正好说明鲁迅文学趣味的别一面。我们知道,《日本集》所展示出来的,是一个广阔的世界,是一个游戏与严肃皆备,活色生香、姿态各异的世界。这样一种文学境界,周作人在散文领域也有类似的追求,亦在中国现代散文史上取得最高的成绩。但在小说一面,中国或许要到20世纪80年代末,才能真正推展开来,才能有些枝枝叶叶开出来。但是,这在上世纪20年代,恐怕也算是具有现代意识、现代品格的文学境界吧。

第三节　历史相与现实相:"被侮辱被损害的"民族文学

茅盾接编《小说月报》后的1921年,该刊12卷10期(1921.10.10)推出一专号,名曰"被损害民族的文学号",以格外引人注目的方式介绍欧洲"弱小民族"文学。在此之前,即1921年9月,《小说月报》12卷还

① 参见《鲁迅全集》,第11卷,第583页。
② 《鲁迅全集》,第11卷,第582页。

专门出过一期“俄国文学研究”专号，以中国翻译文学史上前所未有的手笔，介绍俄国文学。这一期专号，单单关于俄国文学的论文，就刊载了 20 篇，翻译作品则达 29 篇，另有 4 篇文章收入附录栏，其中就有周作人那篇重要的《文学上的俄国与中国》。

茅盾主编的《小说月报》连续推出的这两期专号，在 20 世纪翻译文学史上堪称一个创举。

首先，“被损害民族的文学号”，是在重要的大型纯文学刊物上刊出的第一个翻译文学专号(《小说月报》可以说是当时中国纯粹刊登文学作品的最大的文学期刊，其他如《东方杂志》《新青年》等都不是纯粹的文学期刊)。其次，“俄国文学研究”专号，是第一个国别文学研究与国别文学翻译专号，而且译介作品数量很不少。后来，陆续有一些刊物先后推出“世界民间故事专号”(《文学周报》1928.1.15)、“翻译专号”(《文学》2 卷 3 期，1934.3.11)、“弱小民族文学专号”(《文学》2 卷 5 期，1934.5.1)等[①]，国别文学则有“现代美国文学专号”(《现代》5 卷 6 期，1934.10.1)等。在中国期刊报纸上此起彼伏地演出了一幕又一幕翻译文学的专场戏，有些且是精彩纷呈的重头戏。

有研究者初步统计，从 1919 年至 1949 年的 30 年里，现代文学期刊和报纸上所刊载的“翻译文学专号”、专栏、特辑，属于综合国别类的，至少有 26 次，其中两次重要的专号，即“现代世界文学专号”和“各国新兴文学”专号，为上下两辑。而国别文学，如俄国文学、英国文学、美国文学，以及国别文学内的作家翻译专号、纪念号、专门文学门类的翻译专号(如诗歌)，则更多[②]。其中单单“英美文学翻译专号”，包括作家翻译专号，达 25 次之多[③]。

如果说，1918 年后，周氏兄弟在《新青年》重新开始试探“被侮辱被损害的民族文学”的翻译路子，那么，稍后两期专号的接踵推出，不仅是

① 参看王建开《五四以来我国英美文学作品译介史》，上海：上海外语教育出版社，2003，第 144～148 页。

② 参看王建开《五四以来我国英美文学作品译介史》，上海：上海外语教育出版社，2003，第 144～148 页、第 150～154 页。

③ 参看王建开《五四以来我国英美文学作品译介史》，第 150～154 页。

《小说月报》改革以来翻译文学的重要展示,更重要的,是将周氏兄弟自《域外小说集》开始的译介"被侮辱被损害的民族文学"的翻译路径作一次有意识地大推进。这使《新青年》重新开唱的"新生"之歌,到此时迸发出格外洪亮的声音,发生更大的影响。当然,《小说月报》的这两次大动作的组织者,是功不可没的茅盾。不过,这两次大举动不仅有周氏兄弟的积极参与,而且由此我们看到鲁迅的别一面:当他 1920 年重写《域外小说集序》的时候,他一边发出"我们这过去的梦幻似的无用的劳力,在中国也就完全消灭了"的喟叹,一边却不仅没有放弃梦想,反而加紧实现之。1918 年自《新青年》开始,周氏兄弟陆续发表的译作和创作,以及这两次译介大行动,正是他们实现梦想的大举动。

如果说,《新青年》以及其他一些新潮报刊陆续发表周氏兄弟的译作,是当年翻译出版《域外小说集》计划的"死灰复燃",那么,这次大规模的译介欧洲"弱小民族"文学的行动,除了应得首功的茅盾的精心组织外,也可以说是周氏兄弟利用新的契机,在得到新的同志加入之后,利用新的展示平台,重振旗鼓,再一次开辟翻译新路向的努力。这一次,他们获得了成功。

除了"五四"新文化运动的大背景,这次的成功,要归功于《小说月报》这个当时拥有大量读者群的重要文学刊物;此外,还要归功于沈雁冰兄弟的支持,尤其是哥哥沈雁冰(即茅盾)的有力支持。因此,沈雁冰对中国"被侮辱被损害的民族文学"翻译传统的确立,起过不可或缺的推动作用,而且成为这个传统的主要奠基人之一。

说来有趣,"被损害民族的文学号"这个后来发生不小影响的专号,其实是由两家兄弟、四个人合力完成的。专号共有 8 篇文章、11 篇翻译小说(其中有一篇是英国劳斯的《在希腊诸岛》),另有一组"杂译小民族诗",几乎全部出自周氏兄弟和沈家兄弟之手[①]。论文部分,鲁迅翻译了《近代捷克文学概观》和《小俄罗斯文学略说》,周作人译了《近代波兰文学概观》,有三篇是沈雁冰或作或译(其篇名分别是《引言》《芬兰的

① 鲁迅译的文章,署名唐俟译,小说部分署名鲁迅译;茅盾译著有 3 种署名,分别为"作者""沈雁冰"或"冬芬"。

文学》《新犹太文学概观》），茅盾的弟弟译有《塞尔维亚文学概观》，另有一篇《新兴小国文学述略》署名胡天月译述。可以说，沈雁冰、沈泽民兄弟作译并举地介绍芬兰文学，使得他俩成为中国早期翻译、介绍芬兰文学的代表人物。

该专号的翻译小说部分，鲁迅译有芬兰明那·亢德的《疯姑娘》、保加利亚伐佐夫的《战争中的威尔珂》；周作人译了波兰、现代希腊、芬兰作品各一篇，此外还附一篇英国劳斯著的《在希腊诸岛》；其余五篇小说皆由沈雁冰移译[①]。

明那·亢德的《疯姑娘》以倒叙手法讲述美丽的赛拉赛林年青时参加一次舞会，年青的大公邀她共舞，且全场只同她跳舞，之后大公便走了，此后追求她的男人如云，她却一心等待大公来娶她，一直等到她成了老处女，最后成了孩子们害怕的疯姑娘的故事。对于赛拉赛林来说，她的悲剧在于同大公跳舞的那一刻，成了永恒，从此她拒绝现实，只愿生活在记忆里，耽溺在幻想里。这篇小说本身不足为奇，奇怪的倒是鲁迅这样的译者选译它。或许因为它是欧洲文学里"灰姑娘"形象的反讽吧？

保加利亚文学在华译介史上，鲁迅领有特别位置。他是中国翻译保加利亚文学的第一人。他译介的伐佐夫，跟上文讨论的芬兰文学的明那·亢德不同：伐佐夫不惟在保加利亚现代文学占有重要地位，且是第一个为中国普通读者阅读到的保加利亚作家。鲁迅 1921 年在《小说月报》专号上推出译文的同时，还作有"译者附记"，将伐佐夫（鲁迅译为跋佐夫）作为"旧文学的轨道破坏者""革命文人""白话的鼓吹者"加以介绍。

伐佐夫的《战争中的威尔珂：一件实事》是一篇反战小说。村民威尔珂本不愿离家从军，后来看到伙伴们当兵后神气的模样便跟了去。到了战场上，两军对阵，他因饥饿过度而突起冲动，冒着弹雨站起身来向"敌人"狂吼乱叫，对方以为保加利亚人进攻了，遂逃走。战争结束

---

① 关于周作人这部分翻译作品，请参看王友贵《翻译家周作人》；关于沈雁冰的翻译，请参看王友贵著《翻译西方与东方：中国六位翻译家》，成都：四川人民出版社，2004。

时，威尔珂的左手残废。伐佐夫用这篇作品反对保加利亚同塞尔维亚“兄弟之间的战争”（鲁迅语）。

“被损害民族的文学号”共介绍了九个欧洲小民族的文学[①]，它们是波兰、捷克斯洛伐克、塞尔维亚、芬兰、新犹太、新希腊、保加利亚、克罗地亚、乌克兰。看看这其中的头一个国家波兰，尤其是鲁迅早年对波兰文学的态度，可以帮助我们了解鲁迅一生的翻译路线，解读鲁迅的“翻译模式”。

鲁迅留学日本时，同当时中国一些血气方刚的知识分子一样，背负着巨大的亡国恐惧。因为他们认为，欧洲的波兰，亚洲的印度、菲律宾，非洲的很多国家如埃及等，已经“亡国”，更多的正沦于“亡国”之境，还有一些正面临类似的悲惨命运。由此，他特别偏爱那些敢于反抗、能够拯救国民精神、拯救民族命运的文人勇士。波兰的密茨凯维支、显克维支等人，就属于他格外钟爱的作家。波兰这个中欧文明古国，在近代史上曾经遭受俄国、普鲁士、奥地利等国三次瓜分，最后一次是在1795年，此后波兰从欧洲地图上消失长达123年。这段波兰史，想必给心存巨大亡国忧虑的鲁迅以深深的刺激。而决心以文艺救中国的鲁迅，自然是以他们，还有其他一些奋力救亡的志士文人、包括奋力拯救希腊的拜伦等一批诗人，作为自己的样板。同样，他对匈牙利诗人裴多菲的一生的喜爱，也是出于这样的原因。据匈牙利学者卡拉·恩特莱博士的考证，鲁迅那句名句“绝望之为虚妄，正与希望相同”，出自1847年裴多菲在旅行中给朋友的信里的一句话[②]。而且还据说，显克维支的古典作品，为滋养波兰国民的精神、追忆民族光荣的历史，起过很大的作用[③]。正如藤井省三所指出，“就正是因为这些亡国的文学家们是以建设国民国家为悲愿的诗人，此外没有别的原因”[③]。所以，这是鲁迅从事启蒙的起点，也是他从事文学的出发点，同时也是他从事翻译的出发点。因此，这也是理解鲁迅独特的翻译模式的一个基本点。

---

① 沈雁冰在署名“作者”的“引言”里，说介绍了八个民族，实有九个。参看《小说月报》12卷10号。

② 参看藤井省三著《鲁迅比较研究》，陈福康编译，第129～130页。

③③参看藤井省三著《鲁迅比较研究》，第36页。

茅盾主编的《小说月报》推出的这两期专号，显然有一个策划在里边："俄国文学研究"专号作译者之多，介绍范围之广，在当时皆属创纪录之举；"被损害民族的文学号"，介绍的国别文学之广泛，也给当时喜欢新文学的读者留下了深刻印象，亦由此推动了欧洲"弱小民族文学"在中国的译介。同时，当时的纯文学刊物《小说月报》的这一创举，也一举奠定了中国20世纪文学翻译的一个新传统，即特别关注和译介"被侮辱被损害民族的文学"。这个翻译文学走势，跟当时新文学运动中的"为人生的文学"一派的新诗学完全一致，跟稍后以"为受欺辱受压迫"的中国下层民众的代言人自居的主流文学家信奉的新诗学完全一致，如巴金、茅盾。

众所周知，俄国并非小国。关于俄国何以归入这一类文学，周作人有一个解释："这里俄国算不得弱小，但是人民受着迫压，所以也就归在一起了。换句话说，这实在应该是说，凡在抵抗压迫，求自由解放的民族才是，可是习惯了这样称呼，直至'文学研究会'的时代，也还是这么说。"[①]周作人的解释，说明这个带引号的短语语义的含混，它的含混在于其标准模糊，取向模糊。既非真正以地理区域为标准，亦非真正以国家大小为标准。"弱小"二字，带有强烈的民族情绪以及主观性。它亦从一个侧面说明鲁迅的思维方式。

然而，正是这样一个指涉含混的术语，在中国现代翻译文学史上产生过重要影响，也在中国现代文学史上发生过很大影响。它强化了中国文学原本就有的说教传统，也培养了一代又一代新读者，令中国读者习惯于读非文学因素特别浓的"纯文学"作品[②]，反而淡化了文学作品里的文学性(literariness)。虽然这个时期的翻译作品中，不少具有相当高的文学价值，但鲁迅的翻译，也选择了很多在欧洲文学史上属于"二、三流的作家"[③]。

---

① 周作人：《知堂回想录·86·弱小民族文学》，第232～233页。

② 这里的"纯文学"，有"严肃文学"之意，强调文学的目的，未必指文学品质特别高；这个术语在中国，偏重与通俗文学、商业化文学相区别。

③ 这是日本学者竹内好的结论。转引自伊藤虎丸著《鲁迅与日本人——亚洲的近代与"个"的思想》，李冬木译，第11页。

“俄国文学研究”专号里，鲁迅作的文字，是《阿尔志跋绥夫》。翻译作品部分，鲁迅译的也是他的短篇小说《医生》(1921.4.28译)。鲁迅对阿尔志跋绥夫的偏爱，众所周知。从译作发表的时间看，鲁迅是中国翻译阿尔志跋绥夫的第二人。最早翻译阿氏作品的是愈之(即胡愈之)，他翻译的阿氏小说《革命党》，1920年11月10日揭载于《东方杂志》17卷21号，鲁迅译的小说《幸福》，于是年12月1日在《新青年》8卷4号揭载，后收入《现代小说译丛》，1922年5月由商务印书馆出版。

阿尔志跋绥夫的《幸福》，乃是反语。故事说的是妓女赛式加因梅毒烂掉了鼻子，因此生意惨淡。这天晚上，雪地里走来一个仆人，赛式加上前兜揽生意，过客先不理，后见赛式加哀求便突然要求她脱光衣裳站在雪地里，让他打十下，给她五卢布。被过客用手杖用力抽打的赛式加用她那血污的手掌攥着卢布，她此时仿佛感觉到了“幸福”。阿尔志跋绥夫的另一篇小说《医生》，也就是鲁迅在上述专号里发表的那篇，写俄国医生密哈罗微支被请去给遭犹太人打伤的警察厅长疗伤，厅长是俄国虐杀犹太人疯狂行动中的首恶。在激烈的内心冲突与强大的内外压力下，医生最终拒绝履行医生的天职，匆匆逃离，同时也逃离了对于厅长年轻美丽的妻子的同情和难以遏止的性的欲望。

事实上，鲁迅对俄国文学的喜爱，更多的是偏爱部分作家。正如荷兰学者D.佛克马所指出的，他从未译过俄国大文豪托尔斯泰、屠格涅夫、陀思妥耶夫斯基一篇作品[1]，却翻译了迦尔洵的《四日》《一篇很短的传奇》。他特别推崇果戈理，晚年译了果戈理的长篇《死魂灵》(1934～1936年译)和短篇《鼻子》。至于安特莱夫，周作人也曾提到，鲁迅特别喜欢他[2]。他在《域外小说集》时期主要翻译的就是安特莱夫，而在1920～1921年期间，鲁迅又翻译了阿尔志跋绥夫的作品。除了《暗淡的烟霭里》(1921年9月8日译)、《书籍》(1921年9月11日译)，其中一个主要成绩，便是翻译他的中篇小说《工人绥惠略夫》(1920年9月

① D.佛克马：《俄国文学对鲁迅的影响》，乐黛云编：《国外鲁迅研究论集》，第281页。

② 周作人：《关于鲁迅之二》，见《周作人文类编·八十心情》，钟叔河编，第123页。

译)。该译本 1922 年 5 月由上海商务印书馆初版[①]。

这部书是鲁迅用白话翻译的第一部中篇小说。鲁迅是从德文本《革命的故事》中选译的,因了德文程度不够高,还请当时教育部的同人、好友齐宗颐做帮手,每周一次,在公园里讨论原文和译文。

《工人绥惠略夫》述俄国 1905 年前后,俄京彼得堡来了一位名叫绥惠略夫的人,他的真名叫阿尼特・尼古拉微支・多凯略夫,真实身份并非工人,而是大学生。他租住的房子里,隔壁住着心地善良、单纯热情的大学生亚拉藉夫。亚拉藉夫原本跟无政府主义分子有往来,最近已脱离关系,一心在家写作。绥惠略夫与他相反,寡言少语,感情从不外露。一天,亚拉藉夫原来的朋友将一包材料寄放到他这里,说好明天来取。不料彼得堡宪兵查清绥惠略夫底细,拂晓前来拿人,警觉的绥惠略夫察觉到危险,悄悄逃出。宪警扑了空,顺便到隔壁敲门,打算询问大学生,不料平日温和的亚拉藉夫一边焚烧材料,一边开枪,打死打伤两名宪兵,自己亦被乱枪打死。

逃出后的绥惠略夫混迹在街上人群里,警觉的他又发现被跟踪,一阵狂奔之后,暂时得以逃脱,后来再次被宪警围追,混入一家正在演出的大戏院的楼厢并向观众席上胡乱开枪,一片混乱里终于被蜂拥而上的宪警捉住。

绥惠略夫跟亚拉藉夫,二人的开枪皆有偶然性。亚拉藉夫出于突然控制不住的愤怒,不顾后果地冲动,在此之前的头天晚上他还在做着作家梦;并非没有逃跑机会的绥惠略夫出于复仇的动机,在戏院子里异常冷静,带着一种满足感向下边人头的海洋开枪。他基本上视众人为敌,认定他们要么助纣为虐,要么袖手旁观,不会对他施以援手,反而可能助宪警拿人。阿尔志跋绥夫的这个观点,确乎跟尼采的"超人"思想,不无相近之处。

这部小说,有三处写得令人觉得格外沉重。第一处是绥惠略夫否

---

① 鲁迅译《工人绥惠略夫》版次如下:1922 年 5 月,上海商务印书馆初版;1924 年 6 月,上海商务印书馆再版;1927 年 6 月,北新书局重印初版;1938 年 6 月,鲁迅全集出版社初版《鲁迅全集》第 11 卷;1958 年 12 月,人民文学出版社《鲁迅译文集》第 1 卷。资料来源:周国伟编著《鲁迅著译版本研究编目》。

认一切，否认爱、同情、人性善，拒绝启蒙，强烈否认向无知无识的贫苦人、“被侮辱被压迫的人”启蒙，否认让他们睁了眼看有任何意义。鲁迅后来的一个矛盾，就是一边忍不住要让人睁了眼看，一边深深怀疑这样做是否有意义。第二处是托尔斯泰式的“勿抗恶”的爱之信奉者、大学生亚拉藉夫的思想与他的牺牲，他背叛了他所信奉的托尔斯泰主义，最后仓促而被迫的武力反抗，宣告托尔斯泰非暴力主义的失败，却藉自己的牺牲作出与绥惠略夫的怀疑主义相反的结论。第三处是绥惠略夫在被俄国宪警追到戏院时，他其实尚有逃生希望，可他愤激地向无辜的看客开枪，向社会复仇[①]。他的这个在今天被视为“恐怖主义”的行为，即便在当初也远弗如亚拉藉夫的行为有意义，却完成了阿尔志跋绥夫要表达的思想：在俄国，改革者完全孤立，他们的出路，除了像沙宁那样纵欲享乐之外，似乎别无逃路。

鲁迅对这部小说的偏爱是不言而喻的。连他对阿尔志跋绥夫写实主义的风格评述以及称其写实主义表现得十分深刻的说法，似乎亦有欠确当[②]。这只能表明译者个人的偏爱。他的偏爱，还表现在努力克服语言文字上的困难去完成这件译事的冲动。鲁迅从德文转译大部头或较大部头的作品，一般比较吃力。翻译《工人绥惠略夫》和《小约翰》，都曾经邀请齐宗颐合作，晚年从德文译《死魂灵》，更是吃够了苦头。但翻译中客观存在的困难，又从别一个方面证明鲁迅对原作的偏爱。

那么，使得鲁迅起了这样大的冲动的缘由，我以为，是他认为中国的改革者与阿尔志跋绥夫的情况相似，也和绥惠略夫极为相似，即绥惠略夫“在这无路可走的境遇里，不能不寻出一条可走的道路来”[③]。熟悉鲁迅创作的人一定能感到，此话也正是他自己作品的重要主题。绥惠略夫所流露出的令人战栗的漆黑一团的悲观绝望，恐怕引动了译家深深的共鸣吧？当亚拉藉夫发狂地向宪兵开枪拒捕，后者开枪还击，打中墙上的托尔斯泰画像时，鲁迅或许感到一阵高兴吧？其次，尽管阿尔

① 参看D. 佛克马《俄国文学对鲁迅的影响》，叶坦、谢力红译，见乐黛云编《国外鲁迅研究论集》，第284页。

② 鲁迅：《译了〈工人绥惠略夫〉之后》，见《鲁迅全集》，第11卷，第591～592页。

③ 鲁迅：《译了〈工人绥惠略夫〉之后》，见《鲁迅全集》，第11卷，第591页。

志跛绥夫宣称自己从未读过尼采，但鲁迅一定从绥惠略夫那种强者姿态里，从他对群众的隔膜与蔑视里，看到一个尼采的影子吧？其三，鲁迅认为，这是一部“愤激的书”[①]，实际上，鲁迅翻译的不少作品，他创作的很多作品，人们都能感觉出那种难以遏制的愤激。

鲁迅收入《现代小说译丛》的九篇小说，大体上是 1920 年 10 月至 1921 年 11 月间所译，依次为俄国安特莱夫两篇，契里珂夫两篇，阿尔志跛绥夫两篇，保加利亚的跛佐夫（通译伐佐夫）一篇，芬兰的明那·亢德和亚勒吉阿各一篇。

安特莱夫的《黯澹的烟霭里》和《书籍》分别译于 1921 年 9 月 8 日和 11 日。前一篇述革命者尼古拉，因与富有的父亲发生争执，七年前离家出走，如今悄然回家，全家皆希望他不再走，尤其是父亲。圣诞夜，祖母、妹妹都盼他与父亲和好，他亦忘情地拥抱深爱自己的父亲，父亲激动地宣布，“他不走了！”然而，当夜他就悄悄地走了。或许永远不再回来。本篇弥漫着摆脱不掉的孤独，尼古拉就是回到自己家，周围所有人都爱他，可还是感到深深的孤独。《书籍》很短，几乎无甚故事：文学家因心脏病就要死了，他呕心沥血写成一本书《为了不幸的人们》。书出版后，一个 12 岁的男孩为背书吃了不少苦，他却压根儿不读这书，因他不识字；同样为此书辛苦的排字工人倒是识字，却根本不看此书。《书籍》整个是一个反讽，文学家与他写作的对象完全不能沟通，专为不幸的人所写的书，不幸的人压根儿不读。彼此的隔膜非常明显。

契里珂夫的《连翘》与《省会》，是鲁迅所译九篇小说里抒情意味较浓郁、色调比较明朗的作品。这在鲁迅翻译的小说里，殊为难得。《连翘》亦无什么故事：“我”与 21 岁温文美丽的少女散步，她见到连翘花，想要，“我”便爬上去偷摘，手刺破后出了血，亦不知觉，惟有陶醉。不过，少女回府后，“我”却被门丁挡在门外。《省会》则述“我”返回故乡省会，想起 25 年前与赛先加在河边钓鱼，她允“我”吻她的甜蜜往事。“我俩”定情之后，赛先加第二天便消失了。再后来“我”的父母不在了，“我”也成了作家。这篇小说深浓的怀旧情绪，令人联想到《故乡》。

---

① 鲁迅：《译了〈工人绥惠略夫〉之后》，见《鲁迅全集》，第 11 卷，第 593 页。

《父亲在亚美利加》的作者亚勒吉阿的真名叫菲兰兑尔(Alexander Filander),本篇乃是最短的一篇,汉译大约不过千六百言。父亲密珂因家里生计艰难,决定去美国谋生,美国是他的希望之乡、幸福之地。可他告别妻子和三个孩子去了之后,头两年尚有信和一点汇款,后三年却渐渐地没了音信。这种内容与主题的小说,在爱尔兰小说和戏剧里,随处可见。

佛克马在《俄国文学对鲁迅的影响》里,特别论述了鲁迅对俄国文学的取舍,以及由此展示出的鲁迅的文学取向:“俄国文学不但加速了传统文化体系的崩溃,也介绍了一些新的价值标准。可以大致把它们分为以下三类:浪漫主义、现实主义、象征主义及颓废派。在鲁迅所推崇并翻译的俄国作品中,属于浪漫主义和象征主义流派的居多;对于现实主义流派的作品,鲁迅则翻译和介绍得很少。这一事实可为理解鲁迅的文学创作提供一条线索。”①

或许,在鲁迅看来,“被侮辱被损害”的文学,传达的是一种时代的情绪,传达的是一种“世界的情绪”(universal sentiment)。或许,在鲁迅思想里,他感觉到与弱小国家的共同命运里,有一种“同质”的东西,虽然这个“同质”,到底是在文化上,还是在其他方面,他也未曾清楚地说明,他本人亦从未使用“同质”或相反的术语。或许,他暗地里觉察到,现代性并不仅仅表现在强国的经济与政治生活里,也可以表现在弱小国家的被侮辱被压迫的“世界性情绪”里,表现在弱小国家“普遍”的觉醒和反抗里。鲁迅对于中国现状的极度不满,其实泄露出他的一种恐惧,这也是世纪初整整两代人的恐惧,即从印度、埃及、波兰、菲律宾等国沦为殖民地的亡国历史中所感到的巨大的恐惧。在他的潜意识里,深恐中国被世界抛弃,或许他正是从“被侮辱被损害”这个全球性现象里获得一种认同,从中找到一种“一致性”。我们知道,中国新文学作家,后来一直以被侮辱被压迫的人民之代言人自居。新文学的这个传统,其实也可以说是鲁迅开创的。而这样一个新传统,其实早在鲁迅开

① D. 佛克马:《俄国文学对鲁迅的影响》,叶坦、谢力红译,见乐黛云编《国外鲁迅研究论集》,第279~280页。

始创作《狂人日记》之前，在他翻译域外短篇小说的时候，就已经开始了。这样一种想象中的全球共同表达一类情绪的文学立场，这样一个“共时互动”的文学心态，不知是否也是鲁迅偏爱“被侮辱被损害民族文学”的别一个深层原因？

在俄国文学里文学地位并不特别高的安特莱夫和阿尔志跋绥夫，究竟有什么使得鲁迅如此偏爱他们的作品呢？究竟是什么使得鲁迅不惮德语这一语言上的困难，不去更多地翻译他最有把握的日本现代文学，反而坚持翻译他根本不能读其原作的这几位俄国作家呢？我想，或许有下面一些原因吧。

一是他们的作品里，主人公的“疯狂”或者环境的“催人欲狂”。佛克马曾指出，安特莱夫的人物多为疯子和铤而走险者[①]。芬兰作家明那·亢德的《疯姑娘》，保加利亚伐佐夫的《战争中的威尔珂》，迦尔洵的战争小说《四日》，以及先前讨论过的安特莱夫的《谩》与《默》等小说，皆可以看到或让人感觉到一种疯狂或者疯狂的逼近。或是作品里的人物，或是人物周围的环境，予人的感觉，颇有后来鲁迅思想里著名的“黑屋子里的呐喊”的那种黑色疯狂[②]。尽管翻译小说里的人物未必真地呐喊，但在原作者一面，却是憋不住想要呐喊的。而在译文读者一面，也是分明听到那疯狂的呐喊声的。从这个意义上说，鲁迅早期翻译域外现代小说，可说是《呐喊》的先声，其实也是一种呐喊。

二是主人公往往摒弃旧的价值标准，有时甚至是所有一切价值标准。鲁迅翻译的小说里，有一种大厦倾颓之后一片暗黑的窒息感。那种末世情绪，那种如坠深渊的绝望，正是一切价值遭到否定、遭到摒弃的表征。单单从本章前边讨论的《察拉图斯忒拉的序言》里，察拉图斯忒拉并未沦入如此的绝望。不过，从尼采的整个思想来看，这个否定一切价值标准的基本立场，确乎跟“疯狂的尼采”不无关联。此外，这种两个世纪之交的否定一切价值标准的叛逆姿态，也可以说是现代性的一个非常突出的体现。

---

① D. 佛克马:《俄国文学对鲁迅的影响》，见乐黛云编《国外鲁迅研究论集》，第 284 页。

② 黑色在英语里有“绝望”的含义。

三是其“被侮辱被损害”的主题。这个方面，本节已有相当讨论，所以不再展开。

四是人物的疏离感，与周围环境的格格不入。鲁迅对于安特莱夫的一直偏爱，对于阿尔志跋绥夫的偏爱，以及那些译作里透出的怪诞，与周围环境、人群的隔膜等，予人印象殊深。这种疏离感不仅在鲁迅的翻译小说里、创作小说里，而且在19世纪末、20世纪前半期，一直是缠绕全世界知识分子的一个梦魇，也是现代派文学一直关注的重点。无论是在T. S. 艾略特、伍尔芙、乔伊斯、福克纳、贝克特等英美作家那里，还是在普鲁斯特、瓦莱里、托玛斯·曼(他早期的中篇小说集)等德法作家那里，都不难看到作品人物的无法挽救的疏离感。

五是作品蕴涵的强烈的教喻功能。佛克马指出：“俄国现实主义文学把说教和改良因素更普遍地结合在一起，形成一股客观反映现实的趋势；但在中国，道德说教与客观反映现实似乎互不相干，而且，客观反映现实的思想也被曲解了。”[①]我们知道，中国现代作家有一个或多或少地将自己当作被侮辱被压迫的劳苦大众代言人的传统，尤其是那些影响特别大的主流文学家，如鲁迅、巴金、茅盾、萧红等，巴金甚至一再否认自己是文学家。巴金甚至在《家》里将女佣刻画得格外可爱可亲可怜。让他们特别自豪者，便是替劳苦大众倾吐冤屈与仇恨。他们的现代意识，他们的反叛性，主要表现在对造成劳苦大众受压迫的对立势力和力量的揭露与控诉方面，表现在对“被侮辱被损害”民众的一厢情愿地倾泄同情方面，表现在不是压迫人就是被人压迫的“二元对立”思维模式方面，似乎这个世界不可能存在第三种生存方式。因此，影响最大的作家，相当一部分是公认的“被侮辱被损害”的人民的代言人。巴金便是一个典型范例。

鲁迅本人亦不例外。或多或少因为这个原因，俄国文学在相当长的时期里在中国拥有人数最多的喜爱者与热心读者，也使得俄国文学主流与中国主流文学在很多层面最为靠近。有趣的是，这种靠近，没有太多的语言文化的“同质”作基础，甚至也没有源远流长的互动交往历

① D. 佛克马：《俄国文学对鲁迅的影响》，见乐黛云编《国外鲁迅研究论集》，第282页。

史作基础。但在靠近的背后，却有两国类似的经济发展水平的基础，以及两国人民的浪漫的民族特性，即理想多于理性的民族特性。在相当大的程度上，中俄、中苏的现代国家关系，是一种偏重意识形态层面的“认同”，而不是单纯文学方面的“认同”，虽然鲁迅总是借用文学的形式。一旦意识形态的认同消失，中苏之间的亲密关系便大打折扣。

值得注意的是，一直到20世纪30年代之前，在中国的普通民众之间，尤其是在中国的大城市或较大城市里，如武汉、广州、北京、上海、成都等都市，因为长期以来的历史原因，俄国在中国普通百姓那里并不拥有鲁迅眼中那样良好的形象。中国百姓过去经常使用的“毛子”或“俄国毛子”这类习惯语，即从语言层面反映出这个民间态度。同时，中国当时的官方，无论是清朝还是民国，均对俄国多少持一种警惕。而后来俄国与苏联在中国民众心目中的形象彻底改观，除去俄苏政权更迭之后对华政策的改变，其很大一个原因，就是俄苏文学的大量翻译介绍，其作品拥有的愈来愈多的读者，以及中国现代文学与俄国近现代文学惊人的一致性。这个一致性里头，就有中俄文学共同具备的格外强烈的说教和批判的传统，以及过于看重文学的社会改革功能的诗学。由此来看充满叛逆性的鲁迅，倒是别有一番意味。

可以说，早期正是近现代的俄国文学造就了一代又一代的现代中国人对俄国和苏联的亲近感，而不是中俄两国的经济关系、贸易关系、外交关系，也不是两国历史上国民之间的情深谊长，甚至也不是1949年以前的两国现实。这是一个耐人寻味的事例，说明要征服一国民众的心，要培育一国民众与他国的亲善，在相当的程度上可以依靠文学输入、文化输入。俄国近现代文学在中国的巨大成功，在俄国一方原属无意、无心。不过，20世纪后半美国文化向别国的大举入侵，其征服人心的目的则是精心策划的。

因此可以说，正是“被侮辱被损害民族文学”，正是俄国文学里博大的人道主义关怀、深刻的人性透视与揭示，使得俄苏在政治、外交、经济贸易诸重大层面与当时的中国并无根本改善的背景下，却根本改变了其在中国人心目中的形象，尤其是在中国知识分子和青年学生心目中的形象。鲁迅对俄国文学的喜爱虽然与多数人不同，但在其对俄国的喜爱既非历史的、经济的、地缘的、语言文字的诸多原因方面，在偏重精神的、意识形态的、“为人生”的文学一面，鲁迅与多数人并无不同。他是20世纪20～30年代逐渐兴起的中俄亲密接触大潮中的一分子，更是这个滚滚大潮最早的开拓者。可以说，他是最早“发现”文学的俄国的翻译家之一，是最先用翻译建构俄国想象、苏联想象的浪漫中国人之一，亦是最早用翻译建构中苏友好关系大厦的文学家之一。

第四章　浪漫的鲁迅

第一节　燃烧的乌托邦:《一个青年的梦》(1919)

“五四”时代,换一个角度说,可以说是一个浪漫的时代。一个或许不太为人注意的、微不足道的实例,是素来持重老成的周作人,1919 年致书武者小路实笃,询问这个当时信奉托尔斯泰之世界主义的日本作家、“白桦派”的首领人物,对居住在中国这一部分的人类有何意见①。这样一种在今天看来具有乌托邦色彩的问题,倘若置于 20 世纪末的中国,别说是城府极深的周作人,即便是一般的青年学人,恐怕皆羞于举笔吧?

这样一种认为人类可以在较短时间内超越国家、民族,在几乎不考虑经济发展、跨国间的经济联合与文化融合的情况下,突然由文学家来发动、而并非由政治家或经济学家来设计的世界一体梦想,本身就是一种浪漫。文学家们脱离经济发展的背景,无视各国不同的政治体制,企望世界各国抛弃各自的历史与传统,在很短的时期内合手打造大同世界的假设,本身就是一种彻头彻尾的浪漫。这个浪漫从梁启超就开始了,虽然他本身是一个改革家,并非一个职业文学家。这种浪漫,是试图超越历史、超越现实的浪漫,是一个美丽的幻想。它是与现实相对的

---

① 周作人:《与支那未知的友人·译者附记》,见《新青年》7 卷 5 号;亦可参见钟叔河编《中国气味》,长沙:湖南文艺出版社,1998, 第 98 页。

浪漫。它的不切实际，令人信服地体现在20年后武者小路实笃在日本侵华战争中所作的不光彩表演中。正是他本人站在本国侵略者立场上的事实，戳穿了由他亲手描绘的这个诱人的梦。事实证明，他1916年在《一个青年的梦》中表达的思想的超前性，包括他的"新村"运动，即便到20世纪末，也还是一个纯粹的空想。

然而，历史地看，武者小路实笃1916年创作《一个青年的梦》的时候，他当初的热狂里所表现出来的真诚，是毋庸置疑的。他在此前发起的"新村运动"乌托邦，其真诚与狂热，也是毋庸置疑的。他的这种热狂，不惟拖动周作人登上他的浪漫之舟，而且也连带地使得鲁迅内心深藏不露的浪漫，作了一回耀眼的燃烧。

作为著作家和翻译家的鲁迅，研究界以大量篇幅论述他的深刻、冷静、峻急，乃至清醒的绝望与反抗，可鲁迅的别一面，即那个浪漫的鲁迅，似乎论述不够。

较早提到鲁迅骨子里的浪漫者，有被鲁迅的捍卫者李何林严厉批评过的叶公超①。这位熟稔英式幽默的英语教授，对于鲁迅的浪漫，有其独到的体察。他显然不像当时很多文学家和文学评论家那样，将深刻和浪漫置于对立的地位，因而也像他们一样，不敢触碰鲁迅的浪漫问题。正是这位很少评论鲁迅的批评家叶公超，对于浪漫的鲁迅有过颇有见地的论述。他指出，"鲁迅根本是个浪漫气质的人"②。此外，被称为新月社理论家的梁实秋，在他的《现代中国文学之浪漫趋势》里，以批评家姿态将鲁迅归为浪漫作家。

鲁迅刚刚去世的那年以及第二年(1936～1937)，中国的报章杂志铺天盖地发表了大量关于鲁迅的文章，那些仰慕鲁迅的青年，不知什么缘故，仿佛很怕提及浪漫的鲁迅，或者不愿意将心中的偶像视作浪漫的。倒是看似站在"另一面"的叶公超，在他那篇《鲁迅》中，对鲁迅的浪漫气质有着在当时的中国格外稀缺的冷静分析：

① 参看李何林《叶公超教授对鲁迅的谩骂》，见《鲁迅研究学术论著资料汇编》，第2卷，第234～238页。

② 叶公超：《鲁迅》，见陈子善编《叶公超批评文集》，珠海：珠海出版社，1998，第99页。

> 事实是，鲁迅根本是个浪漫气质的人。有人曾拿他和英国讽刺家斯伟夫特相比。他们确有相同之处。但在气质上他们却很不相同。我们的鲁迅是抒情的，狂放的，整个自己放在稿纸上的，斯伟夫特是理智的，冷静的，总有正面的文章留在手边的。……鲁迅没有他的遏止力，没有他那徘徊于纯粹讽刺中的持久性；换句话说，鲁迅在文章里是比较容易生气，动怒，因此也就容易从开头的冷静的讽刺而流入漫骂与戏谑的境界。①

叶公超讲鲁迅“整个自己放在稿纸上”，正是指鲁迅作文时的一种浪漫。要是将作文时的他与作文时的周作人相比，你会立刻发现周作人作文时的理性。我们知道，英国散文随笔传统倘若必须将全部元素统统拿走，只能剩一二样的话，那么，剩下的必定是幽默与讽刺。叶公超的分析，有心理学的底子，更有英国式理性训练的底子。他从一个相反的方向，论述了鲁迅的理性不如浪漫来得强烈。

前边说过，鲁迅偏爱安特莱夫的小说，也翻译过好几篇他的东西。而安特莱夫的作品，就是象征主义和浪漫主义的合构。美国的 E. 威尔逊把象征主义看作浪漫主义的产物。他指出：“浪漫派一般从其个人主义立场出发，向不满意的社会反抗或挑战；与此相对，象征派与社会保持距离，养成对社会的不关心。……象征派最终是……将文学的领域彻底地从客观的东西向主观的东西，从社会中共同的经验向孤独中玩味的经验转变。”②如果我们对威尔逊的论述的理解是正确的话，那么他的意思是说，象征主义是浪漫主义的一种变形，在表现出来的种种不同背后，其骨子里还是浪漫主义。

郭沫若曾经写过一篇《庄子与鲁迅》，这也是从浪漫的角度观察鲁迅。鲁迅的挚友许寿裳，曾经谈到鲁迅非常喜欢屈原，尤其喜欢屈原的《离骚》③。《离骚》里的诗句，鲁迅可以脱口而出。《摩罗诗力说》不仅以飞扬的文笔，绍介了英国等国家的浪漫诗人，而且活脱脱画出一个想

---

① 叶公超：《鲁迅》，见陈子善编《叶公超批评文集》，珠海：珠海出版社，1998，第 99 页。

② 转引自藤井省三著《鲁迅比较研究》，陈福康编译，第 22 页。

③ 许寿裳：《亡友鲁迅印象记》，见《挚友的怀念——许寿裳忆鲁迅》，马会芹编，第 3～6 页。

象自己随时随地会拔剑而起的浪漫的鲁迅。此时的鲁迅，一定想象过自己像雪莱那样做一个热爱自由胜于生命的时代叛逆吧。

鲁迅的浪漫，并不表现在男女爱情这一面。他的浪漫，更多借由理想主义来宣泄。从个人气质上看，陈学昭曾经回忆说，“鲁迅先生是个神经质而怕羞的人”①。有趣的是，鲁迅的浪漫，因了个性的原因，往往是藏着掖着的（周作人亦是一个从不张扬浪漫，却并非没有浪漫的文人），因此一旦露出，就显得格外可爱，格外富有人情味，暴露出一份“赤子心态”。因为它真实。我私意以为，也正是这一个个不同的侧面，才构成一个最接近真实的活生生的鲁迅。

浪漫的鲁迅，对于自己的浪漫天性，多数时候是藏着掖着的。可是，鲁迅的研究者似乎也对鲁迅的浪漫藏着掖着。不过，早年狂飙社的向培良，也就是那位后来跟鲁迅发生过激烈争吵的青年向培良，就曾经指出过：“作者（指鲁迅——引者）是以冷酷出名的，但并不如一般所见；他在冷酷底下藏着热烈的情感。”②鲁迅的艺术特色，正是让人透过冷酷的表面，感受到地下岩浆沸腾的涌动；即便是哭，也是“带泪的笑”。而且他不仅有意让人感受到这种冷热对比，偶尔还会朝前跨出一大步，露出自己本性的这一面。倘若创作文字不便宣泄，那就迂回地诉诸翻译。翻译武者小路实笃的四幕剧《一个青年的梦》，就是这样的一次暴露，尽管他在绍介《梦》前后的文字里，还是颇有保留的。

这一回，他花费心血移译《一个青年的梦》（以下简作《梦》），外在的原因，至少有 1919 年的“五四”运动点燃了中国人无数的梦想，极大地释放了当时人们的热情；内在的一个原因，还是在他一贯尖锐的话语后面，仍然保留着他有意识地抑制的强烈的期许，这些期许往往被证明是幻想，但确是他本人的一种憧憬。不然，以鲁迅的严谨和洞察力，他应该不会翻译并发表《梦》的，而且应该嘲笑《梦》以及它的作者才对，至少应该置之不理。可事实是，鲁迅不仅译了《梦》，且为译作撰写了后记，

① 陈学昭：《鲁迅先生回忆》，初刊 1937 年 7 月 5 日上海《国闻周报》26 期，见《我记忆中的鲁迅先生——女性笔下的鲁迅》，萧红等著，石家庄：河北教育出版社，2000，第 25 页。

② 向培良：《论〈孤独者〉》，原刊 1926 年 11 月 17 日《狂飙》周刊 5 期，见《鲁迅研究学术论著资料汇编》，第 1 卷，第 197 页。

并且在《国民公报》《新青年》上发表了它，稍后还为《梦》出了单行本。

《一个青年的梦》中，梦的性质，或者说其突出的浪漫性质，就是期盼人类可以跨越国家、民族的千年边界，紧紧地拥抱在一起。在一种超越国家、民族的崇高情绪里，人们仿佛终于找到一种无国界的世界性，它似乎就是人们可以超越数千年的历史因袭同彼此现时的存在，一举消灭人类从未消灭过的战争！

以这样一种简单的笔墨来描述复杂的鲁迅，可能显得幼稚好笑。不过，倘若我们反思一下，何以鲁迅一方面对苏联的兴趣愈来愈浓，另外一方面，他又谢绝苏联方面盛情的访苏邀请呢？一个有趣的事实，是他在20世纪30年代多次受到苏联作家协会的邀请，其中还有高尔基本人的诚邀，虽然当时国内存在一定阻力，可他若坚持要去，其实是不成问题的，可他为何偏偏谢绝邀请，没有像30年代许多法国进步作家那样，去这个他深感兴趣的新兴国家亲眼看一看呢？

再推开来看，20世纪的中国，何以有如此多的以“新”命名的杂志？何以有如此多的以“新”为旗号的运动？何以中国出现过如此多的激动人心的伟大口号？何以涌动着如此多的迷人的以“新”为旗号的思潮，何以它们无论其真假、大都扛着一色“新”的醒目大旗？20世纪的中国，是一个希望最多、希望最大的国家，同时也是一个发生梦想最多的国家。那是一个浪漫的世纪。

《一个青年的梦》的翻译缘起，是周作人1918年5月在《新青年》(4卷5号)上揭载《读武者君所作〈一个青年的梦〉》。这篇文章引动鲁迅翻译该剧，他遂于1919年8月2日，开始连日在北京《国民公报》上刊载译文。到10月25日，《国民公报》被禁，他便停手不译，可是到了11月里，《新青年》打算刊登该剧，于是他译完全剧(补译出第四幕)，逐月在该刊分四期全文刊出。到了1921年，又为译本撰写后记[①]，1922年

① 参看鲁迅《一个青年的梦·后记》，《鲁迅全集》，第12卷，第285～286页。

7 月，由商务印书馆印行单行本[1]。

倘若说，周作人那篇《读武者君所作〈一个青年的梦〉》，揭开了中国介绍日本"白桦派"之主要代表作家的序幕，那么，鲁迅翻译的武者小路实笃的这个四幕剧，则是序幕之后的第一出重头戏。于是，周氏兄弟分别领有武者小路实笃在中国第一位介绍者和第一位译者的头衔。"白桦派"作为 1910～1923 年日本文坛一个影响很大的文学群体，中国早期对它的译介以武者小路实笃为最多，而掀动这个热潮的先锋，正是周作人和鲁迅。

中国人对于武者小路实笃的译介热，在很大程度上，可以归因于对一个理想主义者的兴趣，归因于对一种理想主义文学的兴趣，归因于中国对于理想主义的兴趣。从中可以明显看出中国主流文学翻译界、文学界、阅读界当时的兴趣。一个微小的实证，便是鲁迅翻译的这个艺术质量并不高的剧本，先是在杂志连载，稍后，鲁译单行本问世，此后在第一部《鲁迅全集》问世前，该单行本居然再版、重印至少七次[2]。

多年之后，也就是作者创作该剧 20 年后，翻译家鲁迅和作者武者小路实笃在上海见过一面。地点是在内山书店，时间是 1936 年 5 月 5 日。武者小路实笃告诉鲁迅，这个剧本在日本已经没人买了，而鲁迅则说，这个剧本在中国今天还卖得出去[3]。这不仅说明鲁迅对武者小路实笃的好感和安慰，而且也说明，中国做梦的人还挺多，而日本，大约已经没有几个喜欢做这种梦的人了。

鲁迅的译文，以戏剧翻译的标准看，是不适宜上舞台的。导演绝不会喜欢这样的译本，演员更不会。译家鲁迅似乎从未考虑过这个重要的技术性问题。事实上，以戏剧的标准看，武者小路实笃的原本，也并

---

① 鲁迅译《一个青年的梦》版次如下：1922 年 7 月，上海商务印书馆初版；1923 年 10 月，上海商务印书馆再版；1924 年 7 月，上海商务印书馆第 3 版；1926 年 3 月，上海商务印书馆第 4 版；1927 年 7 月，北新书局初版；1927 年 9 月，北新书局第 2 版；1929 年 3 月，北新书局第 3 版；1938 年 6 月，鲁迅全集出版社初版《鲁迅全集》第 12 卷；1958 年 12 月，人民文学出版社《鲁迅译文集》第 2 卷。资料来源：周国伟编著《鲁迅著译版本研究编目》。

② 参看鲁迅译《一个青年的梦》的版次介绍。

③ 参看藤井省三著《鲁迅比较研究》，第 171 页。

不太适宜演出。后来，据说该剧在日本先后六次搬上舞台[①]，令人颇感疑讶。想必上演的剧本经过导演或演员的较大修改，而不是最初发表的、我们现在读到的这个本子。而鲁迅由于对戏剧翻译缺乏研究（他事实上对整个戏剧本身的规律也缺乏研究），他的译笔又特别不注意口语化，因此译本根本不适合演出。

那么，显而易见，吸引鲁迅翻译此剧的，主要是它所传达的思想。当然，《梦》里的思想，绝不能等同于鲁迅本人的思想。然而，译者一连三次将译作推出，与公众见面，倘若说不喜欢，则简直不可想象。对于一贯爱惜读者、也爱惜自家羽毛的译家鲁迅，则尤其如此。那么，既然喜欢，既然这个剧本艺术上显而易见的粗糙没能阻止鲁迅翻译它，再考虑到译者素来讲究作品的艺术品质和思想深度，那么他动手移译的原因，应该主要是因为喜欢剧本里的思想。那么，该剧传达了什么样的思想呢？

剧本写于一战时期的1916年，武者小路实笃期望通过这个剧本，企望在国际冲突愈来愈频繁、严重的新世纪，寻出国家、民族关系的理想模式。其核心思想，与托尔斯泰和克鲁泡特金的思想有密切的渊源，即提倡和平主义和世界主义，一种人类主义思想，认为国家乃战争之源，惟有超越国家、民族的旧有观念，唤醒民众，让国家解体消亡，才是消灭战争的根本办法。世界原本是以个人为单位构成，国家、政府的存在实无必要，因此《梦》里看不到一个好政府，那些小丑般的俄大、英大、德大，其所代表的国家与政府正是战争的根源。

此外，鲁迅在这个剧本里，必然发现了其他一些让他深感兴趣的东西。如《梦》里那种"五四"人非常喜欢的启蒙者姿态和耶稣基督式的言说方式，那种尼采式的独自一人要唤醒民众的启蒙姿态。武者小路实笃在给译者鲁迅的信里说："别的独立国都觉醒了。正在做'人类的'事业；国民性的谜，也有一部分解决了。但是支那的这个谜，还一点没有解决。"[②]也就是说，实笃要做的，是唤醒各国的国民，不惟要唤醒日本

① 参见刘立善《日本白桦派与中国作家》，导论第3节，沈阳：辽宁大学出版社，1995，第79页。

② 武者小路实笃：《与支那未知的友人》，周作人译，《鲁迅全集》，第12卷，第7页。

国民，还有俄国国民、中国国民，以及其他一些大国的国民。

另外，实笃吸引鲁迅的，还有作家作为社会良知讲真话的勇气。实笃在《自序》里写道："国与国的关系，倘照这样下去，实在可怕。这大约是谁也觉得的。单是觉得，没有法子，不能怎么办，所以默着看罢了。我也知道说了无用，但不说尤为遗憾。我若不作为艺术家而将她说出来，实在免不了肚胀。这著作开演不开演，并非我的第一问题。我要竭力的说真话……"[①]"讲真话"，不正是鲁迅一贯的追求么？实笃在当时日本那样困难的情势下"讲真话"，必然引动译者的敬意和共鸣。

恐怕令鲁迅对实笃另眼相看的另外一个主因，正在于后者直截了当地批评本国政府的好战。曾经在仙台医专目睹过日俄战争期间部分日本国民的民族热狂的鲁迅，对于一战期间发自日本作家的反战呐喊(1916 年此剧写作时中国尚未正式参战)，自然引动鲁迅欣喜的目光和关注。如《梦》的第四幕，武者小路实笃就直接说到日俄战争，直言不讳地批评日本的称霸野心，完全不认同日本官方解释开战理由的骗人滥调。

必须指出，今天来读此剧，感觉必然与武者小路实笃创作此剧、鲁迅翻译此剧时的心情两样。当时的作者和译者，面对的是一场空前规模的世界大战，而今天的读者，没有了世界大战的威胁，很难理解作者和译者的一颗单纯炽热的和平之心。平心而论，几次读此剧，我觉得与其说它艺术性高，毋宁说它更像一个宣传剧，很像中国抗日战争时期街头演出的宣传剧。其艺术上的粗糙显而易见。因此剧本首要的是要宣传一种思想。那么，剧本到底讲述了一个什么故事和表达出什么思想呢？

剧本共五部分，分"序幕"和一至四幕。"序幕"述一个日本文学家"青年"，在灯下夜读，忽然闯入一个"不识者"(即陌生人)，要求青年随他去历练一番，睁眼看看世界。第一幕里，不识者引领青年到野外参加和平大会，与会者都是战争冤死者的鬼魂，他们轮番以亲身经历向青年控诉战争的无意义、无必要，讨论为何会发生战争等重大问题。末了，

① 武者小路实笃著《一个青年的梦・自序》，鲁迅译，《鲁迅全集》，第 12 卷，第 12 页。

青年登台演讲，指出人类必须超越国家，摆脱国家的桎梏，因为国家乃战争之根源。他还希望尊重他国文明，建设一个超越国家、民族的世界。青年的这个思想，自然是20世纪的乌托邦，但它是贯穿全剧的核心思想。因此它自然也是武者小路实笃本人的思想。

第二幕中，青年同不识者路遇乞丐，此人倒有几分释迦、耶稣气派，满脑子诲人不倦的念头，满口的教喻人的话语。他竭力在人类的爱的上面做点事情。他已有了一批门徒，他的学生演出了一出戏中戏，剧情概要是一美女为二男所爱，男一死去，男二尾随她，防她自杀。乞丐后来发现美女的妹妹同男二乃天生一对，遂与美女合力，促成他俩相爱。由此可知，乞丐乃爱的使者。第二幕结束时，乞丐被一直要抓他的警察捉住。而人们知道，警察是国家机器的一部分。

第三幕分为三场。第一场是青年与画家交谈。画家的独生子应征入伍，死于战争，画家是反战派。稍后主战派的村长亦来，其子刚应征入伍，他的态度遂开始转向反战。第二场在神社前，青年大发一通人世间存在不合理的议论，神社前演出一出狂言，军使甲和军使乙代表交战前的双方来谈判，阴阳家劝其息兵，结果二人立地成为和平使者。第三场是在平原，青年的同学与低年级学生打架，青年初始劝阻，后见同学惨败，便从不识者手里夺过手枪，打死低年级学生，青年亦被砍伤倒地。第三场中，青年的暴力行为，说明真正坚持和平、不用武力之艰难。

第四幕同样采用戏中戏形式，不过是从国家角度演绎战争的起源和发生过程，亦集中演绎作者的反战思想。戏里的恶魔活跃异常，神却终日昏睡。恶魔一忽而怂恿日大（即日本帝国主义政府，下同）跟俄大开战，一忽而挑拨塞大（塞尔维亚）杀死奥大（奥地利）的皇太子，转眼又煽动奥大向塞大宣战；紧接着又鼓动俄大、英大、法大加入塞大，同奥大作战，转身又唆使德大支持奥大，一场世界大战的战火就这样燃遍欧洲。最后，和平女神上场，说了一通人类太傻，希望人类爱她，她也从心底里爱人类的话；乞丐也发了一通寄希望于人民的话。不识者这才将青年放回到地上。至此全剧终。

剧本虽然在手法上模仿古希腊戏剧，可在艺术上比较粗糙。其粗糙薄弱之处，就在于简单地重复上述思想，没有人物，没有性格，舞台上的人物像木偶，几乎没有戏剧必须具备的内在张力（tension）。本剧第四幕，不惟不是高潮，反倒最弱。作者的笔力减弱，滚烫的反战思想不待其冷却便噼噼啪啪地倾泻而出，反而显出作者艺术创造力的枯窘，整个舞台上仅剩了一些纸样的人物，即所谓的俄大、德大、英大，在台上窜上窜下。完全感觉不到戏剧的张力和真正的冲突，情节亦没有多少推进的力量。从一开始，人们就知道作者要想说什么。因此，整个戏剧，没有人物，惟有武者小路实笃的思想。这个思想，本身亦无实质性推进和变化，基本上是不断重复而已。

总括说来，武者小路实笃此时的思想是人类主义[①]，跟无政府主义思潮有密切关联。具体一点说，本剧中的思想有三点：一是国家乃战争之根源，人民是战争的受害者，要消灭现代战争。二是要消灭战争，就必须消灭现代国家，或者超越国家。三是要教育人民，唤醒民众认清战争的无意义及其根源。实在地说，连这个思想亦无甚深刻之处，更多的是将托尔斯泰和克鲁泡特金的思想杂糅，用通俗的语言演绎一遍。然而，剧本在当时的历史语境下表现出了作家出众的勇气，该剧在当时有很强的反战意义，尤其是在日本。或许正是这些，引动鲁迅动手翻译该剧吧。

翻译本剧时期，鲁迅与剧作者的交流，并不是直接的，而是由周作人居间联系。周作人与武者小路实笃信交，始于 1911 年 7 月。到了 1919 年，周作人正处于一生之中从未有过的热狂中。他于 1919 年 3 月发表长文《日本的新村》（刊《新青年》6 卷 3 号），详细介绍以武者小路实笃为首的日本社会的改革“新村运动”；是年 4 月，更假赴日探亲之便亲往位于日本宫齐县日向的新村本部，参观那里的生活。归国后，周作人又将此行的所见所闻撰长文作详细报道（刊《新潮》2 卷 1 号），其记录之详、文章之长，在惯于作短文的周作人那里殊为少见。在周作人的这种爆发性的热狂里边，透露出周作人的一份欣喜若狂[②]，一种梦者的状态。鲁迅虽未直接卷入“新村运动”之中，但他却裹挟在日中二位

---

① 参看藤井省三著《鲁迅比较研究》，陈福康编译，第 166～179 页。

② 此后周作人又作了《新村的精神》等关于新村的四篇文章。

热狂的乌托邦社会改革者之间，心头的热度，恐怕也不低。实笃在《与支那未知的友人》里的那些话，未必没有打动鲁迅的心。

前边说过，晚年的鲁迅，曾经与实笃有过一次会面，也是他们唯一一次会面。实笃在他的《湖畔的画商》里记录了这次会面的情形：

> 由崔君与上海日报的平山弘引路，先访问了内山书店主人。通知鲁迅我来了以后，鲁迅君立即就来了。没怎么寒暄，他心情很好，见面非常高兴。鲁迅谈到了中国的戏剧本来是在野外演出的，搬到西洋式建筑内那音乐就嘈杂得使人吃不消，这样一些话。但是，与人相谈不只是语言的问题，也有不需要语言的交流方法，在这一点上，我与他的交谈可以说是非常成功的。
>
> 鲁迅在日本是有名的中国作家，印象很好。听说也有人讲他是骂人的名家，可见他似乎很倔。内山说他是中国罕见的有骨气的男子汉，我也感到这一点，认为他是好人，是坚持自己立场的人。
>
> 他是把我的《一个青年的梦》译成中文的人，他说此书今天还卖得出去。我说，在日本已卖不掉了；他为我辩解说，那是因为你还有其他的书。他也许比我大一二岁，但使我感到是同龄，甚至觉得好像我还大几岁似的。[①]

厨川白村指出，“岂不是正因为有现实的苦恼，所以我们做乐的梦，而一起也做苦的梦么？岂不是正因为有不满于现在的那不断的欲求，所以既能为梦见天国那样具足圆满的境地的理想家，也能梦想地狱那样大苦患大懊恼的世界的么？”[②]19 世纪与 20 世纪之交的日本和中国，不断地陷入战争之中。《一个青年的梦》里的主人公，即那位文学青年，亦可解为新的一代、新的希望。如是，武者小路实笃的这个剧名，其实亦可解读为“新世纪里新一代人的梦想”，20 世纪的国际政治乌托邦。我们看到，做梦的人中，有武者小路实笃，有周作人，还有鲁迅。

---

① 转引自藤井省三著《鲁迅比较研究》，第 171 页。

② 厨川白村著《苦闷的象征》，鲁迅译，见《鲁迅全集》，第 13 卷。

第二节　未泯的童心:翻译《爱罗先珂童话集》(1922)

周氏兄弟在20世纪20年代初,都译过一些童话。不过周作人译的童话,比较鲁迅译的,少几分教诲气,多一点童话的纯粹。而鲁迅翻译的绝大多数童话,并非为着儿童或少年,而是为着成人。连他自己也说他译童话,是为着成人的。也就是说,他译的童话往往具有很强的现实批判或启蒙的功用。可是,对于翻译家自己,或许还有一个他从来不曾提起的功能,就是为了做梦。

值得一提的是,二周翻译童话的这个分别,并非一起首就有,而是逐渐拉开距离的。所谓纯粹,是指童话在叙述语言、故事、趣味、心态诸层面真正或者尽可能贴近儿童的心理,将成人的道德标准、趣味、价值观念、教诲成分降至最低。那份纯粹,至少在周作人是一种有意识的追求①。他译的童话里,有一部分是极为接近真正儿童心态的②。这部分童话传达的,首要的是好奇心,一种近乎天然的童心和一个比较接近真实的儿童世界。而鲁迅译的童话,在多数时候还是脱不了成人的笨重与教诲的气息,尽管里边还是能够看到译者和原作者的一份赤子之心。

然而,尽管如此,鲁迅的一份赤子心,似乎令他喜欢读童话,包括欧洲的童话。曾经留法的陈学昭不仅为鲁迅代购过很多木刻艺术品,有一次还给他带回一双小木鞋,她说是法国奥凡业省的特产,特意买来送他的,因为他曾经和她谈到这种木鞋,并且说欧洲的童话里时常提到③。

在俄苏文学史上并不真正享有地位的盲人作家爱罗先珂(1889—

---

① 参看周作人《童话略论》,(1912年作),初刊教育部编纂处月刊1卷7期;《童话的讨论》,初刊1922年1～4月《晨报副镌》,两篇文字分别见钟叔河编《上下身》,长沙:湖南文艺出版社,1998,第663～668页、第691～697页。

② 参看《童话:儿童的世界》,日本柳泽健原作,周作人译,初刊1922年1月《诗》1卷1号,见《上下身》,第698～699页;《稻草与煤与蚕豆》,德国格林兄弟原作,周作人译,初刊1923年7月24日《晨报副镌》,见《上下身》,第825～827页。

③ 陈学昭:《回忆鲁迅先生》,原载1944年10月19日重庆新华日报,见《我记忆中的鲁迅先生——女性笔下的鲁迅》,萧红等著,第30页。

1952)，他的作家人生、他的以四海为家的漂泊生涯、他的文学创作及其接受，作为一种独特的文学现象，皆浸透着十足的理想主义色彩。我们知道，他主要不用俄语写作，而是用世界语和日语创作；他主要不在乌克兰或苏联从事创作，而是在日本，或者亚洲的某个第三国；他写作的题材、体裁、主题、风格、文学语言，皆充满世界大同的、美丽的乌托邦色调。蔡元培先生起初邀他来中国第一学府北京大学教授世界语，鲁迅本人、鲁迅一家与他的真诚交往，他初到中国大学讲堂之大受欢迎，以及他很快遭遇的讲堂前的门可罗雀，我以为，这种种的现象，都跟他的浪漫、中国的浪漫有关。具体到鲁迅翻译爱罗先珂的童话，自然也同鲁迅的浪漫有关。

在中国，鲁迅可以说是翻译和介绍爱罗先珂的第一人。不仅是他最早翻译，而且他的翻译量最多[①]。爱罗先珂也完全是因为鲁迅的翻译活动，才在中国文学史上、中国翻译史上留下痕迹。有趣的是，连苏联也迟至 1962 年才开始从中文、日文和世界语将爱罗先珂的作品回译为俄文，1977 年才出版了爱氏的《选集》[②]。我甚至推测，苏联从中文、日文等翻译爱氏作品，不能排除部分原因是因为鲁迅在中国的巨大影响，以及当时的中苏关系。

鲁迅最早翻译爱罗先珂的童话，是一篇很短的名叫《池边》的作品，刊于 1921 年 9 月 24 日至 26 日的北京《晨报副刊》。这篇童话，述黄昏来临，两只刚出生的金色与银色的蝴蝶不忍目睹世界没了太阳之后的黑暗，想把太阳留住，出发去寻找落下的太阳，结果淹死在大海里。蝴蝶死后，学堂的老师、大学的教授，皆不理解蝴蝶。这是一篇跟王尔德的著名童话《快乐王子》寓意颇相近的作品，教诲的气息甚浓[③]。

就在是年 8 月 30 日，鲁迅给周作人的信里提到爱罗先珂，“盲诗人

① 中国翻译爱罗先珂作品的，还有(胡)愈之、汪馥泉等。

② 戈宝权：“爱罗先珂”条，见《中国大百科全书・外国文学卷》，中国大百科全书编辑委员会编，北京：中国大百科全书出版社，1982，第 59～60 页。

③ 巴金 20 世纪 40 年代翻译过这篇童话，题为《快乐王子》；《域外小说集》中，周作人也用文言文译过这篇童话，题为《欢乐王子》。

的著作已到”，并说“我或将来译之”[①]。此后这位盲诗人进入周氏兄弟的生活，先是以其著作，继而是他本人于1922年2月24日住进八道湾鲁迅家中。其间他离开过中国，又返回中国，直到1923年回到革命后的俄国。我们注意到，这段时间，恰好是周氏兄弟和母亲及其各自的家属同住八道湾的时期。北京八道湾11号的院子里，有孩子们喧闹嬉戏的声音，那是鲁迅的侄子们。尽管鲁迅研究者总喜欢讲说鲁迅与二弟媳羽太信子的矛盾，以及连带的大家庭生活带给他的沉重负担，可我私意以为，总体而言，从1919年到1923年7月，鲁迅同母亲、二弟，有段时间还有三弟建人的大家庭生活，毕竟给予周家一种多年不见的难得的怡怡乐乐。孩子们的笑声和嬉戏玩耍声不时在院子里响起，给予一贯喜欢孩子的鲁迅从未有过的感觉，于是这段时期也是他们发生幻想最多的时期。这种幻想到了文学与翻译上，则表现为一种浪漫；在社会改革上，则表现为周作人的新村热狂。

周作人曾经叙述过爱罗先珂与北京大学的一段关系，这也是周氏兄弟同爱氏比较密切交往的直接缘起：“民国十一年(1922)里，北京大学开了一门特殊的功课，请了一个特殊的讲师来教，可是开了不到一年，这位讲师却忽然而来，又是忽然而去，像彗星似的一现不复见了。这便是所谓俄国盲诗人爱罗先珂，而他所担任的这门功课，乃是世界语。”[②]因为爱氏能说一口流利的日语，所以由蔡元培安排，爱罗先珂住在鲁迅家里，前后断断续续一年多，鲁迅和他格外熟悉，常常作深夜谈，往往聊天至夜半[③]。

热爱世界语的青年吴克刚曾经担任爱罗先珂的助手，一同住进古城北京西北角的周宅，因为爱罗先珂需要一个书记，即为他的著述作笔录。他记录了鲁迅与爱罗先珂总是用日语谈天，两人常常是有说有笑的，到了夜深人静之时，鲁迅和爱罗先珂皆在各自的屋里或读书，或著

① 参看《鲁迅年谱》，第2卷，第49～50页。

② 周作人：《知堂回想录·138·爱罗先珂(上)》，第413页。

③ 周作人：《爱罗先珂》，见《八十心情》，钟叔河编，第364页。

述[1]。从吴克刚的叙述里，人们看到一个世界语文学家和一个不通世界语的文学家，一个俄国盲人和一个原本素不相识的中国作家，在被称为“沙漠”（爱氏语）的古城北平，用着第三国的语言，像老友一般无拘束地笑谈。这本身就是一幅难得的梦一般的境界。

鲁迅好几次提到爱氏被逐之事，这是指 1921 年 5 月初，爱罗先珂被日本政府驱逐出境。显然他在爱氏的作品里寻找日本驱逐爱氏的原因[2]，可每次看到的，仅仅是他的童话“含有美的感情与纯朴的心”，“看不出什么危险思想来。他不象宣传家，煽动家；他只是梦幻，纯白，而有大心……这大约便是被逐的原因”[3]。

在鲁迅喜欢爱罗先珂的诸种因子里，至少有两个值得一提：第一是爱罗先珂的赤子心，一种与现代工业文明恰成对比的单纯。第二则是爱罗先珂的人类主义思想，武者小路实笃的《一个青年的梦》里也有这一世界主义思想。鲁迅接连翻译《一个青年的梦》和爱罗先珂的作品，应该不是偶然。除此之外，还有同情的因子。也就是说，他初始是多少怀抱着同情心来看待爱罗先珂的。以鲁迅的脾性，怀抱同情的他，尤其当对方是个明显的“弱者”时，往往是比较没有防御意识的，因而往往是一种自然的真情流露。但这一流露，使得他成为爱罗先珂在中国最早、也是最主要的译介者。这个翻译事实，这个完全不考虑原作者在世界文学史地位、俄国文学史地位的翻译选择，我以为，刚好证明鲁迅对于爱罗先珂的偏爱，以及他那理想主义的、浪漫的本性。这也证明，鲁迅翻译选目，往往首要的不是从文学的标准出发，尽管文学往往是他表达思想的主要载体。

爱氏的作品，与《一个青年的梦》一样，同样缺少文学自身的艺术感染力和魅力（这里仅就剧本《梦》而言，武者小路实笃其实写过很好的小

---

① 吴克刚：《忆鲁迅并及爱罗先珂》，初刊于 1936 年 11 月 5 日《中流》半月刊 1 卷 5 期，见《鲁迅研究学术论著资料汇编》，第 2 卷，第 552～553 页。

② 参看鲁迅《〈池边〉译后附记》《〈春夜的梦〉译后附记》等；亦可参看《鲁迅年谱》，第 2 卷，第 52 页、第 54～55 页。

③ 参看鲁迅《〈池边〉译后附记》《〈春夜的梦〉译后附记》等；亦可参看《鲁迅年谱》，第 2 卷，第 52 页、第 54～55 页。

说)。一个例证就是,尽管爱氏的主要创作是童话,然而我以为,他的童话,包括后面要讲到的童话剧,在想象力方面并不特别丰富。几乎所有的角色(有很多是动物和植物),一旦遇到问题,或者他们要展示自己的理想,或者要批判社会现实,皆是靠做梦来表现,且出入梦境、回到现实的方式,几乎是千篇一律的。

在中国,爱罗先珂的身份有些特别。他在俄苏文学史上没有什么地位,而是以世界语作家身份在东方从事创作。他在华居留和讲学同样是以世界语作家的身份。而且尽管他深爱他的家乡乌克兰,可其作品几乎看不出乌克兰色彩,俄罗斯色彩也不浓,几乎是一种无国界形态,呈现出人类主义或世界主义的明显倾向。这一点,对于理解鲁迅的浪漫,也是值得一提的。

爱罗先珂最早学的外语是英语。他曾经在伦敦皇家盲人师范学校学习,能够用英语说话或写作,但主要用世界语和日语写作。鲁迅翻译他的作品所依据的文本,是从日语翻译的。我们知道,“理性十足”的胡适,从头至尾是拒绝世界语的。因此,当蔡元培邀他为爱罗先珂的英语演讲作译述时,他很不情愿[①]。相反,中国 20 世纪 20～30 年代一批对世界语发生浓厚兴趣的文学青年或翻译家,其中不乏深具浪漫情性的人,如巴金以及他的世界语同好们,像吴克刚、孙用等。或许在今天看来,世界语的凭空创造及其在某些国家的流行,本身就是一种浪漫,一种渴望将世界各国从心灵深处紧紧相连的美好梦想。他们将生活看成诗,不管他们本人是诗人还是小说家或戏剧家,在其血液里皆流淌着诗人的气质。最初的波兰的柴门霍夫,后来的日本的秋田雨雀、匈牙利的尤利・巴基、俄国的爱罗先珂、中国的巴金,不都是一些具有赤子情怀的人么?不都是一些极其浪漫的人么?

三幕剧《桃色的云》,爱罗先珂是用日语写的。后来收入《爱罗先珂童话集》里的童话,鲁迅亦是从日语译出。译家在《序》中说道:“因此,我觉得作者所要叫彻人间的无所不爱,然而不得所爱的悲哀,而我所展

① 参看胡适 1922 年 3 月 5 日星期天日记,见安徽教育出版社《胡适日记》,第 3 卷,第 569～570 页。

开他来的童心的，美的，然而有真实性的梦。"[①]

鲁迅当然意识到爱氏童话里的梦想。不过，在今天的人看来，那些梦显然是虚幻的，不屑一顾的；而从不缺乏深刻的鲁迅，偏偏认定它们是"真实性的梦"。这一虚一真，用西方批评术语来说，对于鲁迅构成了一种"背叛"(betrayal)，我们后来人也就从当事人并不知晓的"背叛"中，窥见他的浪漫本相。有趣的是，鲁迅的不朽名篇《阿Q正传》正是在1921年12月4日开始于北京《晨报副刊》连载，至翌年2月12日刊完。一面是晦暗的现实与历史写作，一面是诗意的、纯色的梦的翻译。我以为，这都是鲁迅所需要的。他或许不曾意识到，恰恰是在他的翻译过程中，比较自由地流露出自己喜欢做梦的一面吧？有趣的是，做梦的人，往往本身未必意识到自己是梦者，自然就不会承认自己是个梦者了。

《爱罗先珂童话集》初版本收入作品12篇，有3篇是胡愈之和汪馥泉所译，其余9篇乃鲁迅所译[②]。童话集1922年7月由商务印书馆初版之后[③]，鲁迅并没有停手，陆续又译出几篇，并在报刊上发表。所以，今天收入《鲁迅全集》(人民文学出版社1973年版)里的童话总共有13篇[④]。他译的这些童话，大抵是从爱罗先珂的两部童话集，即《夜明前之歌》(1921)和《最后的叹息》(1921)里挑选来的。稍后爱氏还出版了名为《为了人类》(1924)的作品集。

收入首篇的《狭的笼》，常常被误作鲁迅译爱氏童话最早的一篇，事

---

① 鲁迅：《爱罗先珂童话集·序》，见《鲁迅全集》，第12卷，第290页。

② 鲁迅：《爱罗先珂童话集·序》，见《鲁迅全集》，第12卷，第289页。

③ 鲁迅译《爱罗先珂童话集》版次如下：1922年7月，上海商务印书馆初版；1923年4月，商务印书馆再版；1923年11月，商务印书馆第3版；1924年2月，商务印书馆第4版；1925年10月，商务印书馆第5版；1927年3月，商务印书馆第6版；1929年11月，商务印书馆第7版；1933年10月，商务印书馆国难后第1版；1935年2月，商务印书馆国难后第2版；1938年6月，鲁迅全集出版社初版《鲁迅全集》第12卷；1938年8月，商务印书馆国难后第4版；1950年7月，商务印书馆第5版；1958年12月，人民文学出版社《鲁迅译文集》第2卷；香港今代图书公司出版(无出版年月)。资料来源：周国伟编著《鲁迅著译版本研究编目》。

④ 《爱罗先珂童话集》，署名鲁迅等译，上海：商务印书馆，1922年7月初版。内有鲁迅作的序以及12篇童话，其中9篇为鲁迅所译。

实上本篇比《池边》晚六天译出，即 1921 年 9 月 16 日译讫，连同《译后附记》刊于是年 8 月 1 日《新青年》9 卷 4 期[①]。《狭的笼》叙印度一只猛虎关在动物园的笼里，成天看到人类的痴呆的脸，痴呆的笑声，感到厌烦。于是，它梦见自己回到自由威猛的林中生活。饱尝牢笼不自由的它，打开羊圈放出羊群，羊却不敢离开；它目睹拉阁高墙里养着的两百个妃子，它想解救第 201 个新妃，可拉阁的新妃却怕老虎甚过怕主人；它打开金丝雀的笼，还想救出池里的金鱼，可金丝雀和金鱼都不愿获得自由。末了老虎醒来，发现自己还是困在笼中。

从《池边》到《狭的笼》，可以看出还是一种启蒙者的自喻，即居高临下地俯视"群众"的立场和心态。至少在译家一面是如此解读吧。初版本中，鲁迅将后一篇放在童话的首位（初版本前边还有胡愈之译的作者的自叙传片断），说明鲁迅还是从启蒙者的立场，来阅读爱氏童话的。鲁迅所译的爱氏童话，初版本里有四篇是依照译者的意见选译的，即《狭的笼》《池边》《雕的心》与《春夜的梦》，其余五篇是"照着作者的希望而译的了"[②]。这选目的差异，正是他区别于周作人所译童话的一个主要原因。

《雕的心》显然是一篇深得鲁迅喜爱的童话。故事讲述了世上最强悍、酷爱自由的雕王与王妃育有两只幼雕，有一天突然被猎人捉去，过了几日，雕从空中飞来，捉走猎人的两个儿子。五年后，雕的大王子和小王子同猎人的两个儿子分别回到各自亲生父母身边，可雕的两个王子开始有了人的脆弱的心，那"上太阳！慕太阳"的古训在他们身上消失了，他们被父母骂一声"卑弱的人的心"之后，被父母啄喉而亡。与此相反，山国里猎人之子却培育出雕的爱自由的精神，他俩率领山国人民到邻国闹革命，后以"反贼"的罪名被处死。

另外一篇鲁迅自选的翻译篇目《春夜的梦》则颇有一种乌托邦式的浪漫：春天来到一个大池塘里，像金刚石一样发亮的美丽的萤火虫，因贪看美景而无力飞回岸边，一条美丽的金鱼送它到岸边，两个小生命从

① 参看《鲁迅年谱》，第 2 卷，第 52～53 页。

② 鲁迅：《爱罗先珂童话集·序》，见《鲁迅全集》，第 12 卷，第 289～290 页。这五篇分别是：《鱼的悲哀》《古怪的猫》《两个小小的死》《为人类》以及《世界的火灾》。

此成为好友。池塘边还有一个贵族家的小姐和一个百姓的儿子，常在池边争吵，厌嫌对方，他俩分别捉了萤火虫和金鱼，关在笼子和鱼缸里。妖女同山精看见它们，为取悦妖女，山精取走萤火虫的翅膀和金鱼的鳞来装饰妖女，萤火虫与金鱼失去了最美的东西甘愿死去。贵族小姐和百姓儿子为捉妖女，跌落池中，池中的王将他们救起。童话结尾时，两个小人皆幡然醒悟，亲密地并排坐着，火萤飞舞，金鱼嬉游，小人春夜的梦，似乎还在欢乐地继续。

在鲁迅译的爱罗先珂童话里，最乏味的一篇是《时光老人》。本篇述青年们要打破诸神，老人则要维护古代诸神，将打坏的神像重新涂上新颜色。最不像童话的童话，大概得推《世界的火灾》。该篇讲述美国一大实业家，宣称要派人到各城市去放火烧全世界，后来警察将他带走，原来他是一个携带炸弹的无政府主义者。或许比较有童心的一篇，是《古怪的猫》，述"我家"养的猫忽然同"我"说话，说它见到无数老鼠因饿而抢米，刺激它认为"老鼠是我可爱的可同情的兄弟"，从此不再捉鼠。"我"的父亲认定猫疯了，捉走猫，"我"替猫求情，反被父亲斥骂，结果"我"也有些癫狂了。

爱罗先珂的童话，不少篇什皆颇为沉重，最沉重的两篇，大概要算《两个小小的死》和《为人类》。前一篇说一个富人的孩子和一个劳动者的孩子，面对死的选择。富人孩子选择让其他生命包括朋友先死，而劳动者的孩子不愿狗或花把它们的生命让给他，宁愿自己先死。后一篇以一种亦真亦幻的形式传达一种忧虑：一位解剖学家耽溺于做实验，最后将自己的独生子和妻子都送上解剖台，他因此成为全球著名的科学家。最具有启蒙者色调的，是《红的花》。本篇又是以梦的形式讲述"我"的学生"哥儿"，用刀割开胸膛，在自己的心上种下红花种子，这样，才使得青年们早先种的红花开遍全国。于是，寒王与暗后逃向东方，不过"哥儿"没有看到"光辉美丽的温暖的太阳在这国度上"①。

饶有意味的是，这篇充满黑暗与光明对比的童话，跟后来崇拜鲁迅的巴金翻译高尔基的《草原故事》里的一个人极为相近，即该书中那篇

---

① 《鲁迅全集》，第 12 卷，第 473～474 页。

《伊则吉尔老婆子》里的丹柯，他的形象酷似这里的“哥儿”[1]。丹柯其实就是启蒙者的自画像，一个浪漫的象征，一个具有自我牺牲精神、颇具浪漫色彩的为真理而献身的形象。其特点之一，是将死亡描绘得特别美丽，特别富有诗意。

日本作家江口涣曾经这样评述爱罗先珂：“爱罗先珂君是无统治主义者；是世界主义者；是诗人；是音乐家；而同时又是童话的作者。然而他所住的世界，却全然不是现实的世界；是美的未来的国，是乌托邦，自由乡，是近于童话的诗的世界。他的无统治主义和世界主义，也无非就是这美的诗的世界所产生的东西罢了。”[2]爱罗先珂后来带着他的梦回到俄国，在那里生活得很是寂寞。而1923年之后的鲁迅，做梦的心情仿佛也少了许多。

第三节　童话剧《桃色的云》(1922)

本章讨论翻译家鲁迅的浪漫，这里所说的浪漫，显然不同于郭沫若式的浪漫，亦与拜伦、雪莱式的浪漫有异。郭沫若式的浪漫，是刻意的张扬，常常借助对于异性的渴慕与描写来传达作者的思想、倾泻其炽热的情感。然而，本章所谓的浪漫，是指一种理想主义，一种纯粹，一种纯粹的追求。环境最糟的时候，抑或表现为追求纯粹的某种倾向。这种对纯粹的追求——局外人一望即知，当事人亦未尝不知——里边包含着浓重的虚幻因子，但当事人不肯放弃他们的追求。因此，这个纯粹，是一种脆弱的一厢情愿，实则是一个梦。

其次，这种浪漫还表现为对现实的逃避和抵抗，哪怕是短时的逃避。在欧美现代文学里，对于现实的逃避描写举不胜举，一般是以写实手法来表达，或以写实与象征结合的手法来表达，其表现形式如酗酒、纵情声色、耽溺于宗教(如超长时间地去教堂)、远离人群与都市生活、痴迷于某个并无实际意义的工作或个人嗜好，等等。本章的逃避则主

---

① 参看王友贵《翻译西方与东方：中国六位翻译家》，第六篇之第三章第四节。
② 《鲁迅全集》，第12卷，第514页。

要取梦幻形式，具有明显的乌托邦色彩，当事人用梦想来对抗现实。

其三，这种浪漫是浓厚的理想化色彩，往往带有一种童真与淳朴，显露出一种善恶泾渭分明的、纯色的人生观和世界观。

我们知道，在鲁迅的创作世界里，上述的这些浪漫特质是不轻易流露的，可在他的翻译世界里，他的浪漫气质在一段时间里，却有出人意料的表现。在他的创作世界里，作为作者的那个他，无疑是个强者；而在翻译爱罗先珂的童话世界里，我们看到的原作者，更多的是个弱者。鲁迅对这类"弱者"的同情，透露出他在创作中不轻易展露的气质。我们看到，那些原作者愿望的实现，只能是在梦里，犹如《狭的笼》里的那只印度虎。

当然，除了浪漫，鲁迅对于童话的重视，还有更深一层的原因，那就是儿童的发现。与世界上大多数国家一样，中国非但很长时间没有儿童文学，连儿童的意识也没有。而在日本留学的鲁迅和周作人，随着日本对这个重大问题的逐渐觉悟，也开始以超乎寻常的精力，关注起儿童的发现这一问题。

他们将儿童的发现与自己改造国民性的工作联系起来。《域外小说集》在东京初版时，在书尾刊有新译预告文字，其中有安徒生的童话《寥天声绘》和《和美洛斯垅上之华》①。据日本学者藤井省三推测，这两篇后来没有译出的作品，可能就是安徒生的《没有图画的画册》和《荷马墓上的蔷薇》②。这让我们联想到 1906 年鲁迅等人筹办杂志《新生》，以及他们打算以《新生》为阵地发动的一场文学运动。在"新生"背后，鲁迅涵养新国民的救国思路，跟计划翻译安徒生的动机，乃是一致的。《新生》夭折后，周作人 1913 年写了《丹麦诗人安兑尔然传》，藤井省三据此认为他是中国介绍安徒生的第一人③。当时乃至后来"《新青年》时期"周氏兄弟对于儿童问题的论述，以及后来周氏兄弟热衷于儿童文学的译介，也是这个重要思想的继续。

鲁迅创作世界里的凝重、复杂的昏暗色调，与他翻译爱罗先珂童话

---

①②参看藤井省三著《鲁迅比较研究》，陈福康编译，第 213 页。

③　同上。关于周作人的文章《丹麦诗人安兑尔然传》，初刊 1913 年 12 月《若社丛刊》1 期，见《周作人文类编・希腊之馀光》，钟叔河编，第 366～370 页。

世界的单纯色调构成强烈对比，然而却同样源自他的需要。我想特别指出，后者尤其是他本身的需要。以译家个性上超乎寻常的敏感[①]，单有深刻和犀利，即便是像鲁迅这样坚强的人，也未必能够永久的忍受。鲁迅不断地感到寂寞，爱罗先珂在北京也反复叹息"寂寞呀，寂寞"，可谓彼此心灵相通。这一层，即便是尼采这样通身反骨、不顾一切的思想家，亦不例外。区别在于他们展示这一面"人类的软弱"的途径、方式不同。在其私下生活的别一面，一定会有一个令他能够透气的空间，哪怕这个空间仅仅存在于想象之中（只要可能，他们会尝试将这个空间置放于真实生活里），哪怕这个空间不断遭到来自他们自身的对于深刻之追求的入侵和遮蔽。

鲁迅这一回透气的空间，是翻译爱罗先珂的三幕童话剧《桃色的云》。该剧本收在爱氏第二部作品集《最后的叹息》里，最初由日本丛文阁于 1921 年 12 月在东京出版。爱罗先珂本人希望鲁迅先译《桃色的云》，鲁迅于 1922 年 7 月 2 日重新校阅完译稿，1923 年 7 月由新潮社初版单行本[②]。日本世界语作家秋田雨雀在《读了童话剧〈桃色的云〉》一文里说："你（指爱罗先珂——引者）之所谓'桃色的云'，决不是离开了我们的世界的那空想的世界。你所有的'观念之火'，也在这童话剧里燃烧着。"[③]但是，从翻译家鲁迅当时的生存现实来说，《桃色的云》只能是"那空想的世界"，只能是一个"美丽的人生梦想"。

在舞台上，这出童话剧分为上下两个世界：一个是强者的世界，是明亮的世界；一个是弱者的世界，是暗淡的世界[④]，虽然后一个世界周围也还有希望来包围着。

---

① 参看许寿裳《亡友鲁迅印象记》，见《挚友的怀念——许寿裳忆鲁迅》，马会芹编，第 10 页。

② 鲁迅译《桃色的云》版次如下：1923 年 7 月，新潮社初版；1923 年 7 月，北新书局初版；1926 年，北新书局再版；1927 年 5 月，北新书局第 3 版；1934 年 10 月，上海生活书店初版；1935 年 4 月，上海生活书店再版；1937 年 6 月，上海生活书店第 3 版；1938 年 6 月，鲁迅全集出版社初版《鲁迅全集》第 12 卷；1958 年 12 月，人民文学出版社《鲁迅译文集》第 2 卷。资料来源：周国伟编著《鲁迅著译版本研究编目》。

③ 秋田雨雀著《读了童话剧〈桃色的云〉》，鲁迅译，见《鲁迅全集》，第 12 卷，第 522 页。

④ 参看藤井省三著《鲁迅比较研究》，第 190 页。

尽管爱罗先珂自己觉得这部剧作胜过先前的作品[①]，可实际上这出剧仍然暴露出爱罗先珂想象力及艺术创造力的贫弱。譬如，在他的几乎所有作品里，最美好的代表总是春，在《桃色的云》里亦复如是。而且春始终是弱的、美丽的、善的。本剧剧中角色众多，其中有春夏秋冬四姊妹，她们分别为第四、第三、第二和第一王女，还有一大堆伴随春夏秋冬的花草和种种动物。除了上面提到的上下两个世界，本剧还在自然界和人类世界展开。所谓“桃色的云”，是指一美少年，他是青春年少的象征，美的象征，亦可以是“美丽的人生梦想”的象征。在自然界，王母的第四王女春的侍从桃色的云让第一王女冬弄走了。桃色的云是春妹妹所钟爱的，但春却中了冬的魔术，昏睡不醒，万物无春，严冬肆掠横行。住在地下的土拨鼠[②]拼命要唤醒春，他似乎获得破除咒语的那句话，最后终于将春唤醒。然而冬却对土拨鼠怀恨在心，她让人类世界里的金儿从春手里骗走土拨鼠。春努力要回被冬诱走的桃色的云，可从冬手里回来的他，因为生活的糜烂和放浪已见憔悴与老态，成了“灰色的云”，不复为先前那个美少年了。春于是又设法要回土拨鼠，可土拨鼠回到祖母身边时已经死了。爱罗先珂以一个象征性情节结束本剧：春吐血不止，奄奄待毙。

爱罗先珂在剧中设计了一个虹的国，一个桃色的云，这虹的国象征幸福之国，因而也是爱罗先珂的理想国；这桃色的云应该象征青春美丽，要到那虹的国，必须通过虹的桥：

> 冬　是了，在你这里，听说有美的虹的桥呢。
> 春　哦哦。
> 冬　说是过了那桥，便能到幸福的国的。
> 春　哦哦，能到虹的国的。
> 冬　我是，想要过了虹的桥，到那虹的国里去了。
> 　　倘使那桥送给我，我虽然不情愿，也还可以还了桃色

① 鲁迅：《桃色的云·序》，《鲁迅全集》，第12卷，第519页。

② 鲁迅译文作“土拨鼠”，日文原文为“鼹鼠”。

的云。[1]

《桃色的云》充满各式的象征。倘若用启蒙话语来读解不同角色的象征含义，土拨鼠大概是启蒙者的代表，此外土拨鼠后来什么也看不见，似乎又可解为盲作家爱罗先珂的自喻（第三幕第一场）；冬则代表强大的恶势力，土拨鼠和桃色的云经她的蹂躏皆失去元气和生命力；春代表善以及生命力；而桃色的云，则似乎可以代表人生容易破碎的梦想，人类的希望，人对美好生活的追求吧。秋田雨雀所谓爱罗先珂的"观念之火"，想必与上述解读不无关联，而他所说的"桃色的云，决不是离开了我们的世界的那空想的世界"，似乎恰恰提示爱罗先珂创作本剧的空想性质。反过来说，连这位热心的世界语日本作家也看出这个剧描绘的是一个空想世界。倒是鲁迅点出了这是一个充满诗意的梦。鲁迅在译完本剧后作的《序》里说："世间本没有别的言说，能比诗人以语言文字画出自己的心和梦，更为明白晓畅的了。"[2]

的确，爱罗先珂用童话和童话剧画出了自己的人生理想和梦，难道翻译家鲁迅就没有假翻译爱氏的童话集，宣泄一回藏在心头的梦么？鲁迅这段时间的两部译作，即《爱罗先珂童话集》同《一个青年的梦》，都在 1922 年 7 月由商务印书馆出版。这个巧合虽然可能主要是因为文学研究会的组稿与安排，但在译家本身，大概多多少少是因为八道湾大家庭生活的短暂平静和怡怡乐乐，给予他难得的一段做梦的心情、做梦的机会，乃至于假翻译爱罗先珂，将心头的梦想权且释放一回，从而泄露出一个浪漫的鲁迅吧？

一个证明，就是鲁迅与周作人同爱罗先珂的这段交往，彼此都抱一种彻底的坦诚和放松心态。这种心态的单纯、无功利和真诚，实在令人感动。这从周作人、吴克刚后来的回忆文字里可以清楚地看出。鲁迅研究者往往将八道湾大家庭生活描述得那么紧张，我疑心是用兄弟失和后的心情，来观察失和前的周家生活。又是从有关失和原因的书信日记等文件里寻找大家庭生活的图景，考察的前提是为什么失和，而不

---

① 爱罗先珂著《桃色的云》，第 3 幕第 5 场，鲁迅译，见《鲁迅全集》，第 12 卷，第 745 页。

② 鲁迅：《桃色的云·序》，《鲁迅全集》，第 12 卷，第 520 页。

是确定周家是否有过和睦的大家庭生活。因此，周氏兄弟的大家庭生活因了信子弄得紧张而不愉快，自然成为关注焦点，也似乎成为定论。但从鲁老太太对于兄弟突然分手的诧异，鲁老太太的片断回忆，周作人“绝交书”里那句“我以前的蔷薇色的梦原来却是虚幻”[①]的一声长叹，周氏兄弟失和之前的怡怡乐乐，不分彼此的创作与翻译状态，加之1918～1922年间二周在事业上的惊人成功、作译双丰收来看，此时的大家庭生活的主调，我以为应该是平静而比较幸福的。甚至可以从家庭的角度说，这是周家在遭遇祖父涉科场案坐牢、父亲病故的可怕打击之后，第一次恢复了元气，恢复了传统意义上的大家庭生活的唯一一段宝贵时光。其实骨子里很顾家、很传统（指在家庭现实生活中）的鲁迅，原本很照顾两个弟弟的他，作为长子，慈母亦在身边，伴随着大院里几个侄儿侄女的嬉戏玩耍声，应该给予他一种轻松和满足感吧？

除此之外，三人交往的方式颇奇特，是用第三国语言日语作交流媒介。周氏兄弟不时地陪伴爱氏到各处发表诗意的演讲[②]并作译述，爱氏又是用世界语和日语创作的诗人、童话作者，爱氏本身那份诗人的热情与赤子心，更主要是鲁迅内面心情的适合，都促成了鲁迅理想之火的燃烧。别一个反证，则是这种梦的心情，到了1923年7月19日接到周作人的亲笔“绝交书”时遭到严重打击。鲁迅虽然不曾说过自己也做过蔷薇色的梦，但从大家庭怡怡乐乐的梦想里震醒的错愕和失望，恐怕还是有的。

鲁迅的思想，常常是在大希望与大失望之间的。其大失望，是常常在创作里直接表达的，而其大希望的表达方式，一是从他经常表露的大失望的背后恰恰说明他心头依然藏有大希望，另外一个则是透过翻译有所表达。他在《野草·希望》里引用裴多菲的《希望》之歌：“绝望之为虚妄，正与希望相同。”[③]人们心目中的鲁迅，似乎悲观的时候多，似乎更多是以斗士的姿态反抗绝望。可是，倘若没有超乎寻常的希望，何来

---

① 周作人：《与鲁迅绝交书》，见《周作人文类编·八十心情》，第230页。

② 参看江口涣《忆爱罗先珂华希理君——代序》，鲁迅译，见《鲁迅全集》，第12卷，第512～513页。

③ 鲁迅：《野草·希望》，见《鲁迅全集》，第1卷，第483页。

如此深重的绝望？反过来，屡次表达自己的悲观与绝望，恰恰证明他心头仍然还抱有希望，且这种希望还远比一般人来得强烈。

1923 年 4 月 16 日，喜欢做梦的爱罗先珂收拾行装，收拾自己的失望寂寞，离开北平，经东北回苏联。归国后的爱罗先珂，已经不再有做梦的心情和作品。虽然各自原因不同，可此后鲁迅的心情恐怕也是愈来愈黯淡。北京乃至全国一连串的政治事件，加深了他的幻灭感，直到1926 年夏离京到厦门，1927 年冬(1.16)离开厦门到广州(1.18)，是年秋离穗往上海(9.27)，在厦门大学和中山大学的经历颇多出乎意料的挫折，于是他只好发出这样的喟叹，“抱着梦幻而来，一遇实际，便被从梦境里放逐了，不过剩下些索漠”[①]。

听过爱罗先珂在日本的演说的江口涣，有一段直接的描述，其实就是画出了一个浪漫的盲诗人：“那时候他的演说，实在是一曲音乐，一篇诗。带着欧洲人一般腔调的日本话和欧洲人一般的句法，得了从他心坎中涌出的热情和响得很美的调子的帮助，将听众完全吸引过去了。”[②]不赞成世界语的胡适，理性重于感性的胡适，没有了这份浪漫的热情，即便为爱氏演说作口译，也不能领略爱氏演说的诗意和美。1922年 10 月，鲁迅作了小说《鸭的喜剧》，这是直接写爱罗先珂在北京的生活的，一方面作者赋予这篇短短的小说以更深的内涵，另一方面小说通篇洋溢着的浓浓的诗意，则是谁也感觉得到的。

有趣的是，鲁迅、巴金、冰心等一批作家，尽管分别属于两代人，思想与创作大不同，可他们在 20 世纪的中国广受欢迎的一个重要原因，正是因了他们骨子里的那种浪漫和诗意，尽管巴金本人很少作诗。因为 20 世纪的中国文学读者，总体上是浪漫至上的。真正理性十足的作品，在中国几乎是没有多少读者的。至少在 20 世纪的中国是如此。这个浪漫热情的衰退，正是中国文学本身走向“低谷”、走向平淡的时期。倘若我们用厨川白村的文艺理论来考察他们，厨川所谓“如果说这欲望的力免去了监督的压抑，以绝对的自由而表现的唯一的时候就是梦”，

① 转引自许寿裳《亡友鲁迅印象记》，见《挚友的怀念——许寿裳忆鲁迅》，马会芹编，第 42 页。
② 江口涣：《忆爱罗先珂华希理君——代序》，鲁迅译，见《鲁迅全集》，第 12 卷，第 512～513 页。

那我们就容易明白，为什么读者和这类作者喜欢在文学里做梦。同时也容易看到，为什么鲁迅在《呐喊·自序》讲到他青年时代的梦与中年时代的创作的关系。鲁迅的深受欢迎，在诸多原因中，有一个原因，不大被人提起，那就是20世纪的中国，是个浪漫的中国。

浪漫的中国，格外喜欢鲁迅、巴金和冰心等。然而，浪漫的鲁迅，却很少有人提到。

第五章　苦闷的鲁迅

第一节　《苦闷的象征》(1924)

鲁迅在《呐喊·自序》里说："我在年青时候也曾经做过许多梦，后来大半忘却了，但自己也并不以为可惜。所谓回忆者，虽说可以使人欢欣，有时也不免使人寂寞，使精神的丝缕还牵着已逝的寂寞的时光，又有什么意味呢，而偏苦于不能全忘却，这不能全忘却的一部分，到现在便成了《呐喊》的来由。"①

早年为着逃离大毒蛇一般缠住自己的寂寞，他曾经用过种种的法子，一段时间内他以为"似乎已经奏了功"，可后来钱玄同夹一只大皮包来到绍兴会馆，力邀正在埋头抄古碑帖的他加入新文学阵营，却并不怎么费力就把他裹挟了去。他不仅没有固执地推辞，且从此一发而不可收，比玄同还要执著。这说明他还是忍受不了寂寞，想要叫喊的欲望太强烈。这看似被动的从事新文学的创作过程，恰恰应和了厨川白村在《苦闷的象征》里提及的"人间苦"说。厨川是这样解释"人间苦"的："在内心燃烧着似的欲望，被压抑作用这一个监督所阻止，由此发生的冲突与纠葛，就成为人间苦。"②厨川的文艺观部分地吸纳了弗洛伊德的学说，他从这"人间苦"引申开去，进一步指出，"如果说这欲望的力免去了

---

①　鲁迅：《呐喊·自序》，见《鲁迅全集》，第1卷，第269页。

②②厨川白村著《苦闷的象征》，鲁迅译，《鲁迅全集》，第13卷，第53页。

监督的压抑，以绝对的自由而表现的唯一的时候就是梦，则在我们的生活的一切别的活动上，即社会生活、政治生活、经济生活、家族生活上，我们能从常常受着的内底和外底的强制压抑解放，以绝对的自由，作纯粹创造的唯一的生活就是艺术"[②]。

换句话说，鲁迅在 1918 年开始的"一发而不可收"的创作，单单从他个人来看，在他内心也是寻求一种"绝对的自由"的需要，是要从强制和压抑中解放出来的冲动。从这个意义上说，鲁迅因其格外敏感而倍受"人间苦"的煎熬，曾经几次地寻找逃脱压抑、获得自由解放的路径。筹办"新生"杂志（1906）算是头一回尝试；翻译《域外小说集》（1909）是另一回；而这次的加入《新青年》（1918），算是第三回，也是他惟一立刻获得成功的一回。

佛克马正确地指出，鲁迅无论是翻译外国小说，还是创作，他所格外推崇的，并非现实主义作品，而是浪漫主义和象征主义的东西[③]。而厨川白村所谓艺术创造的本质特征，真正的艺术品皆具有高度象征化的观点，也从别一个角度解释了鲁迅创作的突出特征，尽管厨川白村与佛克马所说的象征主义意义很不相同，前者与后者有广义和狭义之分别。厨川白村说：

> 艺术的最大要件，是在具象性。即或一思想内容，经了具象底的人物、事件、风景之类的活的东西而被表现的时候；换了话说，就是和梦的潜在的内容改装打扮而出现时，走着同一的径路的东西，才是艺术。而赋与这具象性者，就称为象征（symbol）。所谓象征主义者，决非单是前世纪末法兰西诗坛的一派所曾经标榜的主义，凡有一切文艺，古往今来，是无不在这样的意义上，用着象征主义的表现法的。[④]

《呐喊》里边的小说最初一篇一篇发表，小说结集为《呐喊》出版后，陆续有不少的评论文字，但从文艺理论的角度来检视鲁迅小说的，当时

---

③　参看 D. 佛克马《俄国文学对鲁迅的影响》，见乐黛云编《国外鲁迅研究论集》，第 284 页。

④　厨川白村著《苦闷的象征》，鲁迅译，《鲁迅全集》，第 13 卷，第 53 页。

却不算多。而鲁迅本人从1924年开始，逐步以专门著作的形式、而不是当时习见的在报刊上发表零散文章的方式，译介现代文艺理论。当时的报刊上已有译介厨川白村文艺思想的文章[①]，但作为创作家的鲁迅来翻译厨川白村，尤其是他一上手就译介厨川白村的理论著述，仿佛起着两个作用。一个是为着整个新文学创作界和批评界的，一个是为着个人的。前者是对于当时中国新文学创作的贫弱状况不满，对于作品呈现的粗糙、缺乏艺术感染力的不满；后者则是藉此反观自己。后一个特点，乃是当时其他译介者所不具备的。这或许表明，鲁迅在一段时间的小说创作冲动之后，希望有一个休整，更希望在自己创作冲动的间隙对自己——自然也包括对当时的创作界——有一个理论的梳理，一个理论的审视与反思。

日本文学评论家厨川白村(1880—1923)，本名辰夫，曾留学美国，1923年关东大地震不幸遇难，殁于镰仓。《苦闷的象征》乃是他殁后从废墟里挖出来的遗稿，因此实际上是一部未完成稿，由他的学生山本修二等整理后付印的[②]。中国对厨川著作的翻译是比较多的。较早的有任白滔在《小说月报》15卷10号(1924.10.10)上揭载的《宣传与创作》译文，并附有"附记"。鲁迅翻译的《苦闷的象征》发表时间稍早几天，是一边译，一边从1924年10月1日起在《晨报副刊》发表的，到10月31日止。此外，当时翻译同写作皆很活跃的樊仲云曾在《小说月报》、文学研究会刊物《文学周报》等刊物上译介过厨川白村的《文艺思潮论》《文艺创作论》等[③]。

鲁迅于厨川去世后的1924年9月22日开始译《苦闷的象征》，10

① 参看《文学周报》102期～129期(1923年12月24日～1924年7月7日)；《小说月报》16卷5号、16卷7号(1925年5月10日、7月10日)等。

② 参看山本修二《苦闷的象征·后记》，鲁迅译，见《鲁迅全集》，第13卷，第129～130页。

③ 参看《文学周报》102期～129期(1923年12月24日～1924年7月7日)；《小说月报》16卷5号、16卷7号(1925年5月10日、7月10日)等。

月 10 日译讫。是年 12 月由新潮社初版[①]。当时丰子恺也从日文翻译了《苦闷的象征》，1925 年出版。此后鲁迅还补写了《关于〈苦闷的象征〉》一文，并且重新校改译稿，由北新书局于 1926 年 4 月 3 日再版。

鲁迅翻译《苦闷的象征》之际，还在北京大学文科开设讲座，每周一次讲解厨川白村的文艺理论。可见他当时十分看重厨川的文艺理论。当时听过讲座的徐子回忆道："一提到鲁迅先生，最先浮上我心头来的，是自己几年前在北平每星期一次远迢迢地从西城跑到沙滩北大一院听他老先生讲厨川白村的《苦闷的象征》的一幕。一副冷静的面容，在讲词中我们却可以听出热烈的心胸腾跃；而那种逗人发笑自己却很漠然的神情，令人几疑是由于天授。……那时的鲁迅先生，怕还是逍遥于'象牙之塔'吧。"[②]后来的鲁迅研究者，喜欢用"象牙之塔"和"十字街头"来描述鲁迅在 1924 年至 1926 年的彷徨与思想变化。可见鲁迅于此时开始的文艺理论翻译，此时在于他，已经是其思考的一种方式，反省的一种方式，思想的一种表达；在于他人，则已经是考量鲁迅、评述当时文坛的一个理论参照。

这个译本，鲁迅在介绍它时尽管在字面上还是一贯的自谦，可他显然是比较满意的。北新的很快再版，便是一个证明。此外鲁迅的《引言》也透露出译家的满意。鲁迅自谓本书取直译之法，并且告诉读者阅读他的译本的一个方法："这译文虽然拙涩，幸而实质本好，倘读者能够坚忍地反复过两三回，当可以看见许多很有意义的处所罢。"[③]鲁迅的这个建议不单证明他对译文的肯定，更具实际意义的是，它提示给人们

---

① 鲁迅译《苦闷的象征》版次如下：1924 年 12 月，新潮社初版；1926 年 10 月，北新书局第 3 版；1927 年 8 月，北新书局第 4 版；1928 年 8 月，北新书局第 5 版；1929 年 3 月，北新书局第 6 版；1929 年 8 月，北新书局第 7 版；1930 年 5 月，北新书局第 8 版；北新书局第 10 版，无出版日期；北新书局第 11 版，无出版日期；1935 年 10 月，北新书局第 12 版，无出版日期；1938 年 6 月，鲁迅全集出版社初版《鲁迅全集》第 13 卷；1938 年 8 月，商务印书馆国难后第 4 版；1950 年 7 月，商务印书馆第 5 版；1958 年 12 月，人民文学出版社《鲁迅译文集》第 3 卷；香港今代图书公司出版（无出版年月）。资料来源：周国伟编著《鲁迅著译版本研究编目》。

② 徐子：《鲁迅先生》，初刊南京《文艺月刊》1 卷 1 册（1930.8.15），见《鲁迅研究学术论著资料汇编》第 1 卷，第 604 页。

③ 鲁迅：《苦闷的象征・引言》，见《鲁迅全集》，第 13 卷，第 19 页。

一个读鲁迅译文的法门。我自己的阅读结果,果真如同他所说,多读两遍,基本理解不成问题,尽管译文在专门术语、一般用语、句子的组合上需要一点时间来习惯。考虑到本书乃文艺理论著述,即便是中文创作,要想真正读懂,通常也需要三两回,因此鲁迅的这个译文,应该说不算太难懂。比起 1928 年开始译的马克思主义文艺理论著作、无产阶级的文艺理论,要容易很多。

《苦闷的象征》凡四部分,分别为"创作论""鉴赏论""文艺根本问题的考察"以及"文学的起源"。全书的本旨在于第一部分,这一部分留待稍后再作详细一点的讨论。第二部分"鉴赏论",在当时中国文坛颇有新意,因厨川指出阅读的过程,其实就是读者对文本发生共鸣的一次再创作。第三部分为"文艺根本问题的考察",鲁迅对此应该很感兴趣,因为他本人的创作实践和创作意图始终表明,他希望自己的创作同社会现实发生密切联系;也因为厨川指出,诗人是预言者,这其实也是鲁迅一直暗中希冀文学家应有的承担,这让我们又想起鲁迅译尼采。最末部分"文学的起源"很短,回顾祈祷、劳动等人类活动与文学之间的源和流的关系。

一个值得注意的现象,是当时已在小说创作居于独步地位的鲁迅(截至 1924 年,新文学在长篇小说方面尚无像样的成绩),却从 1924 年开始,将自己相当一部分精力,移至翻译介绍文艺理论上来。这一来多少暗示鲁迅小说创作生涯中激情的暂时减弱,理论意识和文学技术意识的增长;二来说明他希望在文艺理论方面做一些基础性的工作。这次的文艺理论译介,初始主要是介绍日本文艺评论家的专门著作或艺术随笔,后来逐渐将译笔放在苏联和欧洲其他一些国家的著述上。时间从 1924 年一直持续到大约 1930 年,可其间的 1927 年年底是一个重要的转折点。这段时间鲁迅翻译和梳理域外文艺理论,对鲁迅其间和此后的创作,尤其是小说创作发生了不小的影响,可这一点似乎没能引起研究界的注意。

鲁迅翻译文艺理论和艺术随笔散论类文字,数量不小,大约占他全部翻译作品数量的百分之三十,约有七十六万字。此外还译有日本板垣鹰穗的《近代美术史潮论》,约六万多字。阅读这部分译作,尤其是阅读早期翻译厨川白村的文艺论著,不仅可以藉此了解欧美当时的艺术论,而且还能从一个侧面更清楚地了解鲁迅的创作,以及他为何要花费如此大的精力来移译这些作品。

《苦闷的象征》第一部分"创作论",是全书的核心。这一部分又分为六节,分别就创作与生活、与作家心理之关系、弗洛伊德精神分析学说、人间苦与文艺的关系以及文艺的本质诸方面展开讨论。

厨川白村从创作家内心的冲动、他的社会生活与外部环境两个方面来阐述文艺的发生过程。他将创作的发生,归纳为两种力的冲突。一为"生命的力",它只追求自由和解放,永久不息地在人的内心里燃烧,地火一般地燃烧着。二为"强制压抑之力",它体现为在经济生活、社会生活之中,从外部形成的一个强大的机制,对生命的力实施压制与束缚。这两个冲突的力量,用厨川的比喻来说,好比"生命的力者,就像在机关车上的锅炉里,有着猛烈的爆发性、危险性、破坏性、突进性的蒸汽力似的东西,机械的各部分从外面将这力压制束缚着,而同时又靠这力使一切车轮运行"①。

这生命力的冲动,即个性表现的欲望,具有不同的表现形式。有的为游戏冲动,有的为强烈的信念,有的为高远的理想,有的为强烈的求知欲,也有的表现为英雄的征服欲,而诗人的情感爆发的时候,便产生了最强最深的打动人的作品。作为文艺评论家的厨川,将文艺置于精神创造的最高位,应该是可以理解的,尽管在今天或许会引发争议。

人的生活,就是在这两种力的冲突之中苦苦地挣扎、苦恼。厨川把创造视为人类进化的动力,压制则是创造的必要条件,人间的苦难、生活的压迫,同样是创造的必备条件,所谓"无压抑,即无生命的飞跃"②。我们还可以补充说,无大压抑,则无大艺术。正是从鲁迅译的厨川那里,我们更深入地了解了鲁迅,了解了鲁迅的创作,以及他从事创作的部分动因。譬如,厨川认为,精神与物质、灵与肉、理想与现实之间,有着不可调和的冲突与矛盾。那些生命力旺盛者,其冲突也就愈激烈,而

① 厨川白村著《苦闷的象征》,鲁迅译,《鲁迅全集》,第13卷,第23页。

② 厨川白村著《苦闷的象征》,鲁迅译,《鲁迅全集》,第13卷,第30页。

我们看到的类似的冲突，在创作家鲁迅那里，就异常地激烈。这恰好表明，他属于生命力异常旺盛的人。

因此，文艺成为人类苦闷的象征。人类的苦难、苦恼，表现在文艺作品里，便包裹着自然和人生的各种实际形象而出现，如同欲望在梦里，往往采用乔装打扮的方式展现出来一样。厨川指出，认为文艺只是外部事物忠实的描写和再现，纯属皮相之谈[①]。因此，极端的写实主义，在真正的文艺作品里并无意义。倘若用厨川的论述来观照鲁迅的创作，便会觉得中国大陆20世纪40～70年代整整四十年的鲁迅研究中，那些对于鲁迅创作里的现实主义的过度的、刻意的强调，随着时间的推移，离鲁迅的创作愈来愈远，反倒是厨川的文艺论说比较接近鲁迅的创作现象：

> 就是惟独如此，这才发生了生的苦闷，而自然而然地象征化了的“心”，乃成为“形”而出现。所描写的客观的事象这东西中，就包藏这作家的真生命。到这里，客观主义的极致，即与主观主义一致，理想主义的极致，也与现实主义合一，而真的生命的表现的创作于是成功。严厉地区别着什么主观、客观，理想、现实之间，就是还没有达于透彻到和神的创造一样程度的创造的缘故。大自然大生命的真髓，我以为用了那样的态度是捉不到的。[②]

作者这里所谓的大自然、大生命，在欧美文艺理论中随处可见，如歌德的文艺言说，英国伍尔芙大量散文里边发散出来的文艺思想，美国爱默生、梭罗等的哲学与文艺思想等。在厨川这里，这大自然、大生命其实就是真的生命，真的人生。由此可见，倘若我们说写实的鲁迅，自然未尝不可；倘若说浪漫的鲁迅，同样未尝不可；而倘若说象征的鲁迅，更是切中肯綮。因为这些，都不过是创作家和思想家鲁迅所展示的不同侧面而已。而倘若要把他胶着于某一个主义，譬如现实主义，那离真正的鲁迅，实在是愈来愈远了。

---

① 厨川白村著《苦闷的象征》，《鲁迅全集》，第13卷，第54页。

② 厨川白村著《苦闷的象征》，《鲁迅全集》，第13卷，第55～56页。

另外一个令鲁迅格外发生兴趣的，大概是厨川将文艺创造看作是人类一切活动中，惟一的一个具备绝对无条件的专营纯粹的创造生活的世界[①]。“文艺是纯然的生命的表现，是能够全然离了外界的压抑和强制，站在绝对自由的心境上，表现出个性的唯一的世界。”[②]他甚至将人类其他一切的活动，说成是对人的个性的破坏和蹂躏。依照厨川演绎的一个程序，人们可以将文艺创造发生的全过程用一个简明的图式来表示：生命力→遭受压抑→冲突→苦闷、懊恼→发生文艺创造→所有文艺的表现法是广义的象征主义。厨川的一个主要贡献，或许是他将人的冲动，个性表现的欲望，人类的创造性，求自由解放的生命力，看作最广泛意义上的生命力的突进跳跃[③]，而不是像弗洛伊德那样过于偏重生理的欲望与冲动。另外一个重要贡献，我想也是令鲁迅发生译介兴趣的重要原因，大概是厨川超越了以往美学的“美的快感”“趣味”等消极的文艺思想，而是持一种进取的，向上的，与人生发生密切关系、紧密互动的文艺观[④]。

厨川白村在第六节“苦闷的象征”的开篇，引了英国诗人勃朗宁的一行诗：“Dream? strive to do, and agonize to do, and fail in doing.”鲁迅的译文是这样：“梦么？抢着去做，拼着去做，而做不成。”倘若我们用鲁迅译的这行英诗，来描述与概括文学家、思想家、翻译家鲁迅的一生，不是也有些意思么？

第二节　“呆子”鲁迅：《出了象牙之塔》(1925)

所谓出了“象牙之塔”，是指厨川追随他心目中的两大英国文学批评家，约翰·洛思庚(John Ruskin，1819—1900，通译罗斯金)同威廉·摩理思(William Morris，1834—1896，通译莫里斯)，在大抵四十岁的时候，毅然告别一生从事的纯文艺批评，转而将注意力和全副精力移至

① 厨川白村著《苦闷的象征》，鲁迅译，《鲁迅全集》，第13卷，第31页。

② 厨川白村著《苦闷的象征》，《鲁迅全集》，第13卷，第32页。

③ 厨川白村著《苦闷的象征》，《鲁迅全集》，第13卷，第39页。

④ 厨川白村著《苦闷的象征》，《鲁迅全集》，第13卷，第45页。

现实社会，以社会改造论者和人间世的战斗者为己任。在厨川心目中，洛思庚和摩理思是近世英国最伟大的两位思想家。其伟大之处，在于他们将艺术从象牙之塔里移出，将它撒播到社会人生中去，使生活里处处有艺术。由厨川对他们如此的推崇，我们可以看出厨川这部文艺散论的基本出发点，同时也可以隐约地看出，鲁迅何以移译《出了象牙之塔》。由此，我们也想到了中国的美育家蔡元培先生。

尽管摩理思去世比洛思庚稍早几年，但其与洛思庚实有师承关系。也就是说，洛思庚乃是将艺术搬离象牙之塔的先行者，摩理思受他的思想启发，也加入到这场从社会改造入手，用全副的精力、用自己全部的精神财富和物质财富，来建设一个美好人生、艺术人生的追求中。

的确，在世界愈来愈物质化的 19 世纪后半期，当时这两个英国人的确卓尔不群，其担心与忧虑在他们身后的 20 世纪那无孔不入的物质化生活里不幸一一得到证实。即便在物质极度匮乏的 20 世纪的中国，在 20 世纪最后十年间，二人的忧虑再一次得到证实。早在一百多年前，拥有大笔财富的两位英国先贤，面对四处汹涌的拜金热狂，反复告诉人们，“财富绝非人生的唯一”[①]。身为艺术家的他们，在诠释人生、演绎人生，也在创造人生。这正是让厨川白村着迷的地方，也正是他陆陆续续撰写《出了象牙之塔》的出发点。

他们创造人生的手段，也是厨川格外熟悉、格外推崇的。他们用绘画，因为他们是艺术家；他们用个性的、返古的工艺美术来抵抗现代的、机械化大批量生产的家具和美的饰品，因为他们是美的生活的鉴赏家；他们用诗，因为他们是诗人；他们用随笔、美文(essay)，因为他们是文学家和思想家；他们用讲演，因为他们是社会活动家。而最令厨川钦佩不已的，是他们用实实在在的、行动的社会改革，来促成一个有意义的人生、艺术的人生，因为他们是社会改革家[②]。

一个有趣的对比，是同样身为著名社会主义者的另外一位英国艺

---

① Harvey, Paul. ed. *The Oxford Companion to English Literature*, 4th. edition. Oxford University Press. 1967. p. 716.

② 在英国兰开斯特大学，今天尚有一座藏书丰富、收藏了大量材料的罗斯金图书馆(Ruskin Library)。

术家，同样领有很大影响的萧伯纳（George Bernard Shaw，1856—1950），厨川似乎没有这样的热情。甚至单就当时英国两位最重要的戏剧家而言，厨川似乎也有些偏爱高尔斯华绥（John Galsworthy，1867—1933）[①]。撇开萧伯纳和高尔斯华绥二人在英国社会中的“文明批评”的作用不谈，厨川的选择倾向多少表明他的艺术观与人生观：人生须是创造的，个性的，美的，精致的，与粗鄙相对的，而真正的人生必然是艺术的人生，文学批评应该是积极干预社会的“文明批评”。这倒不是说人皆应该成为通常意义上的艺术家，而是指人生内面须有旺盛的生命力在熊熊燃烧。而这生命力的体现，并非在财富上，亦不在名利上，而是生命力旺盛的不停息的创造。

无论是读厨川白村《出了象牙之塔》的原文本，还是读鲁迅的译文，总会有些人不喜欢，同时也有些人异常喜欢。前者大概是因为厨川这个人浑身上下充满批判精神，对日本文化的批判尤其不客气，用鲁迅的话说，他有一个“高傲”的“战士身”；后者可能是觉得读他的著作，不啻一种享受，不单因为他厚实的理论修养，更是因为他接触社会现实问题时的那一股“呆气”，以及辛辣、犀利的笔锋。鲁迅应该属于后者。厨川很多的文艺观点，他基本持认同态度。

《出了象牙之塔》于1925年12月28日由未名社印行[②]，为“未名丛刊”之一。未名社的成员对该书印象很深。该社主要成员李霁野，对鲁迅为何要译这部文艺论著，有过一个解释。他认为鲁迅移译此书的目的，一是因其契合鲁迅“批评社会”“批评文明”的态度。这所谓的“批评社会”“批评文明”，就是文艺要干预社会生活，要参与改造社会，它的确

① 厨川白村著《出了象牙之塔·描写劳动问题的文学》，鲁迅译，见《鲁迅全集》，第13卷，第302～305页。

② 鲁迅译《出了象牙之塔》版次如下：1925年12月，新潮社初版（《鲁迅年谱》第2卷称由未名社印行）；1927年9月，新潮社再版；1928年10月，新潮社第3版；1929年4月，新潮社第4版；1930年1月，新潮社第5版；1931年8月，北平北新书局初版；1932年8月，北新再版；1933年3月，北新第3版；1935年9月，北新第4版；1937年5月，北新第5版，1938年6月，鲁迅全集出版社初版《鲁迅全集》第13卷；1958年12月，人民文学出版社《鲁迅译文集》第3卷；1960年8月，香港今代图书公司出版。资料来源：周国伟编著《鲁迅著译版本研究编目》。

跟鲁迅早年从事文艺,希望改造社会、批判国民性的初衷一致。二是因厨川白村解剖国民性、敢于解剖自己的精神引发了鲁迅的共鸣[①]。

尽管如此,以鲁迅本身的批判精神,厨川白村有一点显然令鲁迅不太认同。就是在他译的这两部文艺论著里,作者对英美文化、英美现代文明一味的推崇。曾经留学美国的厨川白村,似乎在这一点上,批判之剑锈在剑鞘里不肯抽出来。而且他的思想资源、理论资源、文化资源、文学资源、艺术资源,大多取自英美和欧洲大陆,虽然他的艺术园地的土壤、艺术之根,还是在日本。他对英美文化的一味赞美,跟他对日本文化的一味批评,构成了他的文艺思想的两极。其中不乏真知,却也不时蹦出偏见。

《出了象牙之塔》收入厨川在报章杂志上发表的若干文字,此外还有他关于艺术与社会现实的一些演讲。冠名以《出了象牙之塔》的第一篇大文章,构成该书主体。这篇长文凡 16 短章,分别介绍 essay(即随笔、散文、杂文等)这种文体长于切入社会现实的特别价值及其可以达到的深刻性;强调真艺术须重表现;论述缺陷之美;在批判日本本土多“聪明人”的同时,格外推崇“呆子”(这一点本文稍后还要详谈)。作者还特别推崇俄罗斯文学与俄罗斯近世思想,此外批判了日本文化缺乏生命力。最后提出改造国民性的观点。

收入这个文艺论集的,还有厨川别的一些文字与讲演。如,《观照享乐的生活》谈新闻谈艺术,认为艺术应当跳出善恶正邪利害得失的羁绊,去深切地体味人生,捕捉人生,表现人生,以极大的热情寻出人生的享乐、人生的新味。《从灵向肉和从肉向灵》则施展厨川的一贯笔调,从东洋与西洋对比入手,假日本旅店服务、生徒送老师酬金、姑嫂关系这些日常琐事为切入口,剖析日本人如何先精神后物质,西洋人如何先物质后精神的文化传统,由此认定西洋文明较之东洋文明更自然、更强烈,其发达遂成就了今日世界的文化大势,而且压倒了从灵向肉的东洋

---

① 参看李霁野《未名社出版的书籍和期刊》,见赵家壁等著《回望鲁迅——编辑生涯忆鲁迅》,石家庄:河北教育出版社,2000,第 148 页。

文明[①]。《艺术的表现》是作者1919年在大阪一次艺术讲演会演讲的笔录,他致力于将科学的"真"与表现的"真"区别开来。所谓表现的"真",便是艺术上的真。厨川认定,科学的"真",写出来是"死掉的,没有生命的",而表现的"真",却鲜活着,将生命赋予所描写的东西。

《游戏论》这篇短文颇有趣。他先从德国席勒同瑞士格罗斯(K. Gross)的两种"游戏说"的介绍入手,然后提出自己的"游戏说":"游戏者,是从纯一不杂的自己的内心的要求所发的活动,是不为周围和外界的羁绊所烦扰,超越了那些从什么金钱呀、义务呀、道德呀等类的社会底关系而来的强制与束缚,建设创造起纯真的自我的生活来。"[②]倘若用这个理论来审视鲁迅和周作人译的童话,就会很容易发现鲁迅译的童话,游戏的因子比较单薄,道德的说教比较深浓;而周作人翻译的童话,最好的部分,已然相当逼近上文所谓的"纯一不杂"的境界,如他译的德国格林兄弟记录整理的童话《稻草与煤与蚕豆》[③]。

跟鲁迅一样,厨川对于绘画颇有鉴赏力,出于对文艺反映现实的需要,他也对漫画极为赞赏,《为艺术的漫画》就从欧洲的讽刺文学讲到漫画,从漫画讲到民族的幽默感。

与《出了象牙之塔》这个大题目关系最密切的,是本书头三篇和后两篇文章。在厨川看来,诗人艺术家对于时代的发展、时代的大势有敏锐的预言力,他在《现代文学主潮》里一开始就指出,艺术家可先于实际二三十年,甚至五十年在文艺中加以表现,揭示时代的大势。这样一种文艺家的自我承担,恰好是鲁迅最希望做的,简直说到他的心坎上了,不啻道出了他从事文学的初衷。厨川接着指出,19世纪末以降,欧洲文学的主潮,是想要摆脱物质主义的束缚的"心灵解放",他预言一战后欧洲文学将用沉着冷静的心态反思"生的问题"。厨川对于日本深切的爱,多数时候是以批判与讥讽的声音来表达的。这也很投合鲁迅的习惯,因为他对于中国的爱,也多半是以批判与讽刺来表达的。厨川在本

① 厨川白村著《出了象牙之塔·从灵向肉和从肉向灵》,鲁迅译,见《鲁迅全集》,第13卷,第264～265页。

② 厨川白村著《出了象牙之塔·游戏论》,鲁迅译,见《鲁迅全集》,第13卷,第290页。

③ 参看钟叔河编《周作人文类编·上下身》,第825～826页。

文最后一节，评述日本当下的文学潮流，认为一方面是自然主义的全盛期，另一面则是以夏目漱石为代表的“余裕低徊的”文学趣味的悄然发展，并指出，一时间的文学“潜流”，即超越现实生活、逃避社会现实的不“触着”的文学，分明在逐渐发展成为日本当代文坛的主流。无庸讳言，厨川对于夏目一派的文学趣味是不满的。这与其说是夏目漱石本人艺术观的变化，毋宁说是厨川本人的变化，因为此时的他急于要走出“象牙之塔”，因为他愈来愈希望日本文学更多地在社会改革和社会发展中扮演积极重要的角色。而我们知道，周氏兄弟从 1921 年起，他俩的文学道路逐渐分道，至少在周作人一面，是与漱石一路的文学趣味暗合的。或者，更准确的说法应该是反过来，夏目漱石的“余裕低徊”的不“触着”的文学趣味，虽然同为鲁迅和周作人所击节，但真正在文学创作上向他靠拢者，惟有周作人而已。

《从艺术到社会改造》是《出了象牙之塔》的压轴文字。它还有一个副题，名为“威廉摩理思的研究”。可以说，厨川写作《出了象牙之塔》，其文艺思想的变化，首先是受了摩理思和洛思庚自身变化的绝大启发的。因此，本篇和全书头三篇，乃是认识厨川文艺思想的主要依据，同时也多少提供了了解鲁迅文艺思想的一个门径。

在这篇文章里，厨川尝试将文艺、经济学、社会学等诸家新学说加以整合，试图利用其对当时世界文学作整体观，用后世所谓“政治经济学”的学说分析文艺的发展。他认为近世文艺的主潮，是社会主义[①]。而他心目中英国文坛的社会主义第一人，并非萧伯纳，而是摩理思[②]。在厨川的叙述里，摩理思 40 岁之前，俨然是纯粹的艺术至上者，然而过了“不惑之年”的这位英国绅士，却成为人世间的斗士、社会改革的先锋。我们读西方的摩理思评述，虽然大体的事实也是如此，却未必见到厨川这样对于年龄的强调。于是，我们感觉到，厨川与其是在论述摩理思和洛思庚，莫如说是在为自己要走出“象牙之塔”张目吧？因为，他作此文时，大约也是人到四十，已近“不惑”。

---

① 厨川白村著《出了象牙之塔·从艺术到社会改造》，鲁迅译，见《鲁迅全集》，第 13 卷，第 336 页。

② 鲁迅：《出了象牙之塔·后记》，见《鲁迅全集》，第 13 卷，第 338 页。

但厨川的走出“象牙之塔”，却也不是单纯的社会改革、走“社会主义”之路这样的一般含义，而是主张反抗现代资本主义生产方式所带来的个性的泯灭、生活的粗鄙化、“生的欢喜”的缺失，是要将诗意的、美的气质还原到生活中去，将诗性、趣味、创造等生活的要素还原给劳动本身，生活本身。正如厨川所说：“现代人的生活的最大缺陷，是根基于现代的资本主义营利主义。……要讨回现代人的生活上所失去的‘生的欢喜’来，首先就得根本底改造资本主义万能的社会。摩理思就是从这见地出发的。”[①]由此可见，厨川也罢，摩理思也罢，他们的“社会主义”和社会改造，与后来人所说的社会主义委实不是一回事，即便同萧伯纳的“社会主义”，也实在是南辕北辙。

因了生病的缘故，厨川白村的这篇重要文章没有完篇。然而，他的走出“象牙之塔”，其意是要抛弃纯艺术高蹈超然的态度，让艺术与现实生活的问题发生密切关系。他的走出“象牙之塔”，还是要把“象牙之塔”里边的东西带到塔外，让其撒播到社会和实际的人生中去，而绝非抛弃“象牙之塔”。更不是后来中国的绝大多数文艺家急切倡导的要放弃“象牙之塔”，以“下里巴人”为本。

鲁迅译的《出了象牙之塔》，略去原书一篇《文学者与政治家》。其原因，据他解释，是该文谈为政者应该了解文艺，亲近文艺，而对中国的政客官僚说这些，简直是“对牛弹琴”，又因为“自己的偏颇的憎恶之故，便不再来译添了”[②]。这段话也可以反过来理解，即译出来放入书里的东西，译家认为是有译介和存在的必要的。

鲁迅一连翻译厨川白村两部论著，那必然是觉得有强烈需要，同时也禁不住满心的喜欢，要让国内文艺界与思想界分享厨川的文艺思想。不然，以鲁迅的挑剔，尽管国内其时已隐约涌动起厨川白村文艺思想的译介热，他却未必会动笔。现在看来，鲁迅翻译厨川的《出了象牙之塔》，除了厨川白村上述种种思想引起了他的共鸣外，还有一种“呆子”说，当时也一定引动了他很大的共鸣。因为，鲁迅用了毕生精力从事文

---

① 鲁迅：《出了象牙之塔·后记》，见《鲁迅全集》，第13卷，第344页。

② 鲁迅：《出了象牙之塔·后记》，见《鲁迅全集》，第13卷，第373～374页。

学、翻译，其本意并非单单为了文学，而是要假文艺启蒙，达到改造国民性、涵养新的国民性、改造中华的大目标。而厨川的"呆子"说，正是触着译者的这个大抱负。

译家鲁迅最关心的，是文艺家厨川出了"象牙之塔"之后，往何处去。因为鲁迅译此书的 1925 年，他本人并非没有彷徨。"彷徨与十字街头，这正是现代人的心。'To be or not to be, that is the question'"[①]。摩理思和洛思庚出"塔"之时，大约四十岁左右；厨川作《塔》的时候，也就是他决心出"塔"之际，也是四十岁出头；鲁迅译《塔》，大约是四十四岁(1924 年译，1925 年 12 月 3 日作"后记")。厨川出塔之后，立在十字街头的复杂心情，鲁迅自然是深有体悟的。另一方面，鲁迅对于这位日本文艺家的认同，也表现在他的钦佩之情里："但从这本书，尤其是最紧要的前三篇看来，却确已现了战士身而出世，于本国的微温、中道、妥协、虚假、小气、自大、保守等世态，一一加以辛辣的攻击和无所假借的批评。就是从我们外国人的眼睛看，也往往觉得有'快刀斩乱麻'似的爽利，至于禁不住称快。"[②]

我们可以说，令他感觉爽利者，还不只对于东洋文化的犀利批判这一层。厨川在《塔》里，对于生命力的推崇，对于文艺和人生必须超功利的文艺思想，对于文艺须跟社会现实紧密联系的文艺观，鲁迅都是深以为然的。不过，最让我感到有趣者，也是鲁迅研究者迄今不大提到的一个方面，则是厨川的"呆子"说。

厨川把现代日本普遍存在的伶俐机巧，讥为"聪明人"，而聪明人之反面，正是这"呆子"。他说：

> 所谓呆子者，其真解，就是踢开厉害的打算，专凭不伪不饰的自己的本心而动的人；是决不能姑且妥协，姑且敷衍，就算完事的人。是本质底地，彻底底地，第一义底地来思索事物，而能将这实现于自己的生活的人。是在炎炎地烧着的烈火似的内部生命的火焰里，常常加添新柴，而不怠于自我的充实的人。从聪明人的眼睛

① 鲁迅：《出了象牙之塔・后记》，见《鲁迅全集》，第 13 卷，第 374 页。

② 鲁迅：《出了象牙之塔・后记》，见《鲁迅全集》，第 13 卷，第 376 页。

> 看来，也可以见得愚蠢罢，也可以当作任性罢。单以为无可磋商的古怪东西还算好，也会被用 auto-da-fe 的火来烧杀，也会像尼采(F. Nietzsche)一样给关进疯人院。这就因为他们是改造的人，是反抗的人，是先觉的人的缘故。是为人类而战斗的 Prometheus（普罗米修斯——引者注）的缘故。是见得是极其危险的恶党了的缘故。是因为没有在因袭和偶像之前，将七曲的膝，折成八曲的智慧的缘故。是因为超越了所谓"常识"这一种无聊东西了的缘故，是因为人说右则道左，人指东则向西，真是没法收拾了的缘故。而这也就是预言者之所以为预言者，大思想家之所以为大思想家；而且委实也是伟大的呆子之所以为伟大的呆子的缘故。[①]

厨川将世间的呆子分作大呆子和小呆子，出了皇宫的释迦，是"大大的呆子"；为犹大出卖，上了十字架的基督也是大呆子。他说这样的大呆子，不光在日本找不到，在现今世界上，也是找不到。但他却固执地希望，要扫除日本人的那种小聪明，无论如何也要尝试去做一个小小的呆子。厨川那矮小清瘦的身躯里，竟藏伏着这样一副大丈夫心肠，竟然会鼓吹这样一种酣畅淋漓的呆气。而倘若用这样一面镜子来照鲁迅，以这样一种坦坦荡荡的大气来看鲁迅，说他固执也罢，"冷"也罢，偏激也罢，不宽恕也罢，不"费厄泼赖"也罢，"一个也不宽恕"之无绅士风度也罢，他所表现出来的愈来愈不肯妥协，愈来愈我行我素，愈来愈不为他人攻击所动的固执己见，应该不是晚年的必然吧？其背后思想的主要支撑，不就是一个不大不小的"呆子"么？

在这一点上，那一个身材矮小的东洋人和这一个身材同样矮小的中国人，不都表现出一种不寻常的东方"呆子"相么？而这两个深受儒家文化影响的东亚国家文化传统里，不最缺少个人的痛快淋漓，大气磅礴，我行我素，旁若无人，一如既往，义无反顾的"呆子气"么？

可惜，在中国，"呆子"鲁迅太少。

---

① 厨川白村著《出了象牙之塔·出了象牙之塔》，鲁迅译，见《鲁迅全集》，第 13 卷，第188～189 页。

第三节 《壁下译丛》(1929):艺术与革命

《壁下译丛》有一个标记性功能,即这本看似散淡随意的文艺论集,是译家从1926到1929年间的成绩,而这刚好是鲁迅思想发生转变的时期。因此,集子里边收入的文艺论文,多少可以展示这个轨迹,即从纵横论道,漫谈近世欧洲文艺和日本文艺,到逐渐走向对无产阶级文艺的关注。再从稍大一点的范围讲,他译《出了象牙之塔》之后,不管他是否真正走上十字街头,但至少在思想上对1928年开始翻译无产阶级文艺理论有了准备。因此,《出了象牙之塔》之后的鲁迅,应该说向着两个《艺术论》的无产阶级文艺论说,以及《十月》《毁灭》这类描写无产阶级的文学作品走去。

《壁下译丛》收入文艺译文凡25篇[①],比较明显的分界,大致可以有岛武郎的《宣言一篇》为标志,将译文集分为前后两部分。前边部分大约占三分之二,介绍欧洲和日本近代文艺;后一部分约占三分之一,逐渐将兴趣转向俄苏文艺和新兴的无产阶级文艺。

这段时间常常遭遇围攻的鲁迅,一边阅读,一边作文,同时还一边做一些理论梳理和自我理论“充电”。另一方面,这种边阅读边随手译的方式,除了使自己可以将一只眼保持与欧洲和日本文坛走势的接触,另一个作用,也可以说是一种对话,是一个中国孤独者同欧洲和日本的孤独者的对话。那里有孤独的易卜生,也有孤独的厨川白村、片山孤村等,这里则有孤独的鲁迅。这在译文集的前半部尤为明显。

从翻译动机来讲,翻译这些小东西,一则是报纸刊物编辑、友人的催促索稿,一则也是他本人的需要,包括家庭经济上的需要。在鲁迅孤寂的内心深处,这也是一种精神的按摩,思想的体操。鲁迅和爱罗先珂曾经一起嚷,“寂寞呀,寂寞”,而能够冲淡这种难捱的寂寞者,在鲁迅而

---

① 鲁迅译《壁下译丛》版次如下:1929年4月,上海北新书局初版;1929年7月,上海北新书局再版;1938年6月,鲁迅全集出版社初版《鲁迅全集》第16卷;1958年12月,人民文学出版社《鲁迅译文集》第5卷;1960年8月,香港今代图书公司出版。资料来源:周国伟编著《鲁迅著译版本研究编目》。

言，往往是阅读域外书籍，翻译其中他觉得有些意思的短章。

《壁下译丛》25篇文艺论文里，长短不一，长者可逾万言，如第二十篇片上伸的《阶级艺术的问题》，短者仅两百余字，如第十三篇有岛武郎的《以生命写成的文章》。第一篇片山孤村的《思索的惰性》，在当时应该有些意思。作者质疑若干习以为常的定论。质疑一，舆论果真代表大众意见么？国民文艺果真代表国民的精神么？质疑二，所谓“正义者必然最后胜利”亦大可疑。片山举出世界古今许多例子，证明上述定论甚可怀疑，例如大诗人大杰作传于后世者，多属偶然，未必与其价值有关。接下来片山的两篇文字《自然主义的理论及技巧》和《表现主义》，当时或许还有些许介绍价值，可今天已经失了意义。

第五篇和第六篇是厨川白村的论文，后一篇题为《西班牙剧坛的将星》，主要介绍西班牙现实主义剧作家培那文德，且详细介绍了培那文德的两部名剧。前一篇颇有趣味，题为《东西之自然诗观》。厨川此文将文艺题材分为三类：人事、自然、超自然。他认为西洋人的自然诗观，20世纪渐与东洋人接近；他回顾了东洋的日本诗的自然观之发展，中间少不了中国山水诗的影响；而东西方的自然诗观若干分野之中，有一个是东洋的厌世诗人，虽厌弃人间，却不弃自然，据他说，那种西洋中世纪的修士路过瑞士风景而执意不赏的事例，在东洋是绝不会有的。

第七篇岛崎藤村的《从浅草来》是作家读书与思考的断片，令人联想到清少纳言的《枕草子》。有岛武郎的文章，本集译介最多，一总翻译了六篇，有详论易卜生的，亦有作者对艺术的思考感悟。特别值得一提的是《壁下译丛》第十二篇，题为《宣言一篇》。这一篇对于正同“革命文学”论争的鲁迅，想必是一个启示，也有一定支持和帮助。有岛武郎认为，第四阶级（即通常说的“无产阶级”）的勃兴，是最可注意的，可因劳动者极拙于言辞，于是有了所谓“代辩者”。可无论是克鲁泡特金，还是马克思，还是有岛武郎这样的文士，根本不属于第四阶级，而历史上历次以民众的名义而起的大革命，如法国革命，得利者却是第三阶级，第四阶级依然处于革命前的状况。末了，有岛下一结论：“如果阶级争斗是现代生活的核心，这是甲，也是癸，则我那以上的言说，我相信是讲得正当的言说。无论是怎样伟大的学者，或思想家,或运动家,或头领,倘不是第四阶级的劳动者,而想将什么给与第四阶级,则分明是僭妄。"①

第十四篇至十七篇皆为武者小路实笃作的文字。其中第十六篇《文学者的一生》,先从什么是文学入手,然后讲到好的文学的发生及其价值。对于特别关心北欧文学的鲁迅和他的追随者,第十九篇是片上伸的《北欧文学的原理》及《阶级艺术的问题》。后者不仅篇幅最长,而且在翻译家看来,也是他近来一直在关注、思考的重要问题。

《阶级艺术的问题》凡八节。前四节分别就第四阶级的勃兴,随之而来的无产阶级文艺的新兴,无产阶级艺术的题材、创作主体、鉴赏者诸问题,有产阶级艺术和无产阶级艺术可能的区别等问题逐一讨论。后四节则将笔墨集中考察俄国革命前关于无产阶级艺术观的讨论和革命后初步发生的无产阶级艺术实践。从今天的角度看,片上伸的这篇长文有很多预想、推测的因子,因为无产阶级作为一个独立的阶级、无产阶级艺术作为单独的"一种艺术",的确是前所未有的,即便是有,顶多不过是刚刚发生的文艺现象。

片上伸这篇文字,尽管是在创作事实尚未大面积发生的情况下写作的,从方法论上极易遭人诟病,首先其命题本身就可能引起争议②,可他的文字,比较起中国文坛当时乃至后来数十年一些大叫大嚷的宣言式、盖棺定论式文章来,还是在其热情后面表现出相当的克制,以及对创作事实、创作基本规律的尊重。或许,从最好的方面说,鲁迅译介的本意,不仅是让人了解国外对无产阶级文学一些试探性的思考,而且也企望给国内那些惟求"革命文学"的呼声高亢的人一个稍微理性一点的声音,多一点客观的分析吧。正如他在《小引》里指出,"片上伸教授虽然死后又很有了非难的人,但我总爱他的主张坚实而热烈"③。

本译文集后面选译的青野季吉的《艺术的革命与革命的艺术》《关

---

① 鲁迅译《壁下译丛》,见《鲁迅全集》,第16卷,第160页。

② 如周作人就说过,所谓"贵族文学""平民文学",原本是不存在的。参看周作人《贵族的与平民的》《文学谈》及《文学的贵族性》,见《周作人文类编·本色》,钟叔河编,第73～75页、第108～109页、第110～115页。

③ 鲁迅:《壁下译丛·小引》,见《鲁迅全集》,第16卷,第10页。

于知识阶级》以及《现代文学的十大缺陷》，尤其是头一篇，以今日目光审视，读来格外空洞，空想的色彩甚浓。

鲁迅从1924年到1930年这七年间，在写作大量杂文的同时，几乎是一本接一本地翻译文艺论著。先是日本的现代文艺理论，继而是俄苏的马克思主义和无产阶级文艺理论。这个热潮过后，鲁迅虽然在文学作品翻译一面，一直译笔不辍，可在文艺批评和文艺理论方面基本收手。这个变化，大概表明，鲁迅这一段的文艺论著翻译热，先是出于理论思考、理论译介的需要，后来则是出于斗争的需要，此外还间接表明他的小说创作冲动的减弱。

这次的文艺论著翻译，总共的成绩有十本。其中有些仅仅是小册子，有些却是理论著作。起初是厨川白村的文艺理论，渐渐地，随着中国当时文坛的激烈论战，他的译笔也走向日本片上伸的"无产阶级文艺理论"，文学愈来愈同阶级意识纠缠在一起。中间还夹着一部《近代美术史潮论》，是日本板垣鹰穗的作品。继而是苏联卢那卡尔斯基的《艺术论》，接着是俄国著名早期马克思主义理论家普列汉诺夫的《艺术论》，然后是卢氏《文艺与批评》，最后是前苏联关于文艺的会议集和决议的《文艺政策》。这个文艺理论翻译走势，在《壁下译丛》中也能清楚地看出。二十五篇文艺论文或随笔中，三分之二是日本现代文艺家和作家的文艺论文，后边的大约三分之一则是无产阶级文艺理论。虽然鲁迅还是寄寓在上海的租界里，但他的思想、他的主观意愿，似乎在有意地离开"象牙之塔"，离开原来从事的那种文学或文艺愈来愈远，而非文学的色调，如政治的色彩，在原本就高度意识形态化的鲁迅翻译中愈来愈浓。

第六章　意识形态与翻译模式

第一节　理论假说

勒弗菲尔(André Lefevere)在其理论假说中,将社会视为一个由多系统组成的综合体,文学乃其中一个系统。这个文学系统具备双重操控机制,一个为外部机制,在文学和外部环境之间保持联系,其中起重要作用的是赞助人(patronage)和意识形态(ideology);另一个在文学内部发生作用,其关键成分是诗学(poetics)和一组界说不够明确的术语,如"专家""专业人士"等[①]。赫曼斯(Theo Hermans)也把翻译界说为"操纵",他认为所有的翻译都是为了某种目的而对原文实施某种程度的操纵。勒弗菲尔指出翻译是一种文化"改写",也就是一种文化操纵[②]。

本雅明在其《译者的任务》一文里提出制约翻译的法则,即原文的"可翻译性"问题[③]。他认为翻译乃是一种样式(mode),并强调说,"假如翻译是一种样式,可翻译性问题就必然成为某些作品的要素"[④]。他

---

① Hermans, Theo. *Translation in Systems*. Manchester: St. Jerome Publishing. 1999. 126.

② *Translation in Systems*,第128页。

③ Venuti, Lawrence. ed. *The Translation Studies Reader*. London & New York: Routledge, 2000. 17.

④ Venuti, Lawrence. ed. *The Translation Studies Reader*. London & New York: Routledge, 2000. 17.

认为，翻译可以使原作获得新生，更重要的是，翻译最终可以实现这样一个目标，即表达原语和目标语之间最重要的相互关系。他认为这个关系原本是隐蔽的，翻译本身不能揭示它或者确立它，然而翻译可以将它再现出来[①]。

本雅明所说的“相互关系”，我想把它理解为可小可大。小者可指语言层面的相互关系，大者可指原语文学、文化同目标语文学、文化的相互关系。当然，后一类关系可以是非常复杂的。本章的一个主要兴趣，便是讨论后一种相互关系。本文将其看作是一种翻译关系，且是广义的翻译关系。这个翻译关系不仅可以反映原语国家和目标语国家的文学、文化关系，也可以反映彼此之间文学文化以外的关系，如翻译行为发生时的国家/民族关系等。譬如，有些译家，如鲁迅、周作人，对西方列强存有某种抵抗心理，我们能否将这种抵抗式翻译路线解读为他们不认为中西之间存在完全的翻译关系？相反，有些译家，如胡适、梁实秋，相对而言地采取一种全盘翻译西方的路线，我们是否可以说，他们假定中西之间存有完全的翻译关系？而这些不同翻译关系背后，既可以看到各自不同的翻译政治，又折射出国与国之间、民族与民族之间在上述领域的交通关系。进一步说，倘若我们将目光投向20世纪前半期的翻译文学史，在众多译者中间注意为何不同译者采取不同的选目标准、不同的翻译模式，我们有可能比较清楚地认识中国在那个时期与不同的国家发生过不同的翻译关系。

从上述理论假说出发，本章希望将注意力放在下列问题上：首先，尝试提出“林纾模式”和“鲁迅模式”，以及其他三个翻译模式，企望藉此来解释中国20世纪前半期的翻译文学史，解读部分重要译家的翻译路线，认识中国与不同国家发生的翻译关系。其次，初步讨论中国因了翻译事实而形成的跟域外国家之间的翻译关系，这里的翻译关系，可以折射国与国之间的现实关系、历史关系，以及政治、文化、文学关系。

---

① *The Translation Studies Reader*。

第二节　意识形态与翻译模式

本书第一章第三节说到，1899 年林纾译《茶花女》问世，从此开始了他数量惊人的翻译活动。林纾特有的翻译活动及其翻译活动的特征无意中强化了中国翻译传统中固有的一种翻译模式，并且成为该翻译模式的代表。即译家、出版者严重缺乏原作意识、原作者意识，因而也谈不上真正意义上的尊重原作和原作者，更谈不上尊重原语文化；他们经常出于单面的"为读者着想"的考虑，而无节制地、过于随意地改写与增删原作，使之尽可能地"中国化"，尽可能地适合当时译入语的文化规范、伦理规范、文学规范和诗学。

林纾之前，比他更加随意删改、改编原作的事情亦很常见。如曾经轰动一时的英国哈葛德的《迦茵小传》，最初的汉译本仅有上半部。据译者解释，他所用的原本乃是从旧书摊上购得，当时就觉得非常之好，可惜下半部到处寻购不着。于是引得读者不胜遗憾。谁知后来林琴南将此书全本译出，弄得头一个译者连声骂他。原来头一个译者并非得不着原书全本，而是因为迦茵生下一个私生子，他故意略去不译的。与那位先译者相比，其实保守得可以、翻译得也很随意的林琴南，居然比那个先译者还要"忠实"原书一点。由此例可以看出，"五四"之前的文学翻译，多么随意。这种随意删易的翻译方法，在世界各国翻译史上普遍存在过，譬如在英国翻译史、法国翻译史、德国翻译史以及日本近现代翻译史上，皆屡见不鲜。只是中国 20 世纪初的翻译工作场随意删改的译风这样大面积地泛滥，比欧洲国家应该晚了许多，"明目张胆"了许多[①]。

这种翻译工作场中原作者的"缺席"，典型的例子便是翻译者面对的不是活的作家，而仿佛是涵芬楼里积满灰尘的一本书，一本没有生命的符号而已。具体到翻译实践上，译家根据自己的需要，或者出版商的

① Baker, Mona. Ed. *Routledge Encyclopaedia of Translation Studies*, London & New York: Routledge, 1998.

要求，或者当时读者的需要，随意删改、增写原作。我姑且将它称之为“林纾模式”(Lin Shu Approach)。事实上，在“林纾模式”之前的各种文体、各种门类的翻译中，包括非虚构类作品的翻译，如教科书，哲学、历史类翻译，已经存在类似“林纾模式”那样的翻译策略和翻译方式。但以翻译数量、译作发生的影响来看，更以林纾文学翻译的突出特征来看，林纾显然足以成为这类翻译路数的典型代表。

“林纾模式”之后，在新文化运动的第一、第二代新翻译家那里，又出现过一个反常的、易遭人诟病的翻译模式(Translation Approach)。它的反常之处，在于它的翻译选目模式。即译家只通某一种外语，然而译家却基本不译或很少翻译以该外语创作的原文作品。譬如，茅盾只识英语，但在他的大量译作中，我们发现他对波兰、匈牙利、爱尔兰、西班牙、俄国等当时视为“被压迫被侮辱”的弱小民族的作家作品用力甚勤，却基本不译英美作家作品。冰心女士从贝满女中而协和女大而威尔斯利学院，长达 12 年浸淫于美式教育，可她的翻译里完全找不到英美文学名家名作，而使她成为颇有影响的翻译家者，乃是其翻译东方的泰戈尔和纪伯伦的诗歌、戏剧或小说①。

这里使用“翻译模式”这个词语，其目的旨在一种尝试，企望能够用这一组词语宏观地描述 20 世纪中国翻译文学史，尤其是前 80 年的翻译文学史，期望从数量庞大、种类纷繁、翻译方法不同、翻译目的迥异的翻译活动里，梳理出若干相对清晰的路线。它的划分依据，或者说划分的基本标准，一是翻译的目的，二是翻译的对象，三是翻译活动的特征。这三个方面，彼此互有关联，而且都与意识形态有关，尤其是翻译的目的和翻译的对象。需要指出的是，当时从事翻译的众多译家，包括鲁迅本人，并不曾使用过“模式”这样的术语，也未曾自觉意识到这一点。这种情况，跟文学史上流派的划分相似，即作家本人未必有意识地按照某个流派的特征写作，或未必自觉意识到他属于某个流派，甚至即便有评论者指出，他也未必承认他属于某个流派。本书使用“翻译模式”的概念，主要是为便于梳理错综复杂的翻译现象，尝试从宏观角度对现代翻

① 参看王友贵《尴尬的泰戈尔，冰心的矛盾》，刊于 2002 年 10 月 4 日上海《文汇读书周报》。

译文学史加以描述、把握而采用的一组术语。当然，我也希望，这样一组词语，会对我们从宏观角度清楚地把握、描述 20 世纪中国翻译文学史，有所裨益。

通观 20 世纪中国翻译文学史，从 1909 年直到 1979 年，前文所说的那个反常的翻译选目模式一直存在，且后来演变成白话文学翻译的一个新传统，不妨称其为“鲁迅模式”(Lu Xun Approach)。显然，“鲁迅模式”是一种简化的称谓，它其实可有好几种名称。譬如，它又可以称作“被侮辱被压迫民族模式”，因其主要的翻译对象，翻译目的，乃是译介东欧、北欧等若干所谓“被侮辱被压迫”民族的文学作品；亦因其最初的起源，是鲁迅等翻译家借用俄国陀思妥耶夫斯基的“被侮辱被压迫”的文学主题用语；此外，也因为它的翻译对象，是当时处于所谓“被侮辱被压迫”境地的那些弱小民族的文学作品，因此，它亦可以称为“弱国模式”。“弱国模式”以鲁迅为其主要代表(其实是一种译家本人未必意识到的松散集合，以下几种模式亦同)，鲁迅不仅在其文章中、在其为翻译所作的“序”和“译后记”中，多次阐释这个翻译目的，且身体力行，翻译了大量上述对象国的文学作品，从而启发、引动了一批翻译家。

周作人曾经在鲁迅刚刚去世不久，撰写回忆文章，讲述了鲁迅和他早年的外国文学阅读和翻译准备。他说：“那时日本翻译俄国文学的风气尚不发达，比较的介绍得早且亦稍多的要算屠格涅夫，我们也用心搜求他的作品，但只是珍重，别无翻译的意思。每月初各种杂志出版，我们便忙着寻找，如有一篇关于俄国文学的介绍或翻译，一定要去买来，把这篇拆出保存，至于波兰自然更好，不过除了显克微支的《你往何处去》,《火与剑》之外，不会有人讲到的，所以没有什么希望。此外再查英德文书目，设法购求古怪国度的作品，大抵以俄国，波兰，捷克，塞尔维亚，保加利亚，芬兰，匈牙利，罗马尼亚，新希腊为主，其次是丹麦，瑙威，瑞典，荷兰等，西班牙意大利便不大注意了。”[①]别说除希腊文外，其他几乎所有民族的文字周氏兄弟都不识，就是他们当时特别偏爱的俄国

① 知堂：《关于鲁迅》，原刊于 1936 年 12 月 1 日《宇宙风》30 期，见《鲁迅研究学术论著资料汇编》，第 2 卷，第 92 页。

文学，俄语在二人那里皆派不上用场。因此，阅读也罢，翻译也罢，都只能通过其他文字的译本转译。

此外，以部分留学欧美的知识分子为主体的别一种翻译模式，姑且称其为“西化模式”(West-Oriented Approach)。这个名称与胡适当年提出的“全盘西化”主张，乃至后来胡本人加以修正的“充分世界化”的中西关系的思想有关，因此可以松散地以胡适、梁实秋、徐志摩为代表(将胡适归入这派，主要不是根据他的翻译实践，而是根据他的中西关系思想。他早期的翻译实践跟鲁迅、周作人的翻译其实颇相近)①。按照前面所说的划分标准，可以归入这个模式的译家，并不以是否留学欧美为准，部分留学日本者，如田汉、郭沫若等，甚至不曾出洋者，如朱生豪等，皆可归入。因此主要是依据译者的翻译对象、翻译目的、翻译选目特征来划分。

除了“鲁迅模式”同“西化模式”，至少还有两种翻译模式。其中一种坚持以文言文译介外国名家，以南京东南大学“《学衡》派”的吴宓等人为代表②。该刊属综合性刊物，前后历时 11 年半，相比于《小说月报》或《新月》等刊物，该刊发表翻译文艺作品不算多，因此译作影响也颇有限。相对于这里讨论的几种翻译模式，这个模式翻译作品的影响最小。不过，他们发表译作时常冠以“名家小说”“名家戏剧”等栏目名，这批人多半曾经留学欧美名校，主要移译欧美经典名家作品，自身又带有守旧的贵族色彩，姑且以“经典名家模式”(The Classics Approach)谓之。这批人数量不多，其翻译选目特征是几乎只译欧美名家名作。虽然在选目上跟“西化模式”的译家有重叠之处，但与他们的主要分野，在于他们的翻译目的。“经典名家模式”的文学翻译，“以文学为本”，不认为文学与社会改革密切相连，不认为中国传统必须否定，更不“以西

---

① 胡适:《胡适留学日记》，海口:海南出版社，1994;亦见《短篇小说集》，胡适译，合肥:安徽教育出版社，1999。

② 《学衡》1922 年 1 月在南京创刊，初由吴宓主编，上海中华书局出版，后增补缪凤林为副主编，改由南京中山书局出版。第 1～60 期为月刊，第 60 期后停刊一年，复刊后从第 61 期起改为双月刊，出版至第 72 期后又停刊一年，出版第 75 期后第三次停刊一年。直到 1933 年 7 月终刊，前后历时 11 年半，共出版 79 期。

方为本"(West-Oriented)。

对于"学衡派"文人而言，对于数量不大的那些集合在《学衡》周围的翻译家而言，孔子和苏格拉底不妨并置一堂，屈原和但丁可以合集欣赏，国学和西学同为学术之基础，"鹧鸪天"和"十四行"都可以抒情言志。所以，他们的治学思想和文艺观是一致的，他们的翻译目的又跟其治学思想和文艺观是一致的。因此，此"派"翻译的对象几乎是非名家名作不译，其背后的翻译动机和目的，是淡化文学的社会改革功能，将文学从社会改革的战车上剥离开来，还文学以本来的功能和面目，将文学翻译仅仅看作文学活动，它未必跟社会改革发生直接的、必然的联系。此外，跟前边"鲁迅模式"和"西化模式"相比，还有一个非常明显、不过相对次要的分野，即在翻译特征方面，"经典名家模式"始终坚持用文言文作译语，尽管后一个特征并非是将他们归入此派的主要依据。

值得注意的是，这种还文学翻译为相对单纯的文学活动的翻译，在当时的中国影响很小。个中原委，除了跟他们坚持用文言文作译入语媒介之外，恐怕还是跟他们"不合时尚"有关，跟他们的意识形态的不合主流有关。这个模式的遭遇，从相反的一面，证明意识形态对于翻译家、出版商、读者市场的隐形操控。同时也说明，"鲁迅模式"和"西化模式"，在当时已成为一种时尚。

最后一种翻译模式，主要以上海商务印书馆的《小说世界》(1923年1月创刊)为阵地[①]，松散地集合了一批"鸳鸯蝴蝶派"中坚文人或与之趣味相近的译家，以通俗文学的翻译为主，如《人猿泰山》、侦探小说一类。此"派"的翻译目的，是要坚持文学翻译的娱乐性。他们选择的翻译作品，以通俗文学作品为主，因为商务创办该刊的初衷，就是要吸引那些可能因为《小说月报》(1921)改革而流失的老读者，同时吸引更多的喜爱通俗文学的新读者，继续占领通俗小说市场。该刊因为属周刊，发表的翻译作品很多。事实上，当时这一群译者的译品，读者甚夥，社会影响非常大，尽管他们通常遭到前面三种模式翻译家的排斥或冷

① 《小说世界》为文艺周刊，1923年1月10日创刊于上海，由商务印书馆出版发行。周刊每季为一卷，第1～12卷由叶劲风编辑，第13～18卷由胡寄尘编辑，其中第17卷和第18卷两卷改为季刊，至1929年12月出满第18卷后终刊，共出版264期。

遇，更是遭到新文学运动批评家的严厉批评。《小说世界》在新刊迭出的上海，在中国新文化出版事业最活跃、最发达的上海坚持了整整七年，总共出版了 264 期的事实，证明了它曾经拥有过很多普通读者。我推测，这一种翻译模式曾经拥有的读者人数，是上述几种模式里最多的。

我将他们的翻译活动称为“通俗文学模式”(Pop Literature Approach)。这一批翻译家发表译作的阵地《小说世界》，曾经遭到鲁迅的严厉攻击。然而，倘若不取鲁迅们采用的“新旧”二元对立思维方式，人们一定会发现，这个模式其实在文学翻译的市场化、读者数量、通俗文化的传播、现代市民意识、文化消费的现代理念、现代都市生活理念的传达和培养方面，都曾起到相当重要的作用，在有些方面，甚至可以说是举足轻重的作用。譬如，在文学翻译的门类上，这个模式翻译的电影文学，或根据电影改编的作品，可以说在 20 世纪 20 年代具有开拓意义，《小说世界》上发表的电影文学译作，数量最多，喜欢看的读者也最多。

“通俗文学模式”的翻译活动和翻译成绩，之所以长时间被忽视，并非它本身不重要、无价值，而是以往的翻译文学史、文学史的研究者采取二元对立思维方式的结果，亦是他们喜欢采取宏大叙事的结果。这是一个长期被遮蔽的，深具现代意识、现代文化理念、现代色调的翻译模式。它其实在中国都市化、现代化进程中，扮演过一个并非不重要的文化角色。

“林纾模式”除外，上述四种翻译模式造成分野的一个主要原因，应同意识形态有关(当然还有译家各自的教育背景等原因)，这一点稍后我将会详加讨论。“鲁迅模式”不单指捷克、波兰这样的“小国”，亦指少数在中国人看来的“弱大国”，如俄国、印度，亦包括已经衰落的古代文明国家或民族，如希腊或犹太人。这个模式一直在 20 世纪中国翻译文学史上领有重要位置，且从 30 年代至 60 年代的四十多年里，占据主流地位。其中一些重要译家，译作量大，原作涉及国别多，译作的影响也很大，如鲁迅、周作人、沈雁冰兄弟(茅盾和沈泽民)、郑振铎、巴金、冰心等人。

这一模式在新文学运动的第一代主将周作人，第二代主将巴金等人的翻译中同样出现。周作人1917年入北大任教授后，读的书主要是英文书同和文书[①]，他早年的新思想、新知识主要来自大量阅读英文书籍，可他也是很少译英美文学原作（新文学运动之前还译过一点爱伦·坡和哈葛德），却开创性地移译了数量惊人的新希腊、新犹太（即现代希腊国家和现代犹太民族）、芬兰、波兰、匈牙利等东欧、南欧、北欧国家的作品（主要从英文转译）。身为新文学第二代重要文学家的巴金，也是熟稔英文，通法文、世界语，习过俄、德、日、西班牙文，然而，通览他大约三百一十万字的译作，其中大量的是从英文译本转译的，却很少译英美文学名家作品（王尔德的《快乐王子集》是个例外）[②]。他是著名的俄国文学翻译家[③]。当时还有部分译家，自修世界语或英语，然后移译出不少作品，如孙用、鲁彦等。而他们通过翻译与之发生翻译关系的国家，多为非英语国家，如俄国、波兰、匈牙利等。

"鲁迅模式"译家是否跟"林纾模式"的译家一样，缺乏原作意识？在他们为译作写的序跋里[④]，在他们的创作文字里，我们读到他们不主张"重译"（即转译）的观点。他们尽管不排斥重译，却明确提出最好避免。这说明他们不缺乏原作意识。然而他们的基本工作方式，往往是以"重译"为主的翻译方式，这与其说明他们翻译言说与实践的自相矛盾，毋宁说其翻译路线乃是有意为之。在他们那里，在当时，这样做尽管是不得已，可其实是一种自觉的选择，亦是一种有意的规避。这样的选择背后，除去外语习得限制、个人文学趣味、审美、个人情性和知识结构等因素，隐藏着意识形态的隐形操控。

这样一种翻译路线、翻译模式，当然不是因为当时英美文学在中国已有可观的译介成绩，亦非从事英美文学的译家人才济济或者过剩（虽

---

① 参看周作人《知堂回想录》内收入的"我的新书"（一）、（二），翻译小说""我的杂学十八"等。

② 王友贵：《翻译西方与东方：中国六位翻译家》，第406页。

③ 参看陈建华著《二十世纪中俄文学关系》，北京：高等教育出版社，2002，第340页。

④ 参看冰心《我和外国文学》《我为什么翻译〈先知〉和〈吉檀迦利〉》，以及在茅盾主持《小说月报》时期的若干文字。冰心的文字收入陈恕编《冰心译文集》，南京：译林出版社，1998，第674～675页、第685～686页。

然 1907 年鲁迅、周作人最初这样做，的确有避开热门作家作品、避免“撞车”的意思)，更非英美文学本身缺乏翻译价值，而是别有原因。撇开文学的、审美的诸因素不谈，很重要的原因，跟意识形态的无形操控有关，此外还有当时译家外语习得的语种限制。而本章关心的，则是第一种原因，即这种翻译选择既体现出意识形态的操控，亦体现出一种翻译关系。至少这一批译家的回避里泄露出，他们希望与下述众多民族建构一种中国与“非西方”国家的翻译关系(Translation Relations)。这种翻译关系，在当时的历史语境下，可以看作是含糊地对西方霸权的抵抗。

检视“鲁迅模式”的译家翻译最多、倾注最大热情的作品，发现其中不少的原产地是波、爱(尔兰)、俄、匈、意、芬、保、捷、西、罗、土，以及新犹太、新希腊、塞尔维亚、克罗地亚、印度、波斯甚或阿拉伯国家或民族等。这些国家或民族大致具有一个共通点：她们往往曾经拥有过悠久灿烂的文明，辉煌的民族历史，但在近现代历史上或可悲地衰落，或亡国(如历史上的波兰、印度)，或“亡种”(其实更多的仅仅是面临亡种之威胁)，或沦为强国的属地、殖民地。而这批译家正是回应 19 世纪与 20 世纪之交康有为、严复、梁启超、唐才常等早期启蒙者的大声疾呼，同时受到当时种种变革呼声的激发，出于对中国“不变革必亡国”的巨大恐惧，而以翻译行为来向国人具体生动地展示“亡国”民族的可悲可怕的境遇。简言之，鲁迅们是在翻译中国人的亡国亡种的恐惧和忧虑。

另一方面，以胡适为代表的一大批译家(包括第二代译家)，同样受启蒙意识形态制导，出于相同的唤醒国民的动机从事文学翻译，不过他们主要不取同病相怜的态度，不以展示伤痕与屈辱的方式来唤醒国民，不以深入“弱者”之中，揭示“弱国”的惨烈实情和沦为“弱国”的根源来唤醒国人，而是挺进到强国之中，试图通过文学了解强国的方方面面，企图揭开强国之秘密，或介绍强国立国之本，假它们的现代意识、现代思想来教育国民，造就或涵养新国民以及现代国民意识。显然，胡适们的翻译模式，是“以西方为本”，而鲁迅们的翻译模式，在其拒绝“以西方为本”的背后，可以说是藏伏着一个“不以西方为本”的翻译关系，而这种翻译关系背后，就是译家们企望建构的民族关系。第二种翻译关系，本质上是拜师学艺;第一种则本质上是同病相怜。由此可以看出意识形态的作用。

从意识形态层面讲,新文化倡导者、思想者在《新青年》的“蜜月期”结束之后,“启蒙”大旗下面已然掩盖不住各自的分流,这种分流由于大量新人的加入、新思想的涌入获得加速,同时其发展路向发生质变,变得愈发复杂。譬如,在意识形态方面,对“再造中华”(包括国家、民族、文化等概念)的内涵,实现这个目标的路径,有了不同理解。姑且容我这样来表述他们的不同:第一种显露出“弱国情结”;第二种则为“强国路线”;至于第三种的“经典名家模式”,似乎还不能放在“再造中华”这个意识形态下面,因为他们根本反对“再造”;第四种的“通俗文学模式”,不惟坚持文学的娱乐性,而且仿佛以一种更隐蔽、更有效的方式“再造中华”。这个模式不认为过去与现在之间存有一条不可逾越的鸿沟,它其实是不露声色地把现代社会样态、现代生活方式、消费文化等现代理念翻译介绍给读者。

一个有趣的比较,倘若站在中国的立场,站在中外文学关系的角度,乃至站在20世纪中外关系的角度看,所谓“鲁迅模式”,可以算作过去式叙述;所谓“西化模式”,应该是一般将来式叙述;而“经典名家模式”为完成式叙述;惟有“通俗文学模式”,则是地地道道的现在式。20世纪最后十年中国文学翻译逐渐升温的“通俗文学翻译”,证明了它是一种现在式的中外文学关系。

所谓“强国路线”,是在政治体制、经济、教育、文化、科技、工业,乃至思想库诸方面全面翻译西方强国,对中国采取尽可能脱胎换骨的改造,却不走社会主义革命的道路。这就是众所周知的“充分西化”的变革路线和意识形态。其路数是从弱国出发,向强国靠拢。至于“鲁迅模式”里边所泄露的“弱国情结”,其基本路数是从弱小民族出发,抵抗西方列强。其在思维方式、情感方式、行为方式等层面皆是东方式的,重情感而淡理性,与第二类的“以西方为本”“充分西化”存在根本的立场差异。“弱国情结”的一个显著特征,是认同世界上的“弱小”民族,包括受新兴强国欺侮的昔日帝国,希冀藉此抵抗咄咄逼人的欧美列强。譬如,鲁迅和周作人,二人皆企图绕过现代欧美强国文学文化,取保持距离的态度，而对“被侮辱被损害”民族的文学，倾注深切的同情和惊人的译介热情。这种翻译模式不仅影响了上文讨论的两代翻译家，而且到第四时期（1949～1979）仍与主流意识形态完全契合。这种救国意识与“强国路线”的不同，除了不直接面向未来，还抵抗直接翻译（即师法）西方强国的路线，偏重东方式的自觉、自省、自强；亦不特别看重借用外力，而着重自救。自救的方式是唤醒和反抗，而不是强调借外力使自己强大。

到了20世纪50～70年代，意识形态对翻译选目的操控尤为明显，俄苏作品翻译“一花独放”，欧美现代作品一概拒之门外[①]，本时期的国家叙述和意识形态使得“西化模式”销声匿迹，而“鲁迅模式”被“进步文学模式”整合，在主流意识形态空前强大的操控下，中国主要是与苏联、亚非拉发生现在时的翻译关系（但跟欧洲古典文学亦有很小范围的过去完成时的翻译关系），基本上跟现代欧美不发生翻译关系。这个时期即便是翻译一点法英美德的作品，其选目范围和标准，亦跟20世纪30年代的《译文》杂志非常接近，即只用范围极有限的过去时，不用现在时。这个选目标准跟当时的苏联标准明显接近。显然，中国拒绝与现代欧美发生翻译关系。20世纪50～70年代惟一的翻译文学杂志《译文》和《世界文学》，在60年代后期停刊前，除去俄苏作品，主要译介亚非拉国家作品，将20～30年代鲁迅开创的“被侮辱被损害”民族作品的翻译模式和翻译路线推进到极端。

---

① 查明建：《意识形态、翻译选择规范与翻译文学形式库——从多元系统理论角度透视中国五十至七十年代的外国文学翻译》，《中外文学》，vol. 30.(3)，2001，第63～92页。

第七章　鲁迅翻译模式

第一节　20 世纪翻译新传统:鲁迅模式

翻译家通英文,其接触的新的文学资源或思想资源就只能是英语文本,却避而不译英美文学原作。作为译家的他们,若要译介便须主要的借助于转译(五四时期称"重译")。倘若抽去具体的历史语境,在今天看来,这个翻译模式显得不合常理,亦透出几分尴尬。可值得注意的是,这个情形在当时以至后来很长一段时期非但不是孤立的个案,而且颇具代表性。

转译的传统,在中国翻译史上古已有之。第一次翻译高潮是佛经翻译(148～1100),最早的佛籍翻译活动,主要是通过西域的一些"胡人"转译①;第二次翻译高潮在明末清初,很多的科学技术的翻译,亦靠转译;清末进入第三次翻译高潮之后,这种传统,由于中国当时精通双语人才资源的严重匮乏,愈演愈烈。众所周知,近代文学翻译大家林纾,便是一位转译大家。但在新文学运动兴起之后,最具代表性的、影响最大的现代文学翻译转译大家,当推鲁迅。

本书第一章第二节已经说过,鲁迅采取这种以"重译"为主的译法,既有个人掌握外语语种限制的因素,也就是说有不得已受源语本语言限制的因素,亦有一种翻译政治的考虑。虽然鲁迅未必清楚意识到,他

---

① 参看《中国佛籍译论》,朱志瑜、朱晓农选辑,北京:清华大学出版社,待出。

本人亦从未在文字上明确说明，他的这个反常翻译路线的背后，藏伏着一种翻译政治。出于对中国可能亡国的巨大恐惧，也因为他从事文学创作、文学翻译的首要出发点不是文学本身，因此他对于不得不转译的尴尬，从来没有后悔过。即便是后来创造社部分主要成员气势汹汹地攻击“重译”，1934 年穆木天的反对“间接翻译”，再后来曾经是老友的林语堂在《今文八弊》里的无情嘲讽，也没有让他后悔，至少不曾公开表露过。

换言之，在“鲁迅模式”远未形成一种模式之前，鲁迅意识到，这种翻译路向，问题出在语言层面、翻译技术层面，出在翻译所用底本的信度问题上。可他之所以要坚持这个尴尬选择，是出于意识形态的考虑，出于翻译背后的中外文化、民族关系的考虑。从《祝中俄文字之交》里，我们发现他把翻译关系看作是一种民族之间的关系，尤其是一种民间的(non-governmental)交往关系。他在香港作的《无声的中国》这篇讲演里说道：“我们试想现在没有声音的民族是那几种民族。我们可听到埃及人的声音？可听到安南、朝鲜的声音？印度除了泰戈尔，别的声音可还在？”[①]鲁迅翻译路线的一大特征，就是要寻觅那些有可能“失声”的民族文学，就是要“复活”那些已经“失声”的民族文学，就是要站在弱国立场上，向那些同样的弱国寻求共鸣。

这是鲁迅的文化立场，亦是他的翻译立场，也是他的翻译政治。

鲁迅自己从未料到，他领着弟弟作人开始的这个翻译路向，初始是为了“走冷门”，避免与中国国内的翻译“撞车”，后来却渐渐地发展成为20 世纪中国翻译文学史上的一大传统。这个新传统形成之初的接棒人，应该是《新青年》上或当时其他综合性期刊上投稿的个别译者(如茅盾的“杂译”)；稍后的接棒人则主要是文学研究会里的一些翻译家，一些主张“为人生”文学的文学家，他们的翻译活动，在《小说月报》《文学旬刊》《文学周报》等刊物上颇有声势。这个传统后来在 20 世纪 30 年代的《译文》《文学》，50 年代的《译文》和 60 年代的《世界文学》(1959 年从《译文》易名为《世界文学》)中得到坚持而延续下来(但 50～60 年代

① 鲁迅：《三闲集·无声的中国》，《鲁迅全集》，第 4 卷，第 28 页。

的文学翻译,在坚持其翻译对象的下面,已发生重要变化,即逐渐从早期以转译为主转向以原语本为主,其原因主要是新中国的外语专业人才开始多元化)。

从研究者对20世纪翻译文学史的初步统计看,1899～1916年的18年间,我国翻译小说书目按照译介总量顺序,大致为:(1)英国:293种,年均16.28种;(2)法国:113种,年均6.28种;(3)日本:80种,年均4.44种;(4)美国:78种,年均4.35种;(5)俄国:21种,年均1.15种;(6)德国:8种,年均0.44种;(7)其他:203种,年均11.27种。合计796种,年均44.22种[①]。

1917～1936年的20年间,情况发生明显变化[②]。俄苏文学跃居国别文学翻译书目总量首位,凡425种,年均21.25种;老牌文学出口大国法国文学315种,年均15.73种;英国文学以总量284种屈居第三,年均14.2种;东、南、北、中欧文学有了长足的进展,合计翻译书目达到262种,年均13.1种。同期亚洲文学(日本文学除外[③])凡45种,年均2.25种。到1937～1949的13年间,俄苏文学不仅稳居榜首,且以723种的总量远远高出位居第二、总量为322种的美国文学;俄苏文学的年均译介量达到55.61种,美国文学年均为24.76种。同期东、南、北、中欧文学合计162种,年均9.84种。日本文学为60种,年均4.61种,而其他亚洲国家或民族文学也有微升,有了总量为19种、年均1.46种的成绩。

在新中国的头30年间(1950～1979),俄苏文学依然雄居首位,经典文学翻译书目凡362种,年均12.06种;英国文学居然回复到第二位,出版书目总量为189种,年均6.3种;美国文学骤降至总量84种,

① 本阶段统计数字来源:陈平原先生的《二十世纪中国小说史》(第一卷),北京:北京大学出版社,1989,第50页。谨此致谢。

② 以下的统计数字出自我本人的一个初步统计。我根据以下三种书作出这一统计:1)《现代文学总书目》,贾植芳、俞元桂主编,福州:福建教育出版社,1993。2)《民国时期总书目·外国文学卷》(1911～1949),北京图书馆编,北京:中国文献出版社,1987。3)《翻译出版外国古典文学著作目录,1949～1979》,国家出版事业管理局版本图书馆编,北京:中华书局出版,1980。

③ 本时期日本文学翻译出版书目有138种,年均6.9种。

年均仅有 2.8 种的超低水平[①]。与此相对照，单单是先前归入东欧、中欧小国家文学一档的波兰文学的翻译，就达到总量 26 种、年均 0.86 种的成绩；匈牙利文学则有 20 种，年均 0.66 种；当时的捷克斯洛伐克文学（时为一个统一国家）则为 15 种，年均0.5种。而整个东、南、北、中欧文学翻译书目合计达到 223 种，年均 7.4 种。在亚洲文学方面，日本文学除外，整个亚洲文学翻译数量有 63 种，年均 2.1 种。

从上面的统计数字，可以清楚地看到，这样一种阶段性的偏重小国家文学翻译，大概在 20 世纪世界翻译文学史上也是一个独有的现象。所以说，“鲁迅模式”，在 20 世纪中国翻译文学史上，是最典型的受意识形态操控的翻译路线。这个操控，相对而言，前期还比较隐形，而在后期（1950～1979），在它被“进步文学翻译模式”整合之后，则完全是显形的。

在新中国成立之前，中国文学翻译书目统计数字的变化，清楚地显示了这个新传统的强大影响，尽管俄苏文学翻译界内部，通俄文的翻译家、从俄文原作翻译的译家（如耿济之、瞿秋白、沈颖、曹靖华等）逐渐增多，他们翻译作品的数量亦逐渐增多。

此外，这个文学翻译新传统，到了 1950～1979 年的 30 年间，已经发生很大变化。这个变化，单纯从翻译自身规律看，乃是本质的变化，即转译的现象逐步减少，而从原文翻译的译作明显增加。如从孟加拉语直接翻译泰戈尔，从波兰语直接翻译显克微支，更多的是从俄文直接译果戈理、契诃夫和高尔基等。可是仅仅从文学翻译的翻译对象、翻译目的来看，它仍旧可以说是“鲁迅模式”的延续。因为译者和出版者合谋，以惊人的热情翻译了大量“弱国”或欧美强国之外的欧、亚、非、拉丁美洲国家或民族的文学作品，制造了一个欧、亚、非、拉美国家或民族文学一片繁荣，英法德美现当代文学日益走向颓废、没落的奇特景象。从翻译对象、翻译目的方面来看，本时期偏好选择对象国（苏联和部分东欧国家除外）之二三流作家作品，包括部分美国黑人“进步作家”作品，

---

① 此外，还有一定数量的“内部发行”的翻译文学作品没有统计在内。所谓“内部发行”的翻译书目，主要是英美德法若干现当代的重要文学作品。这些翻译作品之所以不公开发行，主要是出于意识形态方面的考虑。

坚持不译英法德美现当代文学的代表性作品，跟鲁迅偏好译介欧洲国家二三流作家作品的翻译路线，乃是一脉相承的。

另外一个事实，是鲁迅时代的绝大多数波兰文学、希腊文学、匈牙利文学、意大利文学、芬兰文学、保加利亚文学、捷克文学、阿拉伯文学、印度或孟加拉文学等，皆是从英译本或其他比较通用语种的译本转译的。连使用人口很多的西班牙语，其文学在相当长一段时间内，也主要是通过转译。从这个局面看，20 世纪前半中国翻译文学史，除日法英德美等国文学外，在很大程度上，可以称作"重译史"。

这个外语人才分布的事实，是造成鲁迅模式的根源之一；反过来，作为一种"突围方式"的"鲁迅模式"，作为一种权宜之计的"鲁迅模式"，又在很大程度上促进了这个反常的现代"重译史"的惊人发展。这里的一个吊诡，是"鲁迅模式"原本是为着打破封闭、孤立的中国而自发产生的权宜之策，但它在鲁迅去世之后，尤其是到了 1950～1979 年间，它的余波或者说它的延续，反倒促进了新的、更加彻底的封闭，因为此时的主流意识形态与国家叙述完全一致，即坚持实质上的闭关锁国，虽然当初有一套另外的、理直气壮的表述方式。

需要指出的是，这个翻译传统发展到 1950～1979 年这个时期，已具有自上而下的特征，如冰心先生完全按照领导的意图，"给我的任务"，翻译她丝毫不熟悉、不发生翻译冲动的朝鲜作家与美国黑人诗歌[①]。而当初鲁迅及其一批翻译家们完全是一种自发的、民间方式的翻译选择。受意识形态的无形操控，当初的翻译家们的这种自发选择或多或少地使他们处于一种"重译"的尴尬之中。

因此，我们看到"尴尬"的茅盾、冰心、郑振铎、丽尼（郭安仁）、巴金、孙用、王统照、施蛰存等一批译家。诚然，他们在翻译实践里未必意识到自己的尴尬，或者即便意识到尴尬，也因为"人多势众"而并不在意。不过，巴金后来努力习俄文，在 20 世纪 40～70 年代不惮其烦地据俄文原本校对或参照核对部分俄国文学译作[②]，表明他很清楚转译的局限

---

① 参看《冰心译文集·序》，陈恕编，南京：译林出版社，1998，第 2 页。

② 参看《巴金译文全集·第 2 卷·代跋》，北京：人民文学出版社，1997，第 540 页。亦请参看王友贵《中国六位翻译家》，第六篇第二章。

性。而在另一批现代翻译家那里，如胡适、陈独秀、郭沫若、朱湘、李人、徐志摩、梁实秋、闻一多、陈西滢、余上沅、饶孟侃、卞之琳、孙大雨、傅雷、朱生豪等，却丝毫看不到这种尴尬。

非常典型的一个翻译政治的例子，便是这种尴尬在泰戈尔那里也能找到，因为泰翁用殖民主义者的语言翻译自己的作品[①]。可以说，泰戈尔在那样的历史语境下能够获得诺贝尔文学奖，能够得到西方文学殿堂的接纳与承认，在很大程度上要归功于他亲手将原本用孟加拉语吟唱的诗歌译成英语。倘若从传统的翻译研究的角度看，从单纯的诗歌翻译的角度看，从译品接受的角度看，泰戈尔的译诗极为成功：不仅使得他的诗歌广为传诵(郭沫若 1915 年感到深受感动和极大启发的新诗，就是泰戈尔诗的英译，而不是孟加拉文的原诗，其他许多泰戈尔迷，如郑振铎、冰心等，亦复如是)，而且获得世界性的欣赏和传播。可是，倘若从翻译政治的角度看，用当时统治印度之宗主国的语言来吟诵原本为孟加拉的歌喉所吟唱的诗篇，无疑将导致改写的发生，甚至可能会导致语言暴力的发生。这样一种翻译关系，明白无误地表明了世界政治中的权力关系。因此，用改变它固有的音韵美的手段来获得更多的读者，获取进入宗主国文学的入场券，获取欧洲主要通用语言承认的资格，的确有些尴尬。况且由泰戈尔本人亲自翻译，在翻译政治方面则显得尤为尴尬。

鲁迅在不同场合多次表示，他看的外国文学作品，除了日本作品之外，几乎全是东欧及北欧的作品[②]。事实上他也读一些法国文学作品。尽管他读这些文学大国的作品数量不太多，可他这种带有挑战意味的反复声明，的确表明他的文学路线和翻译路线具有抵抗强权的意味。这也就是他从事文学创作和文学翻译之目的以及出发点。因此，“鲁迅模式”从一开始就不是纯粹翻译的、文学的，而是意识形态的。

---

① 郭建中：《当代美国翻译理论》，武汉：湖北教育出版社，2000，第 198 页。

② 鲁迅：《二心集・答北斗杂志社问》，《鲁迅全集》，第 4 卷，第 254 页。

第二节　从鲁迅译论说起:鲁梁之争的别一面

1932年年末,鲁迅在他那篇总结性的文章《祝中俄文字之交》里,以当时的鲁迅少见的欣喜,勾勒出一群中国青年,在19世纪至20世纪之交,寻找精神导师和朋友的历史。鲁迅文中所说的"青年",其实就是他的一个自画像;或者更正确地说,有当时的青年周树人以及后来跟他志同道合的青年(如未名社)在其中吧:

> 那时——十九世纪——的俄国文学,尤其是陀思妥夫斯基和托尔斯泰的作品,已经很影响了德国文学,但这和中国无关,因为那时研究德文的人少得很。最有关系的是英、美帝国主义者,他们一面也翻译了陀思妥夫斯基、都介涅夫、托尔斯泰、契诃夫的选集了,一面也用那做给印度人读的读本来教我们的青年以拉玛和吉利瑟那(Rama and Krishna)的对话,然而因此也携带了阅读那些选集的可能。包探,探险家,英国姑娘,菲洲野蛮的故事,是只能当醉饱之后,在发胀的身体上搔搔痒的,然而我们的一部分的青年却已经觉得压迫,只有痛楚,他要挣扎,用不着痒痒的抚摩,只在寻切实的指示了。
>
> 那时就看见了俄国文学。①

鲁迅从事翻译前前后后长达33年。他发表的文章里,涉及翻译的大致分为三类:一类是专论翻译的文章。另一类是夹杂在论述中外文化关系、中外关系的文字里,涉及重要的翻译问题。还有一类是他翻译之后写的"译者前记""后记""小引"之类。第一类和第二类合起来,比较重要的有三十篇左右。第三类文字数量最大,但内容差异很大,有的寥寥数语,略略介绍原作者和原作简况,或交代源语本情况,有的则长达数千言,有独立存在的价值。据我初略统计,第三类大约有一百九十一篇,其中包括他编校他人译作后撰写的编校后记,甚至包括为域外木

---

① 鲁迅:《南腔北调集·祝中俄文字之交》,《鲁迅全集》,第5卷,第54页。

刻、美术作品在中国出版所写的“序”或“小引”一类文字。因为，倘若我们细读后一种文字，会发现翻印域外美术作品，其实也是一种广泛意义上的翻译，因为鲁迅以及朋友们的用意，是要向国人介绍域外近现代美术，有些作品内容，在当时还具有强烈的现实指涉。

鲁迅谈论翻译的文字，分别收入《坟》《域外小说集》《二心集》《南腔北调集》《准风月谈》《花边文学》《且介亭杂文》以及《且介亭杂文二集》等文集里，后来的《集外集》《集外集拾遗》《鲁迅全集补遗》《鲁迅全集补遗续编》也收录若干，还有一些是附收在翻译作品集里。尽管鲁迅谈论翻译的文字如此多，亦曾经发生过不小的影响，但我并不以为鲁迅是翻译理论家，更谈不上“杰出的翻译理论家”[①]，因此更愿意用“译论”来为本节冠名[②]。因为，尽管鲁迅对翻译的宏观层面与微观层面皆有不少有的放矢、尖锐犀利、有见地的言论，但这些论说因缺少一种应有的理论系统建构、缺乏较为严格的方法论支撑而无法称其为严格意义上的理论。鲁迅当初每有翻译言论，亦属有感而发，多从自己的翻译目的、翻译实践、翻译方法，当时他个人对翻译的体察，读者的反应，译本的接受，结合他所了解的中外翻译史上的事例来阐发他的翻译观，却绝少参考现代翻译理论。事实上，鲁迅的翻译言论不时与较严格意义上的翻译理论相抵触。而且我相信，他本人本就无意在翻译理论上有所建树，他对于现代意义的翻译理论亦无深厚兴趣，虽然他的言论也时有提及中国汉唐译佛经的历史，虽然他的言说里并非没有理论因子，虽然他的翻译言说有时颇具启发意义。

前边已经说过，在鲁迅为数众多的有关翻译或译书的文章中，相对比较集中、比较重要的翻译论述，大约有三十篇左右。前后时间跨度近三十年。他的译书思想的表达，比同样具有大翻译构想的胡适，早了大约十年[③]。他最早的一篇间接涉及翻译的重要文章，是著名的《摩罗诗

---

① 有相当多的中国翻译研究者持此观点。

② 我所说的“译论”，主要是指“翻译论说”或“翻译言论”，与陈福康先生的“译论”所指的“译学理论”不尽相同。见陈福康《中国译学理论史稿》，上海：上海外语教育出版社，1992。

③ 胡适 1916 年 2 月 3 日致书陈独秀，谈到欲造新文学，宜从输入欧西名著入手。鲁迅在 1907 年的《摩罗诗力说》，也谈到译介西书的问题，前后大致相差约十年。

力说》,时间是在1907年。下面姑且按照编年史顺序对鲁迅一生论述翻译的主要文章作一个简明的梳理:

《坟·摩罗诗力说》(作于1907年,以下日期一律为写作时间)→《域外小说集·序言》(1909.1.15)→《域外小说集·序》(群益书社重印版,1920.3.20)→《热风·不懂的音译》(1922.11.6)→《二心集·"硬译"与"文学的阶级性"》(1930.1.24)→《二心集·关于翻译的通信》(1931.12.28)→《南腔北调集·祝中俄文字之交》(1932.12.30)→《南腔北调集·我怎么做起小说来》(1933.3.5)→《南腔北调集·关于翻译》(1933.8.3)→《准风月谈·为翻译辩护》(1933.8.14)→《准风月谈·关于翻译(下)》(1933.9.11)→《且介亭杂文·拿来主义》(1934.6.4)→《花边文学·论重译》(1934.6.24)→《且介亭杂文二集·非有复译不可》(1935.3.16)→《且介亭杂文二集·"题未定"草》(1～3,1935.3.16)等。

除上述篇目之外,还有若干比较重要的谈翻译的文章,它们大多以"译者前记""后记"或"小引"的形式附在译文前后。从数量上讲,这部分言论最多,却也最散。在鲁迅的翻译言论里边,还有一部分是谈中外文学关系的,在本书亦视作一种广义的翻译。后一部分内容,比较重要的有上列的《摩罗诗力说》《祝中俄文字之交》和《拿来主义》等。此外的部分,本书在有关章节还要详述。

鲁迅的译论贡献,主要可分作以下六个方面:

一、启蒙思路的译书观

如果说西方传统翻译理论集中论述"怎么译"这个大题目,那么,"五四"一代翻译家,包括第二代翻译家(如巴金),他们的翻译言说,还多出一个大题目,即"译什么"。因此,他们的译论往往集中在"译什么"和"怎么译"这两个方面。严复和林纾的翻译言论,主要涉及后一方面;中国翻译史上第一次翻译高潮期间出现的佛经翻译论说,也是集中在后者。而前一个翻译思路,即"译什么",跟梁启超的思想有关,梁无疑是"五四"启蒙者的启蒙者,因此前一个翻译思路跟启蒙思想密切相关。

"五四"一代人里,陈独秀、鲁迅、胡适、周作人、钱玄同等都是译书启蒙、译书再造中华的倡导者;他们中间多数人,还是译书启蒙的实践者。实际上，鲁迅和胡适在“五四”新文化运动兴起之前，皆已先后萌发译书拯救中华、译书再造中华的启蒙思想。鲁迅具体的行动是在 1906 年筹办《新生》杂志，见诸文字的则是《摩罗诗力说》(1907)等文章，以及 1909 年翻译《域外小说集》。胡适是在留美期间产生站在民族文化建设的高度翻译西书的构想。1916 年 2 月 3 日在他致陈独秀的信里[①]，就已经有了这个构想的雏形。后来逐渐发展成为建构中国的“新经典文库”(the new canon repertoire)。这个新经典文库主要通过翻译域外经典名著来完成。虽然他没有从理论上这样提过“经典文库”，可其整体构想的大思路、翻译出版的目的以及实际的翻译出版操作就是如此。

在后来的《建设的文学革命论》(1918)一文中，胡适将 1916 年致陈独秀信中的翻译域外著作的观点作了一个系统的发挥[②]。鲁迅的译书构想与胡适不同，他不求全面，也不问经典。尽管他的译书路线非常特别，有一种“走冷避热”的心态，不过他在《域外小说集》初版《序言》里，还是清楚地道出自己译书的启蒙者立场：“异域文术新宗，自此始入华土”。

早在《摩罗诗力说》里，鲁迅提出“别求新声于异邦”，他历数英国浪漫主义的“摩罗诗人”，并且已经特别注意到俄国、波兰、匈牙利等“被压迫”民族的文士，他将他们读解为振兴民族的斗士。鲁迅的文化决定论，表现在他欲对积弱的中国施行精神救国，可他满眼的斗士皆是文学家，居然没有一个经济学家、政治家、军事家或者教育家。所以，他想到的路子只能是文学救国，通过文学实施启蒙。具体的方法此文未曾说明，但在当时的条件下，显然首要是通过翻译。

初版《域外小说集·序言》那一声“异域文术新宗，自此始入华土”的吆喝，不啻是周氏兄弟用翻译开始启蒙大业的呐喊，可惜一时没有应

---

① 胡适：1916 年 2 月 3 日寄陈独秀信，见《胡适日记》，第 2 卷，合肥：安徽教育出版社，2001，第 337 页。

② 胡适：《建设的文学革命论》，初刊 1918 年《新青年》4 卷 4 期。见张若英编《中国新文学运动史资料》，光明书局 1934 年印行，上海书店 1982 年重印本，第 95～96 页。这个张若英是阿英笔名。

者。"五四"之后,鲁迅又在群益书社的重印本《序》中说,"我们在日本留学的时候,有一种茫漠的希望:因为文艺是可以转移性情,改造社会的,因为这意见,便自然而然的想到介绍外国新文学这一件事"①。这个思路显然是《摩罗诗力说》思想启蒙的的具体化。在《我怎么做起小说来》,他又说,"不过想利用他(指文学——引者)的力量,来改良社会。但也不是自己想创作,注重的倒是绍介,在翻译,而尤其注重于短篇,特别是被压迫的民族中的作者的作品"②。中国的启蒙者常常将自己比喻为"窃火"者,《祝中俄文字之交》便把中国开始译介俄国文学的意义,比作古人发现了火可以照亮漆黑的夜,可以煮东西。俄国的高尔基小说里的丹柯,那个形象就是燃烧自己,在一片暗黑中照亮冲出黑暗的道路。所以说,鲁迅从事翻译实践的目的,他的很大一部分翻译言说,都是围绕着启蒙和输入改造社会、改造国民性的"弹药"。

二、翻译与创作并重

正是出于启蒙的目的,鲁迅和周作人,同其他"五四"一代启蒙文化人一样,将翻译同创作视为建设新文化的双剑。在这一点上,鲁迅同胡适完全一致,而且同所有"五四"新文学运动的作家和翻译家也基本一致。强烈的言说欲望和巨大的时代焦虑迫使他们双管齐下,左右开弓。鲁迅在这一方面言论特别多,他常说,写不出就弄翻译,好的翻译胜过强勉的写作。他对青年郭沫若逞一时之气的"媒婆"说,格外不满,在文章里屡加嘲讽。1933 年,他觉得翻译不太景气,在《关于翻译》里写道,"所以翻译和创作,应该一同提倡,决不可压抑了一面,使创作成为一时的骄子,反因容纵而脆弱起来"③。

三、翻译对译入语文字、文学具有重要建设作用

鲁迅发明的"硬译",尽管这个提法极易遭人诟病,他也并不改口。这个极不科学的提法,倘若不从翻译研究的层面去深究,我们清楚,发明者的本意倒是要保存原文的新词语、句法、表达法,保存原文的精神气势的。他保存这些东西的目的,除了让读者尽可能得见原作风貌之

---

① 鲁迅:《域外小说集·序》,本文最初发表时署名周作人。

② 鲁迅:《南腔北调集·我怎么做起小说来》,《鲁迅全集》,第 5 卷,第 106 页。

③ 鲁迅:《南腔北调集·关于翻译》,《鲁迅全集》,第 5 卷,第 147～148 页。

外，别一个重要目的，就是输入。即通过翻译向译入语的语言、文学、文化、思想、理论诸领域输入新词语、新句法、新的表现方法，更重要的是异质的思维逻辑和思维方式。在这一方面，他的态度一贯是积极肯定的，甚至从1908年选译《域外小说集》时期便已如是。后来在汉字改革、汉语拉丁化的改革方面，他也一贯持格外激进的态度[①]。甚至焦虑到认定汉字是中国进步的拦路虎，中国与世界同行的障碍，主张与其为汉字而牺牲了我们，还不如为了我们而牺牲汉字[②]。

在《关于翻译的通信》里，除去瞿秋白全然缺乏语言学根据、所谓中国语言"简直没有完全脱离所谓'姿势语'的程度"的武断结论之外，两人都谈到翻译在译入语创造新的言语、新的句法方面的重大承担。瞿秋白的文章，态度尤为鲜明，长处与短处皆非常醒目。在论述翻译对于中国新的言语的建设作用方面，他的观点清楚而明白："中国言语不精密，所以要使它更加精密；中国言语不清楚，所以要使它更加清楚；中国言语不丰富，所以要使它更加丰富。我们在翻译的时候，输入新的表现法，目的就在于要使中国现代文更加精密、清楚和丰富。"[③]

鲁迅更关注翻译在输入新的内容，也在输入新的表现法方面应该、并且可以发挥重要作用："我以为只好陆续吃一点苦，装进异样的句法去，古的，外省外府的，外国的，后来便可以据为己有"[④]。换句话说，瞿秋白主要从思想、理论、政治层面来考虑翻译对于译入语的建设效用，很像恩格斯的翻译言论。而鲁迅则主要从文学创作家的角度考虑这个问题，从语言文化交流，新的表现方式以及其背后的新的思维方式的角度看问题。他举日本为例，说明现代日本语中欧化的语法已极为平常。他还举翻译实例"山背后太阳落下去了"来说明他的译法和目的；他不愿译为俗套的"日落山阴"，因为担心原文的中心有变。从翻译实践或

① 参看鲁迅《花边文学·汉字和拉丁化》，见《鲁迅全集》，第5卷，第613～615页。

② 鲁迅《花边文学·汉字和拉丁化》，第615页。此外鲁迅还作有其他汉字采用罗马拼音或拉丁化的文字，如《且介亭杂文·答曹聚仁先生信》《且介亭杂文·门外文谈》《且介亭杂文·关于新文字》等。这些文字的基本观点乃是一致的。

③ J. K.（瞿秋白）：《再论翻译答鲁迅》，初刊于《文学月报》1卷2期（1932.7.10.），见《鲁迅研究学术论著资料汇编》，第1卷，第679页。

④ 鲁迅：《二心集·关于翻译的通信》，《鲁迅全集》，第4卷，第377页。

者翻译理论上来说，中心变了，文句的力度也必然改变。鲁迅说他的目的，是要“一面尽量的输入，一面尽量的消化，吸收，可用的传下去，渣滓就听他剩落在过去里”[①]。这一层意思，不惟含有丰富的翻译理论因子，而且已经为中国整个20世纪翻译史所证明。从鸦片战争到20世纪的约一个半世纪里，现代汉语跟此前的汉语相比，已然发生了惊人的、不可逆的变化。在这场前所未有的汉语嬗变中，最主要的变量，最不稳定的因子，最具冲击力和建设活力的，就是翻译——包括非虚构类作品的翻译——所不断输入的新成分、新词语。

他还颇有见地地指出，“顺”和“不顺”的词语并不是一成不变的。随着时间的推移，部分“不顺”的词语可以变为“顺”的，还有一部分“不顺”的则将被淘汰。这个论断是符合译入语中新词语接受规律的，而且也符合一国语言新的词语或表达方法被接受的规律。还要指出，20世纪批评鲁迅的“顺”与“不顺”的诸家论者，包括梁实秋等，都没有抓住鲁迅这个主张的真正含义。因为鲁迅是从汉语词语的建设、汉语现代文学建设的层面来说的。一个是语言、技术性的微观层面，一个是文化的、宏观的层面；一个强调译入语现时的阅读效果，一个着眼译入语将来的演变和建设；一个是静态的、终结的，一个是动态的、发展的。而梁实秋以及其他的鲁迅批评者皆无一例外地是从前者着眼，本质上偏向于将汉语视为静态的、封闭的体系。而鲁迅的本意，偏向于将汉语语言与汉文化看作一个动态的、开放的体系，它不断接受新的成分、新的不稳定的因子。鲁迅的这个语言观，显然受到近代日语演变、改造的影响。

从翻译理论上说，从世界各国数千年的翻译史来说，任何与译入语差异较大的新词语在进入译入语的过程中，一般都可能经历一个从“不顺”到“顺”的过程。而承认这个过程，正是将译入语看作动态的、开放的体系；反之，则是将译入语视为——当然这里边还有一个程度问题——静态的、多少是封闭的体系。

此外，梁实秋们乃至今天所有的翻译理论研究者，都没有注意到鲁

---

① 鲁迅：《二心集・关于翻译的通信》，《鲁迅全集》，第4卷，第378页。

迅的“不顺”，其实尚有他的文艺美学思想掺杂其中。如他认为“作文秘诀，是在避去熟字”[①]，因此他的“不顺”，在译者一面，恐怕还有引起读者格外注意的意思，从而引起读者对新的句法、新的词语、新的表述方式、新的思想的格外关注。这个思想，恰好同现代的“陌生化”文艺理论契合，跟西方戏剧诗学里边的“疏离”理论相一致。

日本语的开放性，大概给予鲁迅很多的灵感。所以他在别的场合，也喜欢将现代日本语的成功改造，归功于近代日本对于欧美书籍的大量翻译。从这个意义上说，鲁迅的翻译观，以及他的译书构想，他的文字进化观、汉字改革构想、汉语现代化设想，在很大程度上，跟他对日本近代文字发展史，近代翻译史，近代思想、文化、科技发展史的了解有关。也就是说，跟他的知识结构有关。在日本翻译史上，日本人长时间地借用一种辅助系统(kambun kundoku)来阅读汉语作品[②]，使得他们长时间地不需要常规意义上的翻译。然而，他们近代翻译史上数量惊人、速度惊人的大规模翻译活动，为迅速推动日本、将其改造成为现代国家起到引人注目的作用。鲁迅对此一定印象殊深。他显然受到20世纪的翻译超级大国日本飞速进化——包括在语言文字上的进化——的大启发。因此，他的语言改革观跟留日的钱玄同、陈独秀差不多，在“五四”启蒙先觉者内部，属于最激进的一路。除了从邻国日本，鲁迅也从唐代译佛经、元代译上谕得到启发，认为翻译需要时可以生造，不妨“硬造”。只要需要，文法、句法、词法皆可生造，一经习惯，就懂得了[③]。用今天的翻译理论术语来说，这便是一个从“异化”到“归化”的过程。仅就这一点而言，当时绝大多数翻译家，包括持反对意见的梁实秋等，以及同一阵营的茅盾等，皆没有认识到其意义，更无人从文字发展的理论高度来进一步阐述，独独瞿秋白除外。但瞿秋白明显缺乏现代语言学的训练。

---

① 鲁迅:《二心集·关于翻译的通信》,《鲁迅全集》,第4卷,第377页。

② Masami Kondo and Judy Wakarayashi, "Japanese Tradition", in *Routledge Encyclopaedia of Translation Studies*, ed. Mona Baker, London & New York: Routledge, 1998.

③ 鲁迅:《二心集·“硬译”与“文学的阶级性”》,《鲁迅全集》,第4卷,第208～209页。

四、"重译"·"直接译"·"复译"

梁实秋在1929年至1930年与鲁迅发生那场争论之后，1932年11月1日，又写过一篇专评鲁迅重译的文章。他试图将文字里的火气褪掉，从具体译例出发，来讨论重译问题。这篇文章，在中国翻译界很少引录，于是姑且将梁氏关于重译的一段引在下面：

> 鲁迅所译(指鲁迅译普列汗诺夫《艺术论》——引者)，系根据日译本转译的，日译本虽然许是直接译自俄文，但俄文原本所引用的达尔文的文章又是译自英文的。所以达尔文的原文，由英而俄，由俄而日，由日而鲁迅，——经过了这三道转贩，变了原形自是容易有的事。[①]

单纯从翻译自身规律上说，梁实秋这回是抓住了鲁迅翻译中的一个软肋，虽然这个问题本身毫无理论深度可言。关于"重译"，鲁迅的观点也是从20世纪前半期中国翻译界的实际状况出发，其言说也是专门从事传统翻译理论的学者万不肯说的。譬如传统翻译研究决不会肯定重译(即转译)的价值，一般亦不会去鼓励重译，尽管中外翻译史上，尽管在英法德俄意等国的翻译实践里，尤其是在经典的翻译方面，重译却又比比皆是[②]。

鲁迅的重译观，乃是基于启蒙思想和文化建设的大思路而起的，因此，他的重译观一派宽容气度，对于中国译书事业的推动，解决燃眉之急，远大于其理论价值。鲁迅认为，从道理上讲，"重译"自然不如"直接译"，因此重译不过是一时应急之策，一种特殊时期的过渡性翻译，"待到将来各种名作有了直接译本，则重译本便是应该淘汰的时候"[③]。但是，如前所述，因为20世纪前半期中国实际的外语人才的匮乏，加上懂得某国外国语的人才未必有翻译兴趣，而中国又亟须译介世界文学菁华；再加上中国懂得世界文学经典原文的外语人才，如希腊文、拉丁文等，又格外稀缺，正是这样两面的稀缺和国内文化建设无法久等之两

① 梁实秋：《论翻译的一封信》，刊于《新月》4卷5期(1932.11.1)。

② Baker, Mona. Ed. *Routledge Encyclopaedia of Translation Studies*, London & New York: Routledge, 1998.

③④鲁迅：《花边文学·论重译》，《鲁迅全集》，第4卷，第560页。

难,造成了重译的大面积发生。所以,鲁迅的重译观,实在是一种无可奈何的声音:

> 所以我想,对于翻译,现在似乎暂不必有严峻的堡垒。最要紧的是要看译文的佳良与否,直接译或间接译,是不必置重的;是否投机,也不必推问的。[④]

鲁迅这番毫无"理论色彩"的告白,是针对人们看轻翻译,看轻重译而发的。有的放矢是鲁迅翻译言论的一贯特征。他还从翻译实际情况出发,指出"深通原译文的趋时者的重译本,有时会比不甚懂原文的忠实者的直接译本好……"[①]鲁迅的重译观,说到底,便是我们不要因噎废食,不要书呆子气,最好的食品,我们一时得不着,那么,我们不妨用重译来救急。同他的翻译批评说一样,他对于输入作品的看重,对于翻译的看重,使得他的言论不时跟翻译理论相对立:"我以为翻译的路要放宽,批评的工作要着重。倘只是立论极严,想使译者自己慎重,倒会得到相反的结果,要好的慎重了,乱译者却还是乱译,这时恶译本就会比稍好的译本多。"[②]

至于复译,众所周知,鲁迅是积极主张应该有复译的[③]。即使是已经有了好译本,复译也还是有必要。在他看来,复译可以打击乱译,驱逐乱译。不同的译本可以比较、比赛,犹如赛跑一般。此外,他认为,语言因时代变化而不断变化,不同的时代,不同的通用语需要不同的译本。在这一点上,鲁迅的复译观点,与世界翻译理论完全一致。

五、缺乏"理论相"的翻译批评

鲁迅的翻译批评言论,是没有严格的"理论相"的。有时候,鲁迅看待翻译,好像一个婆婆看待自己的"孙子"。这种感情使得一向笔墨简练的他,说起翻译批评来,却不免有些"婆婆嘴"。1933 年,在《为翻译辩护》里,早已身为中国主要创作家的他,感觉到翻译在文化界、读书界

---

① 鲁迅:《花边文学·论重译》,《鲁迅全集》,第 4 卷,第 560 页。

② 鲁迅:《花边文学·再论重译》,《鲁迅全集》,第 4 卷,第 563 页。

③ 可参看鲁迅《且介亭杂文二集·非有复译不可》,《鲁迅全集》,第 4 卷,第 274～276 页。

处境艰难，批评不满者增多，便挺身而出为其争辩："要救治这颓运，必须有正确的批评，指出好的，奖励好的，倘没有，则较好的也可以。"[①]这话不像翻译理论，却像婆婆为"孙子"说情。一向做事严格的他，在为"孙子"说情中，暴露出自己对翻译的偏爱。在《关于翻译(下)》一文里，他更是苦口婆心，一面担心翻译的从业人员太芜杂，投机取巧者太多，败坏了翻译的声誉；一面又生怕人们因噎废食，不肯读翻译作品了："首饰要'足赤'，人物要'完人'。一有缺点，有时就全部都不要了。爱人身上生几个疮，固然不至于就请律师离婚，但对于作者，作品，译品，却总归比较的严紧……好的又出不来，怎么办呢？我想，还是请批评家用吃烂苹果的方法，来救一救急吧。"[②]

这个"剜烂苹果"的翻译批评说，构成了鲁迅翻译批评观的特征：没有理论体系，没有"理论相"，一切从实际出发，为读者着想，指出劣译，褒扬佳译；倘若佳译暂不可求，则用较好的先应急。这副"婆婆心肠"或许对于扭转翻译不景气，还是有一些效用，但却也最容易遭人诟病，因为它不严谨、不具备"理论相"。有趣的是，鲁迅在表述他的"剜烂苹果"说时，与他平素犀利、尖锐、不留情面、老辣的笔锋恰成对照："我们先前的批评法，是说，这苹果有烂疤了，要不得，一下子抛掉。然而买者的金钱有限，岂不是大冤枉，而况此后还要穷下去。所以，此后似乎最好还是添几句，倘不是穿心烂，就说：这苹果有着烂疤了，然而几处没有烂，还可以吃得。这么一办，译品的好坏是明白了，而读者的损失也可以小一点。"[②]

倘若我说，琐碎文字婆婆心，这就是鲁迅的翻译批评观，你相信这就是鲁迅么？这可以说是鲁迅在翻译处于困难时期的批评态度。翻来覆去的善良希望，苦口婆心的劝说，离翻译理论愈来愈远，然而离读者，或许反倒愈来愈近。从这完全没有理论用心、理论意识、理论相的文字里，我们反倒看见了鲁迅对于翻译的一片真心，对于读者的一片真情。

---

① 鲁迅：《准风月谈·为翻译辩护》，《鲁迅全集》，第5卷，第303页。

②②鲁迅：《准风月谈·关于翻译(下)》，《鲁迅全集》，第5卷，第345页。

六、"硬译"·"死译"

《新月》2卷6～7号合刊(1929.9.10)发表了梁实秋两篇文章，前一篇题为《文学是有阶级性的吗?》，后一篇是《论鲁迅先生的"硬译"》。众所周知，这两篇文章引发了鲁迅那篇著名的《"硬译"与"文学的阶级性"》(1930.1.24)的翻译论文。

鲁迅与梁实秋的论辩，前后历时好几年。较早的文字，有梁实秋的《北京文艺界之分门别户》(1927.6.4)，文中称鲁迅为"语丝派首领""杂感家"，其中有些不实的说法，引起鲁迅不满。后来鲁迅针对梁实秋之前写的一篇《文学批评辩》(1926.10.27)写过《文学与出汗》(1927.12.23)加以反驳。此后断断续续，你来我往，双方发表过若干文章，争论的焦点集中在文学与人性、文学批评的标准、文学与阶级、左翼文学运动和对该运动的质疑、文学与革命、文学理论的翻译、翻译批评、翻译方法、翻译标准等问题。

单纯从翻译角度看，上文所说梁实秋的两篇文字，相互之间似乎并无必然关联。同样也是单纯从翻译本身的规律来看，梁实秋的后一篇专谈翻译的文章，在翻译的学理上并无多少不妥。梁实秋在此文里提到三种译法，即"曲译""死译"和"硬译"。他把"死译"术语的发明权归了周作人，"曲译"的阐释权归了陈西滢，而对于鲁迅发明"硬译"，甚为不满。对鲁迅翻译的俄苏文艺理论著述，他读了之后，得出的结论是看不懂。他说："因为'硬着头皮'不是一件愉快的事，而且'硬译'也不见得能保存'原来的精悍的语气'。假如'硬译'而还能保存'原来的精悍的语气'，那真是一件奇迹，还能说中国文是有'缺点'吗?"[①]

前边已经说过，"硬译"作为一个翻译术语，永远不可能是一个好术语。它无论对译者、读者，还是翻译批评家、翻译研究者，都极易生误解。我们知道，鲁迅的翻译言论，从来不是从纯理论出发来提出问题、思考问题、阐释问题的。他提出的一些词语，大概在当时，都有其针对性。然而，从今天的角度看，"硬译"作为一个翻译术语，无论是作为一种翻译方法或态度(approach)，还是作为一个翻译原则，本身皆可能产

① 梁实秋:《论鲁迅先生的"硬译"》，刊《新月》，2卷6～7期。

生不少问题。根本的麻烦，就出在这一个没有理论相的“硬”字上。

因为缺少现代语言学的专门训练，鲁迅和瞿秋白的翻译主张里，有些观点本身不能成立。如鲁迅在《关于翻译的通信》和《文艺与批评·译者后记》里边提到中文本身的缺点，从现代语言学角度看，鲁迅的这个说法在理论上并不成立。即便从翻译实践来看，如果中文翻译卢那卡尔斯基的《文艺与批评》的困难，是因为中文本身有缺点，那么世界上几乎所有的语言文字也同样存在这类“缺点”，即便是法文同英文之间的翻译，德文与俄文之间的翻译，甚至亲缘关系更近的西班牙文和葡萄牙文之间的翻译，恐怕也同样存在类似的困难。这是跨文化的语际翻译所决定了的，并非“中国文”所独有。

鲁迅的辩驳，第二节、第五节就翻译对译入语语言文字的建设、他从事翻译之启蒙目的等内容作了非常清楚的阐述。可除此之外，我们不难发现，他的辩驳集中在翻译以外的东西，如是否属于某个集团，阶级与文学之关系，宣传与文学之关系，无产者是否需要独有的“无产（阶级）文学”等①。结合这场翻译论辩发生的文化背景和当时中国的政治背景，结合上文提到的 1927 年到 1930 年间鲁迅和梁实秋的论辩背景，人们不禁意识到：鲁梁的翻译问题之争，表面上看，是因翻译而起，可双方真正的交锋却不在翻译。正所谓“项庄舞剑，意在沛公”也。真正的论辩目标，恐怕也不在翻译，而是翻译之外的东西。

有意思的是，鲁迅直截了当地将两个看似风马牛不相及的内容扯到一起。因此，问题出来了：梁实秋在《新月》上刊发的两篇单独文稿，是梁实秋有意要分开来说？还是鲁迅执意要置放在一起来读？

鲁迅的辩驳文章《“硬译”与“文学的阶级性”》发表之后，梁实秋申明，那两篇文字，各自独立，毫无关联②。

单单从翻译学理上说，以梁实秋受过的学术训练来说，梁有可能是有意分开来说的；但从当时的论辩背景来看，同时从左翼文艺一方和反

---

① 参看梁实秋《论鲁迅先生的“硬译”》，刊《新月》2 卷 6～7 期；梁实秋《文学是有阶级性的吗?》，刊《新月》，2 卷 6～7 期；鲁迅《二心集·“硬译”与“文学的阶级性”》，见《鲁迅全集》，第 4 卷，第 206～226 页。

② 梁实秋：《答鲁迅先生》，刊《新月》2 卷 9 期。

对一方相对立的大背景来看，鲁迅这样做，亦自有他的理由，尽管这样的相提并论在通常的学术争论里是不常见的，不合宜的。因为，这场翻译争论的背后，是“无产阶级文学”在中国的兴起是否具有合法性（legitimacy）问题，是中国是否应发展“无产阶级文学”的问题，甚至是中国新文学朝哪边转向的大问题。简言之，翻译论争的真正起因，是非翻译的，实质上是意识形态的严重分歧。论争的背后，有一个意识形态的问题。

再进一步说，若单单就翻译的学理而论，梁实秋对于鲁迅译《艺术与批评》的批评，是可以的，被批评的一方可以接受，亦可以不接受。从翻译批评的惯例来看，亦并无不妥。可鲁迅的“接招”，却偏偏不从这一面“接招”，不将梁氏的文字视为单纯的翻译批评来反驳，而是在上述各方面（即阶级与文学之关系，宣传与文学之关系，无产者是否需要独立的“无产[阶级]文学等问题”）逐一反驳。不仅如此，回头来看梁实秋，梁氏倘若单单就翻译批评论事，那么，他应该转过身去，同样好好地批评“新月社”的同人徐志摩。因为志摩的有些文学翻译，尤其是严肃文学翻译，譬如译他最喜爱的曼殊斐尔的短篇小说，其实就“硬”得可以，“硬”得出奇，“硬”得可怕[①]，俨然是没有宣布“硬译”的地道硬译。盖因志摩的译文从句法、词法、表达法各层面悉皆照搬英文原文[②]。这与陈西滢批评死译，认为“他们非但字比句次，而且一字不可增，一字不可先，一字不可后，名曰翻译，而‘译尤不译’”也相差无几[③]。可梁实秋反倒没怎么批评发生在眼皮底下的严重“硬译”，而将眼光盯住对面的鲁迅。由此可见，鲁迅攻击梁实秋、陈西滢们的“集团”说，单单从翻译文学史的层面看，也恐怕事出有因。可惜鲁迅不知何故，没有将其用冷静的语言说清楚。而促使中国新文化运动的文人形成当时松散的“集团”意识、“集团”行为——鲁迅本人亦不例外——者，正是意识形态的无形操控。

鲁迅和梁实秋1929～1930年间爆发的关于翻译的激烈论争，其中

①②参看王友贵《翻译西方与东方：中国六位翻译家》，第五篇第二章第一节，第350～352页。

③　转引自梁实秋《论鲁迅先生的“硬译”》，刊《新月》2卷6～7期。

有些观点，后来林语堂亦有意无意地对“重译派”深表不满，因而又引动鲁迅的一番反驳。前文那场轰动文坛的鲁梁之争，现在看来，当然绝不是单纯的翻译之争，翻译问题只是导火线。这场论争，可以说是一场文学与阶级、文学与政治的关系大辩论中的一幕。其中还藏伏着不同的中外文化关系观、不同的中外翻译关系观。而这些不同，亦是造成“鲁迅模式”跟“西化模式”分野的一个深层原因。上述论争是翻译方法之争，又不仅仅是方法之争；“直译”“死译”“曲译”“顺译”的背后，藏伏着双方不同的翻译模式，不同的文化态度，不同的中外关系观，还有意识形态的分歧。

撇开这场论辩的其他几幕不说，我们只说鲁梁的翻译之争。对此虽然已有很多人作过分析论述，然而这些探讨每每集中在“硬译”“死译”“曲译”等翻译方法的层面，连鲁迅本人，在四面的围攻之下（如1928年创造社攻文学研究会的“重译”，林语堂1935年讽刺“重译”），也将很多的笔墨用来分辨“直译”“重译”“硬译”“正译”“曲译”等诸如此类的问题。这在当时固然有其必要性。不过，在今天看来，在这场20世纪翻译史上火药味最浓、措辞最为尖刻、敌对情绪最为明显的“翻译争论”背后，所涉及的一个内容——或许双方皆未曾意识到——就是翻译政治问题。即鲁梁二人所拼命坚持和反对的，实则可能是两种不同的中外关系观。

我们知道，鲁迅的主张“硬译”乃是一贯的。我们还知道，鲁迅的“硬译”，目的是要保存上文说到的那些东西。如鲁迅明确说过，要保存的就是原文的“洋气”。这场争论之后，林语堂的《今文八弊》，批评现在的翻译“不问中国文法，必欲仿效英文，分‘历史地’为形容词，‘历史地的’为状词”[①]。鲁迅在《“题未定”草》（1935.6.10）里谈到《死魂灵》的翻译时，有一段著名的“归化”“异化”翻译说：

> 还是翻译《死魂灵》事情。躲在书房里，是只有这类事情的。动笔之前，就先得解决一个问题：竭力使它归化，还是尽量保存洋

① 转引自鲁迅《且介亭杂文二集·“题未定”草（二）》，《鲁迅全集》，第6卷，第349页。

气呢？日本文的译者上田进君，是主张前一法的。……我的意见却两样的。只求易懂，不如创作，或者改作，将事改为中国事，人也化为中国人。如果还是翻译，那么，首先的目的，就在博览外国的作品，不但移情，也要益智，至少是知道何地何时，有这等事，和旅行外国，是很相像的；它必须有异国情调，就是所谓洋气。

……“绍介波兰诗人”，还在三十年前，始于我的《摩罗诗力说》。那时满清宰华，汉民受制，中国境遇，颇类波兰，读其诗歌，即易于心心相印，不但无事大之意，也不存献媚之心。后来上海的《小说月报》，还曾为弱小民族作品出过专号，这种风气，现在是衰歇了，即偶有存者，也不过一脉的余波。[①]

鲁迅用笔固然愤激，但他还是将自己三十多年的翻译动机、中外关系观和盘托出，即他在翻译中寻求的是平等的国际关系。翻译也罢，文学也罢，根本不过是他使用的一个工具。他要通过翻译寻求与中国境遇相同或相类似的民族。这就是翻译“被侮辱被损害”民族文学的初衷。波兰也罢，捷克斯洛伐克也罢，只要不是在国际政治上耀武扬威的英法德美，只要不是曾经将大炮军舰摆放在大沽口外的“大英”“花旗”或“茄门”（即德国），就可以做中国的朋友，就可以与中国发生平等的翻译关系。由此可知，鲁迅想要与之发生翻译关系的实质，是要建立一种平等的民族关系，或者国家关系。鲁迅口口声声说他之所以对波兰、捷克感兴趣，是因为她们有文学，可他眼睛里盯住不放的，恰恰是文学之外的东西：“至于使一般人仅知有‘大英’，‘花旗’，‘法兰西’和‘茄门’而不知世界上还有波兰和捷克。但世界文学史，是用了文学的眼睛看，而不用势利眼睛看的，所以文学无须用金钱和枪炮作掩护，波兰、捷克，虽然未曾加入八国联军来打过北京，那文学却在。”[②]

鲁迅这段好像负气的话，嘴里说的是文学，心头想的，却不是单纯的文学。眼睛盯住的，也并非文学。譬如说，那“势利”同文学有什么关系？那国际关系间的“枪炮”与文学有何瓜葛？他的愤怒，仿佛历来的

① 鲁迅：《且介亭杂文二集·“题未定”草（二、三）》，《鲁迅全集》，第 6 卷，第 348～353 页。
② 鲁迅：《且介亭杂文二集·“题未定”草（三）》，《鲁迅全集》，第 6 卷，第 353 页。

中国政府的枪炮挡不住英美德法的军舰和大炮，中国政府抵挡不了列强的金钱引诱，而他要用一种文化兀傲，来抵抗列强；要用一种掉转身去，默默对抗列强的虎视眈眈；要用一种翻译选择，来抵抗在他看来是列强的“盛气凌人”的强权文化；要用一种文化选择，来蔑视列强的咄咄逼人。鲁迅所谓“势利”者，已经没有多少文学的因子，而是一种翻译政治。他的“不势利”，道出了他的弱国情结、弱国心态，同时也透露出他的翻译路线背后的翻译政治：他极愿意同那些没有攻打、欺负过中国的国家与民族发展文学关系；他极愿意同那些没有滥用军事强权和经济大国的势力来推行其文化的国家站在一起；他极愿意通过自己的翻译选择来表达一种抵抗，哪怕这只是一种个人的、民间的、微弱的抵抗。以此来抵抗那些仗恃强权推行“文化侵略”的国家。

第三节　“归化”“异化”与翻译的政治：“硬译”与弱国文学

韦努蒂指出，翻译是一种文化和政治的行为[①]。

作为“鲁迅模式”的主要翻译家，鲁迅在中国所有翻译家中，其抵抗意识乃是最强的。但他的抵抗跟韦努蒂所说的抵抗式翻译有所不同。韦氏的抵抗，主要是以英语为目标语的翻译过程中的抵抗。因此，我想将韦努蒂的观点推进一点，用来指不同方向的不平等文化交流语境下的翻译。因为在20世纪中国，汉译外的数量远弗如外译汉。如果这个修改成立，那么我们可以说，鲁迅的抵抗，一方面是在翻译过程中(translating)，主要体现为目标语为汉语时的民族中心主义，即反对翻译过程中体现汉语话语霸权的过分的“通顺”，而不是韦努蒂所说的那种抵抗；另一方面是在翻译对象、翻译选择方面，即通过翻译上文所说的那些没有欺侮过中国的波兰、捷克斯洛伐克等国的文学，来抵抗“‘花旗’、‘法兰西’和‘茄门’”文学。应该指出，本书使用的“抵抗”一词，跟韦努蒂使用该词不尽相同。

鲁迅这种抵抗策略的背后，可以读作骨子里呼唤一种平等的国际

---

① 郭建中编著《当代美国翻译理论》，第191页。

文化贸易关系,平等的中外关系、翻译关系。他在30年代就通过其翻译原则提醒译者和读者,国与国之间的文化关系、翻译关系,不应当是完全“通顺”的关系[①]。通观他的翻译实践、翻译言说,仿佛在无意中传达这样一个信息:跨语言的翻译,跨文化的翻译,国与国之间通过翻译而发生的民族关系,不会、不可能完全“同质”,因此也不可能是完全顺畅一致的。

从翻译政治的角度说,对于鲁迅“硬译”,曾经发生过一个有趣的误读。尽管鲁迅的“硬译”尽人皆知,不过以往人们对于他以及他所坚持的“硬译”,似乎心照不宣地视为翻译家这一面的一种语言“暴力”倾向,尽管没有人明言。然而,以今天的翻译政治理论来看,情况则刚好相反,即“通顺”得看不出翻译痕迹的翻译,恰恰是译者强力使用译入语“暴力”的结果。这样的翻译实例,在英国一直占主流的“通顺”(readability)翻译传统中,数不胜数[②];而鲁迅的“硬译”,从翻译政治的层面上看,反倒是对语言“暴力”的罕有克制,或者抵抗。倘若单单从中外文化关系的大视野来看,“硬译”后面凸显出强烈的世界意识,告诉读者,在中国之外,存在着新异的、与中华文化不能“通约”的异样文化,异质文化,以及不同的思维方式,不同的对思想的表述方式。“林纾模式”反而暴露出世界意识的稀薄,营造了一个大中华文化统领世界的幻觉;鲁迅式“硬译”,可以读作是对“林纾模式”之“中华乃世界中心”意识的解构。

从翻译的对象来说,早在留东期间作《摩罗诗力说》(1907)时,鲁迅就格外推崇“波兰诗人”[③],三十多年后在《“题未定”草》里,他还是这个思想:“……波兰、捷克,虽然未曾加入八国联军来打过北京,那文学却在”[④]。可以说,在20世纪前半期的翻译家里,鲁迅是最坚决、最自觉地将翻译和政治联在一起的。其他“没有打过中国的国度的文学”,如

① 参看鲁迅《且介亭杂文二集·“题未定”草(二、三)》,《鲁迅全集》,第6卷;《二心集·“硬译”与“文学的阶级性”》,《鲁迅全集》,第4卷。

② Baker, Mona. Ed. *Routledge Encyclopaedia of Translation Studies*, London & New York: Routledge, 1998.

③ 参看鲁迅《坟·摩罗诗力说》,《鲁迅全集》,第1卷,第91～101页。

④ 鲁迅:《且介亭杂文二集·“题未定”草(三)》,《鲁迅全集》,第6卷,第353页。

希腊史诗、印度寓言、阿拉伯的《天方夜谭》，都是可以移译的。反之，英法美的文学，鲁迅本人是不译的[①]。

在20世纪中国翻译史上，他应该是最早意识到归化和异化译法里的文化关系问题的[②]。他在《“题未定”草》里说到《死魂灵》的翻译，应该解决“竭力使它归化，还是尽量保存洋气”的问题[③]。他是赞成后者的，“宁可译得不顺口”[④]，也不主张“削鼻剜眼”。跟后来者茅盾、巴金一样，他的翻译政治里边的抵抗意识表现在他大量翻译“被侮辱被损害”民族的作品方面，以及他写的文章里面。另一方面，他与同属“鲁迅模式”的茅盾、巴金的不同，是其抵抗意识还表现在他的翻译策略上，即他著名的“硬译”立场背后隐藏的翻译政治。仅仅就此而言，翻译家鲁迅的“硬译”及其翻译后面的翻译立场，在20世纪中国翻译史上是独一无二的。从今天的角度看，这应该是一种抵抗式的翻译策略。虽然他从未使用“翻译政治”这个术语，虽然他的抵抗式翻译实践跟韦努蒂所说的抵抗含义有所不同，然而他那固执的拒绝太“顺”的翻译，今天看来，是一个不可译性或可译性的语言哲学问题，其后面隐藏着国际政治关系。他本人未必清楚表达过的翻译思想，即中西现代文明、文化体系之间并不总是存在通约性，也并不总是具有可译性。倘若从翻译政治的角度来看，鲁迅译文中备受指责的拮据的文字，陌生的词语，那些的确显得生硬的词语组合或句法，换个角度，今天似乎可以解读为：那是在向读者暗示不同文化体系、不同语言体系的明显差异和不可译性。

人们熟知的鲁迅对“异化”翻译方法的坚持和阐述，以及当年和梁实秋的激烈论战，不仅在当时显示出尖锐的意识形态分歧和对立，而且在今天可以看作意识形态作用下所体现出的不同的翻译政治。即由相当一批人所实行的“归化式”翻译方式，该方式背后的语言暴力及其翻译政治。而这个“归化”策略，其背后多少隐藏着一种假设[⑤]，即西方或

① 鲁迅：《且介亭杂文二集·“题未定”草（三）》，《鲁迅全集》，第6卷，第353页。
② 鲁迅：《且介亭杂文二集·“题未定”草（三）》，《鲁迅全集》，第6卷，第353页。
③ 鲁迅：《且介亭杂文二集·“题未定”草（三）》，《鲁迅全集》，第6卷，第353页。
④ 鲁迅：《且介亭杂文二集·“题未定”草（三）》，《鲁迅全集》，第6卷，第353页。
⑤②鲁迅：《且介亭杂文二集·“题未定”草（三）》，《鲁迅全集》，第6卷，第353页。

域外异质文化可以通过翻译完全融入中国语言、中国文化体系之中。相反,鲁迅的"异化"译法,其背后凸显出差异和多元。有意思的是,鲁迅的翻译主张,今天看来,倒是跟本雅明在《译者的任务》这篇重要论文里论述的最理想的翻译有相近之处[①],而与后来钱锺书提出的"化境"的最高境界相左。钱锺书的翻译标准实际上跟英国自17世纪至19世纪占主导地位的英语翻译规范完全一致,即"通顺翻译看起来就像英语原文创作"[②]。

现在,且让我们以第四章讨论过的鲁迅译武者小路实笃的四幕剧《一个青年的梦》为例,讨论其翻译里所传达的翻译政治、东西方的翻译关系,以及作者和译者的共谋,作为本节的结束。

前文已经说过,《梦》这个剧本沉闷乏味。其基本情节是一青年作家在陌生人引领下访问并倾听不同场景不同身份的人对国家、战争、和平、人类社会的现实和未来的意见;其基本思想是反对德英法美俄奥意日帝国主义的战争,从中可以看出托尔斯泰的反战思想和克鲁泡特金无政府主义思想的杂糅。这出长剧的翻译,让我们看到,鲁迅是如何通过翻译实现作者和译者的合谋(武者小路实笃与周作人为此剧翻译的信件往来、鲁迅译文都发表在《新青年》上),建构作者和译者对世界政治现实的解读、对未来国际政治的憧憬,表达他们对一切民族(包括中日)的扩张主义的警惕和抵抗。从中还可以看到翻译家鲁迅对中西文化的一个基本看法,这个看法可以解答他和周作人当时的世界文化观,虽然这在当时的世界政治现实中显得非常不现实。该剧第一幕,青年作家对冤死的鬼魂发表演说道:

> 无论是战胜者战败者敌国人,都只当作人们看的时候,一定要来的。被人占领,在古代是死以上的恐怖。但被占领等于不被占领的时代一定要来的。……当这时候,战争便不必要了,征服者须向被征服者讨好的时候便来了。[③]

① 鲁迅:《且介亭杂文二集·"题未定"草(三)》,《鲁迅全集》,第6卷,第353页。

② 转引自郭建中编著《当代美国翻译理论》,第193页。

③ 武者小路实笃著《一个青年的梦》,鲁迅译,《鲁迅全集》,第12卷,第73页。

在(日本)作者、(中国)译者那里,强国须向弱国讨好的时候,会来到的!强国必须翻译弱国文化的时候,也会来到的!从引文我们可以看到二周当时的翻译政治,在世界大同的乌托邦幻想的大语境下,他们还泄露了“以东方为本”的中外关系思想,以及“以文化为本”的立国思想。那是一种拒绝现代西方的基本立场。他们甚至认为,各国之间的翻译关系,应当以历史与文明悠久为准绳,应当是现代强国翻译古老的文明古国,而不是现代弱小国家一味单向地翻译现代强国。武者小路实笃本人和鲁迅在创作或翻译的时候,脑子里一定想到罗马文化与被占领者希腊文化的翻译关系,中国汉民族文化在历史上为中国其他北方游牧民族统治期间所发生的翻译关系,即统治者不得不“翻译”吸收被统治者古老文化的关系,也就是通常说的占领者文化让被统治者文化所同化的翻译关系。而作者和译者作为东方人,对中西文化先进与落后的基本态度,中西文化的翻译关系,也就能够在此清楚地看出。这里所理解的翻译关系,即现代的、机械文明时代的西方强国应该翻译、学习古老的东方文明,显然跟本章第一节所讨论的“西化模式”正好相逆。

第八章　童心的鲁迅

第一节　过屠门而大嚼:译童话诗《小约翰》(1928)

中国与荷兰的文学关系,从古至今相当有限,尽管后者曾经是海上一等大国,前者曾经是陆上一等大国。一方面,这固然是因了全世界对于荷兰文学的关注普遍地少,另一方面,则是因了中国懂得荷兰语的专门人才极为稀少,故而她的文学往往通过德译本或者法译本在他国流传。20 世纪前半期,中国通荷兰语、又愿意从事荷兰文学译介的人几乎没有。因此,鲁迅译介 F. 望・蔼覃(Frederik Willem van Eeden,1860—1932)的长篇童话《小约翰》,乃是中荷文字之交的重要事件。因为,除了译坛杂家茅盾曾经于 1922 年 7 月在《小说月报》上发表过他译的荷兰剧作家斯宾霍夫的独幕剧《路意斯》外,《小约翰》是荷兰文学译介到中国的第二部作品[①],同时亦是荷兰文学在中国的第一个单行本。考虑到整个 20 世纪翻译文学史,荷兰文学在中国的翻译,无论是作家数量、还是作品种类和数量,仍然偏少,《小约翰》的翻译出版,就更加独具意义。

此外,鲁迅翻译介绍的荷兰作家蒙德作的论述望・蔼覃的文章,德国荷兰文学学者兼翻译家保罗・赉赫(Paul Raché)作的《论 19 世纪 80 年代的荷兰文学》,令他成为 20 世纪前半荷兰文学在中国最主要的译

---

① 亦请参看李霁野的类似意见,见李霁野《未名社出版的书籍和期刊》,见赵家璧等著《回望鲁迅——编辑生涯忆鲁迅》,第 152 页。

介者。这个翻译事实说明,转译在民族间的文学关系史、文化交流史上,在特定的历史时期,还是有着不可磨灭的功绩,在两国文字之交的初期,尤其如此。

因此,中荷文字之交,不带传教色彩、传教背景的中荷文学关系,真正的开始,是在 20 世纪。早期主要的翻译,是通过不识荷兰语的翻译家进行的。周作人曾回忆留学生涯说:"曾有一篇评论荷兰作家蔼覃的文章,豫才的翻译《小约翰》的意思实在是起因于此的。"[①]后来跟随鲁迅学习做翻译、做外国文学介绍工作的未名社的青年们,也回忆说,鲁迅喜欢《小约翰》的心情,始终没有变[②]。

鲁迅对于《小约翰》的确有些偏爱。他在《小约翰·引言》里已有叙述。此外,当域外友人提及希望他能够获得诺贝尔文学奖的时候,他的反应,跟周作人所说哥哥不看重名利一样,而且出人意料的是,他把自己跟望·蔼覃相比,说"诺贝尔奖金,梁启超自然不配,我也不配,要拿这钱,还欠努力。世界上比我好的作家何限,他们得不到。你看我译的那本《小约翰》,我那里做得出来,然而这作者就没有得到"。[③] 鲁迅对《小约翰》的喜欢,由此可见一斑。

《小约翰》原作是一部童话诗,是望·蔼覃第一部引人注目的作品,亦是他的主要作品之一,发表于 1885 年。据本书原序说,这是一部"象征写实底童话诗"[④]。鲁迅是从保罗·赉赫的德译本转译的。据鲁迅日记记载,1926 年 7 月 6 日,他开手译这本书[⑤],这回还是请了老友、曾经留德学法政的齐宗颐(1881—1965)帮手。二人顶着炎炎烈日,每日下午相约来到北京中央公园(即今天的中山公园),携一壶好茶,在公园的一间小屋里,一同讨论,一同斟酌,一同饮茶,一同争论,一同汗流浃背,一同为找到一个善译而快活,又一同拍打 45 岁的脑门儿、绞尽脑汁

---

① 知堂:《关于鲁迅》,原刊 1936 年 12 月 1 日《宇宙风》30 期,见《鲁迅研究学术论著资料汇编》,第 2 卷,第 92 页。

② 参看李霁野《未名社出版的书籍和期刊》。

③ 鲁迅 1927 年 9 月 25 日致台静农信,见《鲁迅著作全编》,林非主编,第 4 卷,第 394 页。

④ 参看鲁迅《小约翰·引言》,《鲁迅全集》,第 14 卷,第 7 页。

⑤ 1981 年版《鲁迅全集》,第 14 卷:日记,北京:人民文学出版社,1981,第 607 页。

地想一个适当译法。已经45岁、人到中年的鲁迅，便是这样来翻译《小约翰》这部童话诗的。

《小约翰》里边的太阳，乃是生活之源，生命之源，希望之源，爱之源；可北平夏日的太阳，照得两位老友大汗淋漓，全靠一壶好茶消暑。初稿完成之后，鲁迅便离开居住了14年的北平，像一位自我流亡者，来到厦门大学，而后又到中山大学。在报刊和文化界的喧闹声中，他寄寓在广州的白云楼里，在更加炎热的广州夏日里，摊开译稿，重新整理、修改，并写序。历时一个月，才算完成了修改工作。

一般而言，鲁迅跟周作人一样，翻译速度很快，可这部书稿跨越了北方和南方两个盛夏，让鲁迅为它挥洒了大量的汗水，可见这部童话并不好译，以及鲁迅对它的喜欢程度。

1928年1月，《小约翰》作为"未名丛刊"之一，由未名社在北京出版①。书的封面由孙伏园之弟孙福熙设计，为了这本书的出版，鲁迅与当时在京的李霁野、台静农等多次通信，就《小约翰》中译本的版式、作者谒覃的相片、封面用纸的颜色、封面图案的颜色、封面设计者的署名、装订等问题提出自己的设想和意见。书尚未出来，就已经有相当多的人向当时已在上海的鲁迅索书②。不仅如此，鲁迅还在当时他编的《语丝》周刊4卷7期(1828.1.28)上刊登一则《〈小约翰〉广告》，说它是一本好书，是"成人的童话"③。

鲁迅是在日本留学期间，偶然看见《小约翰》的部分德译本，那是在一份德语半月刊《文学的反响》中选登的。读过之后，令他十分神往，于是鼓动勇气，跑到东京的南江堂去购买，没有；再到丸善书店，也无，只好托丸善向德国订购。三个月之后，赉赫博士的德译本也就到了鲁迅

① 鲁迅译《小约翰》版次如下：1928年1月，未名社初版；1929年5月，未名社再版；1934年11月，生活书店初版；1935年4月，生活书店再版；1937年5月，生活书店第3版；1938年6月，鲁迅全集出版社初版《鲁迅全集》第14卷；1947年6月，鲁迅全集出版社再版；1947年6月，鲁迅全集出版社大连光华书店再版；1957年2月，人民文学出版社重排本；1958年12月，人民文学出版社《鲁迅译文集》第4卷；1959年8月，香港建文书局出版。资料来源：周国伟编著《鲁迅著译版本研究编目》。

② 参看《鲁迅年谱》，第3卷，第38～39页。

③ 参看《鲁迅年谱》，第3卷，第39页。

之手[①]。

前边已经讨论过的鲁迅的一个矛盾，在翻译《小约翰》之中可以再次看到。就是他之所以喜欢童话，一则因为他从留东时起，便逐渐发展起来的儿童本位思想，更因为他从“五四”运动开始以来，一贯地认为应该以“儿童为本位”。这一层，周作人等当时的“五四”新文化主将，皆作如是观。一则是因为他喜欢童话里的那份“赤子之心”，因为他总希望自己葆有一份赤子之心，而且格外喜欢那些他认为依然葆有赤子之心的人和作品。然而，已经说过，他的矛盾，在于他非常喜欢童话，可他选译的童话，教诲的因子偏重，成人的因子偏重。连他在上述广告里都说，《小约翰》乃是“成人的童话”。

进一步说，“五四”一代人，乃至第二代的赵景深（他是徐志摩的学生）这样对童话文学有所偏爱、有所贡献的人，怀抱那种纯粹的稚童趣味、稚童意识、稚童心态的人不多。周作人在状态最好的时候，勉强算得上一个。然而，儿童的发现，乃是中国现代性的一个重要构成。由此，可以看出鲁迅、周作人和赵景深等人在这个问题上的贡献。

尽管这是一部“成人的童话”，鲁迅翻译《小约翰》，一定还是带给他不少快乐，带给他一些期盼。而且他显然也特别希望中国读者能够分享这种童趣，以及了解这部童话集对于人性的探索。这便是为什么他初到上海，便不厌其烦地给未名社的青年朋友写信，为本书的出版操心的缘故吧。

这部童话诗虽然色泽明朗，富有诗意，可它的用心颇深，不仅一般孩子不大能够轻易地明白，便是成人，也还是要花一点心思，才能领会蔼覃的用意吧。

全书凡 14 章，讲述小约翰住一所老房子里，父亲常带他外出旅行，因而常有机会跟大自然亲近，他也跟家里的小狗普列斯特和小猫西蒙成为好朋友。有一日在水池边，约翰解缆荡一只小舟到水中央，瞧见一只蓝色水蜻蜓的翅膀抖成一个大圆，中间有一娇小、苗条的身躯，他相信遇到了奇迹。那身躯生在一朵旋转的花的花托里，她与小约翰成为

---

① 参看鲁迅《小约翰·引言》，《鲁迅全集》，第 14 卷，第 7 页。

好朋友,她让约翰叫她"旋儿"。旋儿领着约翰四处走看,约翰觉得自己变小变轻,可以入水下,可以听蟋蟀讲话,听野兔述说人类怎样给了他一个打击。他们在火萤的引领下进了兔子建造的大堂,在辉煌的大堂见到妖王,妖王赠送约翰一把小金锁匙,小锁匙可以打开小金箱,箱内有至宝。但谁有那个小箱子,妖王却不告诉他,要他自个儿去寻。

旋儿像个蓝色小精灵,其父是太阳,其母是月亮,她厌恶人类,却将小约翰当作好朋友,要让他见识许许多多的东西。约翰因找不到知道小箱子的人,旋儿便叫他把钥匙埋起来。于是,约翰一觉醒来,钥匙不见了。后来他又见到旋儿,旋儿领着他目睹了许多人类的丑恶,接着来了一个名叫"将知"的,他告诉约翰,应该有一本"真正的书",此后约翰不再那么高兴自得了。旋儿怪他终究还是一个人,要约翰全身心地爱她,可"将知"告诉约翰:"人类存着金箱子,妖精存着金锁匙,妖敌觅不得,妖友独开之。春夜正其时,红膝鸟深知。"[①]等他转身去找旋儿相问的当儿,旋儿却已经永远地离开了他。

他后来遇到一个小姑娘,叫荣儿,长得酷似旋儿,却又不识旋儿。荣儿也成了他的朋友,可荣儿父亲认定约翰说了对上帝大不敬的话,不许他再同荣儿在一起。约翰一心要取回钥匙,好帮助人类,可他又遇到"穿凿"[②],这"穿凿"有些像《浮士德》里的魔鬼靡菲斯特。"穿凿"是个黑色的家伙,个头儿比约翰大不了多少,大头大耳,瘦身细腿,眼睛发亮。他说要领约翰去寻觅那本大书,可他领着约翰去见了号码博士,博士的房间堆满各种书籍、玻璃和铜制器具,颇似浮士德离家前的那个房间。博士正要解剖一只白兔,约翰上前相救,博士告诉他:"我们正是人类而非动物,而且人类的和科学的尊荣,是远出于几匹小兔的尊荣之上的。"[③]听到这话,约翰用颤抖的手,又把解开的绳索捆在兔子的四爪上。穿凿又引他走下虫路去,路又狭又暗,走到路的深处,穿凿告诉他,先前在跳舞会上看到的最美的东西,在这里都是死尸。穿凿还嘲笑他

① [荷]蔼覃著《小约翰》,鲁迅译,《鲁迅全集》,第 14 卷,第 102 页。

② 鲁迅的译名,中译者原注为"Pleuzer",德译"Klauber",也可以译作"挑选者""追求者"等。见《鲁迅全集》,第 14 卷,第 135 页。

③ 蔼覃著《小约翰》,鲁迅译,《鲁迅全集》,第 14 卷,第 154 页。

的旋儿，渐渐地，他开始相信，根本就没有什么旋儿，正如穿凿反复强调的："全无！全无！只有人们和号码，这都是真的……"[①]

春终于来了，可穿凿不让约翰热爱太阳，只带他到博士冰冷的住处去。约翰渴望回家，见一见慈爱的父亲，穿凿也不让。终于有一天，有人要死了，来请博士去看看，他获准跟随博士一道去，这样他才回到熟悉的家乡，走在熟悉的小径上，见到了床上躺着的父亲，可他已不能向垂死的父亲表达强烈的爱。穿凿偏说，他是否你的父亲，与你有何相干呢？博士弄不清父亲得了什么病，父亲死后，穿凿拿起一把小刀，要解剖父亲，搞清问题，于是发生了一场"人情与科学求知"的象征性格斗；在童话里，便是小约翰同穿凿抢夺那把小刀。末了，穿凿消失了，因为约翰还爱着人类。

很久以后，约翰抬起头，日光照进来，一个柔和的声音叫道，"太阳的孩子！太阳的孩子！"[②]他仿佛看见蓝衣的旋儿。旋儿升空，他亦想升腾，然而大地拖住他的脚，旋儿飘远了，飘远了，约翰顶着凛冽的夜风，坚定地继续走那人世间的暗路。

19世纪的蔼覃，在《小约翰》里传达了一个深刻的忧虑，这种忧虑恐怕不是一般儿童可以理解的。身为医生，蔼覃表达了19世纪的科学家和人文学者的一个担忧：倘若缺少人文关怀、缺少伦理学的引导，科学技术在某些极端的"科学狂"的手里，是否会变成漠视人性、冷酷无情的东西？是否探索和科学本身，成为压倒一切的目的？甚至反过来操控人类，压制人类？雪莱夫人的小说《弗兰肯斯坦》传达的也是同样的忧虑。这种后来在理论上被称作"异化"[③]的担忧，使得《小约翰》远比一般的成人作品还要复杂。

《小约翰》的复杂，在于它不单是揭露人类的丑恶，鞭挞人间世的黑暗和不人道，更在于批判"科学主义"。我们看到，约翰跟随穿凿学得愈多，他的人之常情就愈淡漠。穿凿引导他学习的东西，跟旋儿教他见识

---

① 参看蔼覃著《小约翰》，《鲁迅全集》，第14卷，第182页。

② 蔼覃著《小约翰》，《鲁迅全集》，第14卷，第205页。

③ 这里所说的"异化"，跟前边讨论翻译论争中的"异化"概念，完全不是一回事。而跟马克思、恩格斯的"异化"论述有关。

的东西，刚好相反：一个是浪漫的、无忧无虑的、童真的，一个是冷酷的、求知的、反人性的、走向复杂的。可二者有一个共同之处，这便是鄙视人间世，蔑视人类，远离人类。穿凿引领约翰钻那条幽深狭长的“虫路”，便可看作一个象征：象征一种固执的探索和追求。然而在蔼覃笔下，那里没有高尚，没有真正崇高的爱，没有求真求知的那种愉悦，而是被描写成一种偏执，一种近乎疯狂的、不顾一切的偏执。

号码博士教导约翰说：“科学的人，高于一切此外的人们。然而他也应该将平常人的小感触，为了那大事业，科学，作为牺牲。你愿意做一个这样的人么？”[①]这句话，听来诚然不错，可蔼覃描写号码博士的笔调，惟有冰冷，刻板，缺乏生气，缺少生命的乐趣。尤其是写他为约翰垂危的父亲瞧病的时候，博士那见病不见人的冷漠态度，异常清晰地表明了蔼覃对博士的否定，对于博士悖离人性、悖离人情的“科学至上”态度的反感与质疑。读到这里，我们一定会联想到鲁迅当年初始习医、随后弃医从文的转变，以及这转变背后的对于科学和文学于社会改良、社会进步之作用的思想。

另一方面，蔼覃对于小动物的描写充满感情，浸透着充满“人性”的笔墨。他创造了一个可爱的人类以外的生物界，一个受到人的活动不断侵犯的生物界（如兔子的地方被人建房强占了），与这个原本丰富，充溢着生趣、生命力的世界相比，号码博士的世界始终是寒冷、孤寂、黯淡、了无生趣、了无生气的。博士为了知性的追求，要将小兔子活活杀死。这触及人是应该凌驾于万物之上，还是应该尊重万物，珍惜弱小动物，珍惜一切生命这个重大的哲学命题和科学伦理问题。从这个主题来看，蔼覃的思想超前了足足一百年，直到 20 世纪 60～80 年代，这个胸怀更为博大的“人道主义”（或许应该谓之“万物平等主义”）才逐渐引起有识之士的共鸣和提倡[②]。

《小约翰》恐怕糅入了蔼覃的人生体验，从广义上说，也可以看作人生的一个象征，一个诗意的浓缩。事实上，鲁迅骨子里最喜欢这样诗意

① 蔼覃著《小约翰》，鲁迅译，《鲁迅全集》，第 14 卷，第 154 页。

② 请参看 Rachel Carson's (1907—1964) *Silent Spring* (1962)。

却又深刻地洞察、描写人生。

小约翰年幼时，遇到旋儿，与太阳、明月及花草虫鱼为伴，稍长便不能满足于旋儿所提供的单纯美好的生活，便去寻找那本“真正的书”，即求知。他遇到“将知”，遇到“永终”（即死亡），后来又遇到“穿凿”，遂与“穿凿”为伍，因为穿凿答应他，领他去寻找那本书。穿凿代表着人类的求知欲，跟随他一路同行，充满困惑、矛盾、惊异和痛苦，可人的好奇心使得约翰又一时舍不得离开他。穿凿的直截了当粉碎了童年的梦幻，他仿佛代表着在充满矛盾中探索这个世界的欲望。鲁迅总结说：“约翰正是寻求着这样一本一看便知一切的书，然而因此反得‘将知’，反遇‘穿凿’，终不过以‘号码博士’为师，增加更多的苦痛。直到他在自身中看见神，将径向‘人性和他们的悲痛之所在的大都市’时，才明白这书不在人间，惟从两处可以觅得：一是‘旋儿’，已失的原与自然合体的混沌；一是‘永终’——死，未到的复与自然合体的混沌。而且分明看见，他们俩本是同舟……”[①]

德国研究荷兰现代文学的保罗·赍赫在他那篇论述 19 世纪 80 年代的荷兰文学论文里，将蔼覃指为当时荷兰青年作家的领袖，集合在蔼覃所创办的《新前导》期刊周围。正是他指出，《小约翰》是“象征写实底童话诗”[②]。不过，以我们不能读原文的读者来看，鲁迅的汉译还残留了一些诗的意味，但原作那种浓郁的诗味，还是感受不太明显。

鲁迅说他虽然不愿意别人劝他去吃他所爱吃的东西，然而他特别爱吃的东西，他又每每忍不住地要劝别人尝一尝。读书亦复如是。《小约翰》便是他喜欢读的一本书，不知不觉地便有了翻译的愿望，愿意别人也来看[③]。而且很早他就有了这个愿望，久不实行，反倒使他产生了一种负债之感。

鲁迅喜欢《小约翰》，翻译《小约翰》，除了他一贯的启蒙姿态，另外也是因了译家自身一种未泯的童心。这个童心，在鲁迅的思想里，亦可称作“白心”（关于“白心”的含义，请参看本章第三节）。他同时也暗暗

① 参看鲁迅《小约翰·引言》，《鲁迅全集》，第 14 卷，第 8～9 页。

② 保罗·赍赫：《德译本原序》，鲁迅译，《鲁迅全集》，第 14 卷，第 24 页。

③ 参看鲁迅《小约翰·引言》，《鲁迅全集》，第 14 卷，第 9 页。

地期盼,在中国引动更多的童心。他将这种“成人的童话”译给成人看,应该说,乃是希望中国人有更多的“赤子之心”,抵抗一个缺少本真、缺少真爱、缺少童心的现代社会。与1922年翻译爱罗先珂的童话集、童话剧不同,鲁迅此时的心境恐怕早已没有了《桃色的云》那样的梦幻般的色彩。可是,在四周此起彼伏的文化论争的喧闹声中,他本人并没有忘记《小约翰》,或许也希望以此来抵抗喧嚣的环境,来建立——哪怕是暂时的——一个与围剿的喧闹截然相反的世界。他的别一个矛盾,在他一面希望国人,包括他自己,在心里保留一块“童心的世界”;可另一面,就是他本人,也很难做到长时间地驻留在那里。“成人的童话”,换句话说,亦可以解作成人用稚童的语言、稚童的心态来解读人类历史的尝试,一种“背着童话皮”的“成人教喻”。从这个意义上讲,不知是否也可以说,希望人们葆有一份童心,也希望自己葆有一份童心的鲁迅去翻译《小约翰》,在当时愈来愈意识形态化的中国现实里,也是一种“过屠门而大嚼”的心态呢?

第二节　新俄国的新一代:中篇童话《表》(1935)——兼谈童话《小彼得》(1929)

1929年9月27日,海婴出生。海婴的出生及其一天天长大,不知在多大程度上给鲁迅带来从未有过的欣喜和崭新的期许?新生命的到来,增加了鲁迅家庭生活的乐趣,则是无疑的。原本就具备“白心”的他,看着新一代的海婴,看着纯然童心的海婴,心头一定会浮上甜蜜的欣喜和新的憧憬。他与日本朋友(如增田涉)的通信里,反复提到海婴,海婴的淘气哪,海婴提出的孩子气问题哪,海婴的成长哪,海婴的体弱哪,童年海婴的“尚武”梦想哪,等等。字里行间,无不流泻出一种崭新的欣喜和期许。不过,这样的新期许和心情,又在多大程度上影响他翻译童话,已无从得知,因为鲁迅特别不愿意将家庭生活同他的文学和翻译活动扯到一起,他的日记也不录此等事。不过,我总觉得,家庭中新生命的诞生,应该给人到中年的鲁迅带来难得的暖色,难得的春意。将这样的新希望结合自己此时的文学偏好和意识形态方面的认同,或许多少推动鲁迅选择翻译《表》吧。

《表》是部中篇小说，是苏联L. 班台莱耶夫（L. Panteleev，1908—）的作品，据说他原来是个流浪儿，他曾经写过一部长篇自传体小说《辽恩卡流浪记》。像对整个苏联的新文学一样，鲁迅并不了解这位苏联作家，对此他是很坦诚的。他所据的，不过是一点翻译时候的零星介绍，还有就是自己读着喜欢。因此，鲁迅说他是“世界闻名的作者”[①]，恐怕未必确当。不过，我们倒是可以添上一句有根有据的话：鲁迅是第一个将班台莱耶夫的作品译介到中国的译家[②]。鲁迅说它是个中篇童话，但我读来却像一部中篇少儿小说，不知为何鲁迅要说它是中篇童话[③]？可能是借用日译本或德译本的介绍，可这部中篇，没有童话里那种想象的成分，反倒是写实的。至少在汉译本看来是如此。

1935年1月1日，新年伊始，鲁迅开手译《表》，1月12日译讫。他是从爱因斯坦女士（Maria Einstein）的德译本重译的，翻译时还参考了日本槙本楠郎的日译本《金时计》[④]。虽说不像真正意义上的童话，不过，这部作品是为孩子们作的，则是没有问题的。中译本1935年7月由上海生活书店初版[⑤]。

《表》述俄国革命后，苏维埃政权初期一个小流浪儿，名叫彼蒂加，

---

① 鲁迅:《表·译者的话》,《鲁迅全集》,第14卷,第295页。

② 参看《二十世纪中俄文学关系》,陈建华著,北京:高等教育出版社,2002,第270页。

③ 参看《二十世纪中俄文学关系》,陈建华著,北京:高等教育出版社,2002,第270页。

④ 参看《二十世纪中俄文学关系》,第296页。

⑤ 鲁迅译《表》版次如下:1935年7月,上海生活书店初版;1936年10月,生活书店再版;1936年3月,生活书店第3版;1937年2月,生活书店第5版;1937年10月,生活书店第6版;1942年12月,华北新华书店初版;1943年2月,华北新华书店新2版;1943年2月,新少年出版社桂林版;1944年3月,胶东文联、青联版;1945年1月,晋察冀新华书店版;1945年10月,学艺出版社渝版;1945年12月,新少年书局版;1946年5月,上海生活书店(少年文库)版;1946年5月,上海生活书店北平版;1947年2月,上海生活书店第2版;1948年4月,上海生活书店第3版;1948年9月,哈尔滨光华书店版;1949年6月,河南新华书店版;1949年7月,山东新华书店版;1949年9月,浙江新华书店版;1950年6月,北京三联书店版;1951年10月,人民文学出版社第1版;1956年2月,人民文学出版社第4次印刷;1955年9月,(上海)少儿出版社新1版;1959年11月,人民文学出版社“文学小丛书”第1版。资料来源:周国伟编著《鲁迅著译版本研究编目》。

因饿极了偷了一小块蛋饼，被捉住揍了一顿后扭送警察局。在看守所里，遇隔壁一个醉鬼库兑耶尔发酒疯，将金表误交给他。他欣喜若狂，以为发财了，谁知此后为这表吃尽了苦头。他被送往教养所，因为有了金表，他惟一的想法，便是尽快逃走。他本计划当夜携表而逃，谁知他睡过了头，次日警察局又派人来找他，原来库兑耶尔酒醒后要他还表，他否认拿过表，又回到教养所。可因为半夜起来搬木头，想拿回埋在地下的金表逃走，结果表没拿回来自己却冻病了，得了肺炎，三星期后才从死神手里脱逃。这期间教养所的负责人、医士、小伙伴儿都对他很好，于是他的良心、正义感慢慢复苏，且得到所长信任，派他独自上街采购绿色颜料。他无意中碰到那泰沙，她是他一次晚上做梦时结识的小朋友，那泰沙在大街上害羞地卖一个小物件，他冲上去一看，原来是那块金表原配的表链，他才明白那泰沙是酒鬼库兑耶尔的女儿。他羞愧地将金表塞给那泰沙，买了颜料回到了教养所。

《表》是一个流浪儿讲述的流浪儿的故事，苏联社会的浪子回头新编，述彼蒂加如何在新社会得到改造。可以说，这是一部对未知的新事物、未知的新社会、未知的未来充满期许的小说。说它是"未知"的，其实是"未确知"的意思，因为它在当时还太新，缺乏历史的检验。由此，我们窥见翻译家鲁迅此时的心态。但这个中译本多次的再版①，说明中国读者对它的惊人需要，说明中国图书市场的转向，也说明了翻译家、出版商特别容易受意识形态操控的重要原因。

这样的新题材，对于鲁迅，恐怕是新鲜有趣的，而对于今天的中国读者，已没有了新鲜感。因为此后 70 年的社会实践已经给出了答案。因为 20 世纪 50～70 年代的中国有了太多类似的新社会成功改造人的小说和故事。在鲁迅看来，启蒙的目的是改造社会，那么，怎么改造？改造之后是什么样？国民改造成为什么样的新人？谁也没有底。谁也不可能完全相信理论家的断言。而《表》这篇根本不像童话的"童话"，讲述的正是一个拿犯罪当一日三餐的人，在教养所改造成一个有羞耻

① 参看前注的本书中译本的版次。亦请参看参看陈建华著《二十世纪中俄文学关系》，第 270 页。

心、有社会责任感、有正义感的新人。

匈牙利作家至尔·妙伦(Hermynia zur Muehlen)的童话《小彼得》比《表》更像童话一些。译者同样不太了解原作者,《小彼得》是许广平跟随鲁迅习日语的成绩,是从林房雄的日译本重译的[①]。译完后,大概鲁迅觉得译文比较拘泥于日译本,又"大加改译了一通"[②]。所以,这个译本,可以说是我们公开见到的许广平、鲁迅夫妇合作翻译的主要结果[③],倘若不是惟一结果的话。

但要说到中国对匈牙利文学的介绍,最早的先驱者当推鲁迅。他在 1907 年的《摩罗诗力说》里介绍过著名诗人裴多菲·山多尔(1823—1849),翌年又翻译了艾密尔的《裴多菲诗论》。而孙用 1931 年从世界语翻译裴多菲的长诗《勇敢的约翰》,就是在鲁迅的一再关心和帮助下,找到出版商的(详见本书第十一章)。

《小彼得》凡六篇,各篇互有关联。妙伦假小彼得作连接各篇的"机关",将不同故事串联起来。首篇《煤的故事》,后来在中国变得颇有名,说的是小彼得溜冰摔折了腿,躺在床上,无意间听到几块煤谈天,说起煤矿里矿工的辛苦和危险。一块煤说,矿工出事时倒在它身上,它听到"人类的叫喊和呻吟声"[④]。故事末了,煤块说:"倘若穷人们一同协力起来,就能够将现在成着有钱人的东西的一切,都拿在自己的手里的。"[⑤]

其他五篇童话,分别透过火柴盒子(在书中便叫作《火柴盒子的故事》,以下各篇同)、水瓶、毯子、铁壶、破雪草的经历,来控诉有钱人的冷酷,穷人的受欺压和受剥削。各篇虽然主角不同,故事有异,可旨意大

①②鲁迅:《小彼得·序言》,《鲁迅全集》,第 14 卷,第 237 页。

③ 指许广平和鲁迅公开发表的合译。鲁迅晚年译著如此之多,应该与许广平在鲁迅生命中后 10 年的协助不无关系。许广平、鲁迅译《小彼得》版次如下:1929 年 11 月,上海春潮书局初版;1938 年 6 月,鲁迅全集出版社初版《鲁迅全集》第 14 卷;1939 年 1 月,上海联华书局重印初版;1958 年 12 月,人民文学出版社《鲁迅译文集》第 4 卷;1959 年 9 月,香港建文书局出版;1962 年,上海少儿出版社重印第 2 版。资料来源:周国伟编著《鲁迅著译版本研究编目》。

④ [匈]至尔·妙伦著《小彼得》,许广平、鲁迅译,《鲁迅全集》,第 14 卷,第 244～245 页。

⑤ [匈]至尔·妙伦著《小彼得》,《鲁迅全集》,第 14 卷,第 248 页。

致相同，都是揭露阶级的压迫，鼓动穷人觉醒，起来反抗。如火柴盒子讲森林里的财主多么刻薄；水瓶控诉宗教的冷酷无情，地狱不过是人造的；毯子哀叹造染料的工人忍受有毒物质，因为厂主造房子贪图便宜，厂房不通风；铁壶用对比手法讲述他在富人和穷人家里经历过的天壤之别的生活。末篇《破雪草的故事》点题：要相信“人类的世界里，永久之春也就会来的罢。只是他们应该由战斗得到”①。

因此，《小彼得》是一部对儿童作阶级意识启蒙的童话集。相信 20 世纪 50～60 年代的中国儿童，对《火柴盒子的故事》这篇童话相当熟悉。因为这篇童话曾作为小学读本或者儿童课外读物，在当时十分有限的少儿读物书架上占有一席。当时选用它的主要原因，显然出于意识形态方面的考虑，因为本篇童话的主要用意，倒不在启迪童真，启发好奇心，而是灌输阶级压迫、阶级反抗意识。事实上，《小彼得》里边的童话，篇篇充溢着鲜明的阶级意识，离一般童话对儿童作趣味的阅读，启发儿童丰富的想象力，引导儿童了解外面的世界，培养他们对未知事物的好奇心、对小动物和其他生物的爱的童话标准来，已经差距甚远。它们所负载的阶级压迫意识，对儿童来说，或许太过沉重。

同样，它们离周作人所谓的“天然的童话”，相去甚远，且因承载着太多成人的思想、成人的意识、成人的见识而不太像童话了。

第三节　俄罗斯国民性种种相：《俄罗斯的童话》(1934～1935)

1936 年鲁迅去世后，雪片般的悼念文章里边，不少人将鲁迅与高尔基相比，很多人索性将他称为“中国的高尔基”。有的说俄国之失去高尔基，不如中国之失去鲁迅损失大，也有的说高尔基不如鲁迅伟大。这些都不是本书所关心的。本书关心的是鲁迅 30 年代翻译高尔基。具体来说，便是翻译高尔基的《俄罗斯的童话》。

中国对高尔基作品最早的译介，是晚清译家吴梼 1907 年在《东方

① ［匈］至尔·妙伦著《小彼得》，许广平、鲁迅译，《鲁迅全集》，第 14 卷，第 292 页。

杂志》第4卷上连载的《忧患余生》[①]。鲁迅对高尔基的推崇,在未名社初期就开始了。可以说,他是中国的"高尔基热"的推动者之一。早年在北平的未名社,他就敦促青年朋友多译高尔基。可是,他翻译高尔基,却比较晚,数量也不算多。大概一面是为了给新创刊的《译文》输送稿件,一面自然是译者原本的愿望。鲁迅从1934年9月起,开始翻译高尔基的《俄罗斯的童话》。译稿陆续译出,然后陆续地在《译文》月刊上发表。9月14日,他译出第一、二篇,并为之写了《后记》,刊载于《译文》1卷2期(1934.10.16),署"邓当世"的笔名[②]。接着,《译文》1卷3期发表了他译的第三篇,4期刊出第四、五、六篇,《译文》2卷2期发了他译的第七、八、九篇。这几篇翻译的时间,已经翻过文坛上所谓"杂志年",跨入所谓"翻译年"之后,即1935年3月22日译成。此后,鲁迅的译笔并未停下,将余下的第10至16篇译讫,译稿也给了译文杂志社,不过却未刊出。连鲁迅也不知道为什么。他后来回忆道,"然而第九篇以后,也一直不见登出来了。记得有时也又写有《后记》,但并未留稿,自己也不记得说了什么。写信去问译文社,那回答总是含含胡胡,莫名其妙"[③]。

《俄罗斯的童话》单行本,最初由文化生活出版社1935年8月出版[④]。中译本是从日本高桥晚成的日译本重译的。鲁迅在是年8月8日夜为单行本写的《小引》里说:

> 这《俄罗斯的童话》,共有十六篇,每篇独立;虽说"童话",其实是从各方面描写俄罗斯国民性的种种相,并非写给孩子们看的。发表年代未详,恐怕还是十月革命前之作;今从日本高桥晚成译本

---

① 该作品原名《该隐和阿尔乔姆》。参看陈建华著《二十世纪中俄文学关系》,第275页。

② 《鲁迅年谱》,第4卷,第100页。

③ 鲁迅:《俄罗斯的童话·小引》,《鲁迅全集》,第14卷,第427页。

④ 鲁迅译《俄罗斯的童话》版次如下:1935年8月,上海文化生活出版社初版;1938年6月,鲁迅全集出版社出版《鲁迅全集》第14卷;1940年9月,文生社第4版;1944年9月,文生社渝1版;1947年8月,文生社第5版;1949年11月,文生社第6版;1950年10月,文生社第7版;1958年12月,人民文学出版社《鲁迅译文集》第4卷。资料来源:周国伟编著《鲁迅著译版本研究编目》。

重译，原在改造社版《高尔基全集》第十四本中。[①]

换言之，尽管高尔基在作品里反复申言，“别忘记这是童话”，可《俄罗斯的童话》（以下简作《童话》）并非童话。所谓童话，多少是个幌子，是高尔基为作品的荒诞性作遮掩。要言之，这又是一部并非童话的童话，是为成人而写，译者也是为成人而译。从这个意义上说，高尔基的并非童话的童话，正合鲁迅胃口。倘若用此观点来看鲁迅本章翻译的其他童话，亦未尝不可。

早年留学日本时期，尽管鲁迅已经特别关注俄国文学，尽管高尔基当时已颇有文名，但当时鲁迅并不特别想翻译高尔基[②]，至少不甚引动鲁迅的译介兴趣。他最喜欢的，倒是安特莱夫和果戈理。30 年后，鲁迅的译笔渐渐地落在高尔基身上，表面上看，这或许说明鲁迅的一个变化。可倘若我们细读这部童话，发现里边不少篇什，用那“滑稽的笔法写隐惨的事迹”[③]，这在高尔基的风格里似乎倒是不多见，可在果戈理和安特莱夫那里、在波兰的显克微支那里，倒是十分常见，此亦是早年鲁迅喜欢他们的一大缘由。由此可见，与其说是鲁迅的变化，毋宁说鲁迅发现了别一种笔法的高尔基。

高尔基的这部童话，笔调极度夸张，像是给俄罗斯人画像，不过画的可是漫画。人物都是成人，没有儿童；人物的思想、言语、心理的描写夸张到荒诞的地步。因此，这部《童话》，还可以叫作“荒诞的俄罗斯”。

譬如第五篇，有个俄罗斯人，人到中年，忽然觉得自己缺少什么，于是他遍数手指、脚趾，皆为 10 个；再查看眼耳鼻，一应俱全；问老婆，回答亦是该有的尽有，并不缺少零件儿。他想来想去，忽然发现：“唉唉！是的，我没国民的脸相呀！”[④]知道了毛病，他便想尽办法使自己长得像一个俄罗斯人，其中一个法子，是用舌头在自己脸上到处舔了一通，还

---

① 鲁迅：《俄罗斯的童话·小引》，《鲁迅全集》，第 14 卷，第 435 页。

② 知堂：《关于鲁迅》，原刊 1936 年 12 月 1 日《宇宙风》30 期，见《鲁迅研究学术论著资料汇编》，第 2 卷，第 94 页。

③ 知堂：《关于鲁迅》，原刊 1936 年 12 月 1 日《宇宙风》30 期，见《鲁迅研究学术论著资料汇编》，第 2 卷，第 93 页。

④ 高尔基著《俄罗斯的童话》，鲁迅译，《鲁迅全集》，第 14 卷，第 477 页。

是不行。无奈之下，去找警察局长，局长劝他去接触异族人，他便去找犹太人、格鲁吉亚人、鞑靼人等，结果挨了耳刮子，又被人送到警局。警局的医生来给他诊病，安慰他，“一点不错，但您想必知道，现在的脸，是可以穿上裤子的脸了……”①

《童话》全书凡16篇。很多篇什都同第五篇一样荒诞滑稽，却又很难笑得出来。第一篇嘲讽一位俄罗斯学者，大学讲台上的哲学教授，是一个为了饭碗可以不要自由、却又自我标榜为“厌世主义”的哲学家。第二篇述一个家中有老婆孩子的诗人，吟咏着失恋和希望的破灭，颇有中国“为赋新词强说愁”的遗风。他的那些自己从不相信的诗，一行卖到16戈比，却导致一位善良、执著的俄罗斯青年读完诗后自杀。

第九篇讲述滥杀无辜者的故事。荒唐之中透着冰冷的现实。上司下了一道严令：“凡怀异心者，应即毫不犹豫，从所有隐匿之处曳出，一一勘定，然后以必要之各种相当手段，加以歼除：此令（原译文如此——引者注）。”②执行这命令的，是浑身长着长毛、连衣服都不用穿的阿仑提·斯台尔文珂，他到处试探市民，故意撩拨他们，查看他们是否怀有不满和异心，然后抓人。后来在他上报经费的清单上，赫然列着“诛戮者”“绞毙者”各数百人的成绩。最奇的，竟然还有“事前死亡”和“自杀”二项，也算作他的工作成绩上报。末了，他被上司定了个侵吞公款罪，判他做三个月苦工完事，而在他手下屈死者却达千人。

好一个丑陋的俄罗斯！介绍到这里，大概人们明白，鲁迅为何要译高尔基的这些不是童话的童话了吧。

鲁迅曾经特别介绍过第三篇，因为在众多丑陋的画像之中，他以为本篇的诗人算得上是一个还算良心未泯的人，因此还值得宽恕。诗人沙伐庚原本的工作是用诗给“匿名殡仪馆”草拟广告。他的广告诗让人读来忍俊不禁：“您颈子和前额都被殴打着，/到底是躺在暗黑的棺中……/您，是好人，是坏人，/总之是拉到坟地去……您，讲真话，或讲

---

① 高尔基著《俄罗斯的童话》，鲁迅译，《鲁迅全集》，第14卷，第482～483页。

② 《鲁迅全集》，第14卷，第508页。

假话，/也都是一样，您是要死的！”[1]他的诗是以长度计算的，他把诗拿到殡仪馆去，可那里不要，因为人家认为犯不着用死来教训活人，人家以为时候一到，他们自然就死掉了。可是，没想到一家名叫《送终》的杂志的创刊号却刊登了他的诗，取了《永劫的真理之声》这样惊世骇俗的题目，结果他因此而声名鹊起，因为有评论家说他的诗厌世，讲出了生活无意义的真话。一片赞扬声中，他开始觉得自己也许是个真正的诗人，他与摩登女郎银荷特拉结了婚，一边继续涂抹些咏诵死亡颓废的诗，一边快乐地生儿育女，与妻子享受生活。直到老婆与另一位欣赏他的诗的评论家偷情，直到他厌倦了这一切虚假，看着自己五岁的女儿丽沙，头一次吟起了热爱女儿、热爱生活的真诗。可他的妻子和那位评论家都不喜欢他突然冒出来的新诗，因为他原本以讴歌死亡而著名。末了，妻子偕同她的情夫离开了他，而他又去弄那些为殡仪馆作的广告诗。

译者称这部《童话》，乃是俄罗斯国民性的种种相。这样丑陋的国民性，这样丑陋的国民画像，别的国家并不是没有。我们可以有《丑陋的法国人》，自然还可以有不叫“丑陋的英国人”的英国文学作品，同样也有美国传教士明恩溥写的《中国人之特性》（Chinese Characteristics）。由此，似乎可以看出鲁迅所谓国民性探索的一大特色，即他“怒其不争”的、民族的、丑陋的国民性，才是他的关心所在，而并非普泛的、抽象的国民性，也不是国民性美好的一面。他的国民性探索只限于“探丑”，因此，他的国民性既跟人性有关，又跟抽象的人性判然有别。因为他的工作是“国民性审丑”，所以他似乎并不单纯从普泛的人性弱点一面入手，而是有特定的意识形态眼镜的。这一层，或许是他后来与周作人的重要分野。

藤井省三曾经指出鲁迅的“白心”思想。所谓“白心”，即“无邪”（innocence）。他剖析鲁迅的“白心”思想时，曾引述鲁迅《破恶声论》中的一段文字：

---

① 鲁迅：《鲁迅全集补遗续编·破恶声论》，见《鲁迅著作全编》，林非主编，第 3 卷，《集外集新编》，第 54 页；亦可参看藤井省三著《鲁迅比较研究》，第 220～221 页。

> 故病中国今日之扰攘者，则患志士英雄之多而患人之少。志士英雄，非不详也。顾蒙帼面而不能白心，则神气恶浊，每感人而令之病，奥古斯丁也，托尔斯泰也，约翰卢骚也。伟哉，其自忏之书，心声之洋溢者也。若具本无有物，徒附丽是宗，辄岸然曰善国善天下，则吾愿先闻其白心，使其羞白心于人前，则不若伏藏其议论，荡涤秽恶，俾众清明。[①]

这个“白心”思想，近似人们通常说的“赤子之心”，但“白心”最容易在儿童身上找到。有些类似于安徒生童话《皇帝的新衣》那个说出真相的孩子的心态。藤井省三进一步指出，“白心”可以看作是看破社会矛盾和虚伪的力量，在“无邪”的精神中寻求社会批判的主体[②]。正所谓“盖惟声发自内心，朕归于我，而人始自有己；人各有己，则群之大觉近矣”[③]。鲁迅盼望保持住“白心”，涵养“白心”，也是他涵养新国民性、造就新国民的一个方面。

周作人说创办“新生”杂志时期的鲁迅，其思想差不多是民族主义的[④]。此语很确当。鲁迅早年周围往来较多的师长友朋，多数都是民族主义者。此外，大概他早年所受的民族压迫、民族欺凌的刺激很深，因此构成了他创作、翻译的一种特别的视角。这种视角有个人的因素，有民族历史的因素，亦有不断演变中的意识形态的因素。民族历史的因素，即中国当时所处的历史地位，恐怕不用多讲；意识形态的因素，本书第六、第七两章也有讨论；这里再讲讲个人因素对鲁迅翻译选目的影响。

从个人角度讲，凡是绅士的、正统的、强势的、热门的、趋之若鹜的，他皆持怀疑态度，取一种避离姿态，这在他似乎是一种本能[⑤]；相反，倘

---

① 鲁迅：《鲁迅全集补遗续编·破恶声论》，见《鲁迅著作全编》，林非主编，第3卷，第54页；亦可参看藤井省三著《鲁迅比较研究》，第220～221页。

② 见《鲁迅比较研究》，第220～221页。

③ 《鲁迅比较研究》，第220页。

④ 知堂：《关于鲁迅》，原刊1936年12月1日《宇宙风》30期，见《鲁迅研究学术论著资料汇编》，第2卷，第93页。

⑤ 知堂：《关于鲁迅》，见《鲁迅研究学术论著资料汇编》，第2卷，第90～94页。

若是非正统的，弱势的，遭受冷落的，受欺凌、受压迫的，他似乎不由自主地易生亲近之感，可能取同情、支持态度。由此似乎可以看出，他在不少方面是一个感性十足的文学家和翻译家。

第九章　苏联革命文学和俄国文学的翻译

第一节　请看“同路人”:译《十月》(1933)

20 世纪 30 年代初,鲁迅连续译了苏联新兴作家的作品。这些作品,尽管在苏联国内已开始引人注目,可在当时的中国,名气远没有 40～60 年代那样大。值得注意的是,鲁迅多次陈说,他译介的苏联时期的这几位新兴作家,他都不甚了解。以这样一种前提开始译介,我以为,在鲁迅那里,应该有他一个总的设想,或者说,应该有一个明确的翻译目的。而且这个设想的出发点,首先不是文学的。

譬如他翻译的苏联作家雅各武莱夫(今译雅科夫列夫,1886—1953)的中篇小说《十月》,法捷耶夫(1901—1956)的长篇小说《毁灭》,都是他所不太了解、不太熟悉的新兴作家的作品[①]。倘若将鲁迅此时与梁实秋的激烈论争考虑进来,倘若将他此时与其他不赞成“无产阶级文学”的人的论争考虑进来,再把当时中国文艺界左翼内部关于“无产文学”的论争考虑进来,鲁迅的翻译动机应该是:他渴望证明,尤其是通过翻译来清楚地证明,是否有无产阶级文学,什么是无产阶级文学,无产阶级文学应该是什么样的,已有的无产阶级文学是什么样的。鲁迅当初翻译片上伸的《阶级艺术的问题》,这个问题就悬置在那里,因缺少结实的、令鲁迅感到有价值的作品而无法回答。

① 鲁迅:《关于〈毁灭〉》,《鲁迅全集》,第 18 卷,第 265 页。

一个有趣的插曲，乃是日本的无产阶级文学，在 20 年代初，已经逐渐兴起。从小牧近江、金子洋文等创刊《播种人》(1921 年)为起点，到《文艺战线》(1925)创刊，再到鲁迅开始译介苏联无产阶级文学的 20 世纪 20 年代末期和 30 年代初期，日本无产阶级文学已逐渐进入其高潮期(1928～1934)。可鲁迅几乎没有译介当时颇为热闹的这一派作家的作品，而似乎主要是通过该派的无产阶级评论家藏原惟人、青野季吉翻译的苏联文艺思想或作品来向国人介绍苏联的文艺政策、文艺理论以及文艺创作。

即便已经有了日本的无产阶级文学，可在鲁迅看来，上文所说无产阶级文学究竟是什么样的这个问题，依然存在。换句话说，译家自己也急切地想要知道，真正的无产阶级文学是什么样的。他设想，如果一时间国内的创作拿不出像样的成绩来，那就用翻译他国文学来证明，这其实是他一贯的翻译先行、翻译开路的文化建设路数。有趣的是，在当时的中国，无论是鲁迅，还是他的反对派，在思考这个问题时，很少从经济学的角度来考察(郭沫若倒是在 1924 年翻译过河上肇的《社会组织与社会革命》，1925 年由商务印书馆初版)。在当时那些文化决定论的改革者看来，似乎这个问题跟经济学无关，完全可以从文学的角度或者文艺理论的角度讲清楚。

我们看到，他所选译的这些作家作品，作家本人是“无产阶级出身”或者是无产阶级革命的同路人；小说的主人公是无产者；小说预期的阅读对象，即片上伸所说的“赏鉴者”(见《阶级艺术的问题》)，似乎也首先是“无产阶级”。

尽管从当时社会发展的实际来讲，读者主要是无产阶级这个说法，究竟是假设还是事实，尚待商榷。况且从理论上讲，上述因素，是否足以证明文学作品可以这样划分，可以证明无产阶级文学独立存在的必要性，还是个问题，可鲁迅在这样一个时期，这样一个连续的译介行为，说明他是指望这个问题得到正面的回答。

中篇小说《十月》和长篇小说《毁灭》，皆描述一个新兴国家的诞生。它们或描写她的诞生过程，或描写她诞生不久发生的大事件。作为翻译家，鲁迅注意到二书的明显不同在于《十月》重事件，《毁灭》重人物。

不过，它们描写的主要对象，都是原来的工人、农民，和卷入到重大事件中来的、与工人农民在一起的知识分子。这样的小说，显然令鲁迅感到从未有过的新鲜、异样、兴奋。但这种新异感，这种兴奋，恰恰证明鲁迅其实还是站在知识分子的立场上，他本身从头到脚还是一位纯粹的知识分子，而不是后来很多的研究者反复强调的，他已经站在无产阶级的立场上发言、立说。因为，倘若鲁迅以这样一个姿态，就可以算是站在了无产阶级立场上，那么，其实鲁迅当初迫切想证明的问题，当初急切地希望通过翻译来证明的东西，本身就没有了必要。所以说，许多鲁迅研究者在一段时期内反复强调的立场问题，在鲁迅本人那里从来没有发生过，他本人亦从不这样看自己。

《十月》写作的时间，大概是 1923 年。鲁迅于 1929 年 1 月 2 日开手译这个中篇，开始译出第一至三章，然后作了一篇《译者识》。译文从日本井田孝平的日译本转译，译文前两章最初在郁达夫负责编的《大众文艺》月刊 1 卷 5 期发表，时间是 1929 年 1 月 20 日。第三章接着发表在该刊第 6 期(1929.2.20)。但这项译事并未按预期那样一直进行下去，因郁达夫中止了《大众文艺》的编辑[①]。没了发表的园地，鲁迅便中断了译事，直到 1930 年夏天，才在“一个玻璃门的房子里”译完余下的第 4 至第 28 章。即 8 月 30 日才译完全书，并作《后记》[②]。全书译稿 1933 年 2 月由上海神州国光社出版，列为《现代文艺丛书》之一[③]。

此外，上海 1930 年出版了另一个《十月》中译本，译者为杨骚，由上海南强书局印行。从单行本出版的时间看，杨骚译本是《十月》第一个

---

① 鲁迅：《十月·后记》，《鲁迅全集》，第 18 卷，第 256 页。此外，月刊《大众文艺》1928 年 9 月 20 日在上海创刊，1930 年 6 月 1 日终刊，上海现代书局发行，共出两卷 12 期，第一卷由郁达夫、夏莱蒂编辑，第二卷实际上由陶晶孙、龚冰庐负责编辑。该刊从第二卷第三期始成为中国左翼作家联盟的机关刊物之一。

② 鲁迅译《十月》版次如下：1933 年 2 月，上海神州国光社初版；1933 年 11 月，上海神州国光社再版；1938 年 6 月，鲁迅全集出版社出版《鲁迅全集》第 18 卷；1939 年 5 月，鲁迅全集出版社初版；1940 年 6 月，鲁迅全集出版社再版；1952 年 6 月，人民文学出版社重印第 1 版；1952 年 11 月，人民文学出版社重印第 2 版；1953 年 9 月，人民文学出版社版第 4 次印刷；1958 年 12 月，人民文学出版社《鲁迅译文集》第 7 卷。资料来源：周国伟编著《鲁迅著译版本研究编目》。

③ 鲁迅译《十月》，1933 年 2 月上海神州国光社初版。

中译本，也是雅各武莱夫作品单行本首次在中国翻译出版。可是，鲁迅翻译雅各武莱夫的短篇小说《农夫》，刊发在 1928 年的《大众文艺》1 卷 3 期上(1928.11.20)，署名“鲁迅译”。这个情况使得他成为最早译介雅各武莱夫作品的中国译者[①]。

1917 年的“十月革命”，使得全世界都将目光转向俄国。俄国以外的人们，尤其是中国那些苦苦探索民族出路的有心人，都格外想要知道俄国的十月究竟发生了什么？当时人们了解的，大多是从俄国外面看俄国；欧洲、美国的作家们，包括中国的新文人，如徐志摩、胡适等，也利用旅行的机会，前往苏联走马观花地看看新俄国的情况。他们笔下所描写的，大多是俄国革命之前、之后的俄国。然而，从俄国内部描写这场改变了世界历史的革命，以“在场”的身份和进行时态记录这场革命，恐怕是很多人最想看到的吧？这也正是鲁迅翻译《十月》的一个主要原因。

以“在场”身份记录这场史无前例的大革命，也就使得读者可以身临其境地“经历”或者“目睹”这场革命，好像是看东边隔壁的工人亚庚、西边隔壁的工人哥俩儿伊凡和华西理，拿起枪来；或参加临时政府一边的白军，或参加布尔什维克一边的工人队伍，就这样对垒街头，这样亲眼看着身边刚才还在骂人的工人伙伴儿、水兵轰然倒地，去了另一个世界。这里，没有什么特别壮烈的语言，有的只是母亲的哭泣、劝阻和咒骂，交战双方一个一个地倒下去，人们拿枪的手，包括士官候补生，由颤抖到不再颤抖。这，想必也是“不在场”的译家鲁迅，选译这个他不熟悉的作家作品的重要缘由吧？

《十月》凡 28 章，每章各有小标题。这部小说，无论是从写作技术，还是艺术创造力、艺术想象力来看，皆算不上格外突出。它的写法，有些接近中国后来的报告文学。它突出的是事件，而不是写人。我以为，这或许刚好是鲁迅选译它的原因之一，尽管他深知小说之道是写好人物而不是事件，写好事件那应该是新闻记者的事情：因为他自己太想知道作家以“在场”身份来描写这个重大事件了。《十月》记录的事件发生

① 参看陈建华著《二十世纪中俄文学关系》，第 300～301 页，本书说法与该书略有不同。

地不在当时的俄京彼得堡，而是莫斯科。第一章题为“墨斯科闹了起来”，雅各武莱夫选择莫斯科市内的普列斯那街的几个家庭，围绕这几个家庭以及周围的邻居来经历十月革命在莫斯科发生的一幕。小说开篇，便是“布尔塞维克开枪呵”的叫喊声，就此揭开布尔什维克与社会革命党的交战，在小说里主要是莫斯科的巷战。

华西理跟哥哥伊凡都支持社会革命党，开战之后，华西理毫不犹豫地准备参加这一方，可他一路上瞧见的都是普通工人，拿着枪涌到布尔什维克一边，更让他惊奇的是，隔壁的亚庚，半月前还是社会革命党员，今天却在布尔什维克的队伍里。目睹广场四角的工人朝士兵欢呼“乌拉”，他感到羞愧，亲眼见了万国旅馆附近的战斗，他狐疑地回到家里，没有了参加白军的热情。而原本受他保护的亚庚，有些稀里糊涂地参加到布尔什维克一方，因为他并不是因为主义，而是因为追随他羡慕的工友，与工友一道参加了布尔什维克的队伍，参加了巷战。这些工人临时组成的队伍，缺乏训练有素的军官的指挥，组织松散，就在万国旅馆附近的战斗中，伙伴们犯了军事上的错误，一个个被士官候补生击毙，连亚庚本人，也让一个士官候补生面对面地用枪打死。华西理的哥哥伊凡当晚也回到家里，告诉弟弟他已报名参加了白军，翌日清早，他不顾母亲的哭泣，径自投了士官候补生的队伍。跟亚庚不同，他已经很成熟，参加了广场上的战斗。尼启德门边的激战，伊凡不仅打死了一些红军，还亲手将刺刀捅进一个工人弟兄的肚子。

战斗进行到第三天，伊凡这才怀疑起来，他感觉到，所有的军队，包括从欧战前线回来的军队，都加入到对方一边，成为敌人。以为自己乃是为真理而战的伊凡，不禁想：莫非真理果真在他们那边？打到第五日，莫斯科的白军陷入孤立无援的困境，双方的高层开始议和，和议达成，白军缴械，伊凡却仿佛感到受了欺骗，受了嘲笑似的。

战斗结束后，亚庚的母亲四处找寻独生子，她不知道儿子已战死；伊凡换了平日穿的便装回到家，沉默寡言，街上有士兵随便将抓到的白军将校杀死。而伊凡逐渐失去原来的信念，开始对手刃的工人感到负罪与内疚，他总是在想：“谁是对的？”当他意识到自己站错了队时，他拿出手枪，跑到亚庚的坟前，将子弹射进自己的太阳穴。

鲁迅还将亚历山大·雅各武莱夫的《作者自传》译出,附在译文前边。从这个自传里,读者了解到,雅各武莱夫出生于劳动者的家庭,父亲是油漆匠,父系的所有亲戚都是种地的,母亲家里是伏尔加河的船夫。他的所有父系亲戚,没有一个识字[①],惟有母亲和外祖父能读教会的斯拉夫语的书,可是不会写字。不过,倘若我们看到鲁迅译讫《毁灭》之后,也同样附了法捷耶夫的《作者自传》在前边,也同样了解到法捷耶夫的父母属于底层的草根阶级(他的父母作过医生助手,后来父亲购置田产,从事小麦种植);倘若我们联想到他在翻译高尔基的《俄罗斯的童话》之后写道:"高尔基出身下等,弄到会看书,会写字,会作文,而且作得好,遇见的上等人又不少,又并不站在上等人的高台上看,于是西洋镜就被拆穿了。"[②]那么,我们便明白鲁迅是想证明,文学并不是有产阶级所专有。西洋镜的说法,道出了翻译家鲁迅对于陈西滢、梁实秋等人的不满。他是针对论敌们、即那些"教授"们、"学者"们来说的。所以,他用嘲讽地笔调写道:"如果上等诗人自己写起来,是决不会这模样的。我们看看,这算是一种参考吧。"[③]

撇开译家的意气用语,读者还是可以看出,鲁迅选译《十月》和《毁灭》,本意是要证明无产阶级文学的存在。他采用的方法,是翻译,翻译无产阶级的文艺理论,翻译当时被视为无产阶级文学的作品。从 1903 年开始,到1906～1909 年,再从 1918 到 1936 年,他几乎一直使用翻译来作观察、思考的一种方式,来启蒙,来输入,来破坏,来建设。如果当时发生了论争的话,除去作文反驳,他也常常使用翻译来论争,来证明,来反驳。

鲁迅特别关注的,似乎并非作品是社会主义的还是共产主义的,他真正予以特别关注的,是他认为的一种新型的文学样式,一种"无产者"的文学。令他感到新异的,是作品应该有一种草根阶级的"素朴",乃至一种粗犷,但也有文学必须具备的真实。因此他特别提到《十月》里的

---

① 雅各武莱夫著《十月·作者自传》,鲁迅译,《鲁迅全集》,第 18 卷,第 11 页。

② 参看鲁迅《俄罗斯的童话·小引》,《鲁迅全集》,第 14 卷,第 426 页。

③ 参看鲁迅《俄罗斯的童话·小引》,《鲁迅全集》,第 14 卷,第 426 页。

人物,“没有一个是铁底意志的革命家”[①],这的确是《十月》的一大特色,同人们后来大量读到的中国的“无产阶级文学”作品完全两样。

鲁迅还告诉读者,雅各武莱夫所写的,是十月革命发生之时莫斯科的一群人。若想了解在其他的环境里,其他人的不同的情感,“我以为自然别有法兑耶夫(A. Fadeev)的《溃灭》在”[②]。他这里所说的《溃灭》,就是他翻译的长篇小说《毁灭》。

第二节 “拿货色来”:译《毁灭》(1931)

法捷耶夫的《毁灭》,最初因了鲁迅的翻译,后来也因了中国的俄苏文学热,在中国格外有名。第一个将法捷耶夫的作品译介到中国的人,是鲁迅。法捷耶夫另一部在中国格外有名的长篇小说是《青年近卫军》,那是水夫译的,1947 年由上海时代书报出版社出版。

《毁灭》分为三部,凡 18 章。法捷耶夫写这部小说,是在 1925～1926 年间。鲁迅开手翻译,应该是在 1929 年年尾。1930 年元月 1 日起,第一、二部的译文开始在《萌芽月刊》1～6 期连载,当时的译名为《溃灭》,译者署名“隋洛文”。第三部的翻译,跟《十月》一样,同样是因了刊物的停刊,而未能一鼓作气地译完。不过这回停刊的是《萌芽月刊》。鲁迅的译文从日本藏原惟人的日译本转译。鲁迅说,藏原惟人的日译本题名《坏灭》,他的译名《溃灭》便据此得来。后来又得到 Verlag fur Literatur und Politik 出版的德译本和 D. Charques 的英译本各一种,鲁迅据此校改后,又将该书第三部译完[③],始易名《毁灭》。

---

① 鲁迅:《十月·后记》,《鲁迅全集》,第 18 卷,第 254 页。

② 鲁迅:《十月·后记》,《鲁迅全集》,第 18 卷,第 254～255 页。

③ 鲁迅:《毁灭·后记》,《鲁迅全集》,第 18 卷,第 612 页。

《毁灭》全书译稿，于1931年9月30日由大江书铺初版[①]。初版时还是用“隋洛文”的笔名，但即便用笔名当时还是不能公开销售，只能在内山书店和其他一些小书店半公开地售卖[②]。同年，鲁迅又以“三闲书屋”的名义，用大江版的纸型，于1931年11月26日自费印行了第二版[③]。由此可见鲁迅对此书的喜爱程度，亦可见译家希望有更多的中国读者读到这部当时来自新俄的“禁书”，同时也说明这部作品在中国当时有非常多的读者。

这部长篇在中国比《十月》更有名，影响亦更大。在鲁迅看来，这部书的特别价值在于写人，解剖人的本相。鲁迅本人的小说，事件往往很淡，比较模糊，笔墨主要用来塑造人物。用他自己的话说，喜欢“解剖人的本相”。这一回，法捷耶夫解剖的主要对象是工人、农民以及知识分子。在鲁迅看来，作品呈现一种以前的文学所不曾有过的阶级意识。跟《十月》不同，《毁灭》虽然也属战争小说，可真正打仗的场面反而模模糊糊、隐隐约约，直到第三部，小说结尾的时候，法捷耶夫才把笔墨用来正面描写战斗。

作品写的是一群人，而不是一两个人物。因此作品描写的，是一个工农群体，当然也有知识分子，但已不是书斋里、讲堂上的那类知识分子。相信这也令当时的译者鲁迅感到新鲜，这恰好又证明，译者的立场仍然是书斋里的知识分子立场。当然，对于当时的中国读者来说，这也是很新鲜的。他们队伍的名称很怪，叫袭击队。袭击队分为三个小队，一个小队是苦勃拉克率领的农民小队，另一个小队是图皤夫领导的的

① 鲁迅译《毁灭》版次如下：1931年9月，上海大江书铺初版；1931年11月，上海三闲书屋再版；1933年8月，上海大江书铺再版；1938年6月，鲁迅全集出版社出版《鲁迅全集》第18卷；1939年5月，鲁迅全集出版社初版；1940年10月，鲁迅全集出版社再版；1943年，华北书店出版；1947年9月，汉口光明书店出版；1948年6月，鲁迅全集出版社再版；1951年4月，华东人民出版社重印本；1952年6月，人民文学出版社重印第1版；1952年12月，人民文学出版社重印第2版；1953年5月，人民文学出版社第3次印刷；1953年9月，人民文学出版社第4次印刷；1957年10月，人民文学出版社重排第2版；1958年12月，人民文学出版社《鲁迅译文集》第9卷；1959年8月，内蒙古人民出版社出版。资料来源：周国伟编著《鲁迅著译版本研究编目》。

② 《鲁迅年谱》，第3卷，第284页。

③ 《鲁迅年谱》，第3卷，第284页。

矿工，最后一个是美迭里札领导的牧民队伍。鲁迅认为，法捷耶夫写农民的缺点最多。他们要小聪明，自私，贪图小便宜，去作侦察时不敢傍近敌人，只是坐在树林里抽烟，到时候便回去交差①。与此相对照，最受法捷耶夫称赞，同时也深受鲁迅赞扬者，是图皤夫小队的矿工。他们纪律严，逃兵少，当矿工出身的木罗式加偷老乡的瓜被捉后，矿工们毫不手软地斥责他、骂他，在紧急情况下，矿工小队集合得最整齐。连后来归队的木罗式加，在整个部队遭受毁灭性打击之后，他作侦察走在队伍前边，是他遭遇敌兵之后冒着生命危险朝天连开三枪，为后面的部队发信号，自己反被乱枪打死。

日译本译者藏原惟人对这部长篇小说在苏联无产阶级文学上的地位，有一个描述，相信这也是鲁迅选译它的原因之一：

> 这作品是在苏联无产阶级文学上，代表着它那新的发展阶段的。一九二三年发表的里白进斯基的《一周间》，是在当时的无产阶级文学的杰作，但其中以描写共产党员为主，还没有描写着真正的大众。革拉特珂夫的《水门汀》，纵有它的一切的长处，而人物也还不免是类型底的。但在这《毁灭》中，法捷耶夫是描写真正的大众，同时他还对于类型和个人的问题，给以美妙的解决。只有比之《水门汀》，缺少情节底趣味这一点，许是它的缺点罢。②

革拉特珂夫的《水门汀》，在中国又译作《士敏土》，曾在20世纪50年代的中国风行一时。《毁灭》中译本的译者倒没有明确地评述《毁灭》在无产阶级文学上的地位，可他一连翻译这么多的无产阶级文艺论著，还有被视为无产阶级文学代表作的《十月》和《毁灭》，应该说已经很清晰地表明了他的翻译用意。下面便来看看，这部无产阶级小说到底写了什么。

《毁灭》第一部，述传令兵木罗式加在执行任务途中救了负伤的美谛克，把他送到战地病院养伤。美谛克是从镇里来的学生兵，原本不是

---

① 鲁迅：《毁灭·后记》，《鲁迅全集》，第18卷，第603～604页。

② 藏原惟人：《关于〈毁灭〉》，洛扬译，见《鲁迅全集》，第18卷，第274页。

莱奋生部队的，他年青漂亮，在病院得到大家的关心，尤其得到看护妇、木罗式加的老婆华里亚的照料，美谛克和华里亚彼此萌生爱意。木罗式加所在的部队是个袭击队，队长是犹太人莱奋生，个子矮小，知识分子出身；袭击队的任务主要是保存力量，骚扰、袭击敌人。木罗式加路过瓜田，忍不住偷瓜被捉，莱奋生决定召集村民开会，处理木罗式加，结果木罗式加被昔日的矿工伙伴图皤夫臭骂一通，他也痛痛快快地认了错。然而，军事形势愈来愈糟，莱奋生深夜紧急集合部队，各小队队员散失最严重的，要算苦勃拉克的农民队伍，他本人亦酒醉未醒，莱奋生决定开拔。

第二部叙美谛克伤愈，加入农民小队。战事方面，通往乌苏里的乌拉辛斯克山谷，日军侦察四处活动，常和莱奋生部队遭遇，八月底，日军开始前进。日军侦察来到莱奋生部队营地，引起混乱，平素大话连篇的毕加吓得将脸贴着地面，朝树林里放枪。在农民小队里，美谛克同谁也合不来，很苦恼，华里亚爱他，可他却又不敢公开同她好。莱奋生部队陷入困境，不得不杀高丽人的猪来果腹，美谛克反对，吃肉的时候却也照吃。部队为了行动方便，不得已用药结束了已无治愈希望的战士弗洛罗夫。情况更加吃紧，牧民小队的队长美迭里札被派出去作侦察，莱奋生夜里巡查，遇站岗的美谛克，美谛克告诉他，他想离队。

第三部，美迭里札到了一个哥萨克驻扎的村子，偷听人谈话时被抓，第二天在广场上很英勇地被打死。莱奋生知道出事了，带领部队沿美迭里札走过的路前进，路遇并击溃了哥萨克骑兵，晚上在村里过夜，又被大批哥萨克包围，队伍奋力突围，逃入森林，死伤已泰半，谁知前面又遇绝路——泥沼，好容易搭桥过了泥沼，剩下的队伍疲惫不堪地往土驼·瓦吉的大路走，以为已逃脱重围。美谛克被派作前卫侦察，木罗式加拉开距离跟在后边，疲惫的美谛克骑在马上打盹，及至哥萨克兵拉着他的马头，喝令他下马，他吓得翻身落马，拼命逃跑；木罗式加也迷糊地骑马跟上来，待到发现哥萨克兵时，已经太晚，但他还是拔出手枪，朝天开了三枪，为队伍发出警告，为此他送了命。无计可施的莱奋生只好挥刀朝前冲，冲了好一阵，他以为自己早死了，可等他清醒过来，发现枪声已落在后边，慢慢地，陆续逃出来的部下，一共有 18 人，可副队长巴克拉诺夫战死。一支原本150人的部队,如今只剩19人。莱奋生大哭一场,领着18残兵朝着前边打麦场走去。

译家鲁迅特别注意者,是法捷耶夫如何解剖这些人物的本相,以及这些人各自的群体特征。前者在于鲁迅,是一贯的,后者却明显带有鲁迅近年来阅读、翻译苏联文艺理论的痕迹,即一种阶级意识。这在鲁迅是一个新的意识,而早年与鲁迅针尖对麦芒的郭沫若,此时也在阶级意识的作用下,从1928年到1930年,一口气译出美国作家厄普顿·辛克莱的三部长篇《石炭王》(1928)、《屠场》(1929)和《煤油》(1930)。由此可以看出,鲁迅译无产阶级文学,已然不是孤立的翻译事件;同时,还可以从翻译文学角度看到鲁迅和郭沫若的靠拢。

鲁迅对莱奋生部队三个小队的分析,开始带有比较明显的马克思主义经济学观点,如他认为农民最散漫,贪图小便宜,矿工最有纪律性,最能够服从大局等。这种不是从个体,而是从群体来读解文学,解读人物;这种从群体的代表来描写、塑造这个群体的方法,后来逐渐发展成为几十年中国文艺批评的一种模式。但鲁迅早先的使用,一则是受日译本评述文字的影响,一则也带有他的个性。在他,在当时,无疑是一种新的尝试,同样也有个人的阅读体验;然而在很多的后来者那里,尤其是20世纪50～60年代的那些后来者,似乎将这种模式推进到很少、甚至几乎没有个人阅读的地步。也就是阅读之前就已经有了结论;阅读之后即便有了个人见解,亦不会实话实说。

鲁迅认为本书解剖得最深刻的,要算是知识分子。这部小说的一个特点,不是在知识分子的世界里描写知识分子,而是将知识分子置于工农的世界里来描写他们。这种写法,在鲁迅看来,在过去的文学里边是没有的。鲁迅用了一个"外来的智识分子"①来形容他们,倒是别有眼光。本书主要写的知识分子有两个,一个是美谛克,他很多事情都看不惯,他有看法,跟谁都合不来,却很少能够坚持自己的主张。紧要关头,他反而不能像平日毛病很多的木罗式加那样毅然拔枪,而是抱头逃跑。另一个知识分子便是队长莱奋生。鲁迅认为,莱奋生是个有坚定

① 鲁迅:《毁灭·后记》,《鲁迅全集》,第18卷,第605页。

信念的人，他的信念是应该有“新的，美的，强的，善的人类的渴望”，然而现实则是几万万人民仍旧过着无意义的穷困的生活，因此，他的渴望必须与劳苦大众相连接，于是，“莱奋生必然底地和穷困的大众联结，而成为他们的先驱”[①]。这样的评述语言，已经可以看出鲁迅参照了原作评论或日译本评论的意见。莱奋生的真实性，在于人们以尊敬与绝对的信任看待他，可他在险恶的环境下也时有动摇，也有失措，也有无可奈何。这个人们心目中的“强者”，也暴露出很多软弱，只是不为人察觉罢了。

鲁迅译出《毁灭》第二部第一至三章之后，认为这几章特别重要，因为这几章“可以宝贵的文字，是用生命的一部分，或全部换来的东西，非身经战斗的战士，不能写出”[②]。这段话不妨反过来理解，正是因了鲁迅没有经过真正战场的战斗，加之他渴望摧毁旧的世界、旧的秩序的愿望，加之他对于无产阶级怀抱的新的希望，也正是因为他对于无产阶级的了解远弗如他对于知识分子、官僚阶级的了解，他才对法捷耶夫的这部中篇如此推崇。同样，他对于苏联，基本上也是远距离的想象。他站在俄国革命之外来看俄国革命，因此他的头脑里充满了希望：

> 革命有血，有污秽，但有婴孩。这《毁灭》正是新生之前的一滴血，是实际战斗者献给现代人们的大教训。虽然有冷淡，有动摇，甚至于因为依赖，因为本能，而大家还是向目的前进，即使前途终于是“死亡”，但这“死”究竟已经失了个人底意义，和大众相融合了。所以只要有新生的婴孩，“毁灭”便是“新生”的一部分。中国的革命文学家和批评家常在要求描写美满的革命，完全的革命人，意见固然是高超完善之极了，但他们也因此终于是乌托邦主义者。[③]

---

① 鲁迅：《毁灭・后记》，《鲁迅全集》，第18卷，第609页。

② 鲁迅：《〈溃灭〉第二部一至三章译者附记》，见《鲁迅著作全编》，林非主编，第3卷，《集外集新编》，第613页。

③ 鲁迅：《〈溃灭〉第二部一至三章译者附记》，见《鲁迅著作全编》，林非主编，第3卷，第613～614页。

第三节 “新俄小说家二十人集”:《竖琴》与《一天的工作》(1933)

鲁迅在1932年9月13日的日记写道:“……夜编阅《新俄小说家二十人集》上册讫,名之曰《竖琴》。”[①]六天后,即9月19日,他又在日记里记下他当日下午编定下册、并取名《一天的工作》的译事。如果说,他译的《十月》乃苏联初期“同路人”文学的中篇,《毁灭》是“无产者”文学里的长篇,那么,《竖琴》则是前一类作家的短篇小说译文集,《一天的工作》则主要是后者的短篇小说选。这些中篇、长篇、短篇小说翻译的时间杂混一起,大约从1929年1月开手译《十月》起,一直延续到1933年。《竖琴》和《一天的工作》里边的短篇,陆续译出后,部分篇什在刊物上发表,有些收入译文集前则未曾发表。译文集出版的时间,前一本是在1933年1月,由上海良友图书印刷公司出版[②],后一本于同年3月由同一家公司出版[③]。上下册分别附有译者的“前记”和“后记”。

跟前面第一节、第二节讨论的两本译作一样,鲁迅对那些新进的俄苏作家了解有限。之所以要急切地译介到中国来,首先是意识形态的作用。当然,更重要的原因,是当时中国知识分子的苏联想象愈来愈美好,相当一部分中国读者真诚地渴望了解这个新兴国家,了解这个充满

① 《鲁迅著作全编》,林非主编,第5卷,第1045页。

② 鲁迅译《竖琴》版次如下:1933年1月,上海良友复兴图书印刷公司初版;1933年6月,上海良友复兴图书印刷公司再版;1933年11月,上海良友复兴图书印刷公司第3版;1935年12月,上海良友复兴图书印刷公司第4版;1938年6月,鲁迅全集出版社初版《鲁迅全集》第19卷;1939年10月,上海良友复兴图书印刷公司普及本初版;1941年10月,上海良友复兴图书印刷公司普及本第2版;1953年8月,人民文学出版社重印第1版;1954年1月,人民文学出版社第1版第2次印刷;1958年12月,人民文学出版社《鲁迅译文集》第8卷。资料来源:周国伟编著《鲁迅著译版本研究编目》。

③ 鲁迅译《一天的工作》版次如下:1933年3月,上海良友复兴图书印刷公司初版;1933年6月,上海良友复兴图书印刷公司再版;1933年12月,上海良友复兴图书印刷公司第3版;1936年3月,上海良友复兴图书印刷公司第4版;1938年6月,鲁迅全集出版社初版《鲁迅全集》第19卷;1941年7月,上海良友复兴图书印刷公司普及本初版;1945年6月,上海良友复兴图书印刷公司普及本再版;1958年12月,人民文学出版社《鲁迅译文集》第8卷。资料来源:周国伟编著《鲁迅著译版本研究编目》。

希望的邻国，了解这个新兴国家的新文学。此外还有一个原因，就是鲁迅始终需要翻译作品来支持当时的一些刊物，同时还需要补贴家用。众所周知，鲁迅定居上海后，翻译数量大增，一个重要原因，便是经济的催迫。没有了教育部的职务，辞去了教职，要支撑一个用度并不少的小家庭，主要的经济来源，应该是写作与翻译。

鲁迅在这两本译文集中选译的部分作家，是头一次被介绍到中国。鉴于中国读者对这些作家实在陌生，鲁迅在《后记》里逐一介绍入选的作家，倘若太不熟悉，或材料不多，则径直翻译源语本的介绍文字。

《竖琴》的十篇小说，悉皆苏联当时所谓“同路人”作家的作品。其中有两篇为鲁迅的青年朋友柔石从英译本转译，它们是《老耗子》(M. 淑雪兼珂作)和《物事》(V. 凯泰耶夫作)；还有一篇为留苏的曹靖华从俄文原作翻译，即《星花》(B. 拉甫列涅夫作)。而鲁迅的译作，主要从日译本转译，亦有从德译本转译的。这样一种源语本来源，听起来似乎有些杂乱，却也把当时译家和编选者急切为读者的心理、不拘一格的选目方式，多少勾画出来。

鲁迅译的七篇，依次为《洞窟》(M. 札弥亚丁)、《在沙漠上》(K. 伦支)、《果树园》(K. 斐定)、《穷苦的人们》(A. 雅各武莱夫)、《竖琴》(V. 理定)、《亚克与人性》(E. 左祝黎)以及《拉拉的利益》(V. 英培尔)。首篇为札弥亚丁(通译札弥亚京，1884—1937)的《洞窟》，是从米川正夫的日译本《劳农露西亚小说集》选译的。据中译者介绍，作者乃造船专家，革命前是个布尔什维克，到了30年代大概已被看成反动作家，少有发表作品的机会。这篇小说初读有些晦涩，但看了中译者的介绍后，倒觉得并不难懂。所谓“洞窟”，指彼得堡的一户人家，在饥寒交迫之中，家里仿佛成了原始的洞穴，无食物、无暖气、无生气。小说开篇和结尾出现的“冰河、猛犸、旷野”的意象，仿佛把人带入史前的原始状态，男主人公为生病的妻子玛沙去偷柴，末了将“蓝的小瓶子”交给玛沙，任由她服毒自杀。一种无底的绝望在小说里蔓延。

第二篇是伦支(Lev Lunz)的《在沙漠上》，也是从米川正夫的《劳农露西亚小说集》转译。本篇取材自《出埃及记》，后半部采用了《民数记》，述以色列人随摩西出埃及，来到沙漠，开始对摩西充满怀疑和怨怼，小说里的摩西也只是在坛上口吐白沫，讲一些可怕的言语。以色列人后来遭遇米甸人，双方大战，以色列人终于胜出，他们中间的非尼哈，任意玩弄虏来的女人，当他翌日清晨习惯性地想杀死她的当儿，却因她胴体的诱惑而不能动手，此后的人一个个上来杀她，却一个个与她睡觉，于是疯狂与淫荡在以色列人中间传播。最后非尼哈枪刺赤条条的"撒路之子心利"，也刺穿了躺在他下边那个赤条条的女人。此后，以色列人终于离开营地，向着"流乳和蜜的国土"走去。鲁迅在《后记》里指出，"篇末所写的神，大概便是作者所看见的俄国初革命后的精神"[①]。

在鲁迅译的七篇中，最长的一篇要数《竖琴》(该译文集最长的译文是曹靖华译的拉甫列涅夫著的《星花》)。其作者是理定(通译理金，1894—1979)，他毕业于莫斯科大学。"竖琴"者，是小说中悲凉的背景音乐。作品叙十月革命后最初的半年，犹太人雅各·勃兰不堪家乡的混乱与虐杀，乘火车上莫斯科来寻公道，结果在莫斯科寻到的，除了饥饿，就是寒冷。他还患了伤寒，逃脱死神之后又找不到事做，只好回家乡，谁知他在家乡的房子被充公，父亲不知去向，他也莫名其妙地进了监狱。当初与他一同乘火车到莫斯科的姑娘芳妮，住在留巴伯父住的公寓里，一天，公寓里数人被抓，其中的演员渥开摩夫被枪毙，留巴伯父也莫名其妙地被判了死刑。这是一个"过渡期"的俄国，作者笔下的莫斯科陷入一片混乱与大动荡，饥饿、失业、偷窃、管理者骇人的错误，比比皆是。小说收篇时，"竖琴在风中吟哦"，予人深深的悲凉。

尽管中译者对这些新兴作家不太了解，然而鲁迅的翻译，一直集中在两类作家：前一类即所谓"同路人"，他们并非无产阶级，只是对俄国无产阶级革命持支持、同情态度，所谓"一时同道的伴侣"罢了；后一类是"无产者"文学，这一类鲁迅选了八篇，收在《一天的工作》里。而他在《竖琴》里选译的那些作品，相信到了20世纪后半期，一般中国大陆的译家，不会去翻译类似的将俄国革命后的初期描写得如此混乱不堪的作品吧？但这也正好是鲁迅选译《竖琴》的历史价值。应该指出，鲁迅在《竖琴》里选译的一些"同路人"作家，如札弥亚丁、伦支、理定等，皆是

① 《鲁迅全集》，第19卷，第245页。

首次译介到中国。

《一天的工作》也选译了九人十篇作品，其中前两篇还是“同路人”文学，后八篇则是“无产者文学”。而且，其中有两篇乃别人所译，署名文尹。这所谓的“别人”，不是别人，正是当时与鲁迅接触密切的友人瞿秋白。

为帮助读者了解这些新俄作家，译者在《后记》里同样将九位作家、十篇小说逐一介绍。这九位作家及其作品依次为：《苦篷》(B. 毕力涅克)，《肥料》(L. 绥甫林娜)，《铁的静寂》(N. 略悉珂)，《我要活》(A. 聂维诺夫)，《工人》(S. 玛拉式庚)，《一天的工作》《岔道夫》(A. 绥拉菲摩维支)，《革命的英雄们》(D. 孚尔玛诺夫)，《父亲》(M. 唆罗呵夫)以及《枯煤・人们和耐火砖》(F. 班菲诺夫和 V. 伊连珂夫合作)。

除了当时在中国已颇有名气的苏联作家绥拉菲摩维支的两篇小说，还有肖洛霍夫的一篇，也就是鲁迅译作“唆罗呵夫”的那位。鲁迅译肖洛霍夫的一篇，名为《父亲》，是从斯忒拉绥尔(Nadja Strasser)的德译本转译的，述内战时期，一哥萨克“父亲”育有九个子女，老婆生产了第九子后死于产热症。内战烽起后，他的两个大些的儿子加入红军，他则留在村里照料尚年幼的七个孩子。次子达尼罗被哥萨克抓住，哥萨克骑兵曹长威逼做父亲的拿着枪，像别人一样站在家门口，等红军俘虏过来便打他们；达尼罗是他最爱的儿子，儿子一身血污走过来，跟爸爸告别，没想到爸爸被逼用枪托打他一下，他倒地，后边的哥萨克上来用刺刀刺进他的喉咙。后来，大儿子伊凡也给捉住，百人团团长叫他押送伊凡。父亲明白，若放儿子逃走，哥萨克就会立刻上来把他同伊凡都抓起来；父子二人走在半路上，伊凡以为父亲放了自己，他亲热地跟父亲吻别，可刚走出 12 丈开外，父亲朝他开了枪……父亲的小儿女不明白他必须照顾余下的孩子的苦衷，只是憎恨他，他只好为着照料他们，忍受着人世间莫大的痛苦。

鲁迅译出这些带有“阶级烙印”的作品，可他判别两类作家所属阶级的标准，颇有些含糊。因为他的标准，其实也是苏联的标准。如班菲诺夫，说他出身贫农，九岁给人牧羊，后来做伙计，入了共产党。再如孚尔玛诺夫，出身不详，毕业于莫斯科大学，第一次世界大战时在军队里当了看护士，革命后又作了苏联共产党的政治干部。他之所以归入“无产者”作家，大约是他以无产者的态度描写工农和士兵的斗争生活。但这样的划分，已经跟前边的班菲诺夫有了极大差异。这里的模糊是：似乎不能排除出身资产阶级的知识分子加入革命者队伍，而后用类似于孚尔玛诺夫的政治态度写工农的生活。倘若如此，是否他的作品亦可视为“无产者”文学？倘若答案是肯定的，那为何如此强调作家的出身？换句话说，这里发生的模糊，“无产者”定义的模糊，是知识分子与无产者的界定模糊、边界模糊。这个理论上的模糊，后来在中国至少延续了半个世纪，还让很多的自认为是“无产阶级”的知识分子因为原来的家庭出身吃尽了苦头。

鲁迅在《前记》里，似乎既想说清“同路人”文学和“无产者”文学的分野，又想告诉读者，二者随着时间的推移、革命的发展，呈现一种融合的趋势[①]。

这套书 1936 年 7 月 30 日合订为一册，名为《苏联作家二十人集》，由良友图书公司再次印行[②]。这表明，苏联作品译著，当时在中国的确拥有愈来愈多的读者。事实上，从整个 30 年代的中国翻译文学来看，我们很容易就会注意到，此时的苏联文学，已经很受读者欢迎，连同俄国文学一道，攀升至中国外国文学翻译出版的首位[③]。从这个意义上说，俄苏文学翻译、革命文学的出版，尽管当局用尽种种办法阻止其出版和公开销售，在当时已经成为一种时尚。一个有趣的反讽，则是当时政府当局的压制愈大，渴望阅读这些文学作品的中国青年愈多。

第四节　国民性再拷问：果戈理的《死魂灵》(1935)

果戈理创作《死魂灵》已在他的晚年，前后拉拉杂杂地写了 16 载，

---

① 参看鲁迅《一天的工作・前记》，见《鲁迅全集》，第 19 卷，第 258～260 页。

② 本书版次如下：1936 年 7 月，上海良友图书印刷公司初版；1937 年 3 月，上海良友图书印刷公司再版；1953 年 1 月，人民文学出版社重排第 1 版；1954 年 1 月，人民文学出版社重排第 2 次印刷。资料来源：周国伟编著《鲁迅著译版本研究编目》。

③ 参看本书第七章第一节笔者有关 20 世纪中国翻译外国文学书目的一个初步统计。

直到他去世也没有完成。一个巧合，是鲁迅翻译《死魂灵》，也是在他晚年，那是在他生命的最后一年半里。可以说，鲁迅是在翻译《死魂灵》的过程中逝世的。

果戈理的作品初次译介到中国，是1920年7月出版的《俄罗斯名家短篇小说选》第一集，由北京新中国杂志出版社出版。集中收入耿匡译的短篇小说《马车》[①]，这位耿匡，就是著名俄苏文学翻译家耿济之的原名。

1934年12月4日，在致孟十还的信里，鲁迅提到，他觉得中国应当翻译出版一部果戈理选集[②]。鲁迅是在得到《果戈理全集》的德译本之后，萌生此念的。而这个五卷本的全集，乃是黄源送给他的。黄源说，"鲁迅先生想译果戈理的选集，还是由于我送他德译的《果戈理全集》想起来的"[③]。不过，鲁迅如此迅速地决定做一套中国的果戈理选集，已经清楚地表明，黄源赠送全集的举动刚好触发他全面译介果戈理的愿望，将多年来对果戈理的喜爱画一个句号。此外，别一个原因，是当时的政治环境不允许鲁迅翻译苏联作品，译了亦很难发表，所以他只好译俄国经典。事实上，黄源花费重金购得《果戈理全集》，送给鲁迅，正是知道这套全集一定会深得鲁迅欢喜，意在"投其所好"(黄源自谓)。

鲁迅计划中的果戈理选集，一总六卷，第一、二卷原定为果戈理的《狄康卡近乡夜话》(Dekanka)和《密尔格拉特》(Mirgorod)，第三卷是短篇小说集《鼻子及其他》，第四卷是戏曲《巡按史及其他》，第五、六两卷便是汉译《死魂灵》第一部和第二部残稿。而这后两卷的工作，自然是由他本人担任。鲁迅在1934～1936年间与黄源过从甚密，直到他去世。他与黄源当时频密的过从，主要是为着办刊和翻译之事。他在1935年2月3日致黄源的一封信里，谈到翻译出版果戈理选集的事宜："译文社出起书来，我想译果戈理的选集，当与孟十还君商量一下，

---

① 参看陈建华著《二十世纪中俄文学关系》，第277页。

② 参看《鲁迅著作全编》，第4卷，第835页。

③ 黄源：《关于鲁迅先生给我信的一些情况(三)》，初载1978年《杭州文艺》5期，转引自《鲁迅年谱》，第4卷，第137页。

大家动手。"[①]接着,他在翌日致书孟十还,约请孟十还一同合作,翻译果戈理的选集[②]。

选集的翻译出版虽然没有像鲁迅预期的那样顺利,可鲁迅担任的译事却是结了果的。因为他不仅策划了这套选集,且不顾身体的每况愈下,不顾翻译时从未遇到过的困难,拼命译书。因为这回是从德译本转译,用他自己的话说,便是一味的"傻干"。1935 年 2 月 15 日,他开手译《死魂灵》第一部,所据源语本,是德国奥托·布埃克编的《果戈理全集》[③]。这是他一生翻译的长篇小说里篇幅最长的,当然也是最重要的译著之一。果戈理原计划写三部,第一部完成之后,第二、三部却没有完成,他把已经写好的部分稿件付之一炬。巧合的是,鲁迅翻译到第二部的残稿时,也没有译完,只是译出第二部第二章,便突然地撒手离去。

单单从 1930 年到 1936 年这七年间,中国便译介出版了果戈理的《肖像》,译者为鲁彦,1933 年 4 月上海世界书局初版;同年上海的南京书店还出版了顾民元译的《泰赖波尔巴》(1933.5);隔年上海亚东图书馆出版了李秉之译的郭歌里著的《俄罗斯名著二集》(1934.3),果戈理的小说、戏剧作品皆有介绍,小说有《维依》《鼻子》《二田主争吵故事》,戏剧收有《结婚》和《赌家》;(韩)侍桁翻译的小说《两个伊凡的故事》亦在同年初版(1934.4),由商务印书馆印行,收入当时的《世界文学名著丛书》;同时推出、收入这套丛书的,还有侍桁译的果戈理的小说《搭拉斯布尔巴》(1934.4)。此外,一个名不见经传的译者萧华清也译出一部《郭果里短篇小说集》,由上海辛垦书店初版(1934.12)[④]。

这个时段之外,由鲁迅领导的未名社成员译的果戈理,尚有韦素园等移译的《外套》和《巡按》,很受读者欢迎[⑤]。可见鲁迅大概是期望用

① 参看《鲁迅著作全编》,第 4 卷,第 1013 页。

② 参看《鲁迅著作全编》,第 4 卷,第 839 页。

③ 该全集由柏林普罗皮勒恩出版社 1920 年出版。

④ 在 20 世纪中国翻译文学史上,果戈理的主要作品皆有中译本,译者除鲁迅和上述其他人,还有孟十还、耿济之、满涛、芳信等。

⑤ 关于《外套》和《巡按》,未见汉译原书,据阿英《俄罗斯和苏联文学在中国》(1956 年作),原载 1936 年第 21 期《文艺报》,见《阿英文集》,北京:三联书店,1981,第 727 页。

《果戈理选集》，将温度愈来愈高的果戈理翻译热提升到一个系统绍介的高度。因为计划的这个选集，基本上囊括了果戈理的主要作品。

《死魂灵》第一部第二、三章译好后，最初在是年生活书店出版的《世界文库》第一册（1935.5.20）上刊载，此后边译边在郑振铎编的《世界文库》刊载[①]。

第一部的单行本由上海文化生活出版社1935年11月初版[②]。当时列为《译文丛书》中的《果戈理选集》之一。鲁迅这段时间，除了译果戈理，除去为"译文社"的出版计划出谋划策，还颇为频繁地写信给孟十还，不断建议、敦促他翻译果戈理或者俄国文学的其他作品。如在一封信里，他建议孟十还从俄文翻译《果戈理这样工作》，理由是，"倘能译到中国来，对于文学研究者及作者，是大有益处的"[③]。大约两个月后，他又致函，希望孟十还赶紧将《密尔格拉特》先译完，以便1936年年内将计划中的《果戈理选集》六部全部完成[④]。逾月，他再次在给孟的信里谈及《译文丛书》的出版计划，除他译的《死魂灵》第一部将在11月初出

---

① 《死魂灵》第3、4章，于1935年5月8日～5月23日译出，刊于6月20日出版的、由郑振铎主编的《世界文库》第2册；第5、6章，于1935年6月11日～6月24日译出，刊载于7月20日出版的《世界文库》第3册；第7、8章，于1935年7月4日～7月27日译出，载于8月20日出版的《世界文库》第4册；第9、10章，于1935年8月5日～8月28日译出，刊载于9月20日出版的《世界文库》第5册；第11章于1935年9月16日～9月28日译出，刊于10月20日出版的《世界文库》第6册；全部署名鲁迅。此外，该书附录1、2、3、4之A以及4之B，于同年9月29日～10月6日译出，未另发表。参看《鲁迅年谱》，第4卷，第173页。

② 鲁迅译《死魂灵》版次如下：1935年11月，上海文化生活出版社初版；1936年1月，文生社再版；1936年3月，文生社第3版；1936年3月，文生社第4版；1936年5月，文生社第5版；1936年11月，文生社第6版；1937年5月，文生社第7版；1940年11月，文生社第10版；1946年9月，文生社第12版；1947年6月，文生社第13版；1949年3月，文生社第14版；1949年3月，文生社第14版（装帧不同）；1942年6月，文化生活出版社桂林版上册；1942年7月，文化生活出版社桂林版下册；1943年1月，文化生活出版社渝第1版；1946年1月，东北中苏友好协会出版；1938年6月，鲁迅全集出版社初版《鲁迅全集》第20卷；1952年2月，人民文学出版社重印第1版；1953年5月，人民文学出版社第1版第3次印刷；1958年5月，人民文学出版社重排第2版；1958年12月，人民文学出版社《鲁迅译文集》第8卷；1959年9月，人民文学出版社重排第5次印刷；1962年6月，人民文学出版社重排第6次印刷。资料来源：周国伟编著《鲁迅著译版本研究编目》。

③ 鲁迅1935年7月4日致孟十还信，见《鲁迅著作全编》，第4卷，第848页。

④ 鲁迅1935年9月8日致孟十还信，见《鲁迅著作全编》，第4卷，第849页。

版外，孟十还译的选集第二种，即《密尔格拉特》希望在12月底出，翌年2月出《死魂灵》附的《G这样写作》(G便是果戈理)，之后每隔两月出一本，争取秋天完成选集。谁知从夏天开始，鲁迅病发，当1936年的深秋真的来临之际，可惜鲁迅一病不起了。

第二部残稿，鲁迅于1936年2月25日动手译，5月15日译完第一至三章。翻译进行过程中，鲁迅病倒了，他在给沈雁冰的信里说，“因为到一个冷房子里去找书，不小心，中寒而大气喘，几乎卒倒”[①]。此次因受寒而发哮喘，女作家萧红笔录了发病后的鲁迅，还惦着“翻译《死魂灵》下部”[②]。所幸此番生病，迁延一周便逐渐好了。但鲁迅身体的每况愈下，则已变得十分明显。病刚好一点，鲁迅寓所的书桌上，又摆起了德文辞典和日文辞典，果戈理的《死魂灵》翻译，又开场了。由此可以看到，翻译果戈理的《死魂灵》，乃是鲁迅晚年生活的重要事件。

译稿陆续发表在复刊的新《译文》月刊1、2、3期上。5月15日，他的病发作，先经日本医生须藤五百三诊断，说是“胃病”；5月31日经美国肺病专家诊断，结论为晚期肺结核。到6月6日至30日，他病至卧床不起，连多年一直坚持的日记，也一度中断，体重最轻的时候，仅有38.7公斤，这仅有一个孩子的重量！病势稍缓，他便又扶病编书，校阅瞿秋白的译稿，为出版《海上述林》作准备，同时还奋笔作文。1936年10月18日深夜，鲁迅病势急变，须藤五百三医生一大早赶来诊病，情况已经非常不好，可他还是坐在书桌前的椅子上，后来才换到躺椅上。当天日报送到，他便问许广平，报上可有什么消息。许广平告诉他，《译文》的广告已见报，他译的《死魂灵》的预告登在头一篇。他还带着病体仔细看报上有关的消息。翌日晨5点25分，鲁迅先生与世长辞。

从翻译上说，鲁迅因为不大习惯读德文的论文，因而译《死魂灵》前边附录的《序言》异常辛苦[③]。这篇《序言》汉译有一万六千言，可让鲁迅着实为它吃了不小的苦头。小说正文的翻译，也不轻松，他在致黄源

① 鲁迅1936年3月7日致沈雁冰信，见《鲁迅著作全编》，第4卷，第702页。

② 萧红：《回忆鲁迅先生》，原载上海生活书店1941年版《回忆鲁迅先生》，见《我记忆中的鲁迅先生——女性笔下的鲁迅》，萧红等著，第54～55页。

③ 鲁迅1935年10月12日致孟十还信，见《鲁迅著作全编》，第4卷，第850页。

的一封信里叹道："《死魂灵》第四章，今天算是译完了，也到了第一部全部的四分之一，但如果专译这样的东西，大约真是要'死'的。"[①]稍后，他在致萧军函时又叹息道："译《死魂灵》，虽每期不过三万字左右，却非化两礼拜时光不可。"[②]

鲁迅译《死魂灵》，在读者一面，读了果戈理那入木三分的讽刺，自然觉得痛快；可在翻译家一面，痛快或愉快的感觉，恐怕还只是在动手翻译之前自己阅读德译本的时候，或者翻译完成之后；而在翻译过程中，译者需顶着上海滩的暑热，忍受着身上突然冒出来的痱子，还要拖着日渐虚弱的身子，更要逼着自己绞尽脑汁、在不同文化和传统的汉字里边寻出一个又一个与德文适当的词语，那里边的煎熬苦痛，可以让任何一个译者闻而生畏。

许广平在鲁迅故去后，回忆他当初的工作情景道："我从《死魂灵》想起他艰苦的工作：全桌面铺满了书本，专诚而又认真地，沉湛于中的，一心致志的在翻译。有时因了原本字汇的丰美，在中国的方块字里面，找不出适当的句子来，其窘迫于产生的情况，真不下于科学者的发明。"[③]许广平说到鲁迅译《死魂灵》的万般辛苦，还漏掉一个原因，即他翻译这部名著，采用的源语本是德译本，而这之前译的苏联长篇、中篇小说，皆是从日译本转译的。从德文译这样的大部头，又是世界名著，在鲁迅还是头一回。

鲁迅虽然对果戈理第一部之后的《死魂灵》，即所谓第二部和第三部的《炼狱》和《天堂》，不抱希望[④]，认为作者不必勉强自己来做力所不及的工作，可他还是耐着性子，孜孜圪圪翻译着第二部的残稿，预备将其译完。这一方面说明他希望将《死魂灵》的全貌原样介绍给读者，另一方面也说明他对果戈理由衷的喜爱。这种爱表现为对原作者的尊重。更重要的是，这种真挚的喜爱的背面，是中俄两个文学家对同一个

---

① 鲁迅1935年5月22日致黄源信，见《鲁迅著作全编》，第4卷，第1019页。

② 鲁迅1935年6月7日致萧军信，见《鲁迅著作全编》，第4卷，第1050页。

③ 许广平：《死魂灵附记》(作于1938.5.26)，见《鲁迅全集》，第20卷，第605页。

④ 参看鲁迅译文发表于《译文》新1卷第1号之后的"译后附记"，见《鲁迅全集》，第20卷，第519页。

问题的固执的探索，即对国民性的拷问，再拷问；对国民灵魂的审视，再审视。鲁迅从 1902 年接触到明恩溥(Arthur Smith)那本《中国人的性格》的日译本之后，不仅推动他一生对国民性问题的思考，而且其执拗、专注、固执，在中国现代文学家、思想家里，可谓第一人。一直到他 1936 年翻译果戈理，皆没有放弃那条抽打国民性丑恶面的鞭子。

从鲁迅一生的翻译路数来讲，鲁迅早年翻译，始终走的是零散翻译的路子。早年的周作人也是走的这个翻译路数。即在大的翻译目标、总的译介框架下面，鲁迅总是译小不译大，译短不译长，译新(作)不译旧(作)(以中国整个文学翻译而言)，译生(面孔)不译熟(名家)。他有意不去与他人拥挤一堂，加入喧嚣，争译世界经典名篇或当时的翻译热门作品。一般而言，他的翻译速度很快，在这一点上，他和周作人颇具林纾译坛快手之风。他偏向译小而短的作品，避免大部头。可是，从 20 年代中期开始，这种翻译路数逐渐发生改变，长篇渐次出现，烦难艰涩的文艺理论著作也因了当时文艺论争的需要、译者自身的需要而出现在他的翻译书目里。可那些长篇文学作品，多半为童话、新兴作家的新作；而像果戈理的《死魂灵》这样的经典名家大制作，在鲁迅的翻译生涯里，还是头一回，亦是最后一回。

必须指出，鲁迅一生翻译的作品中，《死魂灵》属于他影响最大的译作之一，同时也是 20 世纪翻译文学史上曾经发生过重大影响的汉译文学书目之一。仅仅从鲁迅译本在 20 世纪前半如此惊人的再版、重印次数里，便可得到足够的证明[①]。

在今天读者耳朵里，《死魂灵》这个译名，已经耳熟能详。可当初这个译名，恐怕有些读者听来有些古怪吧。其实这是一个深具鲁迅翻译特色的书名。鲁迅翻译行文的两个特色，一是有时喜欢浓缩，二是有意变化字词组合顺序，有时就是颠倒顺序。这两个特色皆在这个短短的译名里边。《死魂灵》其通俗的含义，即为“死人的灵魂”。具体一点说，倘若从全书故事出发，单从本书表面的意义来讲，是指“已死农奴的灵魂”，指主人公乞乞科夫四处收购已经死亡的农奴名册，占为己用。《死

① 参看上文注中“鲁迅译《死魂灵》版次”。

魂灵》这个每每为人解读为俄国写实主义的名著，其书名其实极富象征意味，甚至连死亡的魂灵的指涉也不确定，它显然并不仅仅指涉“死亡农奴的灵魂”这样一个单一含义。果戈理(1809—1852)于1835年下半年开始创作《死魂灵》，第一部于1841年完成，1842年出版；第二部的写作开始于1840年，可没有完成，能够看到的残篇，大抵有四章，鲁迅译至第三章，差一点便可完篇。汉译本第一部大约有十七万八千言，第二部约四万二千言，序言甚长，有一万六千言，汉译本全部合计大约有二十五万五千言。

第一部凡11章，述俄国一个中等阶级的绅士，率一个跟班同一个马夫，来到省会NN市，他公开自报的身份，是地主、六等官保甫尔·伊凡诺维支·乞乞科夫。此人遍访本市官吏，如知事、检事、审判厅长、警察局长、专卖局长之流。一周的交际下来，人们普遍认为，他从头到脚是位好绅士，官场上的人皆欢迎这位新客光临。接着他来到乡下，先访友玛尼罗夫，热情的寒暄、丰富的饭食之后，乞乞科夫委婉道出登门的目的：他要购买已死掉的农奴，条件是他们还在户口上，因此在法律上他们还算活着。闻所未闻的玛尼罗夫听罢，嘴张大得如同一只正要进食的大鲸鱼，他感觉头脑发昏；更让他发昏的，是乞乞科夫提出还要订立“死魂灵的买卖合同”；最后，半明白半糊涂的玛尼罗夫答应奉送死魂灵之名册，于是乞乞科夫心满意足地告别了朋友。

在去梭巴开维支庄子的路上，马车迷了路，他们夜宿寡妇地主科罗博契加太太家。翌日，初尝甜头的乞乞科夫提出请她将死亡农奴的名册让给他，她却坚持要他出高价才肯卖，双方僵持不下，末了寡妇误以为他是政府办差的，才答应以15卢布的总价钱转让死人。在一家客店，正用餐的乞乞科夫遇罗士特来夫，此人吹牛不用起稿，满口谎言。他以令人难受的热情邀乞乞科夫到家，他把家里的一切都夸大百倍来吹嘘，主客人吃喝过假酒和劣质饭菜后，乞乞科夫提出同样的要求，经过半天的斗嘴，罗士特来夫提出“赌魂灵”的怪招，即用下棋来赌输赢，赌注是“魂灵对50卢布”。然而走棋时乞乞科夫发觉对方作弊，不肯再下，罗士特来夫正暴怒地企图强迫乞乞科夫就范，地方法院来传他去，因有人起诉他，乞乞科夫这才逮住机会，坐上马车逃之夭夭。

乞乞科夫来到梭巴开维支的庄子，此间的主人粗壮如熊，家里的陈设也粗大笨重，坚实牢固，连餐桌上的吃食也是俄国式的超级分量，丰盛得吓人。主人和客人吃得太饱，坐在那里直哼哼，主人大概每天都是这样撑得难受地结束一餐饭。后来乞乞科夫从很远的话题开始绕，终于说到本题，梭表示愿意卖给他，可开价是一个魂灵要一百卢布，这回轮到乞乞科夫张开惊愕的大鲸鱼嘴，他只肯出 80 戈贝克（通译戈比），经过激烈的讨价还价，最后以两卢布半一个魂灵的价格成交。

乞乞科夫下一个目标，是泼留希金，这位小个子老头令人联想到法国文学里的葛朗台，别人说他家的死农奴上千，可他家的所有仆役共用一双长靴，每当主人唤谁，他便得先在前院跳一阵子，到了大门，穿上长靴，走进屋，出屋后，又得脱掉长靴，踮起脚后跟顺原路折回。连十岁小孩也只能穿此长靴。听到死去的农奴可以卖钱，泼留希金兴奋得两眼放光，双手颤抖，这回乞乞科夫也不吃亏，用 24 卢布 96 戈贝克换取 78 个死者的魂灵。为酬谢泼留希金，乞乞科夫决定不喝茶，到别的地方再喝茶。

就这样，乞乞科夫一下子成为拥有近四百个魂灵的地主。回到 NN 市后，他到政府机关立死魂灵的契约，来作见证的有检事等官吏，一帮人稀里糊涂地做完契约登记的全部手续。一下子，NN 市的人个个传说他是有百万身家的富翁；就这样，在很多客厅里，闺秀们谈论他；在舞会上，他成了局长厅长大人们轮流拥抱的对象，后来闺秀们又涌上来将他包围。末了知事太太将她十六七岁的金发女儿介绍给他，于是他把全副精神都用来讨知事女儿的欢心，结果引动众闺秀的愤怒。更糟糕的是，那个罗士特来夫出现了，乞乞科夫躲避不及，只见他飞跑过来，当着众人的面宣布："他在做死魂灵的买卖哩！"

此后，舞会尽管照样进行，可我们的乞乞科夫却中途退场，早早回去了。后来全城都在议论"死魂灵买卖的事"，他突然发现谁都在躲避他，甚至起了谣言，说他造假钞票，吓得他只好赶紧收拾，离开了 NN 市。

第二部正如鲁迅所指出的，"其实只要第一部也就足够，以后的两部——《炼狱》和《天堂》已不是作者的力量所能达到了"[①]。第二部的残章写地主安特来·伊凡诺维支·田退德尼科夫是个懒散的人，他性情安静，温和。他爱上邻近一位将军的女儿，名叫乌理尼加，她父亲叫贝得理锡且夫。将军的两个亲戚，一个是伯爵夫人，一位是公爵夫人，她们都看不起田退德尼科夫。田是位有自尊心的青年，他感到两位夫人对他的冷淡，因而当将军有一回竟对他称呼"你"的时候，他很气恼，从此两边断绝来往。在百无聊赖的日子里，乞乞科夫来到田府，他了解到田与将军女儿的关系，遂自告奋勇去拜访将军，要为他们和好出力。由于他谎称田正在写一部关于将军们的历史，将军冰释前嫌，要田来找他，他可以为他提供很多故事。乞乞科夫告辞前，又提起买卖死亡农奴合同之事，豪爽的将军听后笑得前仰后合，笑得女儿以为出了什么事，跑来瞧他。第二部第三章，讲乞乞科夫在胚土赫府上，胚土赫用典型的俄国式热情招待他用午餐，直撑得乞乞科夫胃里再也找不出一小块儿地方来安置滚滚而来的丰富食物。同在胚土赫家的柏拉图诺夫感到忧郁和无聊，于是乞乞科夫突然提议，为了帮助柏拉图诺夫消除无聊，他愿陪同柏拉图诺夫一块儿旅行。第二天，主人叫他们吃得简直没法骑马，他们到了柏拉图诺夫姐姐家，在这里，乞乞科夫想到要去拜访他新认识的将军，他称将军是他的好朋友。当乞乞科夫抓起帽子，准备去探访将军的当儿，鲁迅的译文，也就永远地停止了。

有趣的是，内斯妥尔·珂德略来夫斯基为《死魂灵》撰写的《序言》，倒让人们从别的方面看到译家鲁迅。鲁迅本人似乎不喜欢《序言》，但他忠实地翻译了它，使得我们不仅有机会了解俄国那位浪漫的果戈理，而且也清楚地看到中国的浪漫的鲁迅。这一点，或许正是他不喜欢珂德略来夫斯基的原因之一吧。

珂德略来夫斯基在《序言》里，用了很大篇幅论述作为浪漫者的果戈理，他写道，"果戈理是带着一个真的浪漫的魂灵，到了这个世界上来的，但他的使命，却在将诗学供献于写实的，沉着而冷静的自然描写，来

---

① 见第二部鲁迅译文发表时的"后记"，《鲁迅全集》，第20卷，第519页。

作纯粹的规模"[1]。骨子里的浪漫气质，文学上的写实描写，鲁迅和果戈理，两人同具这样的特征，共同面对相似的矛盾。尽管鲁迅本人不愿认同，甚至也不愿承认，然而珂德略来夫斯基还是从写实的描写后面，将那个浪漫的果戈理看得格外清楚：

> 这一类人的精神的特质，是不断的举他到别一世界去——到一个圆满的世界，他在这里放着他所珍重的一切：对于正义的定规的他的概念，对于永久之爱的他的信仰，以及替换流转的真实。这理想的世界，引导着他的一生，当黑暗的日子和时间，这就在他前面照耀。随时随地地，他都在这里发见他的奖赏，或者责罚和裁判，这些赏罚，不断的指挥着他的智力和幻想，而且往往勾摄了他的注意，使他把大地遗忘；但当人正在为了形成尘世的存在，艰难的工作时，它却更往往是支持他的柱石。[2]

或许，连鲁迅本人也无法否认的，是他对中国传统、中国社会、中国现状，总是抱着一种罕见的极度失望。这里出现的一种极端，似乎证明，他始终——或许多数时候在他那里也只是在潜意识里——有一个"圆满的世界"存在着，在他的心头埋藏着一个如同梦境一样的理想世界。惟有理想的世界太圆满，太美好，才会对现实的世界如此大失望，才使他面对现实、面对传统、面对历史之际，如此深恶痛绝，如此不留情面，爆发出如此惊人、如此持久的批判热情。连明恩溥当初(19 世纪末)写的那本《中国人的个性》，即推动鲁迅的国民性思考的那本著作，在其 26 个中国人的习性之中，也有 1/3 的中国习性是正面的[3]。

另一个有趣的事实，是果戈理在《死魂灵》第二部里塑造的那个田退德尼科夫，是他所描摹的俄国民族人物画廊里边，不多见的正面人物，一个美德多于缺点的人物，可连鲁迅也觉得果戈理不长于写这样的"好人"。而鲁迅的《一件小事》，鲁迅想要站在劳动者一边言说的那种

---

①②内斯妥尔·珂德略来夫斯基著《死魂灵·序言》，鲁迅译，见《鲁迅全集》，第 20 卷，第8 页。

③ 中译本可参看《中国人的特性》，匡亚鹏译，北京：光明日报出版社，1998。此书中国近年出版了不下于五个译本。

勉强，使得这篇写好人的小说很难说是成功的。换句话说，果戈理写这样的人，往往是失败的。鲁迅自然也写出屈指可数的几个正面的好人，如《离婚》里的爱姑，《故乡》里的润土，然而当读者提到鲁迅，包括中国以外的读者，总会说到《阿Q正传》《狂人日记》一类。而鲁迅之所以对这些展示国民劣根性的人物看得这样清楚，对于那些劣根性如此敏感，从别一个角度讲，不正是背后有一个格外圆满的中国想象做背景么？

珂德略来夫斯基分析果戈理，认为他同其他浪漫者一样，偏爱他自己所创造的人生理想，他把自己的工作当作是促进这理想的早日到来，为此目标，他准备好战斗，准备在世界上获得最后的胜利。因此，果戈理是一个梦幻的浪漫者，也是一个战斗的浪漫者①。果戈理的一生，是有着某种悲剧性质的。同样，鲁迅的中国想象，跟现实中国的差异委实太大，而且他几乎无法在艺术的写实和天性的幻想之间找到平衡点。因此，他的一生，必然有着某种悲剧性质。他的幽默，高傲，愤懑，尖刻，异常激烈的反应，截然分明的好恶，本身就是矛盾的体现。其背后，似乎藏伏着某种对于“纯色”“绝对”的追求。

鲁迅和果戈理，皆为写“丑”大师。他们对各自国民灵魂的拷问，不像陀思妥耶夫斯基那样。他们的讽刺，也不像爱尔兰的斯威夫特那种尖锐和直截了当：斯威夫特的尖锐后面，是理性；果戈理和鲁迅的尖锐后面，更多的是因了理想得不到满足的宣泄。他俩具有发露实际生活中的丑恶的才能，如猥琐、麻木、平庸、肤浅、污秽、可怜、缺少羞耻心、缺乏自尊等。那些人物的面目虽然不同，说的话也不同，可笑可恶的表现也不同，可造成他们灵魂的外部环境却是一样的，甚至在两人笔下亦是一成不变的。因此，在他们笔下，丑恶的性格是集体的，尽管动作和言语是个人的。丑恶是常态，美好是非常态。

同为审“丑”大师的果戈理和鲁迅，他们都具幽默的才华，疾恶如仇的刚烈，对本民族极深切的爱，对完美世界的梦想。还有，就是他们都具备浪漫的天性。

---

① 内斯妥尔·珂德略来夫斯基著《死魂灵·序言》，鲁迅译，见《鲁迅全集》，第20卷，第10页。

第十章　想象苏联:翻译苏联文艺理论

第一节　译介苏联文艺批评和文艺政策(1929～1930)

1927 年 10 月 3 日,鲁迅从广东到上海,开始了长达近十年的定居上海从事写作与翻译的生活。这段时间,亦是鲁迅一生翻译作品数量最多、品种最丰富的时期。据初步统计,鲁迅在上海时期翻译、出版翻译作品与译文集凡 18 种,大约有 152.8 万字,约占译作总量的 64%。他翻译了《俄罗斯的童话》、俄苏两种《艺术论》《壁下译丛》《竖琴》《坏孩子和别的奇闻》《山民牧唱》等一批作品。其中有不少当时发生过重要影响,如《十月》《毁灭》和《死魂灵》,以及两种《艺术论》等。

是年 12 月,鲁迅开始教许广平习日文。先生每天晚上很认真地教,学生亦很认真地学。用的课本很特别,除鲁迅自编讲义外,还有两种,其第二种,便是日文本的《马克思读本》。鲁迅自己的外语习得大概也是这个路数:在掌握初步的基础知识之后,便直入阅读阶段。他的进入外语原本阅读阶段,比今天的人学外语早很多。阅读的书本自身具有独立的知识价值或历史文化价值,还有独立的思想价值,不仅具有语言学习功能,还有充实学习者知识库、改变知识结构的效用。从鲁迅替许广平选的这个非常特别的读本,人们可以窥见鲁迅此时读书的一个兴趣点。

当然,《马克思读本》不仅仅是一个兴趣点,而是代表鲁迅来到上海后一个重要的读书和翻译方向。翌年2月5日,他往内山书店购回恩格斯日文版的《社会主义从空想到科学》,从此在购书和译书两个方面,一发而不可收。翻开鲁迅的日记,发现他这一段时间的日记不断记录往内山书店买书,其中一部分就是陆陆续续购买马克思恩格斯的《共产党宣言》、恩格斯的《婚姻及家庭的发展过程》等书,但更多的则是有关苏联的书,有关俄苏新文学、新文艺理论的书,如《俄国工人党史》《阶级斗争理论》《唯物论与辩证法的基本概念》《唯物史观解说》《文学与革命》《无产阶级文学理论》《新俄国文化的研究》等[①]。有趣的是,这些书几乎都不是俄文原著或德文原著,差不多是清一色的日文译本,尽管购书人懂德文。本书第一章所说的鲁迅的外语结构,鲁迅汲取新知、新思想、新文学的一大特色,同时亦是他的一大局限,正在于此。

仅此一例,我们就可以知道,近世日本,乃是一个翻译大国,因为这些都是名副其实的新书,有很多书在苏联也是刚出版不久。其中就有他新买到的《苏俄的文艺政策》,他于1928年5月开手翻译[②],6月20日开始在《奔流》创刊号上发表。这《奔流》杂志,乃是他同郁达夫合编,由上海北新书局印行的月刊。为着这个新刊,鲁迅花费了大量心思,它以介绍欧美及日本等国有进步倾向的作家作品为主。而鲁迅发表在该刊的稿件,尤为注重翻译介绍苏联的文艺理论。如《奔流》1卷1至5期,便连续刊登了他译的《苏俄的文艺政策》[③],后易名为《文艺政策》。

接着,他又译出苏联卢那卡尔斯基(通译卢那察尔斯基,1875—1933)的《文艺与批评》(1928～1929年译)、《艺术论》(1929年4月22日译讫),以及俄国马克思主义早期理论家普力汗诺夫(通译普列汉诺夫,1858—1918)的《艺术论》(1929年10月12日译讫)。以鲁迅写作、编刊的繁忙而言,他竟然耗费如此多的精力来译介北方这个新兴国家的文艺理论,的确令人吃惊。而他亦因此成为中国早期比较系统地译介俄国马克思主义文艺理论的翻译家。

《苏俄的文艺政策》又叫《文艺政策》。其主要部分是三篇长文,即

---

① 参看《鲁迅年谱》,第3卷,第41页。

② 参看鲁迅《文艺政策·后记》,《鲁迅全集》,第17卷,第669页。

③ 参看鲁迅:《文艺政策·后记》,《鲁迅全集》,第17卷,第671页。

《关于对文艺的党的政策——关于文艺政策的评议会的议事速记录》《观念形态战线和文学——一九二五年一月第一回无产阶级作家全联邦大会的决议》与《关于文艺领域上的党的政策——俄罗斯共产党中央委员会的决议(一九二五年七月一日)》。此外,译本里还附有日本冈泽秀虎作的《以理论为中心的俄国无产阶级文学发达史》。

这样一些文件,由“五四”新文学运动的骁将、一个通身上下发散着个人主义气息的鲁迅来翻译,翻译家自身发生的变化有多大,即使不看其创作,单看其翻译亦能看出。同时还可以发现,鲁迅对新俄国所抱的希望有多么大。这位从未到过苏联的文学家和翻译家,从遥远的东方想象苏联,将她想象为劳动阶级文学的大本营。在《文艺政策·后记》里,他说:“从这记录中,可以看见在劳动阶级文学的大本营的俄国的文学的理论和实际,于现在的中国,恐怕是不为无益的。”[①]

鲁迅应该知道,由他通过日译本转译苏联文艺理论,无论是从译家自身的理论准备,接受方——即中国读者——在新术语和新概念的知识准备方面,还是从译者对于翻译对象的了解程度、思想理论的熟悉程度等诸方面来看,皆于他不利。换句话说,翻译苏联文艺理论,是一桩啃硬骨头的工作,一件吃力不讨好的译事。那么,是什么原因,使得他成为中国当时翻译苏联文艺理论、且通过翻译苏联而介绍马克思主义唯物论和唯物史观的重要翻译家呢?

首先,是中国文坛的发展大势所迫,至少在鲁迅看来如此。1928年1月1日“太阳社”在上海成立,该社主要人物蒋光慈、钱杏邨等与创造社成员共同提倡“革命文学”,在中国文坛掀动一股“革命文学”“无产阶级文学运动”的浪潮。与此同时,太阳社的钱杏邨发表文章,否定“五四”新文学运动的成就和意义,其批判锋芒直指鲁迅等新文学的主要作家。太阳社与创造社对以鲁迅为首的“五四”第一代作家的猛烈攻击,连同鲁迅等的反击,演出了一场“革命文学”的大论争。

除此之外,太阳社出版的刊物《太阳月刊》1卷8期上开始连续发表《十月革命与俄罗斯文学》等长篇论文,开始介绍苏联及其文艺。然

① 鲁迅:《文艺政策·后记》,《鲁迅全集》,第17卷,第670～671页。

而在论争中，鲁迅恰恰感到"革命文学"作家们在无产阶级文学理论上的模糊，在对方的激烈言辞中，鲁迅并不能感受到批评的力量。鲁迅感觉到，理论的贫乏导致论争文章里废话、空话成堆，不能触到要害："则粗粗一看，大抵好象革命文学家。但我看了几篇，竟逐渐觉得废话太多了。解剖刀既不中腠理，子弹所击之处，也不是致命伤。"[①]连阶级的划分标准、尺度亦不太清楚。理论的贫乏，使得这场带有"理论"色彩的论争先天不足。

日本作家增田涉曾经描述过鲁迅翻译苏联文艺理论的一个原因："在上海，那时，由于国民党底果断政策而脱离了革命军的共产党的文学家们，都集拢在一起，于是'革命文学'的讨论就闹得满城风雨。已不在前线做实际政治行动的工作的他们，就抛弃了枪炮而拿起笔了。而且非常起劲。以从广东逃回来的成仿吾为领袖的冯乃超、李初梨等所占据的第二个'创造社'，还有从武昌逃出来的蒋光赤和钱杏邨等所领导的'太阳社'等，就是其主要的势力。他们就依这革命底实际工作经验，创立比以前的革命文学论更坚实的革命文学论；然而自负英雄主义终于是宣告失败了，他们以为参加革命受了挫折的愤懑也可以帮助的，这就可以说是完全极左的机会主义者。他们就用这样的调子来攻击了鲁迅的。鲁迅因为是已经知道了无产阶级文学是怎么样的东西，应该是怎么样的东西，所以他专门翻译介绍普列汉诺夫、卢那卡尔斯基等底文学论及苏联底文艺政策，专门从事于无产阶级文学理论之建设，而和英雄们战斗着。"[②]

增田涉的这个观点客观描述比较多，不过关于鲁迅对俄国"无产阶级文学"的新理论的掌握，似乎缺乏客观性。他将鲁迅假想为已经知道无产阶级文学是怎样的东西，应该是什么样的东西，而事实上无产阶级文学即便在苏联，也还是初生的新事物，苏联的创作家和理论家都还在探索之中。鲁迅本人也仍然是在学习、了解当中。其中一个证明——或许增田涉忽略了——就是翻译往往是鲁迅学习新事物的一个重要方

---

① 鲁迅：《二心集·"硬译"与"文学的阶级性"》，《鲁迅全集》，第4卷，第221页。

② 增田涉著《鲁迅传》，梁成译，此文曾被误作佐藤春夫作，见《鲁迅研究学术论著资料汇编》，第2卷，第637页。

式。他一贯如此，他的弟弟周作人也跟他学到这个习惯。一个证明，是周作人在南京求学、日本留学期间，一直是采用这种方式：他需要了解什么、对什么感兴趣，往往可能是将学习的部分内容翻译过来。而他早期的读书、学习，一直是在鲁迅的悉心指导之下。还有一个证明，就是许广平习日语，虽然她的日语因为时间太短结果不算特别好，却翻译了前边讲过的、匈牙利作家妙伦的童话《小彼得》。

其二，当时来自两方面的显在的压力和潜在的压力，即除太阳社、创造社外，还有以梁实秋为首的新月社，促使鲁迅自己产生强烈的愿望，想要搞清马克思主义唯物史观、生产力发展与阶级的关系、俄国无产阶级文学理论、革命与文学的关系、阶级与文学的关系等基本的理论问题。而他有个习惯做法，即这类问题可以通过翻译、通过译介域外思想来学习，思考，思辨，来厘清自己头脑里的思想，甚至来解决他当时急于要解决的问题。易言之，鲁迅的一个习惯，是他遇到重大事情的时候，他一般不大信任国内各家各派的言说，他也不认为本土的各种言说有值得他学习之处，不论是来自左的，还是来自右的。鲁迅的目光虽然始终盯住国内的问题，可每逢遭遇重大问题，他总是将探询的目光投向域外。这也正是作为思想家的鲁迅，译笔如此勤奋、翻译数量如此大的一个重要原因。

这一回，他不仅希望为中国文学界引入新的理论资源，把这场论争导入他认为的正确方向，提升中国文艺家的理论水准，而且尤其希望透过引入新的理论来解剖自己，看清楚自己，洗刷自己，“人往往以神话中的Prometheus（普罗米修斯——引者注）比革命者，以为窃火给人，虽遭天帝之虐待不悔，其博大坚忍正相同。但我从别国里窃得火来，本意却在煮自己的肉的”①。

梅雨也曾论述过鲁迅译介苏联文艺理论的背景以及在当时的意义：“在当时，已有不少人想以科学的文艺理论来作为批评的武器了，但理论素养的贫乏使这些理论家患了过左的幼稚病。而文学青年们更难

① 增田涉著《鲁迅传》，梁成译，此文曾被误作佐藤春夫作。见《鲁迅研究学术论著资料汇编》，第2卷，第221～222页。

从中文书籍里获得这一类知识。科学文艺理论的移植成为一种极其迫切的需要。鲁迅在这时候便负起这个任务来。普列哈纳夫(梅雨译名——引者注)、卢那卡尔斯基、梅林格等以及日本的藏原惟人等的新兴文学理论便陆续地被介绍过来。……这些名著还是一本又一本地印出来,传开去,使正确的文学理论教育了无数的文学青年。现在一般的文艺理论修养的水准如果较一九三〇年前后大大地提高了的话,那就不能不归功于鲁迅的倡导了。"①

其三,则是因了鲁迅的一种俄罗斯想象。确切地说,是他的苏联想象。他的对于俄国、东欧、北欧小国家的深切同情,除了他深信这些国家同中国遭受同样的命运,这些国家的人民同中国人一样,既有麻木、愚昧的一面,又有遭受侮辱、压迫的一面,在我看来,还有一个原因,是因为这些国家在他的脑子里显得陌生、遥远之故。更重要的是,在他的世界政治全图中,这些国家都是"被压迫者"。从民间角度的中外交往史来看,中国民间在19世纪之前的漫长历史中,对波兰、捷克、保加利亚乃至俄国这些国家的了解相对不多,交往亦十分有限,有些国家几乎没有实质性交往。然而鲁迅却对他们抱有很大的同情和认同。相反,当时中国人了解比较多一些的国家,如英、美、法、德等强国,他倒反而往往拿出一副格外怀疑的目光,端详它们,审视它们。这显然是意识形态在起作用,因为他清楚上述国家的帝国主义性质和殖民主义传统。他认定上述国家在现代国际关系中扮演着"压迫者"角色。

由此可见,鲁迅对于他国的看法里,有时候是以对方是"压迫者"还是"被压迫者"来划分的,而且其中不乏想象的成分。由此我们看到,在鲁迅的俄罗斯想象里,理性的因子让位于感性的因子。因为俄国曾经在近代史上从中国拿走过土地;而且就是在20世纪中期,在鲁迅身后,苏联即煽动"外蒙古"从中国脱离。这些历史似乎皆让位于鲁迅的"被压迫者"想象。从这个意义上说,鲁迅的俄罗斯想象,是一种浪漫情怀的变形,是对历史的、现实的欧美国家模式的大失望。他的喜欢,并不以对苏联的亲身考察为基础。倘若我们回忆一下,法国当初那些对苏

① 梅雨:《鲁迅与中国的新文学运动》,见《鲁迅研究学术论著资料汇编》,第2卷,第807页。

联颇怀好感的文学家、进步文化人士(如《访苏归来》作者纪德),亲自考察过苏联之后态度差不多都发生了较大转变。因此,鲁迅的思维方式,其主观的因子甚重,感性的因子甚重,浪漫的情怀很重。他之所以推崇或疏远某国,并不以对该国的经济、制度、法律、政治现状、文化、民众生活的全面深入考察为出发点,而主要是凭借有限的文字材料,特别是虚构类的文学作品、还有文艺理论方面的材料,加上自己的想象,来作为自己确立对外关系的基础。一旦鲁迅掌握的材料比较充分,譬如对于他非常熟悉的日本和中国,他就较少用想象,此时他的判断,往往有惊人的洞察。

这个思维定式,构成了他如此钟情于俄苏文学、热衷于介绍无产阶级文学理论的一个重要原因,当然绝非唯一的原因。退一步讲,这个令他大感兴趣的无产阶级,无论是太阳社和创造社的主要成员,还是他本人都既不属于这个阶级,更说不上真正熟悉、了解这个阶级,这一点有岛武郎已经说得再明白不过。鲁迅的喜欢,或许仅仅是因为在欧美现有的、历史的社会模式里看不到希望,而无产阶级是以"新的事物"进入他的视野的。鲁迅的清醒,在于他达到了有岛武郎的水平,即他从不假定自己能够代表这个阶级,而太阳社和创造社的主要成员却当仁不让地假定自己为无产阶级的"代表"。太阳社和创造社的这种伪姿态,使得他们挑起的这场大论争里出现了若干伪命题。

出于同样的"革命文学"大论争的原因,鲁迅翻译卢那卡尔斯基的《文艺与批评》,这个集子主要是卢氏的演讲文集。1929 年 8 月 16 日,鲁迅编好《文艺与批评》,同年 10 月由上海水沫书店初版[①],为"科学的艺术论丛书"之一。

卢氏文艺论文集《文艺与批评》收入六篇长论,前边附有日本尾濑敬止作的一篇《为批评家的卢那卡尔斯基》,作为对卢氏的介绍,译家权且将其作为序。六篇正文分别是《艺术是这样地发生的》《托尔斯泰之死与少年欧罗巴》《托尔斯泰与马克斯》《今日的艺术与明天的艺术》《苏

---

① 鲁迅译《文艺与批评》版次如下:1929 年 10 月,上海水沫书店初版;1930 年 3 月,上海水沫书店再版;1938 年 6 月,鲁迅全集出版社初版《鲁迅全集》第 17 卷;1958 年 12 月,人民文学出版社《鲁迅译文集》第 6 卷。资料来源:周国伟编著《鲁迅著译版本研究编目》。

维埃国家与艺术》以及《关于马克斯主义文艺批评之任务的提要》。

译家鲁迅坦言自己并未读过卢氏著述的全部，仅仅读过他著作的一小部分，因此，他特意从日本尾濑敬止的著作《革命露西亚的艺术》[①]里择出一篇短文，译出来给中国读者，作为对卢氏的一个介绍。从译家对尾濑敬止著作的不甚满意[②]，以及译家自己对卢氏著作的有限了解，可以看出翻译卢氏著作的急切与匆忙。

鲁迅渴望从马克思主义的视角阐释艺术发生的起源，因此首篇译出卢氏的《艺术是这样地发生的》，是从金田常三郎的日译本转译，但日译本又是从世界语转译的，因此这样的重译复重译的翻译方式，用于理论著作翻译是不很理想的。本书收入的卢氏第二篇《托尔斯泰之死与少年欧罗巴》是从中杉本良吉的日译文转译，汉译起初登在《春潮月刊》1 卷 3 期上。据鲁迅说，韦素园也译出同一篇，而且是从俄文原文译，登在《未名半月刊》2 卷 2 期上，但译文晦涩不下于鲁迅自己的译文[③]。尽管译文晦涩难懂，可鲁迅还是敏感地指出，苏联对托尔斯泰的态度，从卢氏在十月革命后几次不同的演讲和作文里便可以看出，而苏联对托翁态度的缓和，亦说明这个新政权“内部日见巩固”。

第三篇《托尔斯泰与马克斯》也是从金田常三郎的日译本转译，汉译分别在《奔流》月刊 1 卷 7 期、8 期（1928. 12. 30，1929. 1. 30）上发表。此文是卢氏在莫斯科的一次演讲。第四篇《今日的艺术与明天的艺术》同第五篇《苏维埃国家与艺术》，亦属卢氏的演讲，从茂森唯士的《新艺术论》选译。末篇《关于马克斯主义文艺批评之任务的提要》，从藏原惟人日译文转译，原文 1928 年 7 月发表在《新世界》杂志上。藏原惟人是年 9 月译载于《战旗》，鲁迅于 1929 年 8 月 16 日之前译出，这个译介传播速度不可谓不迅速。

鲁迅引藏原惟人的话来点明本文的意义：“这是作者显示了马克斯主义文艺批评的基准的重要的论文。我们将苏联和日本的社会底发展阶段之不同，放在念头上之后，能够从这里学得非常之多的物事。我希

① “露西亚”即日语里俄国的音译。

② 鲁迅：《文艺与批评·译者附记》，《鲁迅全集》，第 17 卷，第 441 页。

③ 鲁迅：《文艺与批评·译者附记》，《鲁迅全集》，第 17 卷，第 443 页。

望关心文艺运动的同人,从这论文中摄取得进向正当的解决的许多的启发。"[①]

鲁迅当然没有忘记将这话来提醒中国那些"以马克斯主义文艺批评自命的批评家",认为这才是他们的理论库,才是他们从事批评的准绳和依据。而且,必须要有"更真切的批评",中国的新文艺和新批评才会有真的希望[②]。不仅如此,鲁迅还希望通过输入这样的新理论,对于那些在1929年开始高唱自由主义的"正人君子",也让他们出一身冷汗,有着警醒的作用。但事实上,他所说的那些"正人君子",不仅没有受到警醒,反而抓住鲁迅译文的晦涩,很作了一些批评文章。

作为翻译家,对于自己的译法和译文的效果,鲁迅一向是坦白直言的。翻译这部《文艺与批评》亦不例外。不同的是,鲁迅在《译者附记》里的这段坦言,后来遭到以梁实秋为首的翻译家的猛烈批评,"从译本看来,卢那卡尔斯基的论说就已经很够明白,痛快了。但因为译者的能力不够和中国文本来的缺点,译完一看,晦涩,甚而至于难解之处也真多;倘将仂句拆下来呢,又失了原来的精悍的语气。在我,是除了还是这样的硬译之外,只有'束手'这一条路——就是所谓'没有出路'——了,所余的惟一的希望,只在读者还肯硬着头皮看下去而已"[③]。

从翻译理论上讲,鲁迅这里的确暴露出一个比他翻译文学作品更为突出的矛盾。《文艺与批评》并非文学作品,因此其审美的功能退居其次,表现的功能(Expressive Function)亦退居其次,而它显然是一种论说性质的文本,其首要功能应该是说服性(Persuasive Function)的。也就是说,文本的首要功能是要让人接受,要让它明白易懂。译家翻译的目的,除了用作一柄自我解剖刀而外,同时还希望当时弄文学的人、弄文学批评的人——这些人多半是年青人——以及爱好文学的青年人,了解乃至掌握一种他认为是最新的、最切合中国语境的文艺批评的理论依据。而当时那些急躁多于冷静的文学青年,浪漫多于理性的中国青年,血性多于理性的革命青年,面对这样艰涩的译文,连译者亦不

①②鲁迅:《文艺与批评·译者附记》,《鲁迅全集》,第17卷,第446页。

③ 鲁迅:《文艺与批评·译者附记》,《鲁迅全集》,第17卷,第443页。

得不皱眉的理论译作，究竟有多少人喜欢读汉译，则是令人起疑的。究竟有多少人能够真正读懂，同样也是令人怀疑的，尽管也有青年说鲁迅翻译的理论著作令他们受益匪浅[①]。这一层，从本书注解里附录的译本版次可以得到证明。

第二节　卢那卡尔斯基的《艺术论》(1929)

1928 年，鲁迅开始主持编印一套“科学的艺术论丛书”，这套丛书又可以叫做“马克思主义文艺理论”，出了八册之后，便遭禁止。而这八册里，鲁迅的成绩占了一半，除去《文艺与批评》和《文艺政策》，还有两部汉译同名著作，即普列汉诺夫的《艺术论》和卢那卡尔斯基的《艺术论》。

《艺术论》乃是卢那卡尔斯基的主要著作。鲁迅从日本著名翻译家升曙梦的日译本转译。卢氏新著发表于 1926 年，鲁迅于 1928 年开手翻译，1928 年 10 月 1 日在《语丝》周刊 4 卷 40 期刊载《艺术与阶级》，这是卢氏《艺术论》里的第三章。《艺术论》全书于 1929 年 4 月 22 日译成，由上海大江书店 1929 年 6 月初版[②]。从原著出版到译作出版，前后不过三年时间，中间又还隔着一个升曙梦日译本的翻译出版周期。可以说，当时从苏联转来的马克思文艺理论译介速度可谓神速，由此亦可看出当时文坛的一大趋势。

他在致韦素园的信里说，“因史底惟物论批评文艺的书，我也曾看了一点，以为那是极直捷爽快的，有许多暧昧难解的问题，都可说明。但近来创造社一派，却主张一切都非依这史观来著作不可，自己又弄不懂，弄得一塌糊涂”[③]。

---

① 参看梅雨《鲁迅与中国的新文学运动》，见《鲁迅研究学术论著资料汇编》，第 2 卷，第 807 页。

② 鲁迅译《艺术论》(卢氏)版次如下：1929 年 6 月，上海大江书铺初版；1930 年 2 月，上海大江书铺再版；1930 年 8 月，上海大江书铺第 3 版；1938 年 6 月，鲁迅全集出版社初版《鲁迅全集》第 15 卷；1958 年 12 月，人民文学出版社《鲁迅译文集》第 6 卷。资料来源：周国伟编著《鲁迅著译版本研究编目》。

③ 鲁迅：1928 年 7 月 22 日致韦素园信，见《鲁迅著作全编》，林非主编，第 4 卷，第 375 页。

后来成为中国文艺理论家的冯雪峰，曾经与鲁迅有过一段师生缘，他曾于1925年在北京大学旁听过鲁迅讲课。1928年年底，冯雪峰正从日译本转译马克思主义的文艺理论作品，遇到难解之处，无人可请教，于是经柔石介绍，结识了鲁迅，因为他们知道鲁迅其时亦正从日译本转译马克思主义文艺理论作品[①]。冯雪峰当时亦正从藏原惟人的日译本翻译普列汉诺夫的代表作品之一《艺术与社会生活》。

鲁迅与革命家瞿秋白的交往，在翻译观方面的一个结果，是众所周知的二人论翻译的通信。然而，冯雪峰与鲁迅的密切交往，在翻译上的结果，却不大为人所知。他们的交往在这方面所结的一只果，是那篇名为《以理论为中心的俄国无产阶级文学发达史》，即日本冈泽秀虎原作的长文，是冯雪峰的译笔。鲁迅将它收在他译的《文艺政策》书后。

卢氏《艺术论》，正文凡五章，顺次分别为《艺术与社会主义》《艺术与产业》《艺术与阶级》《美及其种类》以及《艺术与生活》。此外，书后附录一篇《美学是什么?》，前边还有莫斯科"革命俄罗斯美术家协会"的《原序》。从上述篇名便大概可以知道，鲁迅何以如此急迫地要将这些理论书籍译介给中国读者。想必是他认为上述艺术问题，尤其是头三章，是人类自有艺术以来从未论述过的新问题。因而我们也可以说，该书的前三章乃是全书的重点所在。

第一章《艺术与社会主义》，从生产关系入手，先阐述生产关系决定当时的劳动形式，而艺术相对于经济基础，在两个关系上，可为上层建筑：一是作为产业，二是作为观念形态。卢氏认为，要想"阐明历史上无数样式的变化"，"阐明其由来的真的原因者，舍科学底社会主义无他道"[②]。本章几乎时时处处不离"科学底社会主义"，而他说的"科学底社会主义"，自然是"马克思主义的社会主义"的同义语。在他的论述里，这个"科学底"，应该有"惟一"的意味。

他还试图界说那个核心术语"阶级"："阶级云者，是对于生产过程，或在那过程上，占着种种不同的地位，因此也有了种种不同的利害关系

① 冯雪峰：《回忆鲁迅·我怎样去见鲁迅先生》，参看《鲁迅年谱》，第3卷，第110页。

② 卢那卡尔斯基著《艺术论》，鲁迅译，《鲁迅全集》，第15卷，第183页。

了的人们的团体。”[①]卢氏叙述里那种毫不含糊的断言、直截了当，应当是译家鲁迅所深感痛快的。可译家急忙翻译的时候，大概没有想过，卢那卡尔斯基手里究竟有多少历史的或现时正在发生的事实作为证据，来支持他这样的断言。譬如卢氏宣布：“科学底社会主义是他本身一定的阶级即无产阶级的观念形态；而且成着并不毁损现实的唯一的观念形态的。”[②]

第二章《艺术与产业》，论述现代工业和艺术之间的关系。卢氏的艺术观与托洛茨基接近，他批评了摩理思和洛思庚（参看本书第五章第二节）认为现代机械工业一定会导致艺术的粗鄙化的思想，认为工业和艺术实在有密切结合的必要，而且断言，“作为艺术家的技术家和作为技术家的艺术家，是两个同胞的兄弟”[③]。卢氏还断言，这样的结合，在资产阶级社会是完全不可能做到的，而在“科学底社会主义”的范围内，则是绝对必要的，同时也是完全可能的。卢氏的美学观的一个有趣之处，在于他断言资本家因利益驱动，往往追求“恶质而廉价的东西”，似乎美的产品，产品的美与丑，是由它的阶级属性来决定。但经历过20世纪后半期长达50年的“社会主义初级阶段”的中国人，已经有足够的证据和经验来作出相反的证明，证明世上的确存在着超阶级的美与丑。换句话说，美与丑的历史，要远远长于阶级的历史。卢氏观点的积极之处，在于肯定现代工业并不是同艺术相对立的，而是可以并存、和谐地发展。

第三章《艺术与阶级》，卢氏一起首便提出一个重要问题：“可以有一种称为阶级底美学，特别存在的么？”[④]卢氏的直截了当、针锋相对，想必令译家鲁迅感到痛快。可他似乎没有想到，痛快背后还得要证明。而卢氏答案则是早就预备好了的：“自然，这是可以存在的。”卢氏举上流知识分子和农民对女性美的标准差异为例，来证明他的结论：不同阶级用不同的审美标准。但卢氏没有解释自古以来就存在的对于女性美

---

① 卢那卡尔斯基著《艺术论》，《鲁迅全集》，第15卷，第185页。

② 卢那卡尔斯基著《艺术论》，鲁迅译，《鲁迅全集》，第15卷，第189页。

③ 卢那卡尔斯基著《艺术论》，《鲁迅全集》，第15卷，第207页。

④ 卢那卡尔斯基著《艺术论》，《鲁迅全集》，第15卷，第212页。

的不同标准和审美差异，是否一定要纳入阶级意识的框架才能得到“科学的”解释呢？此外，人们如何解释这样一个现象，即在同一阶级内部不同的人，对同样的审美对象可能持有截然相反的审美标准呢？其中自然也包括对女性美的审美差异。

卢氏在第三章里还指出，“在无产阶级，最为独创的东西，恐怕是那作品里的集团主义底调子罢”[①]。关于这一层，卢氏应该没有说错。卢氏还自豪地称赞道：“于是无产阶级便开始来唱自己们的战斗之歌。”[②]可是，当我们将目光投向翻译家的时候，可以发现一个有趣的对比。这便是翻译家鲁迅，无论是在以“个性解放”“人的发现”为旗帜的“五四”新文化运动里，还是更早在《摩罗诗力说》时期对于拜伦等浪漫主义诗人的推崇，鲁迅皆是最坚决主张个性解放的一个。然而卢氏在《艺术与阶级》里，以一种雄辩的声音，倡导一种集团主义的艺术创造、集团主义的审美，宣布要在无产阶级的画布上绘无产阶级的画作，要在无产阶级的殿堂里高唱无产阶级的歌。在鲁迅如此急迫地译介卢氏著作的翻译行为中，他是否意识到自身的一种矛盾？

“五四”时期那些被理想主义吸引而来的中国青年，当社会主义在俄国兴起之后，一批又一批的人将希望的目光投向那里。在这股热潮中，鲁迅最初感到的是寂寞，完全没有青年人的那种狂热与冲动。因为此时他心目中的俄国、俄国文学，与那些青年心目中的革命的苏联是有差异的。而那些激进的青年，反过来又认为鲁迅老矣，鲁迅“落伍”了。从 1924 年至 1927 年，在中国政治势力大较量的历史时期，各种思潮轮番登场的时期，鲁迅却倍感彷徨与寂寞。但从 1928 年起，他似乎也对集团主义不那么抵抗。这不光是后来行动上的参加左联，而且从上述翻译卢氏的《艺术论》等理论著作里也能看出。因为这部书，其实可以易名为“无产阶级艺术论”，这离“五四”的个人解放的思想已经很远了。离鲁迅早年所说“掊物质张灵明，任个人排众数”那句充满尼采色彩的话，也已经很遥远了。

---

① 卢那卡尔斯基著《艺术论》，鲁迅译，《鲁迅全集》，第 15 卷，第 217 页。

② 卢那卡尔斯基著《艺术论》，《鲁迅全集》，第 15 卷，第 217 页。

或许在翻译家鲁迅欣喜地拥抱“科学底社会主义”之际，似乎没有去想过这样一个方法论上的问题：卢那卡尔斯基也罢，其他的苏联新理论家也罢，他们本身并非真正意义上的无产阶级，然而由他们来代表无产阶级，这里面的合法性(legitimacy)在哪里？再进一步说，由其合法性颇成问题的这些人来代表无产阶级，继而由他们自己宣布，“科学底社会主义是他本身一定的阶级即无产阶级的观念形态；而且成着并不毁损现实的唯一的观念形态的”，是否在论证方法上出现问题？卢那卡尔斯基们的坦率固然令人钦佩，不过，无产阶级如何能够证明她自身的观念形态就是“科学底社会主义”，又如何能够证明是惟一完全尊重客观现实、不“毁损现实”的意识形态呢？也就是说，从一般常识的角度看，倘若由甲方宣称他的观念是惟一科学的，那么又如何单凭甲方自己来证明他是“惟一科学”、而不需要来自甲方以外的乙方、丙方乃至其他各方的证“是”，甚至证“非”呢？

第三节　普列汉诺夫的《艺术论》(1930)

跟同一时期翻译的卢那卡尔斯基的《艺术论》一样，鲁迅也是在激烈的争论中去阅读普列汉诺夫、翻译普列汉诺夫的。正如后来他在《三闲集·序言》中说：“我有一件事要感谢创造社的，是他们‘挤’我看了几种科学底文艺论，明白了先前的文学史家们说了一大堆，还是纠缠不清的疑问。并且因此译了一本蒲力汗诺夫的《艺术论》，以救正我——还因我而及于别人——的只信进化的偏颇。”[1]

1928年9月3日，鲁迅往内山书店买回普列汉诺夫的《马克思主义艺术论》，鲁迅后来翻译的本子，也就是据日本外村史郎的这个日译本。据鲁迅介绍，在他的译本之前，已有林柏的汉译本，因此在翻译过程中，他也不时地参考林柏译本。鲁迅在林柏之后再译普氏《艺术论》，并非以为自己译文胜过林译，而是因为丛书目录在先已经决定[2]。

---

① 鲁迅：《三闲集·序言》，《鲁迅全集》，第4卷，第19页。

② 鲁迅：《艺术论(普氏)·序言》，《鲁迅全集》，第17卷，第20页。

普列汉诺夫是俄国资格最老的马克思主义传播者、文艺理论家，而且也是一位革命者。他是第一个从马克思主义唯物史观出发，研究文艺理论的俄国理论家。他是俄国在艺术批评的基本问题、在美学和文艺学发展的方法论诸方面，有着独到的、精辟论述的第一人。同时他也是在俄国和苏联的文艺理论方面发生过重大影响的一个人。在文艺美学、文学理论方面，他发表过一些重要著作，主要有《没有地址的信》《论艺术》《无产阶级运动与资产阶级艺术》《艺术与社会生活》《从社会学观点论18世纪法国戏剧文学和法国绘画》等①。

普氏的《艺术论》，原作发表于1904年，鲁迅于1929年10月12日译完，1930年7月由上海光华书店初版②。

《艺术论》收入三篇书信体的论文，即《论艺术》《原始民族的艺术》和《再论原始民族的艺术》。此外还收入普氏一篇《论文集〈二十年间〉第三版序》。首篇《论艺术》便提出“什么是艺术”的根本问题。普氏批评了托尔斯泰的“艺术是表现人们的感情，言语是表现人们的思想”的艺术观。普氏认为艺术的本质，是感情和思想的具体的、形象的表现。因此艺术是用形象反映社会生活，是社会现象的一种。他反对“为艺术而艺术”的观点，认为这个主张无疑会将艺术与社会生活分隔开，切断艺术与社会历史条件的关系，提倡不顾作品内容的、孤立的审美价值。普氏指出“为艺术而艺术”的发展倾向会对艺术创作产生消极的、有害的影响。

第二篇《原始民族的艺术》，根据人类学者的研究，尝试论证原始狩猎民族与共产主义相结合。第三篇《再论原始民族的艺术》，批评了游戏的本能先于劳动者的艺术起源说（周作人后来的艺术起源观就糅合了游戏本能说），提出了劳动先于艺术的艺术起源观。普氏的艺术观，

---

① 参看《欧洲文学史》，第3卷，上册，季羡林总主编，罗　、孙凤城、沈石岩主编，北京：商务印书馆，2001，第231页。

② 鲁迅译《艺术论》（普氏）版次如下：1930年7月，上海光华书局初版；1938年6月，鲁迅全集出版社初版《鲁迅全集》第17卷；1957年2月，人民文学出版社重排本；1958年12月，人民文学出版社《鲁迅译文集》第6卷。资料来源：周国伟编著《鲁迅著译版本研究编目》。

采用了马克思主义唯物史观，具体说来，就是他尝试证明，社会人最初看事物与现象，是从功利角度来看的，后来才逐渐发展到从审美角度来看。因此，从历史上看，以有意识的功利观点来看待事物，往往是先于用审美的观点来看待事物的①。

出于帮助读者的愿望，鲁迅译完普氏《艺术论》之后，撰写了一篇长序，前边四节介绍普列汉诺夫生平、思想、在俄国革命史上的地位及其变化，作为马克思主义理论家的贡献、尤其是他在马克思主义艺术理论的阐述和体系建构方面的贡献。同时鲁迅又坦言《序言》第三节全部出自翻译，其余三节也是杂采什维诺夫、内山封介等人的文章。这说明，鲁迅对翻译对象的了解仍然有限。

从翻译的角度看，这些东西，他读得吃力，翻译得更吃力，当然读者读起来也不轻松。倘若将这些译文同鲁迅译的日本现代小说相比，鲁迅在那里的游刃有余和这里的艰难前行，形成鲜明对照。他一次又一次地为自己文艺理论翻译的"硬译"效果不佳道歉②，这在他的确是发自内心，尽管他不能接受梁实秋等人的批评(因为他认为梁的批评用意已超出翻译批评本身)。从这样一种艰难的翻译里，这样一种"硬着头皮"的翻译行为中，人们可以清楚不过地看出鲁迅翻译的良苦用心，已经到了不计个人得失的地步。

坦率地讲，鲁迅真正擅长的翻译，最精彩的翻译，还是他译日本现代短篇小说，其次是其他文学作品的翻译。鲁迅的译笔，他的译风，他的译法，似乎不适宜翻译理论著述，尤其不很适宜翻译新术语、新概念成堆的理论著述。

鲁迅译介马克思主义文艺理论和苏联无产阶级文艺思想的时间，主要是从 1928 年 5 月或 6 月开始，至 1930 年基本结束。前后大约持续两年半的时间。最早发表的俄苏作家和理论家的这方面的译文，是 1928 年译出的苏联布哈林的《苏维埃联邦从 Maxim Gorky 期待着什么?》，这篇论述高尔基文学创作对于苏联文艺的意义的论文，最初发表

---

① 亦可参看《普列汉诺夫美学论文集(一)》，北京：人民出版社，1983，第 410 页。

② 参看鲁迅《艺术论(普氏)·序言》，《鲁迅全集》，第 17 卷，第 21 页。同时亦请参看鲁迅翻译苏联文艺理论著作之后写的多篇"序言"或"译者附记"。

在1928年7月20日《奔流》月刊1卷2本[①]，后来收入《译丛补》。1930年后，鲁迅将翻译的注意力投向翻译苏联的新文学创作一面。在遭遇当局百般阻挠、禁止的情势下，遂又将译笔转向俄国文学和其他欧洲国家文学。

① 原刊称“本”，应该就是“号”或“期”之意。

第十一章　翻译的“催生婆”

第一节　已经绝迹的精神:校改青年译者的译作

《新青年》分裂之后,在《语丝》时期,在个人交往中,鲁迅周围的年青人渐渐增多;在文化和思想领域,鲁迅渐渐地从同龄人的个人交往中淡出,包括当年《新青年》那些曾经一同呐喊的同人,和其时正在《语丝》周围的那些撰稿人。而逐渐取而代之的,则是青年人。

翻阅鲁迅日记,很容易得到这个印象。鲁迅的日记很注意记录友朋或客人的来访和对外的书信往来。从他的日记里,发现他周围往来的人,多为青年。寓居上海时期,老友除郁达夫、林语堂等人交往较多外,主要是青年译者、作家、编辑或文化人。再查阅鲁迅书信,则可以加深这个感觉。

于是,我们看到,各色各样的青年人不断地出现在鲁迅周围,大约是从1924年开始的。这从鲁迅的书信中可以看出。老友中,除许寿裳、蔡元培等一些人外,与早先的同道、友人时有信函往还者,逐渐稀少。而大量的信件往还,主要是与文化界的青年人或当时的新进作家和译者,其中有一些是正在国内求学或在海外留学的学子。

鲁迅和周作人后来的一大不同,就是周作人明确表示,不希望自己花费很多时间跟青年人在一起。鲁迅与青年的交往,恩恩怨怨委实太多,不是本书打算讨论的。本书希望从翻译史角度,来看看集合在鲁迅周围的部分青年。早期真正由青年人办的刊物《新潮》，鲁迅与编辑者有些信件往还，也有稿件交给傅斯年等人去发表，可鲁迅与他们的关系，似乎限于这种投稿、出出主意的关系。真正以他为核心，集合起一群文学青年，是在未名社。1925 年未名社的成立，可以说是一个标志。

关于该社的成立，李霁野后来回忆道："一九二五年夏季的一天晚上，韦素园、青君和我在鲁迅先生那里谈天，他说起日本的丸善书店，起始规模很小，全是几个大学生慢慢经营起来的。以后又谈起我们译稿的出版困难。慢慢我们觉得自己来尝试着出版一点期刊和书籍，也不是十分困难的事情，于是就开始计划起来了。"[①]众所周知，这个计划所结的果实，便是当年未名社的成立，以及此后的《未名丛刊》《莽原》《未名》等文学期刊或不定期出版物。

未名社的主要成员李霁野，就是通过翻译与鲁迅结识，并且与鲁迅结下不解之缘的。1924 年 7 月，他翻译了俄国安德列夫的戏剧《往星中》，他的一位熟朋友将译稿送给鲁迅一观，不曾料到，仅仅过了十几天，朋友便告诉他，这部译稿不仅鲁迅已经披阅，且还划出若干待商榷之处。对于一个初出茅庐的译者，这样的回应，不啻是最大的鼓励！于是，那年冬天，李霁野在那位朋友的引领下往访鲁迅。结果是一次随意而又风趣的谈天[②]，青年李霁野的担心和疑虑在轻松诙谐的谈天中消失得干干净净，同时消失的，还有一支接一支的香烟，在聊天中被鲁迅化作股股青烟。

《往星中》后来就是放在鲁迅主编的《未名丛刊》中出版的，由上海北新书局 1926 年 5 月初版。做过翻译的人皆深知，校阅他人译本，实为一桩吃力不讨好的苦差。倘若遇到品质差的译稿，那就更是苦不堪言，情同入地狱。据熟悉鲁迅校阅译稿的人说，鲁迅校阅译稿，一般总有一些小纸条注记，夹在译稿里边，等到与译者见面时再商谈[③]。这一点，鲁迅与周作人大不同。冰心当年在燕京女大读书时，她的毕业论文

---

① 参看李霁野《忆素园》，转引自应国靖著《现代文学期刊漫话》，广州：花城出版社，1986，第 86 页。

② 参看李霁野《忆鲁迅先生》，见《鲁迅研究学术论著资料汇编》，第 2 卷，第 111～112 页。

③ 参看李霁野《忆鲁迅先生》，见《鲁迅研究学术论著资料汇编》，第 2 卷，第 113 页。

交给老师周作人,周作人阅毕归还时,论文上面只字未动,亦未留下任何痕迹。

未名社初期,高尔基的名字在中国文坛颇为生疏,鲁迅便常常希望青年译者们能够更多翻译高尔基的作品。未名社成员就常常听到鲁迅这个想法。该社成立之初,社址设在北京大学第一院对面一个公寓里,那里是韦素园简陋的住屋。鲁迅在北大下课后,时常走到那里,与青年们聊天,偶尔也凑凑趣,吃吃北大附近学生公寓拙劣的饭菜。很难设想,此时的鲁迅跟同龄人在一起,也会这样长时间地随意。

鲁迅策划的未名社的发展策略,一是靠多出书,二是靠译书质量。这也就是今天人们常说的,多出书,出好书。出于对翻译质量的考虑,鲁迅在20世纪20年代至30年代,常常挤出时间来校阅青年译者的译稿。这一方面是因为当时他手头编着一些期刊和丛刊,一方面也逐渐养成他的一个习惯。可这是一项谁都知道深具意义、却谁都不大肯做的麻烦事。经他手校阅的译文,有的只是一篇译文,有的却是一部译著。那些经他之手校阅过译稿的人,很难有个完整的统计。译者本身后来比较著名一些的,有李霁野、白莽(即"左联"五烈士之一的殷夫)、胡风、韦素园、韦丛芜、瞿秋白、曹靖华、徐梵澄、柔石、孙用、董绍明、蔡咏裳、冯雪峰等一大批译者。即便是经验已极为丰富的资深编辑和翻译家茅盾,20世纪30年代中期准备出版翻译小说集《桃园》之际,亦请鲁迅先生为之一校。

除了校阅译稿,鲁迅更多的时间花在同青年译者商量翻译哪些作品,哪些作品适合译,哪些作品虽好,却不适合翻译,甚至具体到哪些作品适合甲译,哪些作品不适合甲译。譬如,后来几乎不以译家身份在中国从事文艺活动的青年译者胡风,鲁迅就曾写信给他,告诉他惠特曼的《草叶集》"译起来很容易吃力不讨好",建议他翻译波兰显克微支的长篇小说《火与剑》和波兰莱蒙特的长篇小说《农民》。他曾经与青年译者孟十还频繁通信,他自己在翻译《死魂灵》前后,便在信中建议孟十还从俄文翻译《果戈理这样工作》。他认为,这样的作品如果能够译介给中国读者,对于文学研究者和创作者,都是颇有益的。本书前边还说过,他也曾邀请孟十还共同移译《果戈理选集》。

鲁迅在编《奔流》杂志时，读到一篇从德文翻译的匈牙利诗人裴多菲的传记。为着校对原文，译者送来附有原文的《裴多菲诗集》。从此二人相识，这位青年译者叫白莽。鲁迅因为喜欢裴多菲，便把自己在留东时托书店从德国购买的裴多菲散文集和诗集送给这位热爱裴多菲的青年同好。鲁迅在校改过白莽翻译的传记之后，又在一封给白莽的信里建议他，“又，只一篇传，觉得太冷静，先生可否再译十来篇诗，一同发表”[①]。结果，白莽遵照鲁迅建议，果真译了几首诗，后来连同那篇传记发表在《奔流》2 卷 5 期上，其中就有那首后来在中国家喻户晓的浪漫诗篇：“生命诚可贵，爱情价更高。若为自由故，二者皆可抛。”而这位青年译者白莽，后来一直跟鲁迅保持通信，有了译稿，便寄给鲁迅审阅。他，就是后来著名的“左联”五烈士之一的殷夫。

翻译家曹靖华移译的苏联短篇小说集《烟袋》译成后，鲁迅于 1928 年 2 月 24 日给在京的未名社成员台静农去信，说“曹译《烟袋》已收到，日内寄回，就付印罢，中国正缺少这一类书”[②]。结果该书当年由未名社出版，列为《未名丛刊》之一。大约两年后，鲁迅约请当时在苏联留学的曹靖华翻译小说《铁流》（苏联绥拉菲摩维支原作），译稿完成后，鲁迅为校阅译稿以及校样和插图等问题多次和曹靖华通信，前后信札多达二十余通。且别说鲁迅自己，就是中国一流的作家，手头常常正在做翻译的译家，即便是一个全职编辑，为着一部译稿，如此频繁地跨国通信，中间还要冒着信件或稿件寄丢的风险，如此劳神劳力，亦属难得。

好书配好序，这是鲁迅一贯的思想。为着曹靖华译的《铁流》，编校者的鲁迅还约请瞿秋白将涅拉陀夫的《序言》译出来。这是一篇约两万言的长序。书编好后，他又作了《〈铁流〉编校后记》。这部后来在中国极有名的译著，1931 年 11 月由上海三闲书屋初版。鲁迅辞世前三日，即 1936 年 10 月 16 日，他扶病为曹靖华翻译的《苏联作家七人集》作了

---

① 鲁迅：1929 年 6 月 25 日致白莽信，见《鲁迅著作全编》，林非主编，第 4 卷，第 391～392 页。

② 鲁迅：1928 年 2 月 24 日致台静农信，见《鲁迅著作全编》，林非主编，第 4 卷，第 396 页。《烟袋》原译名为《共产党的烟袋》。

一篇颇多鼓励、颇多称赞的序[1]。

鲁迅编《奔流》期间，有一位青年译者花了大约一年时间译出匈牙利裴多菲长诗《勇敢的约翰》。他是从世界语翻译的，之前他就因投稿同鲁迅有零散书信往还。这回他将《勇敢的约翰》译稿投给《奔流》。鲁迅1929年11月6日收到译稿，8日便复信，称赞“译文极好，可以诵读”[2]。同时还表示，鉴于《奔流》这类刊物无法用这样的稿子，他愿意为此书出版设法。后来鲁迅与春潮书局商议，书局答应列入“近代文艺丛书”出版，谁知后来春潮书局反悔。据鲁迅自己说，他为此译稿联系过《小说月报》社、《学生杂志》社，前者似要非要，后者一口回绝[3]。鲁迅只好又跑了好几家书店，吃了不少的冷面孔，最后终于在1931年11月间由一家不起眼的小书店，即湖风书店出版了这部长诗书稿。这位青年译者，就是后来的世界语翻译家孙用[4]。他做翻译，乃是业余的。

迄今读到的鲁迅给孙用的14通书信，悉为讨论翻译出版孙用的译文或译诗。有意思的是，一直到鲁迅逝世，这一老一少译界同好，皆没有见过面。换言之，尽管本书将他俩归入“鲁迅模式”，尽管孙用乃最典型的“鲁迅模式”内的翻译家，他俩却从未谋面。

他还为青年译者董绍明、蔡咏裳夫妇合译的苏联革拉特珂夫的著名长篇小说《士敏土》再版时担任校阅，并翻译了《代序》。这部书名采用音译的苏联小说，后来在20世纪50～60年代初期的中国极为有名，在当时普通读者的外国文学书架上，几乎随处可见，而且拥有大量中国读者。可别一方面，这部书在中国一时的“盛名”，广泛的阅读，从一个细微的角度，证明了当时普通读者、普通图书馆外国文学书架上的单调。

青年译者贺非根据德国奥尔加·哈尔佩恩的德译本转译的苏联肖

① 参看鲁迅《且介亭杂文末编·曹靖华译〈苏联作家七人集〉序》，《鲁迅全集》，第6卷，第551～553页。

② 鲁迅：1929年11月8日致孙用信，见《鲁迅著作全编》，林非主编，第4卷，第529页。

③ 鲁迅：《勇敢的约翰·校后记》，《鲁迅著作全编》，林非主编，第3卷，《集外集新编》，第650页。

④ 参看孙用《鲁迅先生是怎样替〈勇敢的约翰〉“校字”的》，1961年天津《新港》月刊第9、10期。

洛霍夫的长篇小说《静静的顿河》，鲁迅不仅为这部译著书写封面，还校阅了译稿，并作《后记》。该书列入鲁迅编校的“现代文艺丛书”，当时原作者的中译名叫“唆罗诃夫”，1931 年 10 月由上海神州国光社初版。鲁迅自己在《一天的工作》里翻译的肖洛霍夫作品，译名也是“唆罗诃夫”。

鲁迅在《大众文艺》上发表他译的《十月》的第一至三节之后，因郁达夫停编该刊，翻译遂告停，他劝韩侍桁将这部小说译完，可是韩侍桁觉得鲁迅的译文风格很难模仿，便没有接受这个提议。此后尽管鲁迅同韩侍桁的关系渐渐疏远，不过，韩侍桁所译苏联 V. 伊凡诺夫的《铁甲列车 N. r14～69》，同样经鲁迅校阅，收入他编的《现代文艺丛书》。此外，该丛书中那本非常重要的肖洛霍夫的《静静的顿河》，就是由韩侍桁向鲁迅推荐的赵广湘担任翻译，从德译本转译的。而且为此事，鲁迅还请周建人腾出景云里 18 号的一间房间，供赵广湘住在那里，翻译《静静的顿河》[①]。后来出版了赵洵、黄一然合译的这部小说[②]。

从鲁迅一生角度来看他与这些青年译者的交往，仿佛他所从事的翻译事业，是一次环球翻译列车，不断往域外不同国家、不同民族、不同地区、不同语言作长途旅行，因了翻译而与青年们交接，成为朋友、合作伙伴儿；他们喜欢到译介很少的地区旅行，行到格外困难的地带便相濡以沫，旅途上又因了新的翻译兴趣、新的翻译选题而结识更多的青年朋友。由于翻译列车本身的动态特征，因此鲁迅周围的青年译者也时聚时散，呈现一种涌动不息的流动状。而在这场生命不息、翻译不止的漫漫旅途中，鲁迅因其在新文化运动中的突出地位、在整个 20 世纪前半文化界的特殊地位和影响，以及他从事翻译在当时历时最长、在文化界和翻译界所享有的声望，更多是起着凝聚、集合、扶持、推动、导引、后援的作用，虽然有时候也有矛盾发生。因译书而发展到生活上的支援，学业上的扶持，人生道路上的导引，也不是没有。而在鲁迅帮助过的众多青年译者中，他与瞿秋白的交往，以及瞿秋白过早地离开人世之后，鲁

① 参看韩侍桁《忆恩师鲁迅》，见《回望鲁迅：高山仰止——社会名流忆鲁迅》，柳亚子等著，第 389 页。

② 《静静的顿河》，唆罗诃夫著，赵洵等译，上海光明书局 1936～1939 年初版。

迅抱病为他赎回译稿、编辑出版他的译文集的故事，尤为值得一记。

对于鲁瞿这对忘年交，翻译界提及最多的，是他俩关于翻译的一组通信。可对于瞿氏去世后，鲁迅为了纪念他，设法收集瞿氏旧译，编辑出版两卷本的瞿氏译文集《海上述林》一事，翻译界却不大有人提起，只是在中国现代文学研究界有人提起过。

瞿秋白是1931年到上海的。鲁迅与他的交往，始于文字之交。当时鲁迅为上海神州国光社编辑“现代文艺丛书”，鲁迅为其选择了10种书，曹靖华译的《铁流》乃其中一种。译稿从苏联寄出，1931年6月13日寄到鲁迅手上。鲁迅在编校《铁流》过程中，又接译者来函(8月16日)，称原书已有一篇序文，可因9月1日就要开学，序文又特别长，只好割爱。而鲁迅不肯割爱。他在《〈铁流〉编校后记》里说：“而缺少一篇好好的序文，却实在觉得有些缺憾。幸而，史铁儿竟特地为了这译本而将涅拉陀夫的那篇翻译出来了，将近二万言，确是一篇极重要的文字。”[①]鲁迅在公开的文字里所说的这位大概经常改换姓名的“史铁儿”，正是瞿秋白。是他约请瞿秋白将涅拉陀夫的长序译成中文的。

瞿秋白与鲁迅的首次见面，是在1932年春末夏初。据许广平回忆，是在鲁迅寓所，在场的还有瞿秋白夫人杨之华，彼此交谈甚欢[②]。

1935年6月18日，瞿秋白在福建长汀死于国民党之手。鲁迅一边深深为之痛惜，一边考虑如何将友人的生命延续下去。在给友人的书信里，他开始谈及瞿秋白文稿的收集。1935年6月24日致曹靖华信里，他便言及此事。7月30日，在给黄源的信里，进一步把文集具体为译文集，并吐露出打算筹款向现代书局赎回瞿秋白《高尔基论文选集》和《现实——马克思主义论文集》两部译稿，以此编选瞿秋白译文集。大约两年前，即1933年8月，鲁迅曾向现代书局推荐瞿秋白的这两部译稿，当初是准备在那里出版的，现代书局留下了译稿，预支了稿费。据黄源回忆，8月12日鲁迅托黄源向现代书局赎回上述译稿，这笔钱是鲁迅垫付的[③]，鲁迅给了两百元。

---

① 鲁迅：《集外集拾遗·〈铁流〉编校后记》，《鲁迅全集》，第7卷，第798页。

② 参看许广平《鲁迅回忆录·瞿秋白与鲁迅》，见《鲁迅年谱》，第3卷，第322页。

③ 黄源：《怀念鲁迅先生·鲁迅书简追忆》。

是年10月22日，鲁迅开始着手编辑瞿秋白译文集，译文集取名《海上述林》。12日后，在给郑振铎的信里，他告诉振铎，《海上述林》第一部已编好："西谛先生：拟印之稿件已编好，第一部纯为关于文学之论文，约三十余万字，可先付排。"[①]翌年3月间，鲁迅为《海上述林》上卷作序言，上卷又题《辨林》。接着，他又于4月17日夜着手编辑下卷。本月末作《〈海上述林〉下卷序言》，到5月14日，开始校下卷。第二天，也就是5月15日，他的病又发作了，至此每日卧床，低烧不退。6月18日，高尔基在苏联逝世。翌日，一代国学大师章太炎去世。而鲁迅自己也病得很重，连日记亦不得不中断二十多天。8月1日，鲁迅去须藤五百三的医院看病，体重仅有38.7公斤，这亦是他体重最轻的记录。9月30日下午，他校完下卷。上卷5月下旬送到日本岩波书店印出样本，时间已是8月底，9月底书运到上海，10月2日，上卷印成，鲁迅收到《海上述林》上卷，便将散发着墨香的新书赠送友好和有兴趣读的人。一周后，为了让更多的人了解亡友译作，他特意作短文，介绍《海上述林》上卷。这篇推荐文刊于10月16日《译文》月刊新2卷2期，离鲁迅最后一次发病仅隔两日，离他告别人世仅隔三日！

在鲁迅1932年8月30日的日记里，记着这样一句简短的话："晚大风，雷雨。夜诗荃来自柏林，赠文艺书四种五本，又赠海婴积木一匣。"[②]而这位"诗荃"者，在鲁迅寓居上海后的日记里，频繁出现。他就是后来中国翻译尼采的一位重要翻译家，而他的名字在中国现代翻译史上已不大有人提起。在鲁迅晚年，在很多接受过鲁迅帮助的青年中，诗荃是一位格外特别的人，鲁迅说他"颇佛气"。他不仅请求鲁迅为他推荐稿子，而且还特别要求，不能将他的原稿寄给报刊或书局。显然他只信任鲁迅，却信不过报刊杂志编辑。于是，鲁迅便只好劳动本已够忙的许广平，让妻子来誊抄稿子。倘若许广平忙不过来，鲁迅免不了还要亲自代抄一阵。鲁迅将诗荃的文章，荐到《申报·自由谈》，于是在鲁迅给"自由谈"编辑黎烈文的函中，就有了这样一封短简：

---

① 鲁迅：1935年11月4日致郑振铎信，见《鲁迅著作全编》，林非主编，第4卷，第829页。

② 鲁迅：1932年8月30日日记，见《鲁迅著作全编》，林非主编，第5卷，第1044页。

烈文先生：

“此公”稿二篇呈上，颇佛气，但《自由谈》本不拘一格，或无妨乎？

“此公”脾气颇不平常，不许我以原稿径寄，其实又有什么关系，而今则需人抄录，既费力，又费时，忙时殊以为苦。不知馆中有人抄写否？倘有，则以抄本付排，而以原稿还我，我又可以还“此公”。此后即不必我抄，但以原稿寄出，稍可省事矣。如何？便中希示及。

此上，即请

道安。

迅　顿首　三月四夜[①]

这位怪人究竟是谁呢？他就是后来在鲁迅支持下将尼采的《查拉图斯特拉如是说》从德文原著全本翻译的徐梵澄。他的原名叫徐琥(1909—2000)，又名徐诗荃。他是因投稿的关系认识鲁迅的。本书前文叙述过鲁迅翻译这部著作《序言》的情况，可惜不曾完篇。郭沫若也曾从德文翻译过此书，可惜也未完篇，因为郭译登出后，读者反应平平。于是郭沫若打消了译完全书的计划[②]。梵澄从德国留学归来，有一天，鲁迅问梵澄：“你为什么不翻译苏鲁支呢？”梵澄答称已有郭沫若译本，鲁迅说不全，于是，梵澄说他只好遵照鲁迅的意思翻译《苏鲁支语录》[③]。

鲁迅安排梵澄的译稿给郑振铎编的《世界文库》出版。由曾在德国留学三载的梵澄来完成这项译事，鲁迅当然是高兴的。于是，一卷一卷的译稿交给了振铎。梵澄翻译的《苏鲁支语录》，最初发表在

---

① 鲁迅：1934年3月4日致黎烈文信，见《鲁迅著作全编》，林非主编，第5卷，第122页。此外，这段逸事，亦请参见顾钧《尼采·鲁迅·梵澄》，刊《中华读书报》2004年3月17日第20版。

② 郭沫若：《创造十年续编》，见《郭沫若全集·文学卷》，第12卷，第287页。

③ 参看徐梵澄《星花旧影——对鲁迅先生的一些回忆》，见《回望鲁迅：高山仰止——社会名流忆鲁迅》，柳亚子等著，第373页。

《世界文库》8册与9册上。

后来梵澄还把《尼采自传》也译成汉语，鲁迅为此向良友图书公司的编辑赵家璧写信联系。在鲁迅的日记里，就记载了他为梵澄邮寄译稿和校阅他译的《尼采自传》的情形：

> 12月12日　昙。上午寄赵家璧信并诗荃译《尼采自传》稿一本。
>
> …………
>
> 3月13日　晴。上午校《尼采自传》起。午得徐懋庸信。得李雾城信，夜复。
>
> 3月14日　晴。上午得萧军信，午复。夜校《尼采自传》讫，凡七万字。濯足。风。[①]

上引的第一则日记是在1934年，第二、三则日记则是1935年。据梵澄自己讲，他后来又将尼采的《朝霞》和《快乐的知识》翻译过来，这回是交给了商务印书馆出版[②]。

鲁迅生病期间，发生过一件小事。梵澄得知鲁迅生病，前来探望恩师，许广平怕影响病中的鲁迅，婉辞说鲁迅生病不见客。谁知这个梵澄，扭头而去，过了一会儿，他买回一束鲜花，没等许广平反应过来，便突然冲上楼。鲁迅辞世后，梵澄写过一首怀念恩师的诗，诗云："逝者吾谁与，斯人隔九原。沉霾悲剑气，惨淡愧师门。闻道今知重，当时未觉恩。"[③]

"当时未觉恩"者，当然不止梵澄一人。但鲁迅的过早逝世，使得很多的青年、很多的青年译者，失去了依傍，失去了一位真心愿意扶持他们、愿意与他们同行的译界前辈。

---

① 《鲁迅著作全编》，林非主编，第5卷，书信·日记，第1140页、第1161页。

② 《鲁迅著作全编》，林非主编，第5卷，书信·日记，第1140页；第1161页。

③ 转引自顾钧《尼采·鲁迅·梵澄》，刊《中华读书报》2004年3月17日第20版。

第二节 从《语丝》(1924)到《奔流》(1928)

我在另一本拙作[①]里，曾经讲过翻译家徐志摩从欧洲返国后应邀接编《晨报副刊》。但接编之前，因晨报馆不愿得罪人，其实是请他与孙伏园共同编《晨报副刊》。可因二人志趣不投合，又因了鲁迅的一篇打油诗稿被撤下，孙伏园怒而辞职，从而间接催生了中国现代期刊史上的一个著名刊物，这就是《语丝》。该刊最初的编辑和发起人孙伏园，因自己一怒之下辞去《晨报副刊》编辑职务，于是在鲁迅、周作人、钱玄同、江绍原、林语堂、章川岛、章衣萍、张定璜等人的支持下，于 1924 年 11 月 17 日在北京创办了《语丝》。刊物的主办者署名为“语丝社”，可其实这个“语丝社”，并无自己的社址，只是借用北京大学第一院“新潮社”编辑《新潮》杂志的一间屋子。稍后，1925 年 3 月北新书局成立，始改由北新书局发行。

这份薄薄的小刊物，对于鲁迅还别有一个意义。这大约是他自新文学运动勃兴之后投入较多、个人卷入较深的第一份刊物(此前的《新青年》《晨报副刊》《小说月报》《东方杂志》似乎皆没有这样深的个人承担和卷入)。当时的鲁迅，在衙门、校门、家门、店门(琉璃场的店铺)之间来回奔走，现在则似乎多出一个门，即自办刊物的“刊物门”。但这扇不无象征意义的“小门”，后来随着他从衙门的退出，大学门的退出，八道湾大家门的退出，却慢慢地变成一个不大不小的“门”，成为鲁迅后半生的一项重要工作。可以说，他后来是作为著作家的鲁迅来编刊和编丛书，也是作为翻译家的鲁迅来编刊和编丛书的。值得注意的是，到了他生命的最后几年，则几乎完全是作为翻译家的鲁迅而编刊的。

《语丝》这份周刊，最初版式为 16 开 8 面，每期 16 页，1926 年 5 月 24 日第 80 期之后，改为 32 开 16 面。1927 年 10 月 22 日出版了第 154 期后，被北洋政府查封，北新书局亦同遭查封。第 155、156 期开始移至上海北新书局印行。鲁迅离粤来沪后，于 1927 年冬开始接手《语丝》编

---

① 即拙作《翻译西方与东方：中国六位翻译家》，成都：四川人民出版社，2004。

辑。有趣的是，从1924～1927年这三年，《语丝》除早期由孙伏园编辑外，不少时候大抵上由周作人来编，那或许是一种“看守”式的编辑。各方同人稿件寄来后，周作人一般照发，只是略加编排而已。这里边的稿件，自然有不少是来自哥哥的。如今《语丝》编辑之责从周作人手里移交到鲁迅手里，这一对“老死不相往来”的兄弟，就是以这样独特的方式，维持着《语丝》。这或许是周氏兄弟一生轮流编辑，共同维持，影响最大、最久的一份刊物吧。

鲁迅从4卷1期接编《语丝》，版式也改为25开，不过篇幅增至96页。1929年1月，鲁迅荐柔石接编，北新老板李小峰答应了，柔石从1929年1月至9月2日，编完5卷26期之后，移交李小峰编辑。在走完最后的半年时光后，这个曾经发生不小影响的刊物于1930年3月10日出至5卷52期之后寿终正寝。从北京到上海，《语丝》前后共出了265期，历时近五年四个月。

鲁迅也说，他与《语丝》的关系，要算是最长的了。鲁迅接手这个刊物，已是《语丝》的后期，似乎不像他后来一手新创刊的杂志那样精心策划，而仅仅是淡淡地维持：“经我担任了编辑之后，《语丝》的时运就很不济了，受了一回政府的警告，遭了浙江当局的禁止，还招了创造社‘革命文学’家拼命的围攻。”[①]在中国现代翻译文学史上，《语丝》的贡献，就是发表过西班牙、希腊等国的民歌，介绍过不少的外国文学大家，如托尔斯泰、莫泊桑、高尔基、契诃夫等。倘若从鲁迅接编该刊第4卷1期开始计算，截止到编完《语丝》第四卷，也就是从1927年12月17日到1928年年底，鲁迅经手编发的译作，大约有二十九篇[②]，其中包括翻译的诗歌和散文诗。译者有郁达夫、林语堂、梁指南、徐霞村等，但发表译作最多的，还是(韩)侍桁。鲁迅译卢那卡尔斯基的《艺术论》之第三章《艺术与阶级》，便发表在该刊4卷40期上。

在北京的时候，鲁迅一边给《语丝》写稿，一边又创办了另一个刊物，这就是《莽原》。最初的《莽原》为周刊，由鲁迅于1925年4月24日

① 鲁迅：《三闲集·我和〈语丝〉的始终》，《鲁迅全集》，第4卷，第176页。

② 一篇译作连续刊载，只计作一篇。

创刊。周刊时期的《莽原》附在当时的《京报》一同发行。大约过了半年,《京报》打算将副刊以外的附属出版物停掉,于是同年11月27日《莽原》周刊停刊,一总出了32期。翌年元月10日《莽原》复刊,这回改为半月刊,发行方易为北京未名社,出版物上署"未名社编辑部"编,不过实则初期还是由鲁迅编。1926年8月下旬鲁迅离京,应邀往厦门大学担任教职,刊物遂由未名社的未素园接编,未名社出版部印行。此后《莽原》一路坎坷,风风雨雨,因内部闹分裂,至1927年12月25日终刊,终刊号为2卷23～24两期合刊。总计《莽原》共出版两卷,凡48期。

《莽原》作为刊物名,跟《语丝》一样,是一种偶然。据鲁迅讲,刊名并无特别的含义,"那'莽原'二字,是一个八岁的孩子写的,名目也并无意义,与《语丝》相同,可是又仿佛近于旷野"[①]。《莽原》诞生之先,《京报》1925年4月21日登出一则预告。这个预告乃出自鲁迅之手,用他一贯的看似随意的笔墨,点染似地三言两语将新刊的内容与宗旨作了简要说明:"本报原有之《图画周刊》(第五种),现在团体解散,不能继续出版,故另刊一种,是为《莽原》。闻其内容大概是思想及文艺之类,文字则或撰述,或翻译,或稗贩,或窃取,来日无事,无从预知。但总期率性而言,凭心立论,忠于现世,望彼将来云。"[②]

这个时期,鲁迅正好在北京女师大讲解厨川白村的《苦闷的象征》,亦正好是许广平开始以学生身份同鲁迅通信的初期[③],后来她也成为《莽原》撰稿人之一。因此,鲁迅在《两地书》里多次谈及这个刊物,其中多次特别谈到办刊的目的,"中国现今文坛(?)[④]的状况,实在不佳,但究竟做诗及小说者尚有人。最缺少的是'文明批评'和'社会批评',我之以《莽原》起哄,大半也就是为了想由此引些新的这一种批评者,虽在割去鄙舌之后,也还有人说话,继续撕去旧社会的假面"[⑤]。鲁迅所说

---

① 鲁迅:1925年4月22日致许广平函,见《两地书·十五》,《鲁迅全集》,第7卷,第70页。

② 转引自应国靖《现代文学期刊漫话》,第25页。

③ 鲁迅与许广平首次互通信函是在同一日,即1925年3月11日。

④ 引文中括号里的问号系原文就有。

⑤ 鲁迅:1925年4月28日致许广平函,见《两地书·十七》,《鲁迅全集》,第7卷,第81页。

的“文明批评”“社会批评”，除了他写的杂文，便是他此时正在移译的厨川白村的文艺论著中的文艺应当积极干预社会的思想。鲁迅的目的，是集合一些敢于反抗的青年，共同来做打破“漆黑的染缸”的工作。因此，《莽原》的宗旨，是要在没有希望的中国反抗绝望，寻找希望。

《莽原》的撰稿人，主要有高长虹、向培良、韦素园、韦丛芜、荆有麟、冯文炳、章衣萍、鲁彦、许钦文、李遇安、朱大枬、李霁野、台静农、景宋（即许广平）等。除了鲁迅所说的在“文明批评”与“社会批评”方面发表了不少杂文之外，在翻译方面，该刊偏重介绍日本和苏联的文艺理论与作品。

在《莽原》前后 48 期中，除了创作的文字外，发表过俄苏、法、日、德、美等国作家的作品。其中译介最多的，还是俄苏作家和日本作家的作品，如俄国契里珂夫的《献花的女神》（韦漱园译），法国罗曼·罗兰的书信，法国莫泊桑的《花房》（赵少侯译），德国海纳（通译海涅）的《春日的消息》《洛莱神女》（杨丙辰译）等。鲁迅翻译的日本作家的文艺论文，有一部分，如片山孤村的《思索的惰性》，就发表在《莽原》上。

人所共知，未名社的主要成员除鲁迅外，余皆为青年，分裂前后该社的中坚皆为青年。他们与其说是著作家，毋宁说是翻译家。他们与鲁迅的关系最近，受鲁迅影响最大，而他们往翻译家方向的发展，可以很明显地看出鲁迅对翻译的重视。且未名社部分主要成员，曾留学苏联，对俄苏文学兴趣浓厚，对译介俄苏文学一往情深。他们中的主要成员，在 20 世纪 50～60 年代成为中国翻译文学界的重要翻译家，如后来在北京大学任教的曹靖华、在天津南开大学任教的李霁野等。

《莽原》出满 48 期，至 1927 年年末终刊。而后在 1928 年年初，《未名》半月刊问世。虽然是一个刊物的结束，另一个刊物的诞生，可编辑者还是原班人马。换句话说，这次的旧刊换新，主要是刊物名称的更易。

《未名》的名字，还是鲁迅取的：“《莽原》这名称，先前因为赌气，没有改。据我的意思，从明年一月起，可以改称《未名》了，因为《狂飙》已销声匿迹。而且《莽原》开初，和长虹辈有关系，现在也犯不上再用。长虹辈此地有许多人尚称他们为'莽原小鬼'，所以《莽原》之名也不甚有趣。"①

不过，这次的变动，也不纯然是易名。刊物的重心，从原来的重社会批评（不过后期的《莽原》在这个方面明显减弱），变为以发表译作为主。从1928年1月10日在京创刊，到1930年4月30日出版2卷9～12期合刊号终刊，共出两卷，凡24期。而且该刊的主要作者、译者并不多，主要为未名社成员，计有李霁野、韦素园、韦丛芜、曹靖华和戴望舒等人。该刊偏重译介俄苏和英、法等国文学作品或文学评论。《未名》前期上述几位译者还轮番上阵，后期则基本上只有刊物编辑人李霁野的译文，以及韦丛芜的译文在拼命维持。

鲁迅一直很关心这个刊物，可因为其时手上正在编《语丝》同《奔流》，所以一时没有稿子给《未名》。他支持《未名》，一是希望她切切实实地做一些介绍外国文学的工作，二是希望发展一支青年翻译家队伍。这跟1925年夏成立未名社的初衷，仍然是一致的。

《未名》一总发表各类体裁的译文大约四十一篇，有小说、诗歌，也有文论。该刊走到后期，显然稿源发生问题，不惟译者减少，而且自2卷3期（1929.2.10）始，除曹靖华译的一篇拉普列涅夫作《为〈第四十一〉中译本所写的序及自传》外，已经没有俄苏文学作品的译稿，主要靠韦丛芜翻译英国自学成材的学者高斯（Edmund Gosse，1849—1928）有关英国文学史的论述，如《英国十九世纪四十年代的诗人》（刊2卷3期）一类，以及李霁野的各种杂译勉强维持。从刊物发表的译文看，译者的文化视野不够宽阔，能够得到的西书资源非常有限，俄苏、西文新刊也十分有限。因此可以说，该刊停刊乃是自然的终止。

鲁迅到上海后，花费了大量精力在《奔流》月刊上。这个刊物是郁达夫同鲁迅合编的。据达夫回忆，当时创造社和太阳社联合起来攻击鲁迅，已经脱离创造社的达夫便计划出一个杂志，目的是"想介绍些真正的革命文艺的理论和作品，把那些犯幼稚病的左倾青年，稍稍纠正一

---

① 鲁迅：1927年10月17日致李霁野信，见《鲁迅著作全编》，林非主编，第4卷，第608页。

点过来"[①]。在达夫看来，鲁迅编《奔流》这段时期，在鲁迅的一生之中，应该是对中国文艺影响最大的一个转变时期[②]。

在翻译家鲁迅的一生中，1928 年的确是一个发生大变化的重要年头。鲁迅偕许广平到上海八个月之后，即 1928 年 6 月，便同达夫联手编《奔流》。该刊 6 月 20 日在上海创刊，由北新书局发行。这是一个 24 开本的文艺月刊，以发表译文为主。它与六年后鲁迅同茅盾、黎烈文、黄源等人创办的《译文》杂志的一个不同，是它同时也刊载创作。《奔流》的倾向颇为鲜明，它以介绍欧美以及日本等国具有进步色彩的作家作品为主。

《奔流》的主要撰稿人有鲁迅、郁达夫、柔石、杨骚、白薇、白莽等。按体裁来分，诗歌方面，主要撰稿人有杨骚、陈翔冰、裘柱常、白莽等；小说方面，主要有许钦文、黎锦明、柔石、张天翼等；剧本则有白薇、林语堂；散文主要是梁遇春。鲁迅主要的工作，是主持编辑该刊并为该刊撰写《编校后记》12 篇，尤其是他从创刊号起，便开始发表他译的《苏俄的文艺政策》，在《奔流》1 卷1～5期连续刊载，这是鲁迅有目的地系统介绍无产阶级文艺理论的发端。

由于是鲁迅与好友达夫合编，这个刊物在不少方面皆体现出鲁迅一贯的编刊思路和特色。事实上，达夫后来回忆说，大量具体事务，如集稿、校对、计算稿酬等琐琐碎碎的工作，皆系鲁迅一人操劳[③]。如每期附有精美的插图，译作大多附有译者的说明或介绍文字，刊物的印刷与纸张比较讲究。这些特征和编刊传统，在后来的《译文》得到继承，且《译文》的插图之多，令人咋舌。

鲁迅编刊喜欢添入种种精美插图，除个人从小在美术方面的特别兴趣之外，更主要是希望杂志能吸引更多的读者，尤其是能够得到青年读者的喜爱。这样做，不仅是为刊物争取更多的读者，而且客观上也为外国文学在中国的翻译开拓新路，为翻译文学培育更多的读者、更大的市场。同时也意味着，在编刊人和出版商方面，皆需付出额外的代价。

---

①②郁达夫:《回忆鲁迅》，见《鲁迅研究学术论著资料汇编》，第 3 卷，第 25 页。

③　郁达夫:《回忆鲁迅》，见《鲁迅研究学术论著资料汇编》，第 3 卷，第 26 页。

正是因为这样的编刊思路和品位，许广平深感鲁迅为《奔流》四处奔忙，耗费了大量劳动："鲁迅初到上海，以编《奔流》花的力量为最多，每月一期，从编辑、校对，以至自己翻译，写编校后记，介绍插图或亲自跑制版所，及与投稿者通讯联系，带索稿费，退稿等等的事务工作，都由他一人亲力亲为。"①

鲁迅之所以这样看重翻译，除了他一贯的对翻译的重视，亦说明他对于国内的新文学创作不甚满意。无论是从文学作品的创作，还是文艺批评、文艺理论方面，皆不甚满意。他编《奔流》的一个主要考虑，"目的无非是为了把新鲜的血液灌输到旧中国，希望从翻译里补充点新鲜力量"②。

《奔流》从创刊到 1929 年 12 月 20 日终刊，出至 2 卷 5 期，凡 15 期。它的成绩却并不小，除第一卷连载鲁迅的译作《苏俄的文艺政策》外，据粗略的统计，先后发表短篇小说约 16 篇，散文、杂论、论文约 39 篇，诗歌约 46 首，还有一些戏剧（一般篇幅不长）翻译。

此外，《奔流》还承袭了《新青年》和《小说月报》时期所开创的优良传统，出版过两个专号。一个是 1 卷 3 期的"H. 伊孛生诞生一百年纪念增刊"（1928. 8. 20），增刊封面是长髯银发的易卜生的一幅画像，另一个是 1 卷 7 期的"莱夫 N. 托尔斯太诞生百年纪念增刊"（1928. 12. 30）。该刊终刊号，即 2 卷 5 期，是以"译文专号"来画上句号的。这实际上是一期超大型的翻译月刊，刊载译文的数量逼近平时一期发稿量的三倍。

1928 年 12 月 6 日，鲁迅同柔石等合编的《朝花》周刊在上海创刊，由朝花社印行。朝花社是 1929 年 1 月在上海成立的，组织的目的，"是在绍介东欧和北欧的文学，输入外国的版画，因为我们都以为应该来扶植一点刚健质朴的文艺"③。这个刊物的封面、刊名都由鲁迅设计和书写。这个朝花社，是鲁迅同柔石、崔真吾、王方仁等共同发起创办的。《朝花》从创刊到 1929 年 5 月 16 日止，共出了 20 期。接着从是年 6 月 1 日改出《朝花旬刊》，至 1929 年 9 月 21 日出版 1 卷 12 期，尔后终刊。

---

① 许广平：《鲁迅回忆录 · 为革命文化事业而奋斗》，见《鲁迅年谱》，第 3 卷，第 72 页。

② 许广平：《鲁迅回忆录 · 为革命文化事业而奋斗》，见《鲁迅年谱》，第 3 卷，第 72 页。

③ 鲁迅：《南腔北调集 · 为了忘却的记念》，《鲁迅全集》，第 5 卷，第 76 页。

周刊、旬刊合计，共出版32期。

这份篇幅不大的刊物，可谓真正体现了“鲁迅翻译模式”。它发表的译作，有挪威的哈姆生、克伊兰，匈牙利的摩尔那、玛察，犹太作家肖罗姆·亚修、宾斯基，丹麦的安徒生、格斯塔夫·惠特、蜀拉舒曼，俄苏的高尔基、爱罗先珂，塞尔维亚的 Bora Stankovie，西班牙的巴罗哈，捷克的凯沛克兄弟、裴鲁克，瑞典的罕特斯坦，奥地利的文新·契万西，德国的托马斯·曼，日本的小泉八云，法国的法郎士、帕鲁独姆等，还有英国的 F. B. 杨(F. B. Young)作的《南非洲文学》等。单单从国别文学来看，倘若作个对比，我们会很容易地发现，1959年以后的《世界文学》，其实走的也是这个编刊路线。

《朝花》周刊、旬刊的主要译者有柔石、鲁迅、梅川、采石、真吾、岩野、(楼)适夷等，此外不定期的译者还有冯雪峰、闵予、马萧萧、庄文等。这个小小的朝花社，存在不过一年多，却做了不少实际的翻译介绍工作。它还于1929年4月出版了《近代世界短篇小说集》(1)，名为《奇剑及其他》，书内附有鲁迅作的《小引》。这是这套译文集的第一本，收入编译的比利时、捷克斯洛伐克、法国、匈牙利、俄国与苏联、犹太等国家、民族的10位作家13篇短篇小说，译者有鲁迅、柔石、梅川、真吾等。其中有五篇乃鲁迅所译。

同年9月，朝花社又推出了《近代世界短篇小说集》(2)，题为《在沙漠上》。书内附有鲁迅本年4月26日撰写的《小引》，署名为“朝花社同人识”。第二辑收入译介的捷克、法国、南斯拉夫、苏联、西班牙、犹太等国家或民族的11位作家，共12个短篇小说。其中鲁迅译有四篇，即西班牙巴罗哈的《放浪者伊利沙辟台》和《跋司珂族的人们》、苏联伦支的《在沙漠上》以及雅各武莱夫的《农夫》。这些小说后来分别收入《山民牧唱》《竖琴》和《译丛补》。

1930年1月1日，他同冯雪峰合编的《萌芽月刊》在沪上创刊，刊物封面由鲁迅绘制，刊名亦由鲁迅手书。该刊由光华书局发行。该刊在翻译介绍苏联作家和其他国家有进步倾向的作品方面，有着特别关注。评论方面，特别在关于“科学的”艺术论的论著、论述各国新兴文艺的文章方面倾注较大的力量。该刊自1卷3期始，成为“左联”的机关刊物之一。

该刊1卷1期便刊载了亦还译的《戈理基底自传》和《法兑耶夫自传》，也就是苏联作家高尔基和法捷耶夫的小传。此外，还有冯雪峰译的苏联弗理契作的《艺术社会学之任务及诸问题》，蓬子译的亚美尼亚作家A. Aharonian的小说《夜巡兵》，柔石译的高尔基《关于托尔斯泰的一封信》。此外，鲁迅译的法捷耶夫的《毁灭》，也是从本期开始连载的，在本刊发表时的译名为《溃灭》。小说方面，还发表过沈端先（夏衍）翻译的苏联革拉特珂夫的《醉了的太阳》、蓬子译的巴比塞的短篇小说《不能克服的人》、略希珂作的《铁炼的歌》等。

创刊号还发表了洛扬译的《艺术形成之社会的前提条件》，这应该是马克思《〈政治经济学批判〉导言》的摘译，这位洛扬就是冯雪峰。仅从上面第一期的不完全介绍，便可以看出该刊的编刊方向和特色，此后一直到1卷6期，即《萌芽》月刊被禁为止，这个特色一直保持下来。从1卷4期起，增设了一个"国外文化事业研究"，但实际上就是当时苏联的一些文化消息或文化事件的报道。倘若联想到20世纪20年代初茅盾编《小说月报》后边的"海外文坛消息"，《萌芽月刊》的这个特色的确鲜明，而中国文坛的变化的确很大。

在20世纪30年代中国文坛上，有一个规模和质量皆引人注目的大型文艺刊物，那就是由郑振铎和茅盾合议创办、由傅东华领编辑衔的《文学》月刊。该刊1933年7月1日创刊，一直坚持到1937年11月，其时日本侵略者将上海变为"孤岛"，这个当时影响极大的文艺刊物方告结束。

《文学》从创刊之始，即得到了鲁迅的有力支持。从创刊号到1935年10月，鲁迅在该刊发表26篇文章①。该刊背后的实际主编，应该是茅盾，不过版权页上署的是傅东华和郑振铎的名字。当时身为商务书馆高级编辑的傅东华，也为刊物出了不少力。鲁迅去世后，面对外界对鲁迅和自己关系有些传言的傅东华，在鲁迅逝世后出版的《文学》月刊7卷5期（1936.11.1）撰文，非常激动地说："所以，谁要说鲁迅先生的

① 参看应国靖著《现代文学期刊漫话》，第185页。

精神成分里只有‘恨’，而没有‘爱’，我就和他拼命！”[①]这位后来以翻译著称中国文坛的人，是在透露了一桩鲁迅生前为他儿子入医院治急症事而亲自奔波的故事之后，写下这番热泪盈眶而发自肺腑的话语的。他是从鲁迅作为长者对于青年人的关爱的角度、从私人和公共的角度，发出这番大感慨的。

左联时期，鲁迅还主持编辑了左联机关刊物《前哨》[②]、《十字街头》[③]等。但真正在翻译文学上再次发生很大影响者，还是要数 1934 年创刊的《译文》。

第三节 “只有一个条件：全是译文”：《译文》月刊（1934～1936）

1930 年左右，因为翻译队伍本身鱼龙混杂，也因为的确出现了一些没有责任心的乱译、胡译，造成翻译图书市场的一落千丈。书店、杂志纷纷拒收翻译作品。鲁迅在这段时间写过不少文章，或从输入精神食粮的宏观角度，或从翻译批评的微观角度，尝试着挽回颓势，恢复翻译在图书市场、在读者心目中、在文化建设中应有的地位[④]。

鲁迅对于翻译的看法和做法与常人不同。倘若中国文坛出现翻译热的时候，鲁迅对于翻译的执著则不大看得出，他可能翻译一些“冷门”作品；可是到中国翻译界真正遭遇萧条，他对于翻译的看重便显露无疑。他的不同，在于他的确是将翻译视为庞大的中国思想库建设、中国新文化建设的事业。他将翻译作为输入新的文学、新的文艺理论、新的精神、新的趣味、新的生活方式、新的世界的主要渠道。在他的心目中，翻译应当是一条源源不断流淌的河，不能让它干涸，也不能让它断流。

---

① 傅东华：《悼鲁迅先生》，《鲁迅研究学术论著资料汇编》，第 2 卷，第 131 页。

② 第 2 期起更名《文学导报》），但这个刊物因为当时的政治形势，仅存在了半年便告终刊（1941.4.20～11.15），鲁迅只编了第 1 期，后由冯雪峰、楼适夷接编。

③ 双周刊小型报纸，第 3 期改为旬刊，1932 年 1 月 5 日出版，共出 3 期，因当局查禁而休刊。

④ 可参看译文社（黄源）著《鲁迅先生与〈译文〉》，原刊 1936 年 11 月 16 日《译文》新 2 卷 3 期，见《鲁迅研究学术论著资料汇编》，第 2 卷，第 249 页。

1930～1933年国内翻译的不景气，让他格外着急。事实上，他本人在这段时间内从未停止过译笔，可他远不满足于此，更希望集合一些同志，合力让这条域外活水继续保持旺盛之势，汩汩地、源源不断地流动。鲁迅的这个中外文学关系思想，同20世纪前半中国文化界的许多有识见的精英知识分子，如梁启超、陈独秀、胡适、蔡元培、张元济等，总体而言具有一致性，虽然在具体的操作层面上，他此时与胡适等人的文化视野已见出大差异。

或许正是出于这个考虑，逼迫他不顾自己已经忙得不堪，再一次出面，邀约茅盾、黎烈文等人，来合办一个纯文艺的翻译期刊。这个想法，在鲁迅，不过是其一贯思想的延续，可在中国现代期刊史上，亦算得上一个创举。因为当时伍蠡甫大视野的《世界文学》、郑振铎大手笔的《世界文库》等重要期刊，尚未问世。倘若再考虑到当时翻译的不景气，这无疑还是一个大胆之举。

1934年6月9日晚，他邀约茅盾、黎烈文等在家里共进晚餐。是年8月5日，又同茅盾一道往觉林赴宴，这回乃是生活书店做东，但两次同席共餐，目的却是一个：商量创办《译文》事宜。跟《语丝》当年的起首有些近似，这回办刊的缘起，直接的诱因多少同黎烈文被迫从《申报·自由谈》离职有关。在觉林的餐桌上，大家商定约请黄源出面作新刊名义上的编辑，由上海生活书店承印。

说到20世纪翻译文学史曾经发生过重要影响的那份翻译文学期刊《译文》，就不能不提到黄源。在与这个刊物发生密切联系的人中间，除了鲁迅、茅盾和黎烈文，就要数黄源了。

黄源做个挂名编辑，是茅盾推荐的，当时也希望由他出面去与生活书店交涉。于是鲁迅就在上海炎热的夏天动手编起来。跟往常一样，鲁迅对自己所编刊物，总有很高要求，加上他对美术的一贯喜好，对刊物的外观、纸张、印刷皆有讲究。茅盾在一封致黄源的信里，道出鲁迅创办《译文》的本意：“以少数志同道合者的力量办一种小刊物，并没有销它一万二万的大野心，但求少数读者购得后不作为时髦饰品，而能从头到尾读一遍。所以该刊的印刷纸张力求精良，译文亦比较严格。这刊物不是一般的读物，只是供少数真想用功的人作为‘他山之石’的。”①

这个编刊设想，极易让人联想到二十多年前鲁迅编辑出版《域外小说集》翻译丛书的初衷。换句话说，鲁迅这30年来的译书思想、译介作风，几乎一直没有改变，就是希望严格选材，严格翻译，印制讲究一点，为有兴趣的同道提供借鉴、提供新的资源库，同时也期盼吸引多一点真正的有心人、新的同道或读者。

7月24日，鲁迅开手译果戈理的小说《鼻子》，历时一周，于7月31日译讫，接着又撰写了《〈鼻子〉译后记》。越三日，他又翻译了日本立野信之的论文《果戈理私观》，且一口气撰写了《译者附记》。是年8月9日，鲁迅身体欠佳，可还是扶病编辑创刊号，且就手一口气作了《译文》创刊号的《前记》。这篇署名编者的《前记》说：“原料没有限制：从最古以至最近。门类也没有固定：小说、戏剧、诗、论文、随笔，都要来一点。直接从原文译，或间接重译：本来觉得都行。只有一个条件：全是‘译文’。”②

好一个“只有一个条件，全是译文”！除了全是译文，除了力求印刷精良，这个月刊还有一个鲁迅特色，便是丰富的插图、画像。平均每期差不多有10幅左右的各式各样的插图、照片，有几期登载的插图还超出此数。这些插图印制之精美和讲究，直到70年后的今天，看上去效果依然清晰如初。印刷插图的用纸亦比较讲究。这个特色后来在黄源接手编辑该刊时期，一直延续下来，最多的2卷2期，竟然登载了16幅插图和画像。其终刊号则再进一步，突破这个记录，达到18幅之多。这样一种不顾成本的编辑方针，自然受惠者是读者，辛苦的是编者，抱怨者是承印商。鲁迅的用心，乃是吸引多一些读者，增加阅读的趣味。相信读者捧着一册册印制精良的《译文》，一边欣赏新鲜的域外作品，一边观赏琳琅满目、文化信息量很大的插图，的确是一种难得的精神享受吧。

---

① 可参看译文社（黄源）著《鲁迅先生与〈译文〉》，原刊1936年11月16日《译文》新2卷3期，见《鲁迅研究学术论著资料汇编》，第2卷，第247页。

② 见1934年9月16日《译文》1卷1期《前记》。

可在创刊之初，鲁迅和他的朋友们却是冒着酷暑，一篇一篇的看稿、编排，一幅一幅从不同的画册、图书上挑选插图。黄源曾经详细回忆了鲁迅编创刊号的情形："那时天气很热，外面太阳猛烈的晒着。……谈了一些时候，先生把带来的包袱解开，里面是创刊号的稿子，以及制插图用的各种画册木刻。先生把稿子和画册等都交给了我，稿子的次序已排定，每篇题名用几号字体，插图缩成多少大小，都已一一注明，总之差不多自前记以及后记，一切都编制定当。"[①]

1934 年 9 月 16 日，《译文》创刊号终于如期出版。创刊号里，不仅有黎烈文译的法国梅里美的《玛特渥・法尔哥勒》、法国科佩的《名誉是保全了》，茅盾分别以味茗和茅盾笔名发表的新希腊特罗什内斯的《教父》和匈牙利密克萨斯的《皇帝的衣服》，还有鲁迅像变戏法一般用不同署名发表的果戈理的《鼻子》（署名许遐）、日本立野信之作的《果戈理私观》（署名邓当世）、格罗斯的《艺术都会的巴黎》（署名茹纯）[②]等。

据黄源讲，《译文》出来后，销行不坏，后来接连印行了二版、三版、四版乃至五版，社会上的舆论也还不错。

创刊号编好后刚送走，还没有印出，9 月 3 日，鲁迅便开始译俄国萨尔蒂诃夫—谢德林的小说《饥谨》，五天后译成，并作《译后附记》。这是给《译文》第二期预备的。9 月 14 日，还译出高尔基的《俄罗斯的童话》第一、二篇。译文后来发表在新刊 1 卷 2 期和 3 期上。就在《译文》创刊号正式出版的第二天（创刊号上标明的日期是 9 月 16 日），鲁迅便已经把第三期编好了。

鲁迅不仅自己编刊，还带了一个徒弟，这就是黄源。同年 10 月 19 日，鲁迅编完第三期，便对黄源说："下期起，我不编了，你编罢，你已经毕业了。"[③]从第四期起，黄源便接手这份新刊的编辑。而且因为《译文》初步的反馈不错，起步良好，于是《译文》编辑从第四期起就扩大了

---

① 译文社（黄源）著《鲁迅先生与〈译文〉》，见《鲁迅研究学术论著资料汇编》，第 2 卷，第 249 页。

② 鲁迅当时频用笔名，实乃形势所迫，因当时的政府要查禁鲁迅的著译。

③ 译文社（黄源）著《鲁迅先生与〈译文〉》，见《鲁迅研究学术论著资料汇编》，第 2 卷，第 250 页。

译稿来源，尽可能多登优秀的新进译者的稿件。经常在该刊发表译作的翻译家，除了上文说的三位，还有傅东华、孟十还、胡风、巴金、陈占元、曹靖华、孙用、许天虹、唐弢、金人等。

今天的青年文化人，对胡风这个名字非常熟悉。可要对他说译者胡风，他兴许会摇头，认为你说错了。然而事实上，胡风也是个翻译家，他在《译文》上经常发表译作，尤其是他翻译的苏联作品。现代文学史专家唐弢，也属于这类情况，今天已鲜有人将他看作译者了，可他也是位译家。由这两人的转变，我们可以看到中国文坛 20 世纪 40～60 年代的大转变，即作家和翻译家的逐渐剥离和专门化。另外，我们再次从这两位鲁迅身边的青年人看到鲁迅对于翻译的真态度：有好的创作是最好；可倘若创作不出好作品，与其弄一些品质不高的创作，还不如翻译好的作品。

此外，孙用在《译文》上主要以发表译诗为主，偶尔也“客串”一下小说翻译。他常常有比较长的诗歌在该刊发表。

据粗略统计，该刊第一次停刊前，其 1 卷 1～6 期、2 卷各期，以及复刊后新 1 卷、新 2 卷、新 3 卷各期，合计发表翻译小说约 146 篇，其中有篇幅较长的少量中篇，亦包括篇幅很短的故事、童话之类；散文类大约有 130 篇，在这个笼统宽泛的门类下边，包括了散文、随笔、杂文、文艺论文、书信、回忆录片断、自传、人物传记等；诗歌大约有 77 篇，其中也包含当初比较热门的散文诗，如波德莱尔、屠格涅夫的散文诗等；戏剧翻译比较少，但也大约有 8 部翻译戏剧的成绩，其中有连载的四幕剧、五幕剧译本。

此外，令人吃惊的是，《译文》还刊登插图约 128 幅。这个《译文》的出版水平、版式设计、视觉效果，已经达到相当高的水准。其印制品质，甚至超过了 50 年代的部分期刊，跟 1954 年新创办的《译文》、60 年代的《世界文学》，亦不相上下。

《译文》头三期之后，鲁迅虽然将编辑工作移交黄源，可他并无撒手不管的意思，还是不住地为刊物选稿，留意可以译介、值得一读的域外作品。这在他与黄源的通信里可以看到。倘若遇到有些穿“高跟鞋的”检查官（鲁迅颇为奇特地以为有些专门作出版物检查的人可能是女士）

枪毙了某篇译稿，鲁迅便须立刻赶译，或者找人赶译，把这个窟窿补上[1]。

到了1935年，《译文》与生活书店发生了矛盾。这个矛盾最终不幸地导致了《译文》停刊。此番停刊，主要原因是为着出版“译文丛书”的事情。是年元旦，《译文》编辑部决定出版“译文丛书”，并请黄源跟生活书店联系出版事宜。生活书店初始应允，可后来又改变主意，于是“译文丛书”交给巴金主持的文化生活社出版。这件事情，生活书店疑心黄源在背后做了手脚。矛盾发生后，生活书店在新亚公司宴请有关人士，鲁迅也出席了。席间生活书店提出，撤换《译文》编辑黄源，并且不同意黄源在《译文》与书店方面的合同书上签字，结果鲁迅中途退席，拂袖而去。

第二天，鲁迅提出，决定《译文》与生活书店的合同由黄源签字，对此鲁迅一方的茅盾和黎烈文表示同意，可生活书店一方拒不同意。后来的结果，只好是《译文》停刊。可以说，《译文》是在如日中天的上升期突然关了门。

可这门并没有关死。1935年9月15日，鲁迅、茅盾、黎烈文、黄源、傅东华、胡风等来到上海南京饭店赴宴，与文生社的吴朗西和巴金商量“译文丛书”出版安排，当场议定，改由文生社出版计划中的“译文丛书”。

第二天，鲁迅同茅盾共同执笔，撰写了《〈译文〉终刊号前记》。《前记》里写道：“《译文》出版已满一年了。也还有几个读者。现因突然发生很难继续的原因，只得暂时中止。”[2]《译文》正展示出一种良好的发展势头，可就这样戛然终止，鲁迅当然感到很难受。有意思的是，这里写的是“暂时中止”，似乎鲁迅当初预感到它要复活。在中国现代期刊史上，就当时很多期刊而言，一句“暂时”，其实便是永远的休止符。可鲁迅不愿看到《译文》如此早夭，所以后来黄源说他得罪了一大批朋友，决意避走东京，鲁迅好歹就是不放他走。挽留的缘由，就是鲁迅表示，

---

① 参看鲁迅1935年1月15日致曹靖华信，见《鲁迅著作全编》，林非主编，第4卷，第1138页。

② 见《集外集拾遗》，《鲁迅全集》，第7卷，第884页。

他打算叫《译文》复刊[①]。

在停刊当年的10月22日，他在写给孟十还的信里，就谈到复刊事："《译文》自然以复活为要，但我想最好是另觅一家出版所，因为倘与丛书一家出版，能将他们经济活动力减少，怕弄到两败俱伤，所以还不如缓缓计议。"以鲁迅的习惯，他对《译文》如此念念，显然也是因为这个刊物在读者中反响颇不坏，显然他要借重这个平台，将上文说的那个"源源不断"进行下去。

鲁迅的希望没有落空。到了1936年2月9日，他欣然接受黄源之邀，往宴宾楼赴晚宴，商议复刊之事。当晚出席晚宴的，还有茅盾、黎烈文、巴金、吴朗西、黄源、胡风、萧军和萧红，凡九人。席间，他们决定《译文》复刊，由上海杂志公司承印发行，且决定请鲁迅亲自撰写《复刊词》。后来发表的《复刊词》写得比较含蓄，在他委婉地表达希望宽容之后，还是可以看到这位老翻译家露出的疲倦的微笑。

---

① 参看译文社(黄源)著:《鲁迅先生与〈译文〉》，见《鲁迅研究学术论著资料汇编》，第2卷，第251页。

第十二章　长衫与燕尾服

第一节　别一种翻译：草鞋脚走向世界(1934)

1934年，英国的哈拉普书局出版了一本介绍当时中国新文学的书，名为"活的中国：现代中国短篇小说选"(*Living China*：*Modern Chinese Short Storeis*)[①]。这是在英国较早出版的一套介绍中国新文学短篇小说的选本，是由美国作家埃德加·斯诺(Edgar Parks Snow，1905—1972)，在中国年轻的译者姚克的协助下翻译的。这对翻译组合的一个有趣之处，是作家斯诺在20世纪后半的中国几乎家喻户晓，而在美国文学界几乎鲜有人知。使他得以出名的，主要是他那一部《西行漫记》以及他一系列介绍红色中国的书籍和报道。事实上，直到今天，他在美国文学史上亦很难领有一席。但在中美交流史上，他却应当领有重要一席，因为他不仅将红色中国向西方世界作介绍，而且将中国新文学介绍到英语世界。而翻译家姚克，在中国翻译界早已被人遗忘，他在今天的翻译界已无人提及，几乎无人知晓。可在现代翻译文学史上，他不仅参与了《译文》的翻译工作，而且他是斯诺那本译文集初期的合作者。正是这位姚克，在鲁迅生前，曾有一段时间与鲁迅时有过从，为的就是将鲁迅的作品译介到英语世界里去，同时也为了向西方介绍《活

---

① *Living China*：*Modern Chinese Short Stories*. (Ed.) Edgar Snow, London: G. G. Harrap & Co. Ltd. 1936.

的中国:现代中国短篇小说选》,向西方世界介绍中国其他现代作家。姚克所做的工作,跟敬隐渔向法国文学、向罗曼·罗兰译介鲁迅早期创作的意义是相同的。

斯诺虽然没有像姚克那样频繁地去见鲁迅,可也多次跟姚克一道去同鲁迅面谈,当时他们计划用英语翻译鲁迅以及其他若干位新文学作家。他在鲁迅去世后的回忆文章里几次讲到与鲁迅相见的情形,也谈到他与姚克合作翻译鲁迅、翻译中国现代文学的情形:

> 当我还在上海居住的时候,就开始同一位姓姚的合作,翻译鲁迅的《阿Q正传》。而我到了北京以后,就邀请姚克北上,继续进行这项工作。姚是东吴大学的毕业生,从来没有出过国,但他精通英语。此外,他也熟悉中国古典文学和现代文学,这在基督教学校出身的中国人当中是比较少见的。像那时候所有的中国作家一样,他的创作报酬少得可怜,因此他基本上是靠把外国书籍翻译成为中文为生——甚至是鲁迅,情况也是这样。
>
> 在上海,姚和我同鲁迅多次见面,那时候,我们计划把一些现代白话短篇小说翻译成英文,结集出版,对此,鲁迅热情地给予支持。[①]

在斯诺和姚克的英译选本之前,英国人米尔斯据敬隐渔编辑翻译的《中国当代短篇小说家作品选》法文本,转译成英译本,于1930年在英国出版,1931年在美国出版[②]。敬隐渔、米尔斯的中国现代短篇小说集法文本和英文本,跟几年后斯诺同姚克翻译编辑的《活的中国》一样,皆是以鲁迅小说为选集的重头戏。

据斯诺回忆,他陆续翻译的小说,为美国《亚细亚》杂志的编辑所接受,开始在该刊发表。稍后,约翰·戴伊又把它们结集出版,取名为《活的中国:现代中国短篇小说选》。

---

① 埃德加·斯诺:《鲁迅印象记》,见《海外回响:国际友人忆鲁迅》,史沫特莱等著,石家庄:河北教育出版社,2000,第28页。

② 参看戈宝权《鲁迅的世界地位与国际威望》,见《鲁迅研究学术论著资料汇编》,第5卷,第1228页。

这本总共360页的中国现代文学选集，翻开来就能看到一幅鲁迅的半身像，还附有一篇鲁迅传略，因此它是将鲁迅作为中国现代文学的领军人物来介绍的。该译文集收入作品凡22篇，主要是中国现代短篇小说，却也奇怪地夹杂着一点散文。译文集分作两部分，第一部分为鲁迅作品，收有7篇鲁迅创作，占全书近1/3；第二部分有15篇，分别收入茅盾等现代作家作品。第一部选译的鲁迅作品，以短篇小说为主，但并不全是小说，如《论“他妈的”！》和《风筝》两篇就是杂文或散文诗，前一篇收入《坟》，后一篇收入散文诗集《野草》。小说方面，斯诺和姚克选译了《药》《一件小事》《孔乙己》《祝福》以及《离婚》五篇。第二部分是其他现代作家的小说，依次收入柔石的《为奴隶的母亲》、茅盾的《自杀》和《泥泞》、丁玲的《水》和《消息》、巴金的《狗》、沈从文的《柏子》、孙席珍的《阿娥》、林语堂的《狗肉将军》、萧乾的《皈依》、郁达夫的《茑萝行》、张天翼的《新生》、郭沫若的《矛盾的统一》以及沙汀的《法律外的航线》[①]等。

1936年5月间，当时身体状况已不见佳的鲁迅，与来访的斯诺长谈了好几个小时。斯诺这次来访，目的是为了解决他当时正在编选的《活的中国》的一系列问题，而鲁迅也在这次面谈中回答了斯诺提出的36个问题[②]。斯诺所问的这类问题，大致都是令他感到必须解决的：如部分入选作家的资料非常缺乏，如何评价中国新文学中一些已有盛名的作家，如何向西方读者介绍30年代中国文学界，等等。因为在当时的中国大学里，并没有现代文学这样的学科设置，也少有今天这样丰富的现代文学研究的著作供参考。当时陆续出版的几部新文学史的著作，可谓现代文学断代史的最早成果，如陈柄堃的《最近三十年中国文学史》(1930)、钱基博的《现代中国文学史》(1933)、陆永恒的《中国新文学概论》(1932)。此外，还有周作人的演讲集《中国新文学的源流》(1934)，在当时发生了很大影响。但最重要的，应该算王哲甫的《中国新文学运动史》(1933)。我们不能确切知道，斯诺是否在朋友的协助下读到这些著作，哪怕是其中一小部分；不过，我们确切知道的是，斯诺采

① 参看 Snow, Edgar. ed. *Living China*: *Modern Chinese Short Stories*. London: G. G. Harrap & Co. Ltd. 1936.

② 参看《鲁迅年谱》，第4卷，第496页。

取的办法是直接向鲁迅讨教，希望得到这位中国现代小说之父的权威回答。如同后来为增田涉解答中国文学的诸多问题一样，鲁迅逐一解答，满足了斯诺的要求。

鲁迅作品的最早英译和法译，差不多是同步进行的。所不同者，英译者就翻译事跟鲁迅有接触，而法文译者初始却没有。最早跟鲁迅接触、商谈并动手翻译鲁迅作品的英译者，应该是梁社乾，他于 1925 年 4 月跟鲁迅通信，1926 年上海商务印书馆出版了他译的《阿 Q 正传》的英文本。这个时间跟敬隐渔用法文翻译同名小说差不多[①]。鲁迅小说最早的法文翻译，是 1926 年由敬隐渔翻译的《阿 Q 正传》，事前未与作者协商。大概他当时抱着试一试的心情，小说译好后便寄给罗曼·罗兰，经验老道的罗兰读了两遍，读第二遍时更觉有趣，于是将译文在他和朋友们办的《欧罗巴》杂志 1926 年 5 月号和 6 月号上发表了[②]。罗曼·罗兰说他非常喜欢这篇中国小说，还称赞“阿 Q 传是高超的艺术底作品”。

但是鲁迅著作的外译史，英文和法文翻译又比日文翻译晚。据戈宝权先生的考证，鲁迅作品最早的外语译文，应该是日译，即 1922 年 6 月 4 日《北京周报》第 19 期上刊载的《孔乙己》，译者署名“仲密”。这个仲密，当时大概有二人比较常用，一个是茅盾，一个是周作人。茅盾不识日文，因此，译者当为周作人。接着该刊还登载了好几篇鲁迅作品日译文，其中还有鲁迅自己用日文翻译的《兔和猫》[③]。换句话说，鲁迅在 20 年代初，就开始注意中国新文学作品及他自己创作的向外翻译。

在中外文化交流史上，鲁迅有一位日本学生，二人既是朋友，又是常常切磋中国文学诸问题的师生。他就是后来著有《中国文学史研究》

①② 参看戈宝权《鲁迅的世界地位与国际威望》，见《鲁迅研究学术论著资料汇编》，第 5 卷，第 1228 页。

③ 参看戈宝权《鲁迅的世界地位与国际威望》，见《鲁迅研究学术论著资料汇编》，第 5 卷，第 1227～1228 页。

的中国文学研究者、中国文学翻译家增田涉(1903—1978)[①]。1932年3月,增田涉抵沪,4月11日,由内山夫妇介绍与鲁迅相识。增田涉此番来沪,是要就阅读鲁迅的《中国小说史略》《呐喊》《彷徨》以及部分杂文的过程中出现的问题,请教作者。因为,他计划要翻译这些作品。

于是,此后的三个月里,鲁迅每天在家里,同这位日本青年共据一案,用日语释疑解惑,讲解《中国小说史略》以及其他作品中的种种问题,往往一坐便是三四个钟头。据增田涉回忆,他一边听鲁迅讲解,一边作笔记,遇到时间晚了,就顺便在鲁迅家里用晚餐[②]。增田涉离华后,鲁迅与他通信频繁,其中不少内容,还是涉及中国现代文学、古典文学,以及为增田涉翻译释疑解难的。1935年,日本岩波书店出版了佐藤春夫和增田涉合译的《鲁迅选集》,收入译文选集中的作品,除《故乡》和《孤独者》两篇由佐藤春夫翻译,余皆由增田涉执译笔。增田涉费了很大气力翻译的《中国小说史略》,译好后却找不到出版商,后来总算找到一家出版商,鲁迅还写信给译者,表示高兴[③]。这部鲁迅重要的学术著作,1935年由日本赛棱社出版,日文书名为《支那小说史》。

20世纪30年代,日本书界似乎出现一股"全集热"。井上红梅译的鲁迅作品,冠以《鲁迅全集》之名出版;后来又有改造社《大鲁迅全集》。增田涉曾经为一种名为《世界幽默全集》的书选译中国作品。其第12卷取名为《支那篇》,旨在翻译介绍所谓中国"幽默"作品。鲁迅除了为增田涉选译的自己的《阿Q正传》《徐文长的故事》答疑外,还非常耐心地为增田涉提供部分书目,如《达夫全集》第六卷里边的《二诗人》,古典小说则有《镜花缘》《水浒》《儒林外史》《老残游记》《今古奇观》《何典》等[④]。其中郁达夫的《二诗人》因用语过于奇特,增田涉不解,来信

---

① 增田涉(1903—1978),日本岛根县人。1929年毕业于东京大学文学部中国文学科。1949年后,担任法政大学、庆应大学、东京大学讲师,岛根大学、大阪市立大学、关西大学教授等。翻译出版了鲁迅的《中国小说史略》《鲁迅选集》等,参与过日本改造社出版的《大鲁迅全集》的翻译。

② 增田涉:《鲁迅的印象·日常生活中的鲁迅》,见《鲁迅年谱》,第3卷,第260～261页。

③ 鲁迅:1935年4月30日致增田涉信,见《鲁迅著作全编》,林非主编,第5卷,第286页。

④ 鲁迅:1932年5月22日致增田涉信,见《鲁迅著作全编》,林非主编,第5卷,第224～225页。

询问,鲁迅特意函询达夫,再给增田涉答复。

这类中国现代作家特别用语,译者觉得难解难译的例子还有一些。譬如,选译张天翼的《皮带》和《稀松的恋爱故事》,增田涉来信问,鲁迅一一作了准确而详细的回答。这类问题琐细到不仅是某个作者的一个特殊的"土语"究竟是何意,而且译者往往还会问及某个词的译法。如张天翼的《皮带》:

> b."你愁什么,"梁副官舐舐手指,翻着帐薄。
>
> "事情问姨爹要,要不到就住在这里吃,慢慢地来,哈哈哈。"……
>
> 问:"要"字怎么译?
>
> 答:全句意为:"工作向姨爹讨,讨不到,就住在这里,慢慢地来。"[①]

有趣的是,增田涉负责翻译的这个《支那篇》,并不限于收现代作家的作品,还有中国传统小说《三言》一类的旧小说,如《乔太守乱点鸳鸯谱》。该小说一般收在中国明代旧小说集《醒世恒言》卷内。而增田涉则是从《今古奇观》里选译的。那套两卷本的《今古奇观》,还是鲁迅应增田涉之需,为他寄去的[②]。此外,增田涉和鲁迅还就《转运汉巧遇洞庭红》有过 27 个问答。而这篇传统小说是收在《两拍》中的第一部《初刻拍案惊奇》里的。鲁迅对于《三言》《两拍》,原本都是深不满意,颇为鄙弃的。可这回增田涉要向日本介绍,鲁迅只好将自己的好恶放在肚子里,拿出十二分的耐心,为朋友答疑,甚至还为增田涉画图,以图释文,解释中国地方传统风俗。如所谓"桩橛泥犁",鲁迅答称是一种挖泥的犁,却并不用于船上,同时还画了一幅简图[③],非常清楚地说明这在中国是个什么物件。此外还有吴敬梓的《儒林外史》,他俩就该书第 14

① 鲁迅、增田涉:《关于〈世界幽默全集〉第十二卷〈支那篇〉的质疑应答》,见《鲁迅著作全编》,林非主编,第 5 卷,第 362 页。

② 鲁迅:1932 年 5 月 22 日致增田涉信,见《鲁迅著作全编》,林非主编,第 5 卷,第 224～225 页。

③ 鲁迅:1932 年 5 月 22 日致增田涉信,第 388 页。

回“马秀才山洞遇神仙”翻译中出现的疑难一问一答，鲁迅为此特别绘制了六幅简图，以帮助增田涉有个直观、准确的了解。

《世界幽默全集》第12卷《支那篇》，虽然后来从翻译一面来说是失败了，可鲁迅所表现的耐心和不厌其烦，说明他对把中国文学译介到域外的关心与重视。这一老一少相隔东海的认真答问，在中外翻译史上留下一段有趣的问学录，也由此多少可以感到，民间交流在两国（不仅仅指中日两国）交通史上独有的生命力。与雷切尔·卡森（Rachel Carson）那本著名的《沉默的春天》（*Silent Spring*）里所描写的生物控制害虫法在美国的研发一样，它可能是一条条不起眼的小溪、暗流，众多的小溪流汇集起来，可以汇成一条大江河；倘若在两国交恶时期，它们也会照样默默不息的继续流淌。它们是中日、中外交通史上的微细血管，是中外关系里的真生命。

增田涉去世后，他的学生伊藤漱平和中岛利郎将鲁迅当年给增田涉的书信手迹八十余件，整理后编为《鲁迅·增田涉师弟答问集》，在1986年由日本汲古书院出版[①]。该书原《序》说：“读罢此书，最令人感动的无过于这两位异国师生间绝对信赖关系。增田君犹如投入母亲怀抱撒娇的孩子，而给予温暖及搂抱的则是鲁迅先生。即便对那些稚拙的问题，他也决不含糊，诚恳而又耐心地详加解释。鲁迅先生此种诲人不倦的态度，令人感佩不已。”[②]

最早将经典作品《阿Q正传》译成日文者，是井上红梅，译文1928年发表在《上海日日新闻》上。然后井上又将《呐喊》和《彷徨》译为日文，1932年以《鲁迅全集》之名由改造社出版。鲁迅在与增田涉的通信中，说到他不大赞赏井上的翻译，亦不喜欢井上红梅轻浮的作风，认为他与自己并非同道，尤其不喜欢他对中国文化的态度[③]。此外，鲁迅小

① 本书中译本1989年7月由上海华东师大出版社出版，杨国华翻译。

② 《鲁迅·增田涉师弟答问集》，杨国华译，上海：华东师大出版社出版，1989。转引自《鲁迅年谱》，第3卷，第503页。

③ 参看鲁迅1932年11月7日致增田涉信，见《鲁迅著作全编》，第5卷，第233页。

说《故乡》1927年发表在《大调和》杂志上，译者不详[①]。

此外，还有山上正义在鲁迅指导下译过《阿Q正传》，他的译稿，鲁迅曾为之写过85条注释。这个日译本被学界认为是《阿Q正传》最好的日译本，因为译者翻译时亲自向鲁迅请教过，译文经作者本人过目。

日本青年鹿地亘也翻译出版过《鲁迅全集》。不过，无论是鹿地亘的《鲁迅全集》，还是上文提到的其他任何"全集"，皆远非真正意义上的鲁迅全集，而是当时"全集热"的产物，是日本文化人的一种努力。因为中文版的真正的鲁迅全集，要到1938年鲁迅去世后才问世呢。况且，即便是这个全集，亦远非真正意义上的鲁迅全集。

在现存的鲁迅书信中，有七通是给美国青年翻译家伊罗生的。他的英文本名为Harold R. Isaacs。在动手编选中国现代文学选之前，他的身份是英文的《大美晚报》和《大陆报》的记者，年仅21岁。1932年在史沫特莱的提议和协助下，他在上海创办了英文版的《中国论坛》(*China Forum*)，该刊后来停刊。此后他搬迁至北平，希望编选并翻译一部中国左翼作家和进步作家的短篇小说集，准备译成英文出版。他将其命名为《草鞋脚》。这个书名，是伊罗生取的，盖因受到鲁迅一次演讲的启发。那是1932年11月27日在北师大作的一篇演讲，题为《再论"第三种人"》。鲁迅在演讲里指出，有些人先前穿着皮鞋踏进中国旧的文艺园地里来，待到自己地位稳定，皮鞋先生便拒绝草鞋脚踏进来。伊罗生大概喜欢鲁迅这个比喻里的泥土草根气息，于是决定用它做书名。因为鲁迅演讲里的皮鞋先生和草鞋脚，有阶级的含义，亦跟当时的左翼文艺思想有关。

这个书名得到鲁迅和茅盾的同意。茅盾参与这项工作，不仅因为他是中国现代小说史上屈指可数的小说家，还因为他识英文。鲁迅后来还用毛笔手书"草鞋脚"三个中国字，预备做英译本的封面。伊罗生并且请这两位当时文学创作最具代表性的中国现代作家来选作品。鲁迅和茅盾欣然同意。先选了一批作家和作品，经过考虑，觉得全书太

---

① 戈宝权：《鲁迅的世界地位与国际威望》，见《鲁迅研究学术论著资料汇编》，第5卷，第1229页。

长，遂作了一些调整，如把善于刻画风土人情的吴组缃的小说《一千八百担》(1933)撤下，因为它长达近三万字，预备换一篇短小说[①]。同时，他们针对伊罗生的意见，专门写信告诉他：蒋光慈的《短裤党》写得并不好，指出他歪曲了当时的革命党人；龚冰庐的《炭矿夫》也不佳；同时推荐楼适夷的《盐场》入选[②]。这些意见，从后来的现代文学史研究的角度看，是极为中肯、极有眼光的。若考虑到英美读者对于中国现代文学的了解几乎是零，当时中国现代文学的专门研究尚未真正展开，这个意见则显得格外紧要。

与此同时，同样由于长度的缘故，茅盾主动提出撤下原来选的他自己的《秋收》，只保留《春蚕》和《喜剧》。经过仔细考虑，他们挑选入集的有 24 位新文学作家，共 26 篇作品。其中有鲁迅的《风波》与《伤逝》、茅盾的《春蚕》和《喜剧》、郁达夫的《迟桂花》、冰心的《冬儿姑娘》和《禾场上》、涟清的《我们在地狱》、巴金的《将军》、张天翼的《一件寻常事》、吴组缃的《一千八百担》、葛琴的《总退却》、欧阳山的《水棚里的清道夫》、史明的《倾跌》、沙汀的《老人》、魏金枝的《制服》、张瓴的《骚动》等[③]。

鲁迅为《草鞋脚》所作的《小引》，非常简练地回顾了文学革命的缘起和发展。在《小引》结尾，鲁迅写道：

> 这一本，便是十五年来的，"文学革命"以后的短篇小说的选集。因为在我们还算是新的尝试，自然不免幼稚，但恐怕也可以看见它恰如压在大石下面的植物一般，虽然并不繁荣，它却曲曲折折地生长。[④]

事实上，连《草鞋脚》这部中国现代短篇小说英译本的命运，也颇曲折。而且它的曲折命运，当时鲁迅和茅盾绝不曾预料到。它不像当初

---

① 鲁迅：1934 年 5 月 30 日致伊罗生信，见《鲁迅著作全编》，林非主编，第 5 卷，第 199 页。

② 鲁迅：1934 年 7 月 14 日致伊罗生信，见《鲁迅著作全编》，第 5 卷，第 200 页。

③ 亦请参看茅盾《关于〈草鞋脚〉》，见《文学论文集及鲁迅珍藏有关北师大史料》，北京师范大学中文系编，北京：北京师范大学出版社，1981，第 239 页。

④ 鲁迅：《且介亭杂文·草鞋脚（英译中国短篇小说集）小引》，《鲁迅全集》，第 6 卷，第 28 页。

的编选者鲁迅和茅盾所期待的那样，三五年内就会问世。倘若从1933年伊罗生和鲁迅、茅盾开始为此书接触并互通信函算起，这个英译选本实际上是在等待了41年之后，才于1974年由美国麻省理工学院出版社出版。按照茅盾的推测，伊罗生的这本《草鞋脚》搁置了这么久，最后之所以得以出版，恐怕还跟尼克松访华后美国发生了"中国热"有些关联[①]。而且，正式出版的这部《草鞋脚》里，当初鲁迅和茅盾所荐的24位作家，拿掉了一半，即拿掉了其中12人，另外又添入4人。伊罗生自己选收的有鲁迅的《狂人日记》《药》《孔乙己》，郭沫若的剧本《卓文君》的节译本，郁达夫的《春风沉醉的晚上》，叶圣陶的《潘先生在难中》，蒋光慈的《黑森》，丁玲的《某夜》，茅盾的《秋收》，殷夫的诗《血字》等[②]。最初入选的从吴组缃以下的各篇，全部没有入集[③]；而且鲁迅为之撰写的序，伊罗生最终也没有用。这样大的一个变动，这样一个结果，恐怕连当初如此热心地为之挑选作品、回答问题的鲁迅和茅盾，也不会预料到吧？

据戈宝权先生的考察，鲁迅作品最早的俄文翻译，当推瓦西里耶夫译的《阿Q正传》。他的中文名为王希礼，他于1925年4月写信给鲁迅，请求允许他翻译《阿Q正传》，并请鲁迅为俄译本撰写一篇序。鲁迅满足了他的请求。不过王希礼的译文直到1929年才由列宁格勒激浪出版社出版[④]。

因了自己喜欢翻译东欧"被侮辱被损害"民族文学的缘故，所以当捷克斯洛伐克汉学家雅罗斯拉夫·普实克(J. Prusek，1906—1980)来信，请鲁迅允许他翻译《呐喊》之际，鲁迅的反应格外不同。重视之中，透出一种发自内心的欣喜，一种迫不及待的认同。这位后来著名的汉学家，是在鲁迅病中给鲁迅写信的。普实克一定没有想到，这一年已经是鲁迅疾病缠身的一年。鲁迅的部分应答，就是抱病提笔的。普实克于1936年6月23日从东京来信，鲁迅7月13日接读。鲁迅在7月23

---

① 参看茅盾《关于〈草鞋脚〉》，见《文学论文集及鲁迅珍藏有关北师大史料》，第240页。

②③参看茅盾《关于〈草鞋脚〉》，见《文学论文集及鲁迅珍藏有关北师大史料》，第239页。

④ 参看戈宝权《鲁迅的世界地位与国际威望》，见《鲁迅研究学术论著资料汇编》，第5卷，第1229页。

日的复信里，一边爽快地同意了普实克的所有请求，一边谢绝了对方希望付酬的愿望。这在鲁迅，其实是一如既往，从来如此。不仅是令他感到分外亲切的捷克文译者，对俄文译者王希礼，对英译者伊罗生，日译者山上正义、鹿地亘等，倘若对方按照国际惯例提出付酬，他皆无一例外地婉辞谢绝。鲁迅的本意，旨在推动中外文学、文化的交流。

不过，这回到底还是有些不同。他在一封回信里，向普实克提出一个匪夷所思的反"请求"：因为译者是捷克斯洛伐克人，所以他希望得到一本捷克文的书，而且指明要有很多插图的那种。因为"我至今为止，还没有见过捷克文的书"[①]。在20世纪翻译史上，鲁迅的翻译实践所展现的一大特色，也是一大矛盾，就在这里。他一生致力于绍介弱小民族、"被压迫"民族文学，不仅翻译过芬兰、波兰的文学作品，而且也在1921年翻译过捷克凯拉绥克著的《近代捷克文学概观》以及其他一些"弱小民族"的东西，可他从未到过捷克斯洛伐克，也从未到过任何一个"弱小民族"或国家，甚至连一本捷克文的原书也不曾见过。这样的一种译介模式，除了极高的文字理解能力、强烈的文学情绪与非文学情绪的混合之外，就只能依靠翻译家自己的想象了。也就是说，鲁迅翻译"弱小民族"文学、"被压迫"民族文学，一方面有它符合中国历史发展需要、中国读者需要的重要一面，另一方面，也可以说是他想象的结果。

普实克的首个捷克文译本，选译了《阿Q正传》《孔乙己》《药》《白光》《风波》《明天》《狂人日记》《故乡》等小说，可惜鲁迅生前没有见到，那是于1937年12月布拉格出版的[②]。普实克在信里还有一个请求，希望鲁迅为他翻译的《呐喊》写一篇序。鲁迅7月21日扶病为此作了《捷克译本》一文。这篇短序，揭载于《中流》半月刊1卷4期，发表的日期是10月，也就是鲁迅辞世的同一月。已经将生命之火燃烧殆尽的翻译家鲁迅先生，一个字一个字地写道："记得世界大战之后，许多新兴的国家出现的时候，我们曾经非常高兴过，因为我们自己也是曾经被压

---

① 鲁迅：1936年7月23日致雅罗斯拉夫·普实克信，见《鲁迅著作全编》，第5卷，第212页。

② 参看戈宝权《鲁迅的世界地位与国际威望》，见《鲁迅研究学术论著资料汇编》，第5卷，第1230页。

迫，挣扎出来的人民。捷克的兴起，自然为我们所大欢喜；但是奇怪，我们又很疏远，例如我，就从没有认识过一个捷克人，看见过一本捷克书。”[①]鲁迅的奇怪，同时也是我们今天这些人的一大奇怪。不过，他的那些追随者，那些青年朋友，对于这种独特的翻译路线，当时似乎未曾感觉到丝毫奇怪。

而我们猛然意识到，原来鲁迅是在《捷克译本》中，总结自己所走过的翻译之路，阐释为何要对这样原本不认识、原本疏远的国度发生长达30年的翻译兴趣：“我的作品，因此能够横在捷克的读者的眼前，这在我，实在比译成通行很广的别国语言更高兴。我想，我们两国，虽然民族不同，地域相隔，交通又很少，但是可以互相了解，接近的，因为我们都走过艰难的道路，现在还在走，一面寻求着光明。”[②]

用这样一种思想来回视鲁迅为何积极推动向域外推荐、介绍中国新文学；为何他从不领受应得的酬劳；为何他不管自己当时如何忙得手脚并用，不顾愈来愈差的健康状况，不辞辛劳地为此工作，尽可能地有问必答；为何他总是不厌其烦地查阅资料（如为伊罗生查阅楼适夷、蒋光慈等人的生平资料），必要时托朋友代查部分作家的资料，尽可能地满足外文翻译家的要求；为何在遇到挫折之后并不气馁，义无反顾地做着鼓励、扶持、推动精通外文的人将中国新文学介绍出去的工作。值得注意的是，对于中国新文学，倘若关起门来讲，鲁迅对其总体的成绩并不满意，辛辣的批评多，热烈的赞扬少，对于新进的青年作家亦复如是。可是，当中国文学之门向外界打开的时候，当他站在中外文学之间、中外文化之间，向日、俄、英、法、捷克斯洛伐克等国的文学世界介绍中国文学的时候，当他意识到这是向域外展示新文学成绩的时候，鲁迅还是打起全副精神，表达出一腔希望：

> 您说以后打算再译些中国作品，这是我们很喜欢听的消息。我们觉得像这本《草鞋脚》那样的中国小说集，在西方还不曾有过。中国的革命文学青年对于您这有意义的工作，一定是很感激的。

---

① 《且介亭杂文末编·捷克译本》，《鲁迅全集》，第6卷，第527页。

② 《且介亭杂文末编·捷克译本》，《鲁迅全集》，第6卷，第528页。

我们同样感谢您费心力把我们的脆弱的作品译出去。革命的青年作家时时刻刻在产生，在更加进步，我们希望一年半载之后您再提起译笔的时候，已经有更新更好的作品出世，使您再也没有闲工夫仍旧找老主顾，而要介绍新人了，——我们诚心诚意这么希望着，想来您也是同一希望吧！

顺候　您和姚女士好！

茅盾　鲁迅　八月二十二日[①]

这封信其实是给伊罗生的。鲁迅面对的，是英文世界，不过其实也可以看作鲁迅面对着整个的世界，向外国读者介绍中国新文学。鲁迅这里戏称的“老主顾”，自然是指像他本人、茅盾这样的成名作家，他请伊罗生将目光放在将来，尤其是青年作家新的创作上面。他实则是用动态的、发展的、充满希望的眼光来看中国新文学，“青年作家时时刻刻在产生”。当鲁迅横身站在外国与中国文学之间的时候，人们反而能够格外清楚地看到鲁迅对新文学的态度，对待当代中国文化的态度。

鲁迅曾经多次说过，中国的未来是沙漠。现在这里，作为民间文化交流使节的鲁迅，却又对未来如此乐观。那么，究竟哪个是真，哪个是假？

其实，两个说法，在鲁迅那里，皆是真。前者道出思想家鲁迅一个巨大的恐惧，就其思想家的前瞻性来讲，文化、文学、思想沙漠化的中国，并非杞忧。后者则是一个实干家真诚的希望。无论他的批评多么严厉，无论他说他多么绝望，可他自己似乎从未放弃过希望。作为翻译界和创作界之实干家的鲁迅，从未真正放弃希望。他也从未轻言放弃。他孜孜矻矻地翻译，孜孜矻矻地将中国新文学介绍到域外，就是一个明证。

① 鲁迅：1934年8月22日致伊罗生信，见《鲁迅著作全编》，第5卷，第202页。

第二节 广义的翻译:中外文化关系中的鲁迅

藤井省三指出过鲁迅的“人类主义”思想。此外,我还觉得,鲁迅思想深处,似乎隐约有个“东方一体”的潜意识。这不仅在早年翻译武者小路实笃的剧本《一个青年的梦》中有所闪烁,而且还从下面一个细节里可以看出。

他对于未来中国,有一个“沙漠论”。后来中国的鲁迅研究者,似乎不大说起这个观点,大概是觉得将中国的未来看得太悲观的缘故吧。可鲁迅的老朋友内山完造先生曾经回忆说,鲁迅认为“中国的将来,如同阿拉伯的沙漠,所以我要斗争”①。曾经在上海同他比邻而居的日本人原胜,也曾谈到过鲁迅的这种无边无际的悲观:“在遥远的将来,中国如果还是现在这个样子,那么戈壁的沙漠肯定会南移,中国的全土将会被沙石埋没。”②鲁迅的这个“沙漠论”,似乎不曾跟他的美国朋友探讨过,如史沫特莱和斯诺,可他跟内山、增田涉、鹿地亘、原胜等日本友人却有谈及,有的且有相当深入的探讨。这似乎表明,鲁迅眼里的中日两国,存有一种特殊关系。这个思想在翻译《一个青年的梦》的时候也有表露。但因为当时乃至30~40年代中日国家关系一直紧张,或许不便进一步发挥。

鲁迅在同原胜谈论“沙漠化”问题时,先从自然生态环境说起,可讲到后面,他的真正意思还是指向未来中国的经济、思想、文化以及其他各个方面。换言之,他指的是未来中国的社会生态环境,“正像鲁迅先生深刻考虑着的那样,中国现代的经济、文化、思想以及各个方面,是中国的悲剧——中国的沙漠化”③。

鲁迅是一个文化决定论者。因此,无论是审视历史的中国、现实的中国,还是预测未来的中国,往往偏向从文化入手,往往从国民性一面入手,很少从其他层面——如至关重要的经济层面、制度层面等——来

① 内山完造:《鲁迅先生》,见《鲁迅研究学术论著资料汇编》,第2卷,第162页。

②③原胜:《紧邻鲁迅先生》,见《回望鲁迅:海外回响——国际友人忆鲁迅》,史沫特莱等著,第52~53页。

看中国。这种思维方式，在方法论上，恐怕是存有缺陷的。因为它较少考虑经济的、制度的、法律的或者其他一些同样影响社会发展的重要因素，因此这类结论或预测，在引动不少人的警醒和警惕的同时，可能某些结论或者预言难免出现偏差。

不过，鲁迅这回关于未来中国可能沙漠化的预言，应该说的确显示出深刻的预见性。此外，正是因了鲁迅自始至终是一位文化决定论者，所以本书还是将讨论集中在文化方面。

我们看到，置身于中外文化关系中的鲁迅，转身向内回观中国文化，和他向外介绍中国文化的姿态，似乎不大一致。向欧美发达国家介绍中国文学和向日本介绍中国文学，似乎还有一些区别。譬如下文内山完造向日本介绍中国和伊罗生向英语世界介绍中国，便能看出。

总体而言，当他转身向内审视中国传统文化之时，则明显表现出强烈的"审丑"情结。甚至当他感到日本老朋友过分称赞中国文化时，他也要毫不客气地反对。如在中国生活了多年的内山完造写了一本《活中国的姿态》，鲁迅读之便对内山说："老版，你的漫谈太偏于写中国的优点了，那是不行的。那么样，不但会滋长中国的自负的根性，还要使革命后退，所以是不行的。老版哪，我反对（老"版"这样写，是鲁迅本人的发明——引者）。"[①]姚克也曾经回忆过鲁迅对于中国文化遗产的一个基本看法："不错，中国的文化也有美丽的地方，但丑恶的地方实在太多，正象一个美人生了遍体的恶疮。若要遮她的面子，当然只好歌颂她的美丽，而讳隐她的疮。但我以为指出她的恶疮的人倒是真爱她的人，因为她可以因此自惭而急于求医。"[②]

鲁迅这里表现的"审丑"意识，其实已经不是东方精神，也不是东方文化传统的作用，而是西方内省式自我批判的典型反映。鲁迅这里批评的对象——应该包括他自己在内——是中国文化的负面，采用的方法，是一种西方习见的自我批判。伊藤虎丸指出，鲁迅是要"通过对传

① 内山完造：《鲁迅先生》，见《回望鲁迅：海外回响——国际友人忆鲁迅》，第116页。

② 姚克：《最初和最后的一面——悼念鲁迅先生》，见《鲁迅研究学术论著资料汇编》，第2卷，第280页。

统的彻底否定而力求全面恢复民族个性”[1]。而这种彻底否定的精神后面,似乎有一个尼采的影子。

从修辞上来说,鲁迅上文将中国文化比喻为美人,从他本人一贯态度看,或许并不十分贴切,因为鲁迅的反应,他对中国文化的批判,已经丝毫不能给人“美人”的感觉。一个更大胆的比喻或许是:中国文化仿佛是他希望返老还童的“老辈儿”,一个他喜欢反复打量、多有不满和责备,却又永远割舍不下的“老辈儿”。鲁迅一方面自觉地背负起中国文化的全部重负,另一方面,对于中国文化的批判又成就了思想家的鲁迅。从他一贯的辛辣无比的讽刺、批判态度里,从他始终一贯地不断地为她做事,却又不断地责备她浑身“邋遢、丑恶“的思维定式看,中国文化仿佛就是他心目中老少同体的产物,既是“老辈儿”,又是“新生儿”。他的愤激,来自他的强烈失望和强烈希望。

日本曾经专门研究过鲁迅的佐藤春夫,这样描述处于东西文化之间的鲁迅,“鲁迅是一个吸取了西方因素而又保持着东方特质的作家”[2]。佐藤说他吸取了西方因素,恐怕首先是指鲁迅的批判精神,独立的、坚韧不拔的、不顾一切的批判精神。鲁迅在“精神”和“个性”方面,可以说是把握住了现代西方的本质[3]。说他的东方特质,恐怕是指他骨子里的那种对所爱的——如中国——割舍不下,那种愤激后面压抑得很深的温情和情感,以及那种很难将理性和感性截然分开的思维方式。鲁迅的彻底批判精神,是西方的;可他的思维方式,却偏向东方,因为他骨子里是个浪漫的诗人。

鲁迅的深刻,并不表现在纯粹的理性上,亦不表现在分析问题时的条分缕析,滴水不漏;倘若说他的批评立场、批判意识、批判精神是汲取西方思想精髓的结果,那么,他的深刻,主要还是尼采式的,那种哲人式

① 见伊藤虎丸《鲁迅与日本明治文学》,见伊藤虎丸著《鲁迅与日本人——亚洲的近代与“个”的思想》,李冬木译,第 36 页。

② 参看郭光《我所见到的鲁迅——在中央大学文学研究会鲁迅追悼会报告》,见《鲁迅研究学术论著资料汇编》,第 2 卷,第 224 页。

③ 伊藤虎丸:《鲁迅与日本人・结束语:鲁迅对现代的启示》,见伊藤虎丸著《鲁迅与日本人——亚洲的近代与“个”的思想》,李冬木译,第 171 页。

的惊人的洞察力和穿透能力。但是，在观察问题、分析问题的方法论方面，尤其是在独立的理性和始终如一的冷静方面，他似乎不太具备西方人的那种不受干扰的冷静和恒定。他亦不善将理性和感性截然分开。

鲁迅的浪漫，他的中外关系思想，还可以在他对于世界语的亲切态度中清晰地感觉到。胡适是坚决反对世界语的。大概他从理性的角度认定，世界语缺乏作为流通语言应有的活的社会经济历史文化基础。胡适的不赞成世界语，或许是从历史的、经济的、社会体制诸层面考虑，而鲁迅赞成世界语，却纯粹是从理想出发。事实上，中外各国世界语的热情分子，无一例外地是理想主义者。鲁迅不仅为爱罗先珂在北京的讲学和其他活动担任口译、笔译爱氏的乌托邦作品，而且在 1923 年北平成立世界语专门学校之际，在百忙中应允担任课程："论时间，我现在难于应允了。但你们是传播世界语的，我应该帮忙，星期几教，我今天还不能确定。等一两天，我把时间支配一下，再通知你们。"[①]结果是每周五两个钟点的授课，且不取分文课酬，连车马费亦一并谢绝，因为世界语学校困难。世界语由波兰的柴门霍甫来创制，而世界语此后在英美国家的影响小于在某些欧洲、亚洲弱势国家，在前者的传播远远小于后者。这个事实或许证明它的空想性质。它在被压迫民族心目中被视为对抗殖民主义语言的工具，以此来对抗语言霸权，抵抗大国通过语言暴力所实施的控制。鲁迅的中外关系思想，他的抵抗强权、抵抗大国霸权的人类主义，还有他的浪漫，或许可以在这个有趣的插曲中得窥一斑。

浸淫于启蒙传统的西方人，站在启蒙的立场上，往往将鲁迅视为中国的伏尔泰。埃德加·斯诺把他比作法国革命时期的伏尔泰、当代法国的罗曼·罗兰和巴比塞、苏联的高尔基、俄国的果戈理，还认为他是民族史上领有光荣一页的少有的伟大人物[②]。鲁迅逝世后，国际文学社的一篇报道，把鲁迅喻为"中国的高尔基"，说他是新的、革命的、现实

---

① 参看荆有麟著《鲁迅回忆断片·鲁迅与世界语》，见《鲁迅研究学术论著资料汇编》，第 3 卷，第 1380～1381 页。

② 参看斯诺《中国的伏尔泰——一个异邦人的赞辞》，见《回望鲁迅：海外回响——国际友人忆鲁迅》，第 31 页。

主义的中国文学的领袖和创造者，将他誉为一个为独立和自由而战的战士[①]。而鲁迅本人，并不为此而感到高兴[②]。在鲁迅去世后的大量追悼和纪念文章中，有一部分是国际人士写的，他们也常常把鲁迅喻为"中国的高尔基"，也有称他为"中国的萧伯纳"的。与鲁迅建立了真挚友谊的美国人史沫特莱却认为，他是一把宝剑。或许在史沫特莱的隐喻里，她要强调鲁迅的敏于攻击，其批判、讽刺文笔的罕有的锋利。宝剑既可以刺向国人的痼疾、恶习、虚伪、欺诈，刺向国内种种的邪恶势力，又可抵挡西方射来的冷箭[③]。不过，我们知道，真正处在中外关系中的鲁迅，他的剑主要是用来挑破中国人身上的脓疮的。

鲁迅一生中，接触最多的外国人，就是东邻的日本人了。接触最少的外国人，恰恰就是他醉心介绍的东欧、南欧、中欧和北欧诸国家、民族，如捷克斯洛伐克、保加利亚、芬兰、罗马尼亚、匈牙利等。他与其中多数国家的作家，在实际生活中是零接触。这种反差，事实上影响到鲁迅对于世界各国的看法。换言之，鲁迅对于那些几乎没有面对面接触的民族，除了阅读其文学和有限的历史材料外，主要依靠他丰富的想象，以及强烈的关于世界政治格局的考虑。当史沫特莱转达高尔基和苏联作协的愿望，邀请他去苏联休养一年之时，他谢绝了[④]。事实上苏联作协大概从 1930 年开始，多次邀请这位中国文豪访苏，包括通过在苏学习的曹靖华转达此意。有趣的是，多次邀请，多次谢绝。我私意以为，其实他有太多的理由去苏联亲眼瞧一瞧，却没有一桩真正的理由不去。许广平说的那些理由，应该都能够克服或解决。史沫特莱因为担心鲁迅的身体，希望他去苏联疗养。健康理由固然非常重要，可他还有别的理由应该去苏联看看。作为一个思想家，作为一个后期将自己的

---

① 国际文学社作：《鲁迅——中国革命文学的创造者》，郁明译，见《鲁迅研究学术论著资料汇编》，第 2 卷，第 1052～1053 页。

② 内山完造：《〈花甲录〉中有关鲁迅的资料》，见《回望鲁迅：海外回响——国际友人忆鲁迅》，第 130 页。

③ 参看史沫特莱《鲁迅是一把宝剑》，见《回望鲁迅：海外回响——国际友人学术论著资料汇编》，第 20 页。

④ 史沫特莱：《忆鲁迅》，见《回望鲁迅：海外回响——国际友人忆鲁迅》，史沫特莱等著，第 7～8 页。

翻译活动和思想活动跟这个国家发生诸多关联的中国翻译家和作家，应该去亲眼看看这个新兴国家，因为，它是当时惟一的新兴国家。因为，那里是他寄予厚望的地方；那里所进行的试验，有可能给人类一个真正的未来，一条令人兴奋的出路。而且在他的视野里，在当时的他看来，苏联恐怕是世界上惟一有可能走出一条新路的地方。那个横扫全世界的“红色十年”(the “Red Decade”)可以给他充足的理由。法国一些进步作家也曾同他报有同样的希望，他们真地到了苏联作实地考察，却往往失望而归。况且以鲁迅素来的刚毅果断的性格，他所解释的不愿授人以柄、给国内攻击他的人提供一个武器的说法，似乎难以成立。许广平所说的当局的监视、迫害，应该也是不便去的理由，但历史事实是，茅盾和郭沫若正是在被当局严密通缉的情况下避走日本的。因此，许广平的这个理由或许也不成立。那么，换个思考方向，这是否意味着，鲁迅在潜意识里，其实不愿意破坏他的俄罗斯想象、苏联想象、捷克斯洛伐克想象、波兰想象呢？他是否不愿意走出他自己用文字、尤其是通过翻译建构的新世界想象呢？

在他的苏联想象中，鲁迅再一次展现了自己的浪漫：一切关于新俄国之路的描述，似乎太美好了。而作为思想家的鲁迅，竟然对此没有怀疑？我想他是有一些自己的看法的，但此时集团主义的声音愈来愈响亮，或许将他个人的声音淹没了，亦未可知。或许，他需要更多一些时间来观察、思考，亦未可知。

日本的清水安三说，鲁迅终生对日本人怀有亲密情感[①]。伊藤虎丸也曾经指出：“鲁迅直到死都对日本及日本人始终抱有某种信赖和爱心，但同时，他又对眼前的日中关系几乎感到失望。”[②]的确，鲁迅深层的思想结构，包括他深层的文化改造中华的思想，皆多少受到近代日本发展史的启发。这应该是同清水安三和伊藤虎丸上述言论一致的。譬如鲁迅是中国那些坚决主张废除方块汉字，采用汉字拉丁化中间的一

---

① 清水安三：《我怀念鲁迅》，见《回望鲁迅：海外回响——国际友人忆鲁迅》，第 209 页。

② 伊藤虎丸著《鲁迅与日本人——亚洲的近代与“个”的思想》，李冬木译，第 3 页。

个[①]。这个重大的、今天看来十分极端的主张，显然是他受到日本近代文字改造成功经验之启发。他一直对翻译如此重视，同样也是受到翻译超级大国日本现代化成功经验的启示。

然而，当鲁迅将现代日本作为整体来看的时候，他可能就有保留；倘若指近现代中日关系中的日本，那就更有保留。值得注意的是，成名之前和成名之后的鲁迅，青年鲁迅和晚年鲁迅，应该说，因为交往的方式不尽相同，对于日本人的看法，恐怕存在一定的差异。鲁迅的超常敏感，喜欢不自觉地以自己为中心的习惯，亦在一定程度上影响到他与日本人的交往乃至他对日本人的看法。成名后的鲁迅，寓居上海的近十年间，与不少日本作家或文化人见面，其中有老友，亦有新交，极个别回返日本后的报道也曾令鲁迅不快。曾经来访或在内山书店与他会面的很多日本人中，有横光利一、山本实彦、武者小路实笃、前田河广一郎、野口米次郎、贺川丰彦、长谷川如是闲等。这个远远不全的名单，还不包括与鲁迅过从非常密切的那些日本朋友或学生。似乎可以说，作为纯粹的民间的个人交往，鲁迅对日本的看法，自然是一种亲密感。

伊藤虎丸指出，晚年的鲁迅，与之交往最密切的外国人，就是日本人。他最后的墨迹是用日文写的便条(指他病危时给内山完造写的便条)；逝世前的10月17日，他最后访问的是鹿地亘家，与鹿地亘和夫人池田幸子谈得兴致勃勃；而19日清晨，得知鲁迅病情恶化，最先赶到鲁迅寓所来看望他的，是内山完造与须藤五百三和石井两位日本医生[②]。倘若从个人的层面看，鲁迅对于日本、日本文化，的确怀有很厚的亲密情感；倘若从中日两个国家之间的层面看，鲁迅对于后者的态度，则要复杂得多，其中不乏批评与保留。

一个有趣的现象，大概可以说明鲁迅对于他同日本人个人交往的珍惜。他后来对于藤野先生深情的描述，以及藤野本人回忆鲁迅之间

① 参看鲁迅《花边文学·汉字和拉丁化》《全集补遗·几个重要问题》《且介亭杂文二集·论新文字》《且介亭杂文·中国语文的新生》《二心集·关于翻译的通信》等。

② 参看伊藤虎丸《鲁迅与日本人：亚洲的近代与“个”的思想》，李冬木译，第2页。

的反差(藤野不大记得他了)[1],这一方面固然说明老师忘记学生的普遍规律,另一方面可能透露出鲁迅在描述个人历史、述说曾经在他生活中留下痕迹的历史中某种诗化的倾向。周作人也指出过,《朝花夕拾》有明显诗化的笔墨[2]。但是,这种倾向亦可以证明他对于单个日本人的深深的好感。而对于日本作为一个现代国家,这种好感有多大,则比较难说。鲁迅对东瀛态度的一个吊诡,则是他喜欢单个的人、民间的日本人;可由单个的人组合而成的整体的日本,他却没有表示出同样程度的亲近。

对于日本的国民习性,他特别加以赞赏者,乃是它的那种始终如一的认真。他的日记,时常记录他往日本诊所为自己或海婴诊病;母亲病了,亦延请日本医生来瞧病,可以成为一个有力的注脚。日本现代文学的发展,自然也是受到他的称赞;但真正深层一点的,是他在改造中华的一些结构性思考方面,日本的经验对他启发极大,虽然他明确公开称赞的地方不算太多。在对待日本文化方面,周作人的推崇备至可谓内外一致;鲁迅则有保留,即便认同也不大张扬;而郭沫若一直到20世纪50年代之前,都明确表示不以为然。

在世界各国中,令鲁迅兴趣最小、最感隔膜者,大概要数美国,其次大概应该是同样使用英语的昔日的大英帝国吧。这不仅是因为他早年习英文毫无结果,而且也有意识形态的牵引作用,同时也多少跟他看问题的习惯方式有关。鲁迅对于中外国家关系、中外文化关系,往往坚持用“压迫者和被压迫者”这个二元对立的模式来解读,来观察。深知哥哥的周作人曾经回忆过鲁迅对美国的偏见与反感。有位侯外庐写文章,认为鲁迅的《阿Q正传》大概是取自英文的“问题”,于是周作人反驳说,鲁迅“也曾学过英文的……他深恶那高尔基说过的黄粪的美国,对于英文也没有好感”[3]。鲁迅对美国的“没有好感”,甚至严重影响到弟弟,虽然英文一直是周作人获取新知的主要工具之一,他却几乎不翻

---

① 参看藤野严九郎《谨忆周树人君》,《回望鲁迅:海外回响——国际友人忆鲁迅》,第78～79页。

② 参看周作人《与曹聚仁谈鲁迅》,见《周作人文类编·八十心情》,钟叔河编,第239页。

③ 周作人:《鲁迅与英文》,见钟叔河编《周作人文类编·八十心情》,第178页。

译美国的文学作品，惟有早年的《域外小说集》的增订本(1921)，算是例外(译了爱伦·坡的《默》)。

事实上，鲁迅最初接受的外国文学，还是英、美、法诸国文学。跟当时很多人一样，主要是通过林纾译本。但他留日后逐渐对林纾译本的不满和批评，不知是否影响到他对英美法文学之态度，但确切知道的是，他在《祝中俄文字之交》所勾勒的世界文学地图中的英美文学，回顾他之所以放弃英美文学、拥抱俄国文学的初衷之时，似乎有一种有意无意的误读。他以一种浪漫的姿态，情绪化的笔调，将英美文学说成是只有包探案、探险故事一类作品供应中国青年。其中的依据，应该就是林纾译本。

综观鲁迅一生，他接触外国文学的顺序，大致为英、美、法诸国文学，然后是日本文学，最后才是他后来格外推崇的斯拉夫民族文学和巴尔干半岛诸民族文学。对于法国文学，他认为比较不切合实际，所以兴趣有限[①]；对于英、美、德诸国文学，他的兴趣也有限。耐人寻味的是，他的外国文学阅读从林纾译本开始，早期主要接触英法德美文学，他后来亦非常清楚林译本的局限性，但却不愿以动态的观点来看英美文学。换句话说，他眼里的英美文学是静止的，他在20世纪20年代初怎么看英美文学，到了晚年的30年代还是这么看。更有趣的是，周作人到了50年代还是这么看美国文学，仍然说美国文学乏善可陈[②]，仿佛英美文学被他锁定在某个位置上。虽然我们不可能期望一个翻译家对各国文学都有深入了解，不过，我还是想指出，作为翻译家的鲁迅，他的美国文学的误读是有意的。作为译家，他的主体性可谓再鲜明不过。从译家对外国文学的接受和译介来说，鲁迅的主体表现也是最突出的。

不过，作为个人之间的朋友，寓居上海之后的鲁迅，有好几位好友来自美国。鲁迅同史沫特莱、斯诺等美国人是相互信赖的朋友，交往之中亦能有个人真性格的自由展现。他同萧伯纳亦有一面之交，私下里

---

① 参看韩侍桁《忆恩师鲁迅》，见《回望鲁迅：高山仰止——社会名流忆鲁迅》，第385页。

② 参看周作人《英文与美文》，初刊1951年1月19日《亦报》，署名十山。见《周作人文类编·希腊之馀光》，钟叔河编，第775页。

他亦欢喜萧，因为他认为萧喜欢把"绅士"的体面撕得粉碎[①]。但这些朋友，多为30年代结识或见面的，且无一例外地属于带有进步色彩的友人。稍微有些例外的，是他同伊罗生的交往，但这远不能与他同内山或增田那样无拘无束的交往相提并论，也远没有达到跟史沫特莱那样的程度，而是客客气气、纯粹工作性质的，纯粹为着介绍中国新文学而开始而结束的，虽然那仍然属于真正民间的文化交往。

鲁迅对于英美的隔膜，有很复杂的原因。显然有知识结构的原因，有因外语结构而导致的文化接触的原因，有早年留学国别的原因，更有意识形态的牵引，还应该有19世纪末、20世纪初国际政治的原因，甚至跟"现代评论派"也有间接干系。而比较根本的一个原因，恐怕跟文学无关，而与20世纪的国际政治密切相关，恐怕跟鲁迅心目中的世界文化地图和世界政治地图有关，以及鲁迅当时自己下的"为人生的文学"之定义有关。恐怕鲁迅自己感觉到，英美文化跟中国文化完全异质。而对于俄罗斯和东、中欧国家，即他当时常说的"被压迫被侮辱"的民族，她们的文学，才是特别明显的"为人生的文学"的样板，因此中国的要务，是跟她们发生尽可能多的文字关系。这恐怕与他心目中认为，中国实际上与这些国家在某些方面同质(Homogeneous)不无关系。至于在哪些方面同质，他则从来没有说过。倘若套用现在常用的术语，说是在文化上同质，恐怕太勉强，因为中国与这些国家，无论是语言还是文化，既无亲缘关系，又无相互直接影响的历史渊源。中国与她们的相似，实际还是在特定历史时期的国家境遇、国家地位、国民生存状况诸方面的相似，在鲁迅那里，还有一种他所认定的国民性、国民情绪的相似。

换言之，鲁迅心目中，中国与上述国家，是在国情、国民境遇以及国民性上具有的相似。中俄两国的相似，在鲁迅那里，是两个文明大国历史发展进程中的一种相似。再加上俄国比中国早进入这个历史进程[②]，因此始有以"俄国文学为师"之说。推而广之，鲁迅的所谓"被压

① 这显然是鲁迅对于萧伯纳的一种独特的解读。

② 参看王富仁《鲁迅前期小说与俄罗斯文学》，《鲁迅研究学术论著资料汇编》，第5卷，第212页。

迫被侮辱”，正是表明了这种相似。而那些与此相对的“压迫者”民族的文学与文化，则似乎跟中国文学、中国文化“异质”(Heterogeneous)。既然鲁迅从事文学和文学翻译的初衷，是“转移性情，改造社会”[①]，那么鲁迅将“为人生的文学”作高度意识形态化的诠释，则容易理解了。因此，这一点或许是理解鲁迅中外文化关系思想的一个基本点。

鲁迅的文化态度可以说是格外分明。而这文化态度背后，始终夹杂着意识形态。20 世纪 20 年代行走在中西方之间的徐志摩，特别是作为民间文化使节奔走于中国与欧洲知识界之间的他，却不止一次地遭到鲁迅的讽刺与批评。徐志摩自己感到莫名其妙。他感到冤枉，觉得自己与鲁迅并无个人的过节。20 年代中期《晨报副刊》编辑易人、20 年代晚期的《新月》杂志社，可能产生过些微的不快，但似乎不足以解释为何鲁迅几度嘲讽志摩，且鲁迅的嘲讽多集中在文化态度上。况且鲁迅的嘲讽实际上在新月社之前就有了，譬如在泰戈尔访华(1924)之际，鲁迅就语含讥刺。《新青年》鼎盛期以后的鲁迅，跟当年熟悉的朋友(如胡适)或不熟悉的留学英美文化人(如陈西滢、徐志摩和梁实秋)的渐渐的隔膜，不仅同周作人构成鲜明对比，而且恐怕也多少跟他对英美文化的隔膜有关。鲁迅真正拥抱英美文学的时期，极为短暂，那是他的文学生涯起步期，是在为《河南》撰稿时期，即 1907 年写作《摩罗诗力说》的时期。可是到了编选翻译《域外小说集》(1908)时期乃至以后，那种欣然拥抱的心态，就逐渐找不着了。但隔膜的产生并清晰化、明显化，恐怕要等到《新青年》之后。

鲁迅懂德文，且德文乃是他毕生使用很多、使用频率仅次于日语的外国语。可他对德国文学、德国思想的兴趣，主要在于尼采，后期还有一些马克思的学说。他翻译尼采，我疑心他的兴趣更多放在其启蒙者和彻底跟传统决裂的反叛者的思想。但他对整个德国文学，无论是经典文学，还是当代文学，几乎没有译介热情。在他的外国文学版图里，德国文学基本不占什么位置。德文之于他，犹如英文之于周作人、茅盾，纯粹是个语言工具而已。事实上，还不如英文之于周作人、茅盾。

---

① 《鲁迅全集》，第 10 卷，第 161 页。

鲁迅利用德文，费力地翻译了不少作品。德文使他得以走进斯拉夫语系文学、巴尔干半岛被压迫民族文学。鲁迅对于德国经典文学的不翻译，一方面是他一贯的“避热走冷”的翻译路线，另一方面是他对于俄国文学和其他民族那些他认为真正“为人生的文学”的译介占据了他几乎全部的时间。

他对于法兰西、法国的文化与文学，一直持一种笼统含糊的友好态度。但他对于法兰西的友情，更多地是远远地行注目礼而已，而不是一种积极互动的亲密接触。他曾经私下里表示，不大喜欢法国文学，原因是“法国文学浮华，没有英、德、俄国文学切合实际”[①]。不错，他早年翻译过凡尔纳的两部科幻小说，可有的是当作美国小说译介的。陈学昭留法期间，鲁迅托她寻购过不少的西文书刊或木刻作品。此后一生，除了晚年为办刊，随手翻译过零散的纪德等人的一点零碎，他基本没有翻译过法国文学中的重要作品。

而在世界所有域外文化、域外文学之中，众所周知，鲁迅最喜欢、最推崇者，毫无疑问是俄国文学。在那篇著名的《祝中俄文字之交》里，鲁迅用了极富诗意的文字，情绪格外饱满、极为骄傲地描述了中俄文字交往的缘起以及他心目中的俄国：

> 那时就看见了俄国文学。
>
> 那时就知道了俄国文学是我们的导师和朋友。因为从那里面，看见了被压迫者的善良的灵魂，的酸辛，的挣扎；还和四十年代的作品一同烧起希望，和六十年代的作品一同感到悲哀。我们岂不知道那时的大俄罗斯帝国也正在侵略中国，然而从文学明白了一件大事，是世界有两种人：压迫者和被压迫者！[②]

在鲁迅的笔下，俄国文学似乎已经不是文学作品，而是一柄柄利剑，一把把大刀，一支支火炬。尤其是火炬意象，实在是最令“五四”第一代人、第二代人醉心不已的启蒙者形象。新文学运动第二代作家巴

---

① 参看韩侍桁《忆恩师鲁迅》，见《回望鲁迅：高山仰止——社会名流忆鲁迅》，第 385 页。

② 鲁迅：《南腔北调集·祝中俄文字之交》，见《鲁迅全集》，第 5 卷，第 54～55 页。

金，翻译高尔基的《草原故事》里的丹柯，就是一个在沉沉黑夜中用自己的一颗鲜红的心照亮众人前进道路的启蒙者。其实也是跟耶稣一样的自我牺牲者，为着信仰而献身的启蒙者。

鲁迅那支有力的笔，就像刮起了一阵旋风，将中俄文字关系的发展描述为一股不可阻挡的洪流，它冲破流氓警士、文人学士的重重阻拦，击退他们的联手讨伐，只是持续不断地被介绍进来，又传播开去。渐渐地，它在中国得到愈来愈多的大众的喜爱，激荡起愈来愈多的共鸣。鲁迅自豪地宣布，在这股俄国文学的洪流当中，先前曾经膜拜曼殊菲尔德的陈西滢也重译了屠格涅夫的《父与子》，曾经排斥"媒婆"的作家郭沫若也重译着托尔斯泰的《战争与和平》了。

鲁迅叙述的中俄文字关系，的确是20世纪前半中国翻译史上的重要事实。不过，另一方面，他对于俄国文学在中国的译介热，有着一种极为个人化的浪漫解读，同时他的这种解读，在当时浪漫的中国又极具代表性。因为当时多数的文学家和文学青年，从事文学，从事文学翻译，其出发点并非为着文学，而是为着文学中那些非文学的因子：文学中世界各民族"被压迫"的状况，文学中的社会关系（有时被解读为阶级关系），文学所昭示出来的社会革命或个人解放之路。从中外文化关系来说，鲁迅在这里寻求的，是一种"被压迫者"的同盟，"被压迫者"的共鸣，"被压迫者"民族之间的"同声相应"。其背后乃是一种期望，期望相同的命运，可能导致相同的出路。这种期望乃是非理性的，感性的，一厢情愿的。这是20世纪国际关系中的一种"弱者"同盟，初始是鲁迅一手建构，多年后也有若干对应国家遥相呼应，可初期因为没有经济和其他因素的支撑，显得有些脆弱。藤井省三将这种思想追溯到鲁迅的先生章炳麟那里，称其为"民族共感"①。

这种在文学中寻求"被压迫者"的中外关系思路，让鲁迅及其追随者（如茅盾、鲁彦、孙用、巴金、陆蠡等，还有早期的周作人）将它一步步扩大，扩大到一切弱小民族。事实上，中国在其漫长的历史中，在鲁迅看重的那些层面，无论是与俄罗斯，还是同东欧、中欧、北欧等地区的弱

① 参看藤井省三著《鲁迅比较研究》，第3～5页。

小民族，皆没有实质性的文学交往。倘若有，也主要是宗教文化、科学技术方面的。除俄国外，中国与其他国家也没有发生多少实质性的经贸交往，与俄国的经贸交往亦属于局部的、有限的。而中国与她们发生日益增长的文学关系，始于20世纪初，始于“五四”启蒙者，也可以说是始于开拓者鲁迅等。在近代(1840～1911)，上述东欧国家在华译书量少到可以忽略不计[①]，是鲁迅、周作人在1909年的《域外小说集》开创了译介欧洲弱小国家文学的翻译活动。因此似乎可以说，是鲁迅“发现”了俄国，开创性地建构了中国人的“俄国想象”，虽然俄罗斯文学最早的汉译是1903年由戢翼翚翻译普希金的《俄国情史》。从这个意义上说，是鲁迅“发现”了波兰，用翻译建构起“波兰想象”；同样，是他“发现”了芬兰，“发现”了捷克斯洛伐克，“发现”了荷兰，“发现”了匈牙利，“发现”了其他一些“弱小”民族，还同茅盾一起“发现”了罗马尼亚[②]。其次是一批追随鲁迅的青年翻译家和文学家。这可以说是鲁迅在20世纪中外文化关系中的独特贡献。

这就是本书前边所说的“鲁迅模式”(Lu Xun Approach)的发端和意义。由鲁迅开创的这个与众多欧洲小国家的文字关系，起初是单向的，即主要是中国译介上述国家的文学作品，后来发展到有限的双向互动译介，逐渐有部分国家开始移译中国文学作品到对方国家，如苏联、捷克斯洛伐克、匈牙利等，再后来发展到几乎所有国家都将部分中国现代文学作品译介到本国，尤其是鲁迅、茅盾、巴金等人的作品。这种模式的中外互动翻译关系、文学关系，到20世纪后半期头30年(1949～1978)，成为中外文字关系的一个最重要的方面，远远不止“半壁江山”的局面。

---

① 参看王晓秋著《近代中日文化交流史》，北京：中华书局，2000；陈平原著《二十世纪中国小说史》第一卷，北京大学出版社，1989；陈大康著《中国近代小说编年》，上海：华东师大出版社，2002。

② 茅盾和鲁迅在1934年译介了罗马尼亚作家索陀威奴(通译萨多维亚努)的小说，这在中国属于首次翻译该国文学。第一个将罗马尼亚文学介绍到中国的是茅盾，他于1934年5月1日在《文学》2卷5号上发表了他译的索陀威奴的短篇小说《春》；稍后鲁迅翻译的同名作家的别一篇《恋歌》，从德译本转译，于是年8月发表在《译文》月刊2卷6期。参看本章第三节。

前边已经说过，鲁迅的中外文学关系观，稍微深层一些的原因，大概是因为鲁迅暗地里认为，这些国家和民族与中国之间，虽然非同种，非同文，除俄国外，地缘上亦没有关系，然而彼此之间的文学，却似乎有可能存在一种"同质"的关系。这种"同质"，与其说是文化上的，毋宁说是国民性的、国民情绪的、精神上的、主观想象的，且有时是单方面的。也就是说，在匈牙利、保加利亚、罗马尼亚那一面，在鲁迅译介该国文学时，对方并没有分享中国人的这种"同命运"的想象，对方也没有这种思维方式。但随着20世纪世界文学地图的变化，中国经济地位的变化，中国国际地位的变化，上述国家开始将注意力转移到中国现代文学上，从而导致互动翻译关系的发生。

而另一方面，鲁迅可能暗地里认为，中英、中法、中德、中美等文化关系，虽然交往更早、更多，可彼此之间的文化却是异质的。尽管鲁迅当时没有使用上述术语，可从他很多的有关论述里，从他的一些演讲里，可以清楚地看到这样一个思路，这样一个思维逻辑。譬如上文所说的，这世界上只有两种人，即"压迫者和被压迫者"。

尽管鲁迅描述的中俄文字关系完全是事实，不过，他以那种浪漫的笔调描述的中英、中法、中美、中德等国的文字关系，却带有很大程度的主观倾向。以这样一种中外关系来看英、法、美、德等国文学，仿佛中国当初译介的英国文学，主要是包探、冒险家、非洲野蛮的故事，因此其效用只能是酒醉饭饱以后，为有闲阶级当作消闲文学用的。而鲁迅所说的，中国一部分青年——其中就有他自己——却已经觉得压迫，感到痛苦，于是他要挣扎，而不需要"搔搔痒"。

上文已经说过，作为翻译家，鲁迅的主体意识，乃是中国所有翻译家中最突出的。因此，他眼目中的中外文字关系，从中国一面而言，首先是救亡图存者寻求济世救国的出路，渴望民族新生者寻求导师之关系，被压迫者寻求患难盟友的关系；其次才是吸收新文学品种、新文学手法、新诗学成分、新文学理论诸方面的考虑。关于后一层，他指出："我们虽然从安特莱夫（L. Andreev）的作品遇到了恐怖，阿尔志勃绥夫（M. Artsybashev）的作品里看见了绝望和荒唐，但也从珂罗连珂

(V. Korolenko)学得了宽宏,从戈理基(Maxim Gorky)感受到了反抗。"[①]其实他所说的这些文学层面的东西,在鲁迅心头并不单单指文学层面的东西。倘若单是指文学,单单指"恐怖、绝望和荒唐、宽宏、反抗"这类主题而言,我们清楚地知道,要想学习,并非仅有俄国文学一途,其他任何一个文学大国里,亦不难找到。可见,鲁迅真正在俄国文学里要寻找的独一无二,应该是上文所说的文学以外的东西。文学仅仅是其载体。

鲁迅在俄苏文学找到的是什么呢?他最早、亦最常说的,是俄国文学是"为人生"的,俄国文学始终格外关注人生,他觉得俄国文学特别在"为人生"这个方面与他从事文学的宗旨完全一致;而在苏联文学里,一个最具吸引力的方面,则是"忍受,呻吟,挣扎,反抗,战斗,变革,战斗,建设,战斗,成功"[②]。或许令鲁迅格外感到振奋的,是俄国文学与上述其他弱小国家的一大不同,是他们都忍受、挣扎、战斗,可惟有俄国可以提供成功。而让他格外认同的,是这一切都是通过"战斗"得来的。

另外一方面,若要说用文学交朋友,鲁迅的中外文学关系思想可以说是特别典型。譬如他在《祝中俄文字之交》一文里所表达的思想,就再清楚、明白不过:"英国的萧,法国的罗兰,也都成为苏联的朋友了。这,也是当我们中国和苏联在历来不断的'文字之交'的途中,扩大而与世界结成真的'文字之交'的开始。"[③]

原来鲁迅期盼的中国与世界的文学关系,就是中国—俄国式的文学关系。他要用这样一种中外关系,来示范,来补充,来订正,来平衡已经发生的中英、中法、中德或中美文学关系。

鲁迅的中外文学关系观里,有一个特别值得一提的思想,即文字之交可以发挥民间外交的效用,它其实是两个民族间的一种外交,而且有着顽强的生命力。他指出:"可祝贺的,是在中俄的文字之交,开始虽然比中英、中法迟,但在近十年中,两国的绝交也好,复交也好,我们的读者大众却不因此而进退;译本的放任也好,禁压也好,我们的读者也决

---

① 鲁迅:《南腔北调集·祝中俄文字之交》,见《鲁迅全集》,第5卷,第56页。

②③鲁迅:《南腔北调集·祝中俄文学之交》,第58页。

不因此而盛衰。"[①]民间的文字关系,可以超越两国间的外交关系。所以,讨论鲁迅眼中的中外文字关系,其实就是一种中外关系。

第三节 鲁迅翻译全图:"谦而勤"的翻译家

鲁迅从1903年开始拿起译笔,以一种创作与翻译边界模糊的方式译述希腊政治历史小说《斯巴达之魂》,同时用文言文翻译嚣俄(雨果)的《哀尘》,接着又于是年用浅易文言文译述法国儒勒·凡尔纳的科幻小说《月界旅行》和《地底旅行》,一直到1936年10月19日去世,手头的译笔当时还在 译果戈理的《死魂灵》第二部残篇。同弟弟作人一样,翻译贯穿了鲁迅从文的一生,直至生命的最后一程。

1938年由蔡元培先生任主编的第一套《鲁迅全集》,凡20卷,其中半数为鲁迅译文。蔡元培先生在《鲁迅先生全集序》里写道:"先生阅世既深,有种种不忍见不忍闻的事实,而自己又有一种理想的世界,蕴积既久,非一吐不快。但彼既博览而又虚衷,对于世界文学家之作品,有所见略同者,尽量的移译,理论的有卢那卡尔斯基,蒲力汗诺夫之《艺术论》等;写实的有阿尔志跋绥夫之《工人绥惠略夫》,果戈理之《死魂灵》等,描写理想的有爱罗先珂及其作者之童话等,占全集之半,真是谦而勤了。"[②]

其实这个全集,并未来得及将"谦而勤"的鲁迅一生作品悉数收入,尽管这个全集1948年又出了重刊本。1958年12月,人民文学出版社出版了10卷本的《鲁迅译文集》。这是新中国首次将鲁迅译文单独出文集。1973年,该社将由蔡元培任主编的那套1938年版《鲁迅全集》重新排版印刷,包括大量的插图和照片。这套20卷本的《鲁迅全集》[③],从第11卷到第20卷,皆是一色的鲁迅译文集。但这套全集,同

① 鲁迅:《南腔北调集·祝中俄文字之交》,见《鲁迅全集》,第5卷,第57页。

② 蔡元培:《鲁迅先生全集序》,见《鲁迅全集》,第1卷。

③ 本书主要参考的《鲁迅全集》,是人民文学出版社1973年版,此外也参考过1938年版的《鲁迅全集》以及新疆人民出版社1995年出版的8卷本《鲁迅全集》,后一个本子印刷错误稍多,但所收鲁迅译作,超过人民文学出版社1973年版《鲁迅全集》。

1938年版的《鲁迅全集》一样，也没有将鲁迅一生译作尽收其中。

蔡元培先生说鲁迅“谦而勤”，实无一字虚夸。据不够准确的统计，翻译家鲁迅一生的译作，大概总数在239万字左右[①]。在新文学几位重要作家和翻译家中，倘若不算那些专职翻译家，鲁迅、周作人、巴金、郭沫若、梁实秋等人的翻译实绩格外突出。但梁氏一生的翻译，似乎20世纪前半和后半平分秋色。因此，若单以20世纪前半的翻译文学论，现今已知的，鲁迅译作数量大约在周作人、郭沫若、巴金之后，但四人的翻译总量皆位居前列。郭沫若的翻译总量，大约是312万字，他的翻译涉及所有的虚构类的文学门类，同时也涉及非虚构类作品。后一层与鲁迅同，但鲁迅虚构类的诗歌与戏剧译得少，尤其是诗歌。巴金一生译作大约有310万字（其中也有部分是在“文化大革命”后期以及“文革”结束之后翻译）。周作人和梁实秋两位，周作人一生翻译总量大约为491万字[②]，而梁实秋的翻译，尚未见到比较准确的统计。但基本可以说，周作人一生的翻译数量最多，因为他于20世纪后半也有大量译作问世，同时因为他的晚年以翻译为主，尤其是应人民文学出版社之约所做的大部头著作翻译。因此，在上述五位重要文学翻译家中，周作人、巴金、梁实秋在20世纪后半也有大量译作，若单以20世纪前半计，郭沫若和鲁迅大概要算最多的。

有中国学者李万钧统计，终其前后长达33年的翻译生涯，鲁迅“共翻译了十五国一百一十人的两百四十四种作品”[③]。涉及短篇小说、中长篇小说、戏剧、童话、诗歌与散文诗、杂文、文艺理论专集及论文，以及其他非虚构类译文。还是据李万钧先生的统计，鲁迅翻译作品中各种体裁的数量大致分布如下：

> 其中科学幻想小说两种，短篇小说七十四篇（包括巴罗哈实际上的十六篇），长篇小说两部，中篇小说两部。戏剧三种，童话三十

① 据人民文学出版社1973年版《鲁迅全集》第11～20卷统计，集内鲁迅写的前言、后记、译者后记一类创作文字未计在内。

② 参看拙作《翻译家周作人》，第199页。

③ 李万钧：《鲁迅与世界文学》，见《鲁迅与中外文学遗产论稿》，俞元桂、黎舟、李万钧著，福州：海峡文艺出版社，1985，第201页。

> 七篇，杂文集一部，单篇杂文二十一篇，诗四十二首（包括由日文转译波特莱尔散文诗一首及《野草·希望》中裴多菲一首），文艺专著七种，文学论文五十五篇。[①]

凡尔纳的两部科幻小说，其实也可以算作长篇小说。虽然鲁迅的译作改写的成分很大，又是用文言文，在汉译里篇幅不大像长篇小说，但以原作计，还是可以看作长篇。倘如是，鲁迅就翻译了四部长篇小说，其中有两部科幻作品。

国别如此众多、内容如此丰富、数量也不算少的鲁迅译作，的确令人咋舌。就翻译家本人来说，这样的翻译成绩，固然有维持生计的实际需要，因为鲁迅从1927年年底迁居上海之后，不仅不再教书，连兼职教授也不做，仅在上海一间劳动大学兼职，以及蔡元培领导的大学院做兼职。而上海劳动大学的授课，仅去过两次便辞去。因此上海时期是专以著述翻译为生，兼做一些编刊的工作[②]。况且他的小家庭从一人变为二人，又于1929年变为三人，其间一直还奉养着远在北京的老母及母亲身边的朱安女士。虽然他从未走到无法维持生计的地步，而且还不时接济周围的青年人，可这个家累委实让他不敢有丝毫懈怠。必须指出，经济因素，也是他上海时期译作量大增的重要原因。当然，更加重要的原因，是他对于翻译所寄予的厚望，的确非一般翻译家和文学家所及。由于他对国内文坛、创作界现状深有不满，使得他无论任何情况，总不愿搁下译笔，且始终将输入好的、有益的精神食粮作为己任，作为中国文化建设和改造国民性的基础工作。因此他作为一个作家，在写作大量杂文、编辑若干丛书和刊物的同时，对于翻译投入如此大的精力、如此久长的热情，同时有如此高的产出，这在一般的作家兼翻译家那里，的确难以想象。

那么，翻译家鲁迅的一生，究竟对于中国文学、文化、思想及中国翻译文学史，有哪些贡献呢？终其翻译家的一生，他的贡献是多方面的，这里仅撮其要者，略加回顾。

---

① 李万钧：《鲁迅与世界文学》，第201～202页。

② 鲁迅有些编刊工作乃是义务，有些编刊则有一定报酬。请参看《鲁迅日记》。

其一，是他对于中国现代小说的贡献。

鲁迅以其卓越的、先驱者的短篇小说创作，被誉为“中国现代小说之父”[①]，在创作实践所做的贡献，已为人熟知，因此，这里主要从鲁迅的翻译小说，尤其是从他在翻译短篇、中篇和长篇小说之后为其撰写的译后记或序言的角度，说说他对于中国现代小说理论发展的贡献。

首先是对小说理论的贡献。前文讲到陈平原、夏晓虹、严家炎、吴福辉编的《二十世纪中国小说理论资料》第一至三卷里，收入鲁迅文字凡27篇，其中有15篇源自当时的翻译活动。它们中有好些篇什既是中国翻译史上的重要文献，亦是中国现代小说理论发展史上的里程碑。

其次是对于域外小说翻译及中国新小说创作实践的推动。前文引述李万钧的统计数字，讲到鲁迅翻译短篇小说凡74篇，中、长篇小说各2部，总数是78篇(部)小说。依翻译家的习惯，他往往在译讫之后，会为这些翻译小说写下译者后记或前记，短者寥寥数语，略作交代，点到即止，长者数千言，可能有颇为深入、独到的发挥。因此鲁迅为翻译小说写的译者附记至少有六七十篇之多。倘若再加上他编刊时、为他人校阅译稿后撰写的“编校后记”一类，那数量则远远逾百。如那篇《周瘦鹃译〈欧美名家短篇小说丛刻〉评语》，鲁迅和周作人用了罕有的热情，称赞周瘦鹃的译品在当时的环境下犹如“鸡群之鸣鹤矣”[②]。倘若我们没有忘记这篇短文是在1917年11月发表的，其时鲁迅自己的《狂人日记》尚未问世，我们便能领悟周氏兄弟推介、倡导优秀短篇小说的良苦用心。

白话文短篇小说开始有了些微的创作实绩之后，鲁迅又在《〈幸福〉译后记》和《〈罗生门〉译者附记》分别谈到小说的写实与作者主观因素的结合，以及历史题材小说问题。至于那篇著名的《〈域外小说集〉新版序》，鲁迅谈到希望翻译小说在变革中的中国发生的效用、新的小说观、小说的社会功用、短篇小说的新样式等重要问题。倘若将东京初版本鲁迅作的原《序言》与《新版序》合观，那鲁迅当初同弟弟翻译《域外小说

---

① 参看杨义著《中国现代小说史》，第1卷，北京：人民文学出版社，1998，第151页。

② 周树人、周作人作《周瘦鹃译〈欧美名家短篇小说丛刻〉评语》，见严家炎编《二十世纪中国小说理论资料(第二卷)：1917～1927》，北京：北京大学出版社，1997，第30～31页。

集》的本意，其实是要发动一场小说革命，而这小说革命的本旨，则含有社会改革的意思。因此说，《域外小说集》初版和再版的两篇序，至少是一种新小说启蒙。这些对于转型期的中国小说、刚刚起步的中国新小说，有着不可或缺的导引作用。

及至他译讫安特莱夫（通译安德列夫）的一篇小说之后所作的《〈黯澹的烟霭里〉译后附记》(1921.9.8)里，他特别指出，安特莱夫小说里写实主义同象征印象主义的调和。这样一种写法，其实也正是鲁迅自己小说创作的一种追求，可惜后来太多的评论者，硬是把鲁迅牢牢地拴在写实主义一根柱子上，不让他动弹。

鲁迅很少像胡适那样作长文，专论短篇小说；也没有像"学衡派"的吴宓那样为他人翻译的《小说法程》[①]作序。相反，鲁迅的小说论一般比较零散，东鳞西爪，没有将其整合为一个系统的意识。他的小说论，一般或为自己的小说集作序而发言，或为自己翻译某篇小说之后的短评，或为他人译作或小说创作作序而有感而发。很显然，鲁迅从翻译引申而来的小说言论，非常零散。鲁迅和后来多数职业译家的一大不同，就是他总是站在真正的小说家立场上，站在向国内创作界输入某种他认为有用的、新的东西之立场上，来撰写译者前记或后记。所谓新的东西，可以是外壳，如《域外小说集》里的短篇小说新形式；可以是内在，如意识形态、小说内容、小说中的人生观等，具体译作如无产阶级小说《毁灭》；还可以是小说与人生一体观，如译完夏目漱石、森鸥外的小说之后的后记。在《译了〈工人绥惠略夫〉之后》(1921.4.15)，鲁迅指出，19世纪末的俄国，社会思潮为个人主义所统占，逐渐发展成为1901年的革命，革命平静下去之后，俄国青年的性欲运动又开始显现，于是阿尔志跋绥夫写出了一个以性欲为人生目的的典型人物来（即小说《沙宁》，鲁迅译作"赛宁"）。这就不仅介绍了俄国的社会思潮的演变，且点出社会思潮与俄国当下小说创作的关系。有趣的是，鲁迅1921年这种将作品与社会思潮相联系的评述方法，后来成为中国文学批评的一个主要手

---

① 汉密尔顿著《小说法程》(*A Manual of the Art of Fiction*, by Clayton Hamilton)，华林一译，上海：商务印书馆，1924。

法，虽然这类方法后来用的更多的是茅盾等著名现代文学评论家。

又如在译讫西班牙巴罗哈之《山民牧唱》的后记里，他便挑明译介的首要目的，并非为着文学的乐趣，而是因为作者的小说技艺。鲁迅所说的小说技艺，实际上就是巴罗哈刻画人物的艺术手法，包括极次要的人物也被他写得生动鲜活。鲁迅翻译短篇小说，跟茅盾和周作人一样，不少时候是为了输入一种他们觉得是新的写作手法、新的小说技术而选译的，尤其是早期短篇小说翻译。

不尚空谈的鲁迅，事实上还用大量的小说翻译作品，借用作品说话。有一部分译品，相信当年很多文学青年读过之后，深受启发，深受影响。更加上创作家鲁迅本身的声望，使得他的译品成为很多文学青年关注的对象、模仿的对象。这种以译品作小说启蒙、以作品来说话的方式，原本正是鲁迅重作品翻译、兼顾理论输入的译介思想。周作人早年受哥哥影响，后来的翻译也是喜欢以译作来传达自己的某些思想。这正是蔡元培先生讲的，“而自己又有一种理想的世界，蕴积既久，非一吐不快。但彼既博览而又虚衷，对于世界文学家之作品，有所见略同者，尽量的移译”的缘故吧。具体到鲁迅的译作，或是输入一种国内文坛未曾有过的新写法、新小说题材、新小说样式（如《域外小说集》）；或介绍一种新的小说观，独特的当下人生体验（如芥川龙之介的历史小说《罗生门》）；或通过翻译展示他所认为的一个新兴国家之全新样式的文学（如苏联的无产阶级文学），等等。

其二，是他对于中俄文字关系的巨大推动作用，以及俄苏文学在中国的传播所做的开拓性贡献。

20 世纪 30 年代到 60 年代中期，这 40 年乃是中俄、中苏文化交往的“蜜月”期。双方从 19 世纪的隔膜、时有小范围的边境摩擦到中国尊俄国为导师，由中国一面的“单相思”、对俄国文学的热爱发展至“热恋”、再发展至对整个苏联的亲密感情，一直到 50 年代国家关系的最高潮。不仅将中俄、中苏关系推进到从未有过的历史高度，而且中苏文化关系还产生出强烈的排他性。但是，如果说陈独秀、李大钊也只是从“十月革命”后开始将目光投向新俄国，那么，鲁迅对俄国的一往情深，则是从 1907 年作《摩罗诗力说》、1908 年选译《域外小说集》就开始了。

因此,完全可以说,虽然中俄、中苏文化关系的密切交往有更大的背景,有意识形态的原因,有大量的热爱俄苏文学的中国翻译家、读者的重要作用,但,在那些少数几位最早、最为热烈地拥抱俄国文学,最为执著地译介俄苏文学的翻译家中间,鲁迅占有极重要的地位。倘若说,中俄、中苏文化关系热始于鲁迅世纪初的别具只眼的大力翻译,恐怕也并不算夸张吧。

还有一个有趣的故事。周作人与鲁迅分手后,在翻译文学上的一个分野,就是从告别伟大的俄罗斯文学开始的。

从《域外小说集》到《死魂灵》第二部残稿,翻译家鲁迅的翻译版图里,俄国与苏联,一直占有最大、最丰富的板块。不仅他所翻译的两部最重要的长篇(《毁灭》与《死魂灵》)和中篇小说(《十月》和《工人绥惠略夫》)以及一部少儿中篇小说《表》[①],都是俄苏文学,而且两部童话集,即《爱罗先珂童话集》和《俄罗斯童话集》,一部童话剧《桃色的云》,皆出自俄苏作家之手(爱罗先珂原籍是乌克兰)。《坏孩子和别的奇闻》收入契诃夫八个短篇,《竖琴》收入所谓“同路人”作家十人十篇小说。紧接着鲁迅又出版了《一天的工作》,再收入十篇苏联小说,其中两篇为“同路人”文学作品,后八篇则被鲁迅称之为“无产者文学”的小说。这两个译文集是作为“新俄作家二十人集”来编选和翻译出版的。

再细致一点讲,鲁迅译介俄国短篇小说或童话的数量,倘若不以小说集或童话集为单位计算,而以单篇来计算,则总数达到 71 篇,译介的俄国作家凡 7 人,苏联作家凡 19 人,俄苏作家合计 26 人。其中《域外小说集》的三篇鲁迅译作,皆为俄国作品;《现代小说译丛》第一集收入鲁迅移译的六篇俄国作品;《爱罗先珂童话集》是由一篇篇独立的童话写作后再收集的,倘若按翻译的单篇童话计,则有 13 篇;高尔基的《俄罗斯的童话》,也收集了 16 篇“成人童话”;《译丛补》则收了俄苏作家 5 人 7 个短篇;加上前文提到的《竖琴》和《一天的工作》收入的 20 个短

① 一般将《表》视为童话,我却愿意将它作为一部为以少年儿童为题材的中篇小说。

篇，总计约 68 个短篇[1]。

在他格外喜爱并译介的俄国作家中，有安特莱夫、迦尔洵、阿尔志跋绥夫、果戈理和契诃夫；为他所喜爱并译介的苏联作家，主要有法捷耶夫、雅各武莱夫，自然还有高尔基(不过，高尔基介绍多，翻译作品数量不算太多)。可以说，在中国，有些俄国和苏联作家的名字，如安特莱夫、阿尔志跋绥夫、果戈理、高尔基以及法捷耶夫等，皆在一定程度上因了鲁迅将他们翻译或撰文介绍到中国来，而在中国显得格外有名，因而一度拥有众多的中国读者。有必要指出，鲁迅早年开创的中俄文字之交，与 20 世纪后半的中苏文字之交不同。当初是纯粹的民间文学关系交往，一种纯粹的民间外交。这一层，在中外文化关系史上，是极有意义的。

别一个格外醒目的翻译成绩，是他译介的俄苏文艺理论家的著作。经他译介的俄苏主要理论家有三人[2]。影响较大的，就是他翻译的普列汉诺夫的马克思主义文艺理论著作《艺术论》，卢那卡尔斯基的《艺术论》《文艺与批评》和《文艺政策》。这对于推进一种全新的无产阶级文艺理论在中国的传布、无产阶级文艺批评理论体系奠基性的工作，对于建构中国的无产阶级的文艺批评架构，产生过奠基性作用。尽管翻译家本人对于他所翻译的东西、中国的无产阶级文艺的发展、中国的无产阶级文艺理论，究竟应该是什么样的，也还处在一个摸索、认识的过程之中，绝不像 20 世纪后半许多鲁迅研究者所断言的那样清晰、明白、坚定与成熟。

那些研究者忽略了鲁迅翻译这样一个特点：倘若他要翻译的东西，对他已经失去了新鲜感，失去了令他心动的因素，他可能会失去翻译冲动。因此，翻译对于翻译家本人而言，往往是一个学习、细读、消化和思考的过程，同时也就是一个由生疏到逐渐熟悉的过程。一个证明，便是那些研究者所说的清晰、明白、成熟，在鲁迅翻译的苏联文艺论著中，根

---

① 《竖琴》里有 3 篇，《一天的工作》里有 2 篇，为别人的译作。前者即《老耗子》《物事》和《星花》，前两篇为柔石译，后一篇曹靖华译。后者即《一天的工作》和《岔道夫》，乃瞿秋白所译，发表时署名“文尹”。正文的 68 篇不含这 5 篇。

② 即普列汉诺夫、卢那卡尔斯基和布哈林。鲁迅主要译介前二人。

本就看不到。鲁迅在“译后记”或“序”里那些道歉文字，一方面是译家谦虚，一方面却也道出几分实情。另一个反证，则是鲁迅一直较少翻译他最驾轻就熟的日本现代小说，在许多原因之中，我很疑心，这也是其中一个并非次要的原因。当然，还有更加重要的原因，那就是他认为他做的翻译工作，在他心目中，或许是他觉得更紧迫，或许因为被一般中国译家所忽略，或许那件工作本身就是一项前无古人的、开拓性的译事。

其三，是他对东欧、南欧、中欧及北欧“弱小民族”文学的开拓性译介。

一个反讽性的翻译事实，是近现代翻译文学史上，第一代译家林纾无意中翻译了不少欧洲、日本二三流作家的作品；第二代译家鲁迅，后来者的鲁迅，尽管深知林纾翻译选择之弊端，却在自己一生中翻译了很多二三流作家的作品。而且其中不少译事选择，在鲁迅本人并非一时的疏忽，而多半是有意为之；或者说，他虽然不完全清楚那些作家在各自国别文学史上的地位，可他显然不大顾及已有的文学批评，不大理会将来的文学史的定评，而是根据他认为有译介价值、有读者市场，可以满足中国文化建设、理论建设需要，而有意为之的。在这个方面，鲁迅虽不是“第一”，却也在世界翻译史上可谓独标一帜。

前边已经讲过，因了他独特的翻译模式，更因为想要国人听到那些遥远的“被压迫被损害”民族的声音，体验他们的生命交响，了解他们的生存方式，鲁迅是最早开始关注上述地区现代文学的，他同周作人一道，也是最早译介他们的现代文学的。这是周氏兄弟对 20 世纪中国翻译史的一个重要贡献。

初版《域外小说集》，虽然鲁迅只译了三篇俄国小说，可周作人翻译了芬兰、波兰、波斯尼亚、俄国等国作家八人的十二篇小说（第一册五篇、第二册七篇）。同时前文已经说过，周氏兄弟当时的合作翻译方式告诉我们，周作人的选译，必然掺有鲁迅的意见。到了 1922 年合译的《现代小说译丛》（鲁迅、周作人、周建人三人合译）第一集，鲁迅承译的九篇小说中，有保加利亚跋佐夫一篇《战争中的威尔珂》，芬兰明那·亢德的一篇《疯姑娘》，还有另一位芬兰作家勒吉阿的一篇《父亲在亚美利加》。这些作品，连同周作人（连同后来者茅盾）翻译的上述国家的短篇小说，乃是芬兰和保加利亚等国文学在中国的最初登陆。将中国与芬兰、中国与保加利亚的文学关系的发端，提前到 1909 年。更重要的是，二周的翻译视野、翻译选目，影响了后来的翻译大杂家茅盾和一批翻译家，形成了一种 20 世纪翻译文学史上新的传统，使得一批译家将翻译目光投向这些地区文学。其中最突出的一个代表是茅盾，他翻译的大量文学作品，绝大多数是“弱小民族”作家作品。

1928 年 1 月由未名社出版的荷兰作家望·蔼覃的童话集《小约翰》，也是中国首次将荷兰作家望·蔼覃介绍到中国（译坛杂家茅盾曾经于 1922 年 7 月在《小说月报》上发表过他译的荷兰剧作家斯宾霍夫的独幕剧《路意斯》）。1929 年许广平同鲁迅合作，翻译并出版了匈牙利作家 H. 至尔·妙伦的《小彼得》，收入六篇童话。

后来收入《译丛补》的小说里，有鲁迅翻译的罗马尼亚作家索陀威奴（通译萨多维亚努）的一篇《恋歌》，是从德译本重译的，这使得鲁迅和茅盾一起，成为最早将罗马尼亚文学译介到中国的翻译家。而将罗马尼亚文学介绍到中国的第一人，是茅盾，他于 1934 年 5 月 1 日在《文学》2 卷 5 号上发表了他译的同一位罗马尼亚作家的短篇小说《春》。鲁迅译的《恋歌》紧随其后，于是年 8 月发表在《译文》月刊 2 卷 6 期。这样一种译介态势，是“五四”一代翻译家和编刊人上演的拿手好戏，给读者前后呼应的译介效果。这对于介绍那些在中国无人知晓的“弱小国家”的作家与作品，尤其是在中国读者对其整个国家、该国的整个文学文化一无所知的语境下，很有必要，也能取得事半功倍的效果。这一方面，茅盾在编辑《小说月报》、暗中指导编辑大型刊物《文学》，鲁迅在编辑《奔流》、编辑或指导编辑《译文》等刊物时，皆有上佳演出。鲁迅还在《恋歌·后记》里写道：“罗马尼亚的文学的发展，不过在本世纪的初头，但不单是韵文，连散文也有大进步。本篇的作者索陀威奴（Mihail Sadoveanu）便是住在布加勒斯多（Bukharest）的写散文的好手。”[①]

相对而言，中国对西班牙文学的译介，比较对于罗马尼亚、芬兰等

① 鲁迅：《译丛补·恋歌·译者附记》，见《鲁迅全集》，第 16 卷，第 771～772 页。

国家的文学而言，要重视得多。在西班牙内战期间，那些非经典的文学作品，中国的热血青年翻译了不少(如巴金)。不过，中国最早翻译的西班牙文学，还是那不朽的名著《堂·吉诃德》。鲁迅翻译西班牙作品，首发是在1934年10月16日的《译文》1卷2期，那是他译的《〈山民牧唱〉序》(巴罗哈原作)，接着在该刊1卷3期发表了巴罗哈的小说《会友》。此后他陆续译了巴罗哈的六个短篇，一出短剧；此外在“山民牧唱”的总题下，还装有八个篇幅很短的短篇。后来他将翻译的巴罗哈作品，统统收入《山民牧唱》译文集。倘若说，西班牙文学最早介绍到中国来的，当推塞万提斯的伟大经典《堂·吉诃德》，那么，茅盾在20世纪20年代陆续译出若干西班牙短篇小说在《小说月报》发表，可以说使他成为早期译介西班牙短篇小说的主要译家。接下来便是鲁迅，也在翻译介绍西班牙短篇小说方面颇有成绩①。

除了自己的翻译实绩，更重要的是鲁迅从《域外小说集》就开始的提倡，到1921年后逐渐吸引了愈来愈多的译家将目光投向上述国家与民族的文学，从而在中国翻译文学史上涌现了一大批积极移译东欧、中欧、南欧和北欧以及南亚文学的翻译家。其中比较突出者，除去周作人而外，还有茅盾、巴金、孙用、王鲁彦、郑振铎、施蛰存、冰心、沉樱、陈炜谟等一批翻译家，其他译者还有冯雪峰、胡风、唐弢等，使其逐步发展成为20世纪翻译文学史一条最具中国特色的翻译路线、翻译模式，当然也使得中国与有关国家和民族间的民间交往、文字交往有了崭新的局面和空前的成绩。

其四，是他对中国早期马克思主义文艺理论的介绍。

大约从1928年开始，中国文坛逐渐掀起了一股介绍马克思主义和苏联文艺理论的热潮。受外语能力的限制，鲁迅介绍的马克思主义文艺思想，皆是通过译介俄国和苏联的文艺理论著作或文艺政策来传达的，且是通过日译本转译的。虽然鲁迅以这样的方式译介理论著作，尤其是经典文献，在信度上，在重要术语、概念的含义上，存在某些不可避免的局限，可是，通过他所翻译的俄国早期马克思主义理论家普列汉诺

① 1929年北新书局还出版了李青崖译的西班牙长篇小说《四骑士》等。

夫的《艺术论》、卢那卡尔斯基的《艺术论》等文艺理论著作，因为当时特定环境的需要，不仅使得当时渴望读到马克思文艺理论的文学青年得以接触到初步的马克思主义文艺理论，而且使得他也成为中国早期介绍马克思主义文艺理论的重要翻译家之一。当时的太阳社、创造社的部分作家和翻译家，以及鲁迅的朋友瞿秋白等人，也都在从事这项译事。

鲁迅对于马克思主义著作的关注，始于1924～1925年，当时他还在北京。及至开手翻译经由苏联转道而来的马克思主义文艺理论，则始于1928年他从广东到上海之后。特别是1929年，他自称阅读了大量马克思主义文艺理论和社会科学著作，感到"实在得益非浅"①!

这一次的译介活动，在鲁迅及其朋友们之间，有一个粗略的系统化构想，即由他主持编印一套文艺理论译丛，名为"科学的艺术论丛书"。这套丛书从1929年夏开始陆续推出，原拟出14本，结果仅出版了8册，便遭当局查禁。鲁迅贡献的译作，除上边提到的两本外，还有卢那卡尔斯基的苏联文艺政策论文集《文艺政策》、卢氏论文选集《文艺与批评》等。鲁迅这部分译文，发表和结集出版日期集中在1929年6月至1930年之间。这一方面是当时跟创造社、太阳社论争的需要，是鲁迅自己思想清理的需要；另一方面，也是更主要的一面，则也是中国社会发展到这个阶段的一种需要。

鲁迅这回的译介，并不孤单。因为当时中国青年渴望马克思主义的思想，渐渐成为一种时尚，带有强烈反叛色彩的时尚。他不仅有瞿秋白等友人的加入，而且原本对立的创造社和太阳社也在翻译马克思主义的相关著作。还有少数这场论争之外的人，同样也在翻译马克思主义著作。因此，可以说，虽然鲁迅所说的当局的查禁、压制是事实，可与此同时，当时的中国文坛，尤其是上海的主流文化界，呼啦啦地一批一批向左转，同时革命文艺和革命文艺理论的兴起，成为一种时尚，也是事实。

其五，是他对日本现代文学、现代文艺理论的译介。

---

① 冯雪峰：《回忆鲁迅·触到他自己的谈话片断》，亦参看《鲁迅年谱》，第3卷，第178页。

鲁迅翻译日本近代小说,开手比较晚,但起点极高,因为他对日本近现代文学非常熟悉。他所译的日本近现代小说,多出自一流作家,而他译介的欧洲国家作品,根据竹内好的说法,"都是第二流或者是第三流的"①。当然这是从欧洲主流文学史的观点来说的,而鲁迅早就声明,他有意不译欧洲文学的名家、大家。

鲁迅对日本现代文学的翻译,集中在短篇小说和戏剧。此外便是日本现代文艺理论和美术理论书籍。戏剧自然是武者小路实笃的四幕剧《一个青年的梦》。1923年商务印书馆出版的《现代日本小说集》,乃周氏兄弟合译,其中鲁迅译了六位日本作家十一篇小说,篇篇精彩,称得上是鲁迅文学翻译里的上品。译文本身的可读性极佳,原作的品质极高。在鲁迅所有的文学翻译作品里,这个集子里的小说,可以说是鲁迅译得最出效果的。无论是从译家个人气质,文字的老辣、含蓄与内敛,深厚的双语功力,还是译家对日本文化的透解,对所译作家作品的把握诸方面,鲁迅可谓是得心应手。可惜鲁迅译日本文学作品不算很多,给20世纪中国翻译文学史留下了一个遗憾。因为,这是惟一可以任由鲁迅独步的翻译领域;还因为,作为翻译家的鲁迅,在翻译日本文学里,才真正表现出他的大家气度,以及精湛的原语和目标语文化修养。

相对而言,鲁迅对于日本文艺译介最多的,当推他翻译的日本现代文艺理论著作。他译的日本文艺论著,长篇短制兼备。最著名的,是他译厨川白村的《苦闷的象征》和《出了象牙之塔》,鹤见佑辅的《思想·山水·人物》,以及片上伸的《现代新兴文学问题》②。此外,他又译有日本板垣鹰穗的《近代美术史潮论》。这部书,在鲁迅翻译的全部虚构类和非虚构类著作里插图最多。当年鲁迅的爱它,忍不住地要将它译介给中国读者,想必一半儿是因为这些精美的现代艺术插图吧?除了整部的艺术论著,他还译了大量日本作家、文艺理论家论述文艺的文章,《壁下译丛》就收了25篇这类文字。该译文集除去一篇乃俄籍德国人

① 转引自伊藤虎丸著《鲁迅与日本人——亚洲的近代与"个"的思想》,李冬木译,第11页。

② 丰子恺也译有《苦闷的象征》,于1925年出版。

开培尔的《小说的浏览和选择》外，其余为一色的日本作家或文艺理论家的论文，收有片山孤村、厨川白村、有岛武郎、片上伸、青野季吉等九人的文艺论文。

倘若为翻译家鲁迅一生绘制一幅翻译全图，那么，最大的板块，必定非俄国与苏联文学和文艺莫属，这一部分大约占了全部译作的59.5%，初步统计数为142万字。其次得推他对日本近现代文学，日本现代文艺理论、文化的译介，初步统计数为68.8万字，大约占28.3%。第三大板块看来应该归荷兰、匈牙利、希腊、芬兰、保加利亚等国文学，也就是鲁迅谓之“弱小民族”或“被压迫被侮辱”民族的文学，初步统计数为20万字，这一块大致领有8.5%的份额。此外，因了早期译介凡尔纳科幻小说的缘故，加上他后来在《译丛补》里零散翻译的少量法国作家杂文、随笔（如纪德之《描写自己》），并译有尼采的《查拉图斯特拉如是说·序言》，因此，法国文学译介大约为75000字，约占总量的3.2%。德国文学在这幅全图里依然能够领有末席，大约为11185字，占有近0.5%的比例。然而，倘若严格按单个国家或民族来计算，法国文学译介的数量还是相当靠前的，可以排在俄苏、日本、荷兰、匈牙利之后。下面是鲁迅一生翻译中这四大板块各自的比例图：

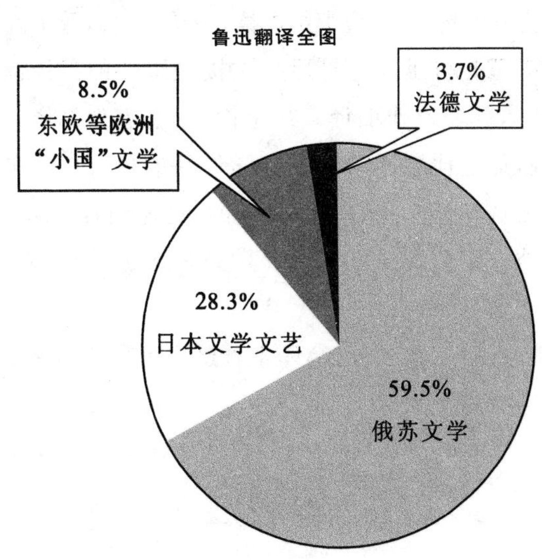

或许，从这个粗略的鲁迅翻译全图中，可以窥见这位“谦而勤”的译家究竟在忙些什么，可以看出他的主要翻译成绩以及从其一生翻译选择中透出的译家的一种思想、一种世界文化观，以及他从中自觉或不自觉地建构的自身的文化身份。

鲁迅辞世前三日，也就是1936年10月16日，他为曹靖华译的《苏联作家七人集》作序。这篇序言批评译界那种一哄而起、一哄而散的风气，称赞曹靖华一声不响、20年来脚踏实地，不断改进译作，不断推出新译，默默地为中国读书界奉献新的译品[①]。最后，鲁迅在篇末实话实说，坦言自己“久生大病，体力衰惫，不能为文”[②]。这是鲁迅举笔作文的最后第二篇。翌日上午，他再次举笔，作了一生中最后一篇文，即那篇著名的《因太炎先生而想起的二三事》。而前边那篇《序》，则是鲁迅生前为翻译作品所作的最后一篇序。而且是为一位青年翻译家。

鲁迅辞世后，许广平在《最后的一天》里，异常详细地记录了鲁迅去世前一天的情景。那一天是1936年10月18日，地点是在上海北四川路底施高塔路大陆新村9号。他在捱过了一个难受的夜晚之后，清晨，内山先生和须藤医生都来了。他坐到躺椅上，八点多，当天日报送到，他便问：“报上有什么事体？”许广平告诉他，《译文》的广告刊出来了，上面有他译的《死魂灵》的预告。鲁迅便要她把报纸拿过来，把眼镜也拿来，于是，他就一边费力地喘气，一边细细地读《译文》广告，看了许久才放下[③]。

这一次，大概是鲁迅先生最后一次接触跟他的翻译活动有关的出版物，且是新译，并非旧作旧译。那上面，刊登着他翻译《死魂灵》的预告。也就是说，那是他翻译的俄国文学作品的预告。鲁迅先生此时想些什么，我们无从知道。我们惟一知道的，是他倘若这回真地能够逃过凶恶的死神，他一定会翻译更多的俄苏文学、日本文学、芬兰文学、荷兰文学、西班牙文学。

翌日清晨，五时二十二分，翻译家鲁迅先生平静地去了。

---

① 鲁迅：《且介亭杂文末编·曹靖华译〈苏联作家七人集〉序》，《鲁迅全集》，第6卷，第551～552页。

② 鲁迅：《且介亭杂末编·曹靖华译〈苏联作家七人集〉序》，第553页。

③ 景宋：《最后的一天》，见《鲁迅研究学术论著资料汇编》，第2卷，第362～364页。

主要参考书目文献

鲁迅著译编辑书目文献

（中文书目名按书名、文献名汉语拼音顺序；外文书目按著者姓氏顺序，下同）

《鲁迅全集》，第1～10卷，北京：人民文学出版社，1973

《鲁迅全集》第11卷　月界旅行　地底旅行　现代小说译丛
现代日本小说集·工人绥惠略夫

《鲁迅全集》第12卷　一个青年的梦·爱罗先珂童话集
桃色的云

《鲁迅全集》第13卷　苦闷的象征·出了象牙之塔
思想·山水·人物

《鲁迅全集》第14卷　小约翰　小彼得　表　俄罗斯的童话
附：药用植物

《鲁迅全集》第15卷　近代美术史潮论　艺术论（卢氏）

《鲁迅全集》第16卷　壁下译丛　译丛补

《鲁迅全集》第17卷　艺术论（普氏）　现代新兴文学的诸问题
文艺与批评　文艺政策

《鲁迅全集》第18卷　十月　毁灭　山民牧唱　坏孩子和别的奇闻

《鲁迅全集》第19卷　竖琴　一天的工作

《鲁迅全集》第20卷　死魂灵

《鲁迅全集》，第14卷，日记　北京：人民文学出版社，1981

《鲁迅著作全编》,林非主编，第3卷,《集外集》新编、中国小说史略、汉文学史纲要,北京:中国社会科学出版社,1999

《鲁迅著作全编》,林非主编,第4卷,两地书·书信,北京:中国社会科学出版社,1999

《鲁迅著作全编》,林非主编,第5卷,书信·日记,北京:中国社会科学出版社,1999

《域外小说集》,周作人、鲁迅译,上海:群益书社,1921

鲁迅研究相关书目文献:

《阿英文集》,北京:三联书店,1981

《冰心译文集》,陈恕编,南京:译林出版社,1998

《当代美国翻译理论》,郭建中编著,武汉:湖北教育出版社,2000

《当代英语世界鲁迅研究》,乐黛云主编,南昌:江西人民出版社,1993

《短篇小说集》,胡适译,合肥:安徽教育出版社,1999

《二十世纪中俄文学关系》,陈建华著,北京:高等教育出版社,2002

《二十世纪中国小说理论资料》,第1卷(1897～1916),陈平原、夏晓虹编,北京:北京大学出版社,1997

《二十世纪中国小说理论资料(第2卷):1917～1927》,严家炎编,北京:北京大学出版社,1997

《二十世纪中国小说理论资料(第3卷):1928～1937》,吴福辉编,北京:北京大学出版社,1997

《二十世纪中国小说史》,第1卷(1897～1916),陈平原著,北京:北京大学出版社,1989

《翻译出版外国古典文学著作目录,1949～1979》,国家出版事业管理局版本图书馆编,北京:中华书局出版,1980

《翻译家周作人》,王友贵著,成都:四川人民出版社,2001

《翻译西方与东方:中国六位翻译家》,王友贵著,成都:四川人民出版社,2004

《国外鲁迅研究论集(1960～1981)》,乐黛云编,北京:北京大学出版

社,1981

《回望鲁迅:编辑生涯忆鲁迅》,赵家璧等著,石家庄:河北教育出版社,2000

《回望鲁迅:高山仰止——社会名流忆鲁迅》,柳亚子等著,石家庄:河北教育出版社,2000

《回望鲁迅:海外回响——国际友人忆鲁迅》,史沫特莱等著,石家庄:河北教育出版社,2000

《跨语际实践——文学、民族文化与被译介的现代性(中国,1900～1937)》,刘禾著,宋伟杰等译,北京:三联书店,2002

《鲁迅比较研究》,[日]藤井省三著,陈福康编译,上海:上海外语教育出版社,1997

《鲁迅年谱》增订本,1～4卷,鲁迅博物馆、鲁迅研究室编,北京:人民文学出版社,2000

《鲁迅年谱》,上下册,复旦大学等编,合肥:安徽人民出版社,1979

《鲁迅评传》,[俄]波兹德耶娃著,吴兴勇、颜雄译,长沙:湖南教育出版社,2000

《鲁迅生平史料汇编》,第2辑,薛绥之主编,天津:天津人民出版社,1982

《鲁迅研究学术论著资料汇编》,1～5卷,中国社科院文学研究所鲁迅研究室编,北京:中国文联出版公司,1985

《鲁迅与日本人:亚洲的近代与“个”的思想》,伊藤虎丸著,李冬木译,石家庄:河北教育出版社,2000

《鲁迅与中外文学遗产论稿》,俞元桂、黎舟、李万钧著,福州:海峡文艺出版社,1985

《鲁迅著译版本研究编目》,周国伟编著,上海:上海文艺出版社,1996

《民国时期总书目·外国文学卷》(1911～1949),北京图书馆编,北京:中国文献出版社,1987

《尼采·鲁迅·梵澄》,顾钧作,刊《中华读书报》2004年3月17日第20版

《欧洲文学史》第3卷,上册,季羡林总主编,罗 、孙凤城、沈石岩主编,

北京:商务印书馆,2001
《日本白桦派与中国作家》,导论第 3 节,刘立善著,沈阳:辽宁大学出版社,1995
《批评空间的开创:二十世纪中国文学研究》,王晓明主编,上海:东方出版中心,1998
《文学论文集及鲁迅珍藏有关北师大史料》,北京师范大学中文系编,北京:北京师范大学出版社,1981
《文学评论》,1963 年第 3 期
《我记忆中的鲁迅先生——女性笔下的鲁迅》,萧红等著,石家庄:河北教育出版社,2000
《五四以来我国英美文学作品译介史》,王建开著,上海:上海外语教育出版社,2003
《西方翻译简史》,谭载喜著,北京:商务印书馆,2000
《现代文学期刊漫话》,应国靖著,广州:花城出版社,1986
《现代文学总书目》,贾植芳、俞元桂主编,福州:福建教育出版社,1993
《许广平忆鲁迅》,马蹄疾辑录,广州:广东人民出版社,1979
《叶公超批评文集》,陈子善编,珠海:珠海出版社,1998
《知堂回想录》,周作人,香港:三育图书有限公司,1980
《中国大百科全书·外国文学卷》,中国大百科全书编辑委员会编,北京:中国大百科全书出版社,1982
《中国佛籍译论》,朱志瑜、朱晓农选辑,北京:清华大学出版社,待出
《中国近代文学大系·翻译文学集》,1～3 卷,施蛰存编,上海:上海书店,1990
《中国近代文学翻译概论》,郭延礼著,武汉:湖北教育出版社,1998
《中国现代翻译文学史》(1898～1949),谢天振、查明建主编,上海:上海外语教育出版社,2004
《中国现代小说史》,杨义著,第 1 卷,北京:人民文学出版社,1998
《周作人年谱》,张菊香、张铁荣编,天津:天津人民出版社,2000
《周作人文类编·八十心情》,钟叔河编,长沙:湖南文艺出版社,1998
《周作人文类编·本色》,钟叔河编,长沙:湖南文艺出版社,1998

《周作人文类编·上下身》,钟叔河编,长沙:湖南文艺出版社,1998

《周作人文类编·希腊之馀光》,钟叔河编,长沙:湖南文艺出版社,1998

《周作人文类编·中国气味》,钟叔河编,长沙:湖南文艺出版社,1998

Baker, Mona. Ed. *Routledge Encyclopaedia of Translation Studies*, London & New York: Routledge, 1998

Harvey, Paul. Ed. *The Oxford Companion to English Literature*, 4th. edition. Oxford University Press. 1967

Hermans, Theo. *Translation in Systems*, Manchester: St. Jerome Publishing, 1999

Liu, Lydia H. *Translingual Practice*, Stanford: Stanford University Press, 1995

Lundberg, Lennart. *Lu Xun as a Translator*, Stockholm: Orientaliska Studier, Stockhom University, 1989

Snow, Edgar. Ed. *Living China: Modern Chinese Short Stories*. London: G.G. Harrap & Co. Ltd. 1936

后　记

大约六年前，在上海的时候，我开始了《翻译家周作人》的写作。写那本书的时候，常常会不可避免地接触到鲁迅，接触到鲁迅那主体意识格外强烈的翻译选择和翻译活动，因为周作人的翻译和写作在1923年之前，一直跟哥哥的翻译和写作缠夹难分。记得在当时的文献细读时，就隐隐约约萌生了一个想法：既然现在弄周作人，今后倘若得暇，是否应该把翻译家鲁迅也作一作呢？

《翻译家周作人》出版后，间或有几位不大认识的朋友、同道，或写信，或打电话，或在某些小型研讨会的交谈中，询问在哪里可以买到此书。后来得知那本小书，在大陆脱销，且在日本和香港有售，心里还是觉着一丝的安慰。同时又促使我产生别一个非分之想：何妨真地把《翻译家鲁迅》作出来呢？这样，不仅使得这两个姊妹篇得以完成，而且说不定它将来还会拥有更多几位海内外读者呢？

今年五月，这个愿望初步实现：《翻译家鲁迅》总算脱稿。写完之后，我去了英国。在英国一间图书馆里，我一边浏览英国、法国、德国、荷兰、西班牙、美国等国近四十年出版的翻译研究书籍，为我有心开设的一门"世界翻译传统和中国翻译传统"的研究生课程作准备，一边总也忘不了从世界翻译传统的角度回视鲁迅的翻译和《翻译家鲁迅》。

我感觉，在世界翻译传统里，像林纾那样，在一个文学翻译高潮发动初期，接二连三地误译"二流、三流文学作品"的例子，其实比较常见；但像鲁迅那样，接受过现代教育，在第二个阶段还是那样坚持不懈地、接二连三地翻译欧洲国家“二流、三流文学作品”，而不把精力全部投入他真正驾轻就熟的日本文学翻译，却非常少见。这里，我们不仅看到翻译家鲁迅格外鲜明的主体性，而且也注意到，这种主体性鲜明的“鲁迅翻译现象”，在当时的中国，并非个别的、孤立的译例，而是由此引动了相当一批很有影响的中国翻译家和文学家，争相以鲁迅为师，结果演成所谓“鲁迅模式”。由此，我意识到，在所有现代中国的翻译家中，鲁迅作为翻译家的主体意识，乃是最强的，虽然他也同样受到社会规范、语言规范、文学规范、翻译规范的制约，受到当时诗学的制约。此外，在中国现代翻译文学史上，决定译者翻译选择的诸因素中，文学的因素可能并不是最主要的考虑，尽管译者往往打着文学的幌子，而非文学的因素，可能起着出乎意料的巨大作用，不少时候甚至起着决定性作用。尤其在某些特定的历史时期，在某一种民族需要、社会需要、意识形态需要、理论需要、政治需要，或者群体需要、市场需要格外迫切之时，非文学因素的作用就可能上升到支配性地位。

* * *

回到广州之后，利用寒假和春节，将拙稿校阅一遍，一方面结合新近国内出版的书籍，另一方面参考国外见到的一些翻译新著，作了一些小的修改。可惜一些较大的方面，如国外新近出版了一些关于翻译政治、翻译与民族的关系（如罗杰·爱理斯和理兹·奥克莱一布朗合编的论文集《翻译与民族》(2001)的著作，为研究“鲁迅翻译现象”提供了新的思路。可惜因为时间关系，目前难以着手大修大改。

拙稿即将交付出版社之际，2004 年年末，我欣喜地收到复旦大学贾植芳先生的《贾植芳文集》，厚厚的四卷本。那是陈思和老师和陈老师的弟子们、贾先生的其他朋友们为庆祝先生九十华诞而热心提议，并分工收集、整理、编辑出版的。我喜欢这个文集。它不惟是作为作家、翻译家和学者的贾先生一生著译的最好纪念（虽然它并非先生著译的全部），也是先生给我们这些后学的一件特别礼物。于是，我决定将我这本小书题献给先生。我还依稀记得，在一部专门介绍贾植芳先生的电视片里(有好几部这类的专访片,不记得是哪一部了),先生在虹口公园瞻仰鲁迅先生塑像的情景。而先生和陈思和老师一样,常常在他们的日常谈话里,谈到鲁迅和周作人。因此,这一册小书题献给先生,其实也是我几年前就有的一个愿望,只是当时比较模糊罢了。

我还想要特别感谢天津南开大学出版社的领导、出版社的张彤女士和本书的责编。没有出版社领导的大力支持,没有南开出版社张彤的法眼和策划编辑、她春节期间同我的有效而及时的通信,没有责编任增霞、二审焦静宜细心的审读,这本书恐怕就无缘同读者见面。

此外,此书作为广东省高校人文社科重点研究基地的重大项目“20世纪中国翻译文学史”(03JDXM75003)的前期研究成果,得到广东省高教厅和广东外语外贸大学的支持,对此表示深深的感谢。

十五年前,我们一家子准备从内地迁往穗城。那时女儿贝贝还很小很小,她问:“我们为啥要去那儿呢?”她显然特别不愿意离开她的小伙伴儿和她上的那间小学。妻子贾宪答道:“那边有好多、好多的海鲜吃呀。”我也附和着说:“对呀,那边有大海嘛。”但实际上,最初我们来到广州住的地方,离大海还有老长、老远一段路,并不能出门就看见海的。现在住的这个地方,楼高30层,可还是不能望见大海,完完全全望不到。惟一的安慰,是天气好的时候,有海风吹拂着,带着一丝海腥味儿。

当我们看不见大海的时候,我们只能想象大海。

王友贵

2005年春节于广州